Linda Chaikin

Coral – Stern in der Nacht

FRANCKE
Verlag der Francke-Buchhandlung GmbH

Die Deutsche Bibliothek – CIP-Einheitsaufnahme

Chaikin, Linda:
Indien-Saga / Linda Chaikin. Dt. von Silvia Lutz. – Marburg an der Lahn : Francke
Bd. 2. Coral – Stern in der Nacht. – 1994
(Edition C : E, Die goldene Reihe ; Nr. 36)
ISBN 3-86122-117-9
NE: Edition C / E

Originaltitel: Under eastern Stars

Deutsch von Silvia Lutz
Umschlaggestaltung: Reproservice Jung, Wetzlar
Umschlagillustration: Joe Nordstrom
Satz: Druckerei Schröder, 35083 Wetter/Hessen
Druck: St.-Johannis-Druckerei, 77933 Lahr 29496/1994

Edition C, Nr. E 36

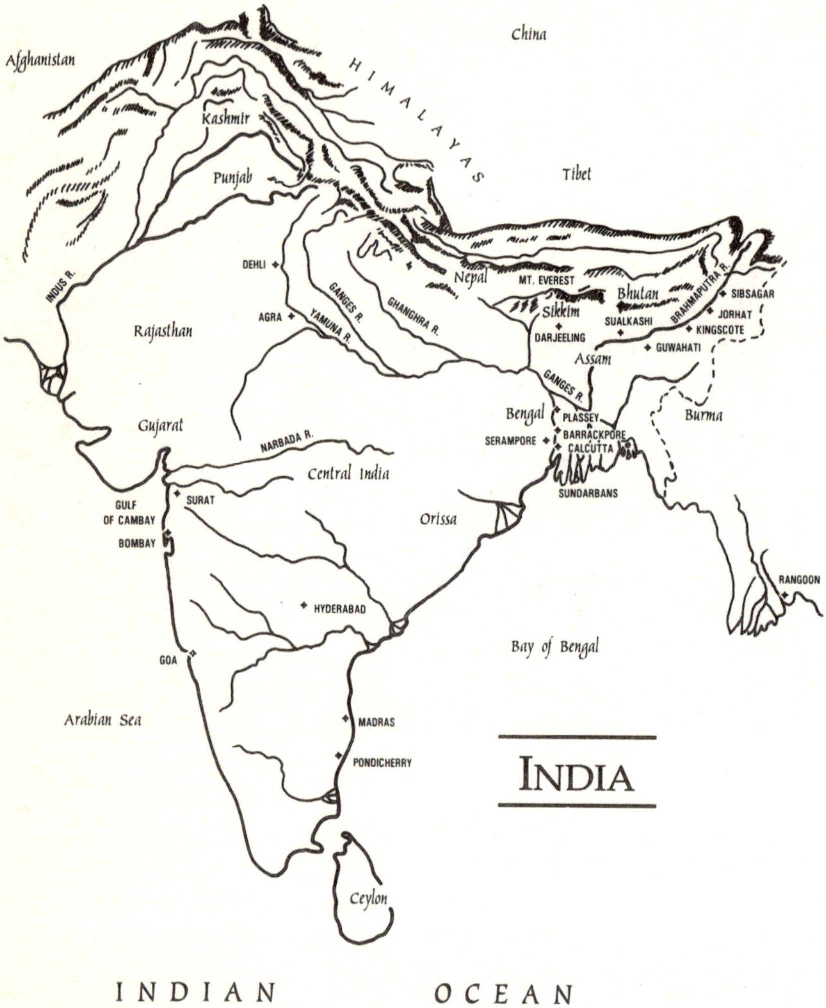
INDIA
China
Afghanistan
HIMALAYAS
Kashmir
Punjab
Tibet
INDUS R.
DEHLI
AGRA
GANGES R.
YAMUNA R.
GHANGHRA R.
Nepal
MT. EVEREST
Sikkim
Bhutan
BRAHMAPUTRA R.
SIBSAGAR
JORHAT
KINGSCOTE
SUALKASHI
DARJEELING
GUWAHATI
Assam
GANGES R.
Rajasthan
Gujarat
Bengal
PLASSEY
BARRACKPORE
SERAMPORE
CALCUTTA
Burma
NARBADA R.
Central India
SUNDARBANS
SURAT
GULF OF CAMBAY
BOMBAY
Orissa
RANGOON
HYDERABAD
GOA
Bay of Bengal
Arabian Sea
MADRAS
PONDICHERRY
Ceylon
INDIAN OCEAN

1

Kalkutta, Indien
1799

Jace Buckley verzog das Gesicht zu einer finsteren Miene und fuhr sich mit der Hand durch seine dunklen Haare. Seine schwarzblauen Augen zogen sich unter den Brauen zusammen, während er die alte Karte studierte. Er war mit einem indischen Hemd und einer abgetragenen Lederhose bekleidet und lag lässig neben einem niedrigen Rattantisch auf ein paar Kissen. Der kleine private Raum war vom öffentlich zugänglichen Bereich des Hauses durch einen Vorhang aus Holzperlen abgetrennt. Das kleine Restaurant, das die feinste muglaische Küche in ganz Kalkutta bot, gehörte einer indischen Familie, die er gut kannte.

Während Jace wartete, bis sein Diener und Geschäftspartner Gokul das Essen brachte und sich zu ihm gesellte, konzentrierte er sich auf die Landkarte, die ihm sein verstorbener Vater, Kapitän Jarred Buckley, gegeben hatte. Mit rechnendem Blick fuhr er die wenig bekannten Linien nach im nordöstlichen Gebiet Indiens entlang seiner unruhigen Grenze zu Burma. *Der Militärherrscher könnte mir Informationen über den Angriff auf den britischen Vorposten in Jorhat geben.*

Er wurde aus seinen Gedanken gerissen, als die Holzkugeln mit einem dumpfen Klappern bewegt wurden. Er blickte auf. Gokul stand vor ihm. Er war außer Atem und hielt sich mit einer Hand seinen hervorstehenden Bauch. Seine marmorschwarzen Augen funkelten lebhaft.

Jace rollte die Karte zusammen und steckte sie in sein schwarzes Wollhemd. „Was ist?"

„Ich habe versucht, ihn aufzuhalten, aber er ist gelaufen wie ein Gepard!"

„Wer ist gelaufen wie ein Gepard?"

„Ein indischer Junge! Vielleicht vierzehn. Er ist in der Menge verschwunden. Hat eine Nachricht gebracht."

Jace stand auf. „Für mich?"

Gokul warf einen Blick über die Schulter hinter sich. „Lies es am besten selbst. Der Junge wußte genug, um diesen Brief zu der Adresse in Chowringhee zu bringen." Er griff in seinen Ärmel und reichte Jace einen versiegelten Umschlag.

Der Umschlag war nicht beschriftet. Ein Brief, der ihm hierher überbracht wurde, war verdächtig. „Hat er etwas gesagt?"

„Er flüsterte einen Namen."

Jace sah ihm forschend in die Augen. „Welchen Namen?"

„Javed Kasam."

Der Name traf ihn wie ein Schlag, aber äußerlich verriet er keine Reaktion.

„Er ist hereingeschlichen und hat nach mir gefragt. Als ich kam, flüsterte er den Namen und lief dann davon. Mir blieb keine Zeit, ihn festzuhalten."

Samstag, 13. Oktober
Huzoor! Javed Kasam,
ich bin bereit, einen guten Preis für wichtige Informationen zu zahlen. Selbstredend muß unser Treffen streng vertraulich behandelt werden. Meine Ghari wartet am nächsten Samstag, 20. Oktober, neben der armenischen Kirche in Chowringhee.

Unterzeichnet
Ajub Khan

Jace runzelte die Stirn. Es war über drei Jahre her, seit er unter dem Namen Javed Kasam gearbeitet hatte. Wer außer einem Feind wüßte genug über diese Seite seines Lebens, um ihm nach Chowringhee eine Nachricht zu schicken?

Gokals dunkle Augen betrachteten ihn aufmerksam. „Schwierigkeiten?"

„Jemals von Ajub Khan gehört?"

Gokul verzog den Mund. „Der Sohn des burmesischen Militärherrschers?"

„Ja. Aber Khan ist tot. Jemand benutzt seinen Namen."

„Dieser Ajub Khan will dich treffen?"

Jace reichte ihm den Brief, hob dann die Scheide seines Degens auf und gürtete sie sich um. „Erkundige dich auf den Basaren. Ich will wissen, wer sich als Khan ausgibt und warum."

Gokul gab ihm mit todernster Miene den Brief zurück. „Sahib, überlege dir genau, was du tust. Das könnte eine Falle sein."

Jace dachte an die gestohlene Statue der Hindugöttin Kali. Glaubte dieser Khan, Jace habe sie? Er erklärte bestimmt: „Ich treffe mich mit ihm."

„Angenommen, Ajub Khan kommt verkleidet? Bei der Kirche warten vielleicht Spione. Geh nicht allein."

Jace hatte gewußt, auf welche Gefahren er sich einließ, als er vor Jahren die verstrickte Welt östlicher Intrigen betrat. Seine erste Begegnung geschah fast zufällig. Er stolperte in ein Netz von Betrügereien und heimtückischen Morden im Nordosten Indiens und wurde in ein Komplott verwickelt, die juwelenbesetzte Statue der Göttin Kali aus einem Hindutempel zu stehlen und einen hoch geehrten heiligen Mann zu ermorden. Er konnte dadurch entkommen, daß er sich als indischer Guru mit dem Namen Javed Kasam ausgab. Wer den heiligen Mann getötet hatte oder sich mit der Statue davongemacht hatte, wußte er nicht, aber es gab Stimmen, die ihn dafür verantwortlich machten. Seit damals hatte er bei verschiedenen Gelegenheiten in der Kunst der Intrigen mitgespielt. Einmal für einen Freund; ein paar Mal gegen Bezahlung. Es war ein gefährliches Leben, ein Leben, das er hinter sich lassen wollte. Javed Kasam hatte Feinde.

Gokul, der auf den Basaren zu Hause war, kannte viele Informanten im Süden und im Norden Indiens und hielt Jace immer auf dem laufenden, aber der Name Kasam war seit drei oder vier Jahren nicht mehr gefallen. Nur wenige wußten, daß Jace Buckley Javed war: Gokul und die zwei Krieger aus der Soldatenkaste – Faridul und Arif. Aber auf diese Männer konnte er sich verlassen. Damit blieb nur Rawlings in London übrig, für den er bei zwei Gelegenheiten gearbeitet hatte, und der burmesische Militärherrscher. Jace hatte Rawlings nicht mehr gesehen, seit er ihm den Elfenbeinelefanten für seine Sammlung verkauft hatte; er kannte niemanden, dem Rawlings seinen Namen verraten haben könnte, noch glaubte er, daß der Militärherrscher jemanden geschickt hatte, der sich als sein getöteter Sohn Ajub Khan ausgeben sollte.

Damit blieb nur die Möglichkeit eines Feindes. Vielleicht ein Mann, den die Königsfamilie wegen der gestohlenen Kalistatue angeheuert hatte.

„Sag Faridul, er soll am Samstag zu der Ghari im Kirchenhof gehen. Und du paß auf, ob der Kutsche jemand folgt, wenn sie abfährt. Wenn Khan allein kommt, reite ich ihm nach und treffe ihn außerhalb von Kalkutta in der Nähe des Dak-Bungalows. Wenn wir in Bewegung bleiben, können sie uns keine Falle stellen. Im Gegenteil, ich werde Ajub Khan in die Falle locken. Geh gleich los."

* * *

Coral Kendall kam die Treppen in der Roxbury-Residenz ihres Onkels in Kalkutta herab. Ihre grünen Augen leuchteten unter ihren langen Wimpern, und ihre goldenen Locken fielen ihr über die Schultern. *Wie schaffe ich es nur, mich unbemerkt aus dem Haus zu schleichen, um Javed Kasam zu treffen?*

Sie hoffte, man sähe ihr ihre innere Anspannung nicht an, als sie ihre Schwester Kathleen in der Eingangshalle traf. Ihre zweite Schwester, Marianna, und Tante Margaret warteten auf der Veranda. *Wenn sie nur endlich zu Mrs. Watermans Gartenparty aufbrechen würden*, dachte sie. Doch ausgerechnet jetzt stand sie in Gefahr, sich zu ihrer Verabredung mit dem indischen Söldner zu verspäten.

Die alljährliche Gartenparty fand an diesem Nachmittag statt, aber Coral war es gelungen, die Einladung abzulehnen. Sie versuchte, unbefangen zu lächeln, als sie Kathleen ihren rosa Schal brachte, den diese zu ihrem Nachmittagskleid tragen wollte.

„Die Farbe schmeichelt deinen haselnußbraunen Locken“, sagte Coral.

Kathleens bernsteinfarbene Augen funkelten, aber nicht vor Freude. „Ich würde lieber nicht gehen“, murmelte sie, als sie den Schal nahm. „Aber Tante Margaret besteht darauf. Viel lieber würde ich an meinen Entwürfen arbeiten, als mir dieses langweilige Geschwätz anzuhören.“

Coral hätte vielleicht Mitgefühl mit ihrer älteren Schwester empfunden, aber sie wußte, daß sie sie unbedingt aus dem Haus bekommen mußte. Ihr fiel das Sammelalbum ein, das Kathleen kürzlich in ihrer Tasche bei sich gehabt hatte. Sie hatte Coral einige ihrer Kleiderentwürfe gezeigt, und Coral war von ihrer kunstvollen Arbeit beeindruckt gewesen. Die Kleider waren der Jahreszeit entsprechend unter Nachmittags- und Abendgarderobe einsortiert gewesen.

„Warum nimmst du nicht dein Buch mit? Du könntest doch einige gute Anregungen bekommen. Denk nur an diese vielen Damen, die ihre Nachmittagskleider tragen. Vielleicht skizzierst du einige von ihnen und kannst dir dann überlegen, wie du die Kleider umgestalten würdest, damit sie ihnen am meisten schmeicheln."

„Coral, das ist ja eine großartige Idee! Daß ich nicht selbst darauf gekommen bin!"

Mit dem Schal in der Hand eilte Kathleen zur Treppe. „Ich hole schnell meine Sachen. Sicher sind alle so beschäftigt, daß es ihnen nicht einmal auffallen wird, wenn ich zeichne!"

Coral lächelte. Es tat gut, Kathleen begeistert zu sehen. Ihre Schwester hatte immer noch nicht die Enttäuschung überwunden, daß sie das Seidenhaus in London verlassen und nach Indien hatte zurückkehren müssen.

Kurze Zeit später folgte Coral den anderen zur Veranda, wo die Kutsche wartete, um sie zum Haus der Watermans zu bringen. Es war ein strahlender Morgen, der durch den warmen Sonnenschein und den Vogelgesang Leben bekam, aber gleichzeitig lag doch ein Hauch von Herbst in der Luft.

„Auf Wiedersehen, Liebes. Vor dem Abendessen sind wir wieder zu Hause", verabschiedete sich Margaret von Coral. „Erhole dich von dem häßlichen Fieber, damit du nächste Woche an dem Picknick teilnehmen kannst. Es ist das letzte gesellschaftliche Ereignis unter freiem Himmel für diese Saison und wird den ganzen Tag bis in die Nacht hinein dauern."

Coral sah ihnen von der Veranda aus nach und winkte, als der weiß gekleidete Diener ihren Schwestern und ihrer Tante in die Kutsche half. Als das Gefährt um die Ecke bog, nahm sie ihre Röcke in die Hand und lief zurück ins Haus. Sie mußte sich beeilen!

Sie hatte ein bißchen Schuldgefühle wegen ihrer heimlichen Pläne für diesen Nachmittag, war aber erleichtert, daß ihre Familie fort war. Jetzt hatte sie den ganzen Tag für sich.

„Wenn die Familie herausfindet, was ich im Schilde führe, ergeht es mir schlecht“, murmelte Coral nervös. Sie war nicht der Typ, der andere hinters Licht führte, aber wenn es um Gem ging, konnte nichts sie aufhalten. Sie schuldete ihrer Familie Liebe und Loyalität, aber man konnte ihr doch sicher nicht vorwerfen, daß sie alles in ihrer Macht Stehende unternahm, um Informationen über ihren Sohn ausfindig zu machen.

Wie so oft erschien Gems Gesicht in ihrer Erinnerung, und der Schrei „Mami, Mami, Mami“, der ihr in der Nacht seiner Entführung einen Stich durch das Herz gejagt hatte und sie seitdem wie ein Alptraum verfolgte, wurde wieder lebendig. Ihr Leben lang würde dieser Anblick tiefe Gefühle in ihrem Herzen aufwühlen. Sie hatte Angst, daß ihre Familie recht haben könnte – und Gem wirklich tot war – aber sie war gleichzeitig fest entschlossen, ihn wiederzufinden ... koste es, was es wolle.

Einen Verbündeten hatte sie im Haus, der ihr helfen konnte, so klein er auch war. Jay.

„Ich habe für Sie einen Ghari-Wallah auf der Straße angehalten, Missy. Er wartet unten“, flüsterte der kleine Diener Jay.

Coral strich ihm dankbar mit der Hand über seinen dunklen Kopf, dann eilte sie die Treppe in ihr Zimmer hinauf und sprang schnell in die Kleider, die sie eigens für dieses heimliche Treffen vorbereitet hatte. Sie betrachtete sich im Spiegel und runzelte ein bißchen die Stirn. Ihre Haarfarbe könnte sie vielleicht unter der indischen Kopfbedeckung verbergen, aber ihre Augen würden sie verraten.

Gleichgültig. Wenn ich Javed Kasam erst einmal persönlich spreche, kann ich ihm erklären, warum ich meine Identität geheimhalten muß.

Coral eilte zu ihrem Schrank und holte die traditionelle indische Kleidung der Frauen aus dem Pandschab hervor. Ihre Hosen, die bis zum Boden reichten, waren mit silbernen Schleifen verziert. Schnell zog sie die lose sitzende Hose an, über die sie einen *Kameez* zog, ein knielanges Kleid, das unten ausgestellt war. Ihre lange *Tschunni* war aus schwarzer Seide, die mit kleinen, klimpernden Silberringen verziert war. Sorgfältig verbarg sie ihre Haare, so daß ihre Locken nicht zu sehen waren. Dann wickelte sie den Roxbury-Siegelring fest in ein großes Taschentuch und steckte ihn in ihre perlenbesetzte Handtasche.

Bedenken stiegen in ihr auf, und Coral schloß die Augen. „Vergib mir, Großmutter Victoria, aber mein Gem ist das Familienerbstück wert ..."

Während Jay Wache stand und bereit war zu pfeifen, falls einer der Diener auftauchen sollte, die ihrem Onkel, Sir Hugo, treu ergeben waren, huschte Coral durch eine Seitentür aus dem Haus und durch den Garten.

Jay lief voraus, kletterte den Stamm eines großen Baumes hinauf und stand breitbeinig wie ein Leopard auf einem hohen Ast. Die Luft war rein. Leise wie eine Katze floh Coral vom Grundstück ihres Onkels.

Auf dem weiten, offenen grünen Park, der Fort William umgab, blickte sie sich nach der gemieteten Ghari um. Der Fahrer wartete auf sie, und Coral stieg in die Kutsche. Auf der westlichen Seite des Forts lag der Fluß Hugli und der Stadtteil Chowringhee mit seinen engen, verschlungenen Gassen und geschäftigen Basaren, auf denen sich viele Menschen drängten. In diesem zwielichtigen Viertel Kalkuttas hatte Coral sich nach Javed Kasam erkundigt.

An der nordöstlichen Ecke des Parks fuhr die Ghari vorbei an den Marktschreiern, den Ständen, die Süßigkeiten und Tee feilboten, und bog dann in Richtung des alten chinesischen Basars ein, in dem eine geheimnisvolle orientalische Kultur blühte. Sie erhaschte einen Blick auf Kulis, die dreieckige Strohhüte und kurze Hosen trugen, und erblickte schwarze Türen mit roten und goldenen Schildern, bevor das Pferd abbog und auf das noch ältere armenische Stadtviertel Kalkuttas zusteuerte.

Corals Augen hielten nach der armenischen Kirche Ausschau, die 1724 erbaut worden war. Ihr Körper spannte sich an, als die Kirche in ihr Blickfeld rückte. Die Kutsche blieb neben dem Friedhof stehen, und Coral wartete. Sie sah nicht das geringste Anzeichen von einem Inder, den sie für Javed Kasam hätte halten können. Sie ließ die Gharitür offen stehen und fühlte, wie der trockene Wind an ihrer Kopfbedekkung zerrte und die silbernen Ringe zum Klingen brachte. Sie rückte sie zurecht, damit ihre Locken nicht darunter hervorspitzten. Ihr Herz pochte.

Mehrere Minuten krochen langsam dahin. Ihre Augen schweiften über das Kirchengelände und den dahinter liegenden Friedhof. Dann sah sie ihn. Einen großen, bärtigen indischen Soldaten, den sie für einen Radschput aus der Soldatenkaste der Hindus hielt. Er trug eine eindrucksvolle, makellose Kriegerkleidung und hatte ein Schwert umgegürtet. So trat er irgendwo hinter den Sträuchern hervor und schritt zu der offenen Gharitür.

Coral lehnte sich auf ihrem Sitz zurück, als seine imposante Gestalt den Türrahmen füllte und seine Hand dabei den Griff seines Schwertes umfaßte. Sie sagte nichts, als die leuchtenden dunklen Augen über das Innere der Ghari glitten und dann auf dem leeren Sitz ihr gegenüber hängen blieben.

„Wo ist Ajub Khan?"

„Ich bin Ajub Khan . . .Sind Sie Javed Kasam?"

Seine schwarzen Augen blickten sie durchdringend an. Er kniff sie zusammen, und Coral versuchte, seinem Blick standzuhalten. Sie hoffte, sie hatte ihn nicht beleidigt, weil sie diesen Männernamen benutzt hatte, und versuchte, ihm ihre Gründe zu erklären. „Verstehen Sie bitte, ich wollte nicht, daß Sie Kontakt zu meiner Familie aufnehmen, und –"

Der Radschput sagte etwas zu dem Fahrer, dann schwang er, bevor sie etwas erwidern konnte, seine schwere Gestalt auf den freien Sitz, schlug die Tür zu, und die Kutsche fuhr los und ließ die alte Kirche hinter ihnen zurück.

„Sir! Ich will hier mit Ihnen sprechen! Wohin bringen Sie mich?"

Er sprach nicht und konzentrierte sich auf die Straße hinter ihnen. Coral fühlte Panik in sich hochsteigen.

„Javed Kasam, ich würde gern –"

„Ruhe, Sahiba."

Sie beobachtete ihn mit wachsender Besorgnis. Er wollte anscheinend sicherstellen, daß ihnen niemand folgte. Die Kutsche bewegte sich jetzt in einem schnellem Galopp vorwärts, die Hufe des Pferdes wirbelten den Staub auf der Straße auf. Coral hielt sich ihre Tschunni gegen die Nase und den Mund. Als sie einen Blick aus dem Fenster warf, sah sie, daß sie Kalkutta hinter sich ließen.

„Wohin bringen Sie mich?"

„Ich bringe Sie zu Javed Kasam."

Dann ist er nur ein Kontaktmann. Sie entspannte sich ein bißchen. „Ist es weit?"

„Nicht weit."

Die holprige Straße war zentimeterdick mit feinem, braunem Staub bedeckt und Dornbüsche standen als stachelige Wächter auf Corals Seite der Kutsche und sperrten ihr jeden Fluchtweg ab. War sie eine Gefangene? Das Versprechen des Radschput „*nicht weit*“ stellte sich als einstündige Fahrt heraus. Coral war erleichtert, als sie endlich hörte, wie er den Fahrer anwies, stehenzubleiben.

Der Radschput stieg aus. Dann befahl er dem verärgerten Ghari-Wallah, ruhig zu bleiben, und versicherte ihm, er würde für seine Dienste gut bezahlt.

Coral war nicht nur wütend über diese Behandlung, sondern auch nervös. Was für ein Ganove war dieser Javed Kasam wohl, wenn er seine künftigen Kunden zuerst einmal durch die Gegend jagte, als seien sie Diebe, die ihm etwas stehlen wollten?

Das Klappern von Pferdehufen erklang. Schnell drehte sie sich auf ihrem Sitz um und schaute aus dem Fenster. War er endlich gekommen? Doch bevor sie wußte, wie ihr geschah, tat die Ghari wieder einen Satz nach vorn und das Pferd lief mit einem kräftigen Trab weiter, während sich gleichzeitig ein Mann in die Ghari schwang und die Tür hinter sich zuschlug. Als er sich umdrehte, um sie anzusehen, erstarrte Coral.

2

„Javed Kasam“ trug ein schwarzes, indisches Hemd und darüber eine silberne Kette als Gürtel. Sein Schwert war eine dieser gebogenen, tödlichen Klingen, die als *Tulwar* bekannt waren. Coral hatte diese Waffen schon auf Kingscote bei den indischen Wächtern gesehen. Sein Turban war ebenfalls schwarz, aber die Augen und die gutaussehenden Gesichtszüge des Mannes waren ihr in den Verkleidungen mehrerer verschiedener Männer nur allzu vertraut und machten ihr nur zu bewußt, daß sie nicht nur Javed Kasam nicht kannte, sondern ebenso wenig den disziplinierten Major Buckley und den Abenteurer mit dem Affen auf der Schulter, der sie auf dem Basar gerettet hatte.

Coral starrte ihn an. Er beugte sich vor und zog ihr mit einer schnellen Handbewegung die Tschunni vom Kopf und enthüllte ihre goldfarbenen Locken. Das Schwarzblaue in seinen Augen funkelte. Er ließ sich zurückfallen, und sie hörte ihn atemlos etwas murmeln.

„Aber ... *Sie* können doch nicht Javed Kasam sein.“

Er kniff die Augen zusammen. „Jedenfalls sind Sie nicht Ajub Khan, Madame.“

Coral wußte nicht warum, aber sie errötete. „Ich habe einmal gehört, wie mein Vater von ihm sprach.“

„Was nicht ganz das gleiche ist. Außerdem ist Khan tot.“

„Oh. Ehrlich gesagt, fürchtete ich, Sie würden – ich meine – Javed Kasam würde sofort mit meinem Namen zu Sir Hugo gehen.“

„Wohl kaum. Ich würde ihm bestimmt nicht meine eigene Verkleidung verraten."

Coral zog ihre Tschunni ab und atmete tief ein. „Sie müssen verstehen, Sir, ich bin ziemlich neu in diesem zwielichtigen Geschäft."

„Zwielichtiges Geschäft?"

Da ihr jetzt klar war, mit wem sie sprach, und sie wußte, wie verzweifelt sie auf seine Hilfe angewiesen war, fuhr sie eilig fort: „Das ist vermutlich nicht das richtige Wort. Intrige wäre vielleicht besser."

Er beobachtete sie, ohne etwas zu sagen.

Das läuft nicht so, wie ich geplant habe. Sie machte sich an ihrer Tschunni zu schaffen und strich die Seide glatt.

„Ich muß sagen, das ist eine charmante Verkleidung", erklang die sanfte Stimme, und Coral blickte auf. Er gab einen sehr gut aussehenden indischen Krieger ab.

„Eine Inderin in hoher sozialer Stellung, die den männlichen Namen eines herrschenden Moslemprinzen führt", sagte er. „Machen Sie das öfter, Miss Kendall – oder sollte ich Sie Madame Khan nennen?"

Sie konnte es sich nicht leisten, ihn zu verärgern, und zügelte ihre eigene Irritation. „Da wir schon von Verkleidungen sprechen, mit wem spreche ich eigentlich? Einem Schiffskapitän, einem Major der britischen Armee oder Javed Kasam?"

„Das kommt darauf an." Er lächelte. „Sie können mich Jace nennen."

Nun, das habe ich jetzt herausgefordert. ‚Jace' war das letzte, was sie zu ihm sagen würde, da es viel zu vertraut war, was er natürlich wußte.

„Ich wüßte gern, woher Sie diesen Namen haben." Seine Miene war wieder ernst, und sie fühlte sich bei der sicheren Distanz zwischen ihnen wohler.

„Auf mein Wort, Sir, ich werde Ihnen alles erklären."

„Ist Ihnen klar, daß es Dinge gibt, über die Sie einfach nicht sprechen dürfen? Eine davon ist die wahre Identität von Javed Kasam", sagte er ruhig. „Es war ein Risiko für mich, Sie zu treffen. Ich möchte meinen Kopf gern noch länger behalten. Bevor wir uns trennen, schwören Sie, darüber zu schweigen, daß Sie jemals diesen indischen Kerl gekannt haben."

Coral fühlte sich unbehaglich, als ihr bewußt wurde, daß sie ihn in Gefahr gebracht hatte. „Natürlich", sagte sie schnell. „Aber würden Sie mir bitte verraten, warum Sie sich in Gefahr befinden?"

„Da Sie gewünscht haben, mich zu sehen, bin ich derjenige, der Fragen stellt. Erstens, wer hat Ihnen von mir erzählt?"

Sie lehnte sich auf ihrem Sitz zurück und hielt seinem Blick unerschrocken stand. „Direktor Rawlings von der Ostindienkompanie. Ich habe ihn in London in seinem Büro aufgesucht, und er gab mir Ihren Namen."

Bei der Erwähnung von Rawlings bemerkte sie ein deutlich erleichtertes Funkeln in seinen Augen.

„Wer hat Ihnen von Rawlings erzählt?"

„Niemand hat mir ausdrücklich von ihm erzählt. Ich habe einmal zufällig gehört, wie mein Vater über ihn sprach."

Er blickte überrascht auf. „Sir Hampton in Intrigen verwickelt?"

Coral schwieg. Sie wußte wenig über die Kontakte ihres Vaters.

„Das ist wahrscheinlich nicht überraschend. Die Lage von Kingscote erfordert Kontakte in Indien und Burma. Wer war der Mann, mit dem Ihr Vater über Rawlings sprach?"

„Ich erinnere mich nicht mehr an ihn. Er war ein Holländer, der ihn wegen der Verfrachtung von Seide aufsuchte.

Ich hörte ein kurzes Gespräch darüber, daß Direktor Rawlings ‚bestimmte Menschen kennt, die im Osten geheime Informationen beschaffen könnten.'"

„Ah. Deshalb sind Sie zu Rawlings gegangen, als Sie in London waren."

„Ja. Ich wartete, bis Sir Hugo nach Indien abgereist war."

„Warum?" wollte er wissen.

Sie glaubte, daß er das bereits wisse, erklärte es aber trotzdem noch einmal: „Sir Hugo besteht darauf, daß Gem tot ist. Ich glaube es nicht. Meine Situation in der Familie ist derart, daß ich in Direktor Rawlings die beste Chance sah, meinen Sohn zurückzubekommen. Ich fragte ihn nach einem Mann, den ich anheuern könnte, um herauszufinden, wo Gem sich befindet. Direktor Rawlings zögerte zuerst, aber schließlich schrieb er einen Namen auf einen Zettel und gab ihn mir. Er sagte, ich könne Javed Kasam in Kalkutta finden, und daß er sehr gut sei – für den richtigen Preis." Corals Hand schloß sich enger um die perlenbesetzte Tasche, in der der Roxburyring steckte.

Wenn sie erwartet hatte, daß er auf die Anspielung einer guten Bezahlung für seine Dienste reagieren würde, wurde sie enttäuscht. Coral spürte eine leichte Entmutigung in sich aufsteigen. Angenommen, er weigerte sich, ihr zu helfen? Etwas warnte sie, nicht ihr ganzes Vertrauen auf den Ring zu setzen. Sie wußte nicht, wie weit seine Zukunftspläne mit der Darjeeling-Teeplantage gediehen waren, aber der Ring würde ihm mehrere Fahrten auf seinem Klipper ersparen. Sie glaubte kaum, daß er ihr Angebot ablehnen könnte.

„Und jetzt weiß ich, wer Javed Kasam ist", fuhr sie fort. Wenn Coral wegen einer Sache unsicher war, dann wegen der Frage, ob sie sich in der Gegenwart von Major Buckley oder von Javed Kasam wohler fühlte.

„Und jetzt, da Sie es wissen?" wiederholte er.

„Bin ich noch überzeugter, daß dieser ‚indische Söldner' – einer der besten im Osten laut Direktor Rawlings – der Mann ist, der mir hilft, Gem ausfindig zu machen."

Sie hoffte, er würde darauf reagieren. Ihre Unsicherheit wuchs, als er es nicht tat. Wenn ihre frühere Anspielung auf Bezahlung nicht die erhoffte Reaktion gebracht hatte, dann auch jetzt nicht ihre Vertrauensbekundung auf seine Fähigkeiten. Er sah sie nur beobachtend an, und während er das tat, wurde sie noch verzweifelter.

Coral verfiel in ein ungemütliches Schweigen. Sie versuchte, sich keine Meinung über diesen Mann zu bilden, aber ein Urteil drängte sich ihr trotzdem auf. *Unabhängig, stark und so unzähmbar wie das weite Land Indien.* Wie war Jace Buckley unter seinen vielen Verkleidungen wirklich? Er war nicht wie Ethan. *Ethan.* Plötzlich wünschte sie sich, er wäre hier.

„Sie werden mir erlauben, Sie anzuheuern?" fragte sie und brach das ungemütliche Schweigen.

Er betrachtete sie einen Augenblick forschend im Schatten der Ghari und fragte, als habe er ihre Frage nicht gehört. „Haben Sie irgend jemandem gegenüber Kasam erwähnt? Ihren Schwestern? Ihrer Tante?"

„Nein. Ich habe den Namen und die Adresse in Chowringhee auswendig gelernt, solange ich noch in London war, dann habe ich den Zettel, den Direktor Rawlings mir gegeben hatte, verbrannt. Ich wußte nicht, wie lange es dauern würde, bis ich nach Indien zurückkäme, und drei Jahre waren zu lang, um den Zettel aufzubewahren."

„Sie würden sich in der Welt der Intrigen gut machen."

Sie warf ihm einen Blick von der Seite zu ... Bestimmt sollte das nur ein Spaß sein.

„Dann weiß niemand außer dem Jungen, daß Sie mir eine Nachricht geschickt haben?"

„Der Junge? Ach ja, ich verstehe, was Sie meinen. Vielleicht hätte ich das Risiko mit den zwei Brüdern nicht eingehen sollen, aber ich sah keine andere Möglichkeit, Kontakt zu Ihnen aufzunehmen. Sie verraten nichts. Dessen bin ich mir sicher. Darf ich Sie anheuern?"

„Nein."

Verwirrt sprach sie eilig weiter. „Aber ich bezahle Sie auch gut!"

„Es tut mir leid, Sie mit meiner Absage enttäuschen zu müssen, aber ich bin nicht zu kaufen."

„Wenn mir überhaupt jemand helfen kann herauszufinden, ob Gem noch am Leben ist, dann sind Sie es. Ich bin froh, daß Sie Javed Kasam sind, denn Sie wissen am besten, was mit seiner Entführung zusammenhängt. Sie haben mich gewarnt, und Sie können jetzt die Wahrheit herausfinden."

Die Ghari blieb stehen, und ein ungemütliches Schweigen breitete sich im Schatten der Kutsche zwischen ihnen aus. Der Wind schlug gegen die Tür und brachte die Kutsche zum Schaukeln. Coral beugte sich zu ihm vor.

„Er gehört mir. Ich liebe ihn, ich habe ihn aufgezogen, ich habe ihm Jahre meines Lebens gegeben, und ich will ihn zurück!"

Er betrachtete sie, sprach aber kein Wort.

„Herr Major, ich gebe Ihnen alles, was Sie wollen, alles, was ich Ihnen geben kann. Sie wissen, daß mein Vater eine Seidenplantage besitzt."

Ein drohendes Licht flackerte in seinen Augen auf, aber sie wollte die Warnung nicht sehen.

„Diese Teeplantage, die Sie und Michael so unbedingt gewollt haben. Ich kaufe sie Ihnen."

„Wirklich?" Er faltete die Arme vor seiner Brust und betrachtete sie mit einem Blick, der das Schwarze in seinen Augen wie funkelnde Kohlen hervorstechen ließ.

Sie sah diese Miene in seinem Gesicht, die ihr wohl bekannt war, aber sie verstand sie als Interesse. „Ich habe etwas, das ich Ihnen zeigen will. Ich habe es mitgebracht."

Sie glaubte, sie habe ihn für sich gewonnen, und öffnete schnell die Perlenschnur ihrer Tasche und holte das zusammengeknotete Taschentuch hervor. Zitternd entknotete sie es. Eine Minute später streckte sie ihm die Handfläche mit dem offenen Taschentuch entgegen, auf dem die Rubine des Roxbury-Ringes wie Feuer funkelten. „Finden Sie heraus, ob Gem am Leben ist. Wenn ja, helfen Sie mir, ihn zurückzubekommen, und der Ring gehört Ihnen. Sie können sich auf Ihrer Plantage zur Ruhe setzen. Sie brauchen nicht mehr auf Gedeih und Verderb mit Ihrem Klipper gegen Wind und Meer ankämpfen, wenn ich sie Ihnen leicht geben kann!"

Unerwartet schlossen sich seine warmen, starken Finger so fest um ihre Hand, daß die Juwelen sich in ihre Handfläche eingruben. „Wofür halten Sie mich?"

Verwirrt starrte sie ihn an. Er war wütend! „Aber der Ring ist mehr als genug, um Ihre Plantage zu kaufen!"

„Ich *weiß*, was er wert ist."

Ihre Augen suchten seine und fanden darin nur Mißfallen.

Er sagte zähneknirschend: „Ich beabsichtige, diese Plantage zu besitzen. Und ich werde weiterhin jede armselige *Rupie* sparen, bis es so weit ist. Und wenn ich erreicht habe, was ich mir vorgenommen habe, wird die Plantage mir gehören und mir nicht von der Tochter eines Seidenplantagenbesitzers geschenkt werden. Ich will Ihren Ring nicht. Ich will überhaupt nichts, was Sie als Kendall haben. Ich will lieber für immer an meinen Klipper gefesselt sein, bevor ich zulasse, daß eine Frau Jace Buckley zu einem Schoßhündchen mit einem Diamantband um den Hals macht." Er hob ihre Hand mit dem Roxbury-Erbstück. „Selbst wenn es mir von Ihrer hübschen kleinen Hand umgelegt würde."

Er ließ sie los, öffnete die Gharitür und stand schon im Begriff, auszusteigen. Aber er wandte sich noch einmal zu ihr um. „Geben Sie ihn Ethan Boswell. Ich habe den Eindruck, Sir Hugos Neffe hat bestimmt keine Skrupel."

Ethan? Dieser Name wirbelte ihr durch den Kopf. Was hatte ihr Vetter mit der Sache zu tun? Aber sie war zu sehr von seiner Reaktion überrascht, um über seine Andeutung, Ethan sei käuflich, beleidigt zu sein. Was wußte er über ihren Vetter?

Wie um noch Öl in das Feuer ihrer Entrüstung zu gießen, stieg er plötzlich trotz ihres Protestes aus der Ghari aus und rief dem Radschput etwas auf Bengali zu, der daraufhin schnell sein Pferd holte.

Coral beugte sich aus der Gharitür und sah, wie er sich auf sein Pferd schwang. Er blickte unerbittlich zu ihr herab.

„Guten Tag, Madame Khan." Dann wirbelte er sein Pferd herum und ritt davon.

Coral saß da und klammerte sich an ihrem Sitz fest. Das Klappern der Pferdehufe verhallte, und der Wind wehte gegen die Seite der Ghari. Sie dachte über seine Reaktion auf den Ring nach. War sie zu hochnäsig damit umgegangen? Hatte es wie eine Bestechung ausgesehen? Oder lag ein anderes Motiv hinter seinem Handeln? Sie runzelte die Stirn und ließ sich auf den Sitz zurückfallen.

Auf dem Rückweg nach Kalkutta fragte sich Coral müde und deprimiert, was so falsch gelaufen war.

Javed Kasam war nach den Worten von Direktor Rawlings ein Söldner, der aus einem einzigen Grund gefährliche Aufträge übernahm: gute Bezahlung. Warum war er dann beleidigt gewesen? Sie ließ in ihrem Gedächtnis noch einmal Revue passieren, was geschehen war. Dabei kam sie zu dem Schluß, daß im Gegensatz zu den Männern, die sie in London kennengelernt und vor deren Motiven Großmutter Victoria sie gewarnt hatte, Jace ihre Stellung als Tochter eines Seidenplantagenbesitzers störte. Die Ghari fuhr mit dem Rad in ein Schlagloch. Sie wurde auf die Seite geworfen und stieß sich die Schulter. Es war nicht der Schmerz, der ihr einen Aufschrei entlockte, sondern eine plötzliche Erkenntnis.

„Coral Kendall! Du hast dich wie ein Elefant im Porzellanladen benommen! Du hast ihm den Ring vor die Nase gehalten, als wolltest du einen Bären ködern! Hast ihm angeboten, ohne Schwierigkeiten genau das zu kaufen, wofür Jace Buckley seit mehreren Jahren kämpft!"

Coral stöhnte über ihre eigene Dummheit. Ihre Verzweiflung, Gem ausfindig zu machen, hatte sie Jace gegenüber unsensibel gemacht.

Ich hätte es besser wissen müssen.

Aber wie gut kannte sie diesen Mann? Fast überhaupt nicht. Was nun?

Als sie Fort William erreichten, stieg der Ghari-Wallah von seinem Sitz und sein Gesicht verriet ein deutliches Mißfallen über den Verlauf des Nachmittags. Sie bezahlte ihn und gab ihm noch ein stattliches Trinkgeld.

Ich gebe nicht auf, dachte Coral entschlossen, als sie der Ghari nachsah. *Jace Buckley ist der Mann, der sich in Indien am besten auskennt. Ich werde es noch einmal versuchen.*

Das nächste Mal wäre sie klüger, als ihm ein Erbstück unter die Nase zu halten oder ihm hochnäsig zu versprechen, ihm mit ihrer dicken Geldtasche eine Teeplantage zu kaufen.

Offenbar hatte sie den Stolz eines Geparden verletzt, eines Geparden, der selbst seinen Preis bestimmte und sich weigerte, von irgend jemandem Hilfe anzunehmen – vor allem von Coral Kendall.

3

Margaret Roxbury warf die Schultern zurück, als sie vor der Tür zum Schlafzimmer stehenblieb, das sie mit ihrem Mann teilte. Sie griff an ihren brünetten Nackenknoten; ihre braunen Augen blickten nüchtern und ernst. Sie holte kurz Luft und öffnete die Tür.

Hugo Roxbury stand mit seinem breiten Rücken zu ihr vor dem Spiegel, als sie die Tür hinter sich schloß.

„Guten Morgen, Hugo."

Er schlüpfte in seine Jacke über seiner Seidenweste und seine schwarzen Augen sahen sie aus dem Spiegel heraus an. Er lächelte und seine gleichmäßigen Zähne zeigten sich unter seinem kurzgeschnittenen Schnurrbart. Sein Bart war gepflegt. Ihr fiel wieder einmal auf, welch ein auffallend gutes Aussehen ihr Mann besaß.

„Du bist früh auf, nachdem du die ganze Nacht getanzt hast", sagte er ruhig.

Sie richtete sich steif auf. „Ich habe nur wenig getanzt. Lady Carlton hatte einen Asthmaanfall und mußte auf dem schnellsten Weg nach Hause gebracht werden. Ich nahm ihren Platz ein." Sie ging über den dicken Indigoteppich und öffnete weit die Türen, die auf die Veranda hinausführten.

Er fuhr mit seinen sauber manikürten Fingernägeln über die vordere Seite seiner Weste, wobei sein Rubinring glitzerte. „Ich habe dir noch nicht gesagt, wie hinreißend du auf dem Staatsball ausgesehen hast." Er drehte sich zu ihr um. „Der Oberst hat viel von deiner Zeit in Anspruch genommen."

„Bei einem oder zwei Walzern würde ich nicht davon sprechen, daß er viel von meiner Zeit in Anspruch genommen hat. Er war nur höflich." Sie betrachtete ihn und erinnerte sich daran, wie sein äußeres Erscheinungsbild sie als junges Mädchen in London anfangs fasziniert hatte. Sir Hugo Roxbury war ein aufregender, geheimnisvoller Mann gewesen, ein entfernter Vetter mit einem charmanten Auftreten und glatten Worten, der sie überzeugt hatte, daß sie mit seiner moralischen Unterstützung ihr Talent, Kleider zu entwerfen, zu einem großen Erfolg weiterentwickeln könnte. Er hatte ihre Aufmerksamkeit von dem jungen Fähnrich John Sebastian Warbeck, einem Mann, der fest entschlossen gewesen war, sie zur Frau eines Offiziers in der Ostindienkompanie zu machen, ablenken und auf sich richten können. Warbeck hatte sich in seinem jugendlichen Stolz geweigert, sich unter dem Druck der Familienseidendynastie zu beugen und sich dem Willen von Lord Henry und Lady Victoria Roxbury zu unterwerfen. Letzten Endes war es mehr die Ablehnung John Warbecks durch ihre Familie als ihre Liebe zu Hugo gewesen, die ihre Ehe zuwege gebracht hatte.

„Aus welchem Grund will der Generalgouverneur dich heute sprechen?" fragte sie.

Hugos Besuche im Gouverneurshaus wurden immer häufiger. Die Zusammenarbeit mit dem Gouverneur sicherte ihm ein größeres Ansehen innerhalb der Kompanie, ebenso wie die bevorstehende Verlobung ihrer Tochter Belinda mit Sir Arlen George, einem Verwandten des Gouverneurs. Belinda war der Grund, der sie heute morgen zu Hugo geführt hatte.

„Es geht nicht schon wieder um das Grenzgebiet im Norden, nicht wahr?" bohrte sie weiter.

„Ich fürchte schon. Der Angriff auf den Vorposten in Jorhat war erst der Anfang von erneuten Schwierigkeiten mit Burma. Der Generalgouverneur schweigt über den Vorfall, aber es wurde der Versuch unternommen, den Neffen des Radscha in Guwahati zu töten."

„Hugo, mußt du denn in diese Sache verwickelt werden? Es ist so gefährlich."

Er legte ihr die Hände auf die Schultern. „Es ist sowohl zum Besten Englands als auch zum Besten Indiens, daß ich dem Gouverneur diene. Mach dir keine Sorgen. Es gibt viele, die sich in einer prekäreren Lage befinden als ich, einschließlich Hampton."

„Hampton!"

Seine Miene wurde ernst. „Wenn Hampton klug wäre, würde er seine Meinung ändern und endlich mit der Kompanie zusammenarbeiten. Kingscote liegt gefährlich nahe an Jorhat. Er braucht vielleicht bald unsere Hilfe."

„Hampton Kendall ist zu unabhängig, um die Kontrolle über die Plantage einfach durch eine Unterschrift abzutreten. Die Kingscote-Plantage blieb bei früheren Schwierigkeiten Assams mit Burma immer unberührt. Warum sollte sie jetzt in Gefahr sein?"

„Burmas Entschlossenheit, das nördliche Grenzgebiet einzunehmen, besonders Assam, ist ungebrochen. Neue Kämpfe können jederzeit ausbrechen. Eines Tages bricht vielleicht ein offener Krieg aus, und wir werden zum ersten Mal innerhalb Burmas kämpfen müssen!"

„Vergiß doch das alles, Hugo. Laß uns zurück nach London gehen. Dort wartet Arbeit auf dich, und Victoria braucht dich."

Ein schwaches Lächeln huschte über sein Gesicht. „Eines Tages. Zur Zeit gibt es zu viel in Indien zu tun. Es betrifft auch die Seide. Jetzt, da wir eine Art Vertrag mit dem König von Assam haben, steht dem Vordringen der Ostindienkompanie ins Himalajagebiet mit dem Ziel, einen Handel mit Tibet zu eröffnen, nichts mehr im Wege. Ich erwarte, daß Hampton die Seidenproduktion verdoppeln oder gar verdreifachen könnte."

Margaret wußte, daß sie nicht viel unternehmen konnte, um ihn zu überreden, nach London zurückzukehren. Jahr für Jahr wartete sie auf einen Grund, der ihn überzeugen würde, sich ins Parlament berufen zu lassen.

„Die Möglichkeiten, die sich uns im Nordosten bieten, sind zu groß, um sie einfach zu ignorieren", erklärte er.

„Da du gerade von Hampton sprichst", begann sie beiläufig. „Ich glaube, du solltest mit ihm wegen Alex und Belinda sprechen."

Sie sah seine schwarzen Augen vor Ungeduld funkeln. Er war fest entschlossen, seine Tochter mit Sir George zu verheiraten. Er ließ die Hände von ihren Schultern sinken und drehte sich wieder zum Spiegel um, wo er die letzten Kleinigkeiten zu seinem tadellosen Äußeren zurecht rückte. „Das haben wir doch schon durchgesprochen, Margaret. Belindas kindische Verliebtheit in ihren Vetter Alex vergeht, wenn sie endlich erwachsen wird."

Sie seufzte. „Ich bin nicht so sicher, daß es nur eine kindische Verliebtheit ist."

„Unsinn. Sie ist erst siebzehn."

„Ich war nur ein Jahr älter, als wir geheiratet haben."

„Du warst anders als Belinda, meine Liebe."

„So anders auch wieder nicht, Hugo. In diesen Tagen erinnert mich so viel von ihr an mich selbst."

Er stieß ein kurzes, amüsiertes Lachen aus. „Ich bin Arlen George, und Alex ist Oberst Warbeck, meinst du das?"

„Das hat nichts mit unserer Vergangenheit zu tun oder mit dem Oberst. Ich will nur nicht mit ansehen müssen, wie Belinda in eine Ehe gezwungen wird, die sie nicht will."

„So wie du?“

„Hugo, bitte.“ Sie trat zur Veranda und blickte hinaus. Jay und zwei andere Kindersklaven schleppten volle Wassereimer und füllten den Graben um den Orangenbaum. „Hugo, Belinda ist unser einziges Kind.“

„Belinda ist verwöhnt. Sie braucht jemanden wie Arlen George, der mit ihren Launen fertig werden kann.“

„Wenn ich zu nachsichtig war, dann nur, weil du zu streng warst.“

„Ich will jetzt nicht über Kindererziehung streiten. Es ist dafür zu spät, wir können nun nichts mehr rückgängig machen.“

„Aber es ist nicht zu spät für ihre Zukunft. Eine Heirat ist zu wichtig, und ich will nicht zulassen, daß sie zu etwas gedrängt wird, über das sie sich so aufregt. Belinda ist alles, was ich habe.“

„Du vergißt mich, mein Schatz.“

Margaret drehte den Kopf um und sah ihn mit einem dumpfen Schmerz in ihrem Herzen an. „Habe ich dich je gehabt, Hugo?“

Er zog die Augenbrauen hoch und betrachtete sie fragend. „Eine seltsame Bemerkung, Mrs. Roxbury. Du hast immer meine Aufmerksamkeit, meine Verehrung besessen.“

Margaret blickte hinaus über die Veranda. „Ich komme gerade von Belinda. Sie hat einen großen Teil des gestrigen Abends mit Arlen verbracht. Er besteht darauf, daß auf dem Weihnachtsball in Barrackpore ein Hochzeitstermin festgelegt wird. Sie ist sehr aufgebracht.“

„Aufgebracht? Man sollte meinen, sie sei entzückt. Nicht jede junge Frau in der Kompanie wird von einem Mann wie Arlen George umworben. Die Heirat mit ihm sichert ihre Zukunft in Indien.“

Margaret versuchte, sich ihre Verzweiflung nicht anmerken zu lassen. „Sie will nicht in Indien bleiben. Das weißt du. Sie will zurück nach London.“

„Belinda sah gestern abend nicht sonderlich besorgt aus. Sie machte den Eindruck, als genieße sie den Abend mit den vielen jungen Offizieren, die sie über den Tanzboden wirbelten. Du wirst doch zugeben, daß Arlen reif genug ist, über ihre Leichtlebigkeit hinwegzusehen. Er verwöhnt sie zu sehr. Er weiß, daß sie in Alex Kendall verliebt ist, und er ist bereit, sie aus diesen kindlichen Gefühlen herauswachsen zu lassen. Arlen ist die beste Wahl für Belinda. Alex ist zu launisch. Seine Musik ist sein Leben. Ich bezweifle, ob er überhaupt weiß, daß es Belinda gibt.“

„Er weiß es. Er hat ihr aus Wien geschrieben.“

Hugo schwieg und blickte ihr forschend ins Gesicht. „Das ist ziemlich plötzlich, nicht wahr?“

„Es ist überhaupt nicht plötzlich. Sie sind Vetter und Kusine. Sie haben seit ihrer Kindheit miteinander korrespondiert.“

„Alex schreibt ihr seit Jahren, und ich erfahre das erst jetzt?“

„Belinda hat es nie als großes Geheimnis betrachtet, auch Alex nicht. Sie schrieb auch Michael, als er noch lebte.“

Sein Mund verzog sich grimmig. „Ich hätte nie gedacht, daß Alex sie in diese Richtung ziehen würde.“

„Du bist ungerecht. Man könnte meinen, Alex sei ein Taugenichts ohne einen Pfennig Geld in der Tasche. Ich verstehe dich nicht. Du willst doch unbedingt, daß dein Neffe Ethan Coral heiratet. Aber Alex ist genauso ein künftiger Kingscoteerbe. Warum keine Heirat mit Belinda?“

„Aus einer Reihe wichtiger Gründe, meine Liebe. Einer davon ist Arlen George selbst. Er ist ein ehrgeiziger Mann mit einem gesunden Menschenverstand. Er wird es in Indien zu etwas bringen. Wer weiß? Vielleicht wird er eines Tages sogar Generalgouverneur. Jetzt erzähle mir von diesen Briefen, die aus Wien kommen."

„So viele waren es nicht von Alex."

„Hat Belinda sich ihm an den Hals geworfen?"

„Hugo!"

„Dann hast du nichts von diesen Briefen gewußt?"

„Nein. Aber wenn ich davon gewußt hätte, dann hätte ich mich darüber nicht aufgeregt. Belinda erzählte mir, daß diese Briefe bestimmt keine Liebesbriefe gewesen seien. In seinem letzten gratulierte er ihr zu ihrer bevorstehenden Verlobung und hat in seinem übrigen Brief über Musik und Wien geschrieben. Aber Belinda glaubt anscheinend, daß Alex etwas an ihr liege, und ich habe ihr versprochen, mit dir über ihn zu sprechen."

„Das ist alles nur sentimentaler Unsinn, Margaret. Ich bezweifle, ob Alex *etwas an ihr liegt*, wie sie es ausdrückt. Aber wenn, dann ist es nur oberflächliche Verliebtheit. Er ist nicht der richtige Mann für sie." Hugo kam näher und hielt sie fest. „Wenn Assam endlich ein Radschastaat unter britischer Herrschaft wird, könnte Arlen Kommissionär werden. Ihre Ehe ist für das Seidenunternehmen genauso wichtig wie Ethans Ehe mit Coral. Die Roxburys brauchen beide Verbindungen."

„Und die Kendalls?" fragte sie schwach. „Ist es für sie auch wichtig?"

Sein Gesicht war undurchdringlich. „Wir sind alle miteinander im Seidengeschäft, nicht wahr? Margaret, schau mich nicht so an." Er stieß ein unerwartetes Lachen aus und zog sie in seine Arme. Sie war so wütend auf ihn, daß sie zitterte. Sie wußte, daß er fühlte, wie sie erbebte, denn seine Umarmung wurde fester.

Die Belustigung über ihren Ärger war aus seiner Stimme

verschwunden, und er wurde ruhiger. „Liebling, du bist wütend."

Ihre Stimme zitterte. „Ja, Hugo, ich bin wütend. Du bist wie ein starrsinniger Bär. Du trampelst vorwärts und zertrittst unter deinen Füßen alles und jeden, der deinen Plänen im Wege steht."

Er schwieg, und sie entzog sich nicht seiner Umarmung.

„Soll ich das so verstehen, daß du mir nie vergibst, wenn ich nicht mit Hampton über Alex spreche?"

Die Veränderung in seiner Stimme überraschte sie. Sie hob den Kopf und blickte ihm fragend ins Gesicht. „Ich würde mich freuen, wenn du mit Hampton sprechen würdest, ja."

„Wenn es dich glücklich macht, meine liebe Margaret, dann werde ich das tun."

Verblüfft brachte sie einen Augenblick lang kein Wort über die Lippen und rührte sich nicht von der Stelle. „Du meinst das ernst?"

„Ja, aber ich glaube, die ganze Sache wegen Alex ist reine Zeitvergeudung. Du sagst, daß ich zu hart zu Belinda wäre; die Wahrheit ist, daß ich mir Sorgen machen würde, wenn sie Alex heiraten sollte. Er ist ein junger Mann mit einem dunklen Gemüt."

„Alex?" fragte sie lachend.

„Ich habe gehört – nun, vielleicht sollte ich lieber nichts sagen."

„Über Alex? Was ist mit ihm?"

„Ich wollte es nicht sagen, aber vielleicht wurden die Mädchen nicht nur wegen Elisabeth nach Hause gerufen, sondern auch wegen Alex."

„Wegen Alex? Aber warum?"

„Erinnerst du dich noch, als er sich vor einigen Jahren in seinem Zimmer auf Kingscote einsperrte? Er war so düster gestimmt, daß er sich tagelang weigerte, mit seiner Familie zu essen oder zu sprechen."

„Ja", erwiderte sie leise, und ein bedrückendes Gefühl bemächtigte sich ihrer. „Er wollte in Wien studieren. Hampton bestand darauf, daß er sich mehr um Seide kümmern sollte. Schließlich sprach Elisabeth mit Hampton, und er gab nach. Die Musik bedeutet Alex so viel. Ich kann nachempfinden, wie deprimiert er war."

„Er war mehr als deprimiert. Er versuchte, Selbstmord zu begehen."

Sie holte schnell Luft. Der junge, gut aussehende, sensible Alex? „Aber davon hat Elisabeth nie etwas gesagt; sie hat mir nie erzählt –"

„Deine Schwester hielt es für das Beste für seine Zukunft, der Familie nichts zu sagen. Ich wüßte es auch nicht, wenn nicht Ethan den Arzt kennengelernt hätte, der ihn in Wien behandelt hat. Er hat mir von Alex erzählt, als wir in London waren."

„Er war in Wien wieder krank?"

Seine Hände umfaßten ihre Schultern fester. „Er hat sich nie richtig erholt, auch nicht, nachdem er ermutigt worden war, nach Wien zu gehen. Letztes Jahr brach er während einer Vorführung zusammen und war monatelang krank. Es gab eine Zeit, in der der Arzt glaubte, er würde sich nie wieder erholen."

Margaret kämpfte gegen das an, was sie hörte. Es klang so unglaublich.

„Alex geht es jetzt wieder besser. Er ist nach Kingscote gekommen. Aber über seinen Geisteszustand und über seine Zukunft herrscht Ungewißheit. Elisabeth weiß nichts von diesen neuerlichen Problemen ... Sie ist zu krank, und Hampton hat es ihr nicht gesagt. Aber er hat es für am besten gehalten, daß seine Töchter nach Hause kommen. Er braucht ihre Hilfe. Ich hätte nichts gesagt, aber ich kann den Blick nicht ertragen, mit dem du mich jetzt angesehen hast, als ob mir nichts am Glück meiner Tochter liege, oder an deinem."

Margaret fühlte sich wie benommen. „Wenn Belinda das herausfindet, schmettert diese Nachricht sie nieder."

„Es tut mir leid, daß ich es dir sagen mußte. Aber wenn du Belindas Verlobung mit Arlen bis zum Frühling verschieben willst, spreche ich mit ihm über diesen Aufschub."

Sie schüttelte verwirrt den Kopf. „Ich weiß nicht. Das ändert alles. Der arme Alex. Hugo? Bist du sicher, daß das alles stimmt? Vielleicht liegt ein Irrtum vor."

„Ich kann nichts beschwören, das will ich auch nicht, aber Doktor Schuller ist ein Freund von Ethan, und keiner der beiden Männer hat Grund, den Geisteszustand deines Neffen zu übertreiben." Er seufzte. „Du könntest Hampton schreiben, vermute ich. Aber du mußt vorsichtig sein. Wir wollen doch deiner Schwester nicht noch mehr Leid zufügen. Elisabeth hat schon mehr als genug Leid zu tragen. Zuerst das Kind – wie war doch gleich sein Name?"

Margarets Herz durchfuhr es wie ein Stich, als sie an ihre Schwester dachte. „Ranek", murmelte sie betrübt und dachte dabei, daß sie auch einen Jungen verloren hatte, aber sie war erst im fünften Monat mit ihm schwanger gewesen, als sie eine Fehlgeburt hatte.

„Dann die Tragödie um den Tod des indischen Jungen und ganz zu schweigen von Michael."

„Hugo, halt mich fest."

„Liebling, Margaret." Er umarmte sie. „Du bedeutest mir alles. Ich will nichts tun, das dich verletzen könnte. Das weißt du doch? Ich wollte dir das nicht sagen."

Margaret schluckte ihren Wunsch zu weinen hinunter. Die ersten Tage in ihrer Ehe waren vorbei, in denen sie zu viel geweint hatte. Manchmal könnte sie schwören, daß Hugo sie liebte; aber zu anderen Zeiten schien er genauso besessen zu sein wie Alex von seiner Musik.

Ihre Gedanken kehrten zu ihrer Schwester zurück. Elisabeth blieb auch in den Tiefen ihres Lebens stark, weil sie den Worten der Bibel glaubte. Sie stützte sich auf Gottes Verheißungen als ihr Licht und ihre Hoffnungsquelle. *Wie steht es um die Grundlage meines eigenen Glaubens?* fragte sich Margaret. *Habe ich überhaupt eine?* Sie hatte als Kind an die Lehren der christlichen Kirche geglaubt, und doch ... konnte Elisabeth sich Gott auf eine Weise nähern, die ihr fremd war, denn Gott schien weit von ihrer Welt entfernt zu sein, eine unpersönliche Macht.

In diesem Augenblick waren für Margaret nur die starken Arme ihres Mannes, mit denen er sie festhielt, Wirklichkeit. In den zwanzig Jahren ihrer ungewissen Beziehung hatte er sie nicht genug festgehalten.

„Ich will an unsere Ehe glauben, Hugo."

„Glaube mir, denn es ist wahr. Eines Tages mache ich dich glücklich, Margaret. Ich bringe dich ins Roxburyhaus zurück. Du wirst schon sehen. Ich verspreche es dir. Aber ich habe hier in Indien noch Arbeit, vor der ich nicht einfach davonlaufen kann. Vielleicht kannst du nächstes Jahr zurückfahren und Victoria besuchen, und ich komme nach, sobald ich kann. Du würdest doch gern zurückfahren, Liebling?"

„Ja, du weißt, daß ich das gern würde."

„Victoria wäre entzückt, wenn du einige Zeit das Seidenhaus leitest."

Sie blickte ihn an und hielt den Atem an. „Hugo, ist das dein Ernst?"

„Liebling, ich habe ein schlechtes Gewissen, weil ich dich von dort fortgebracht habe, denn ich weiß, wie viel es dir bedeutet. Wenn Belindas und Arlens Verlobung an Weihnachten bekanntgegeben wird, könnte Arlen euch beide vielleicht nach London begleiten. Deine Mutter will ihn sicher noch vor der Hochzeit im nächsten Jahr kennenlernen."

„Hugo, bist du sicher wegen Alex?"

„Ich bedauere, daß es nötig war, dir davon zu erzählen. Du hast recht. Belinda wird es weh tun, wenn sie davon erfährt. Es ist vielleicht barmherziger ihr gegenüber, wenn sie es nicht weiß. Vielleicht wäre es am besten, sie glauben zu machen, daß Alex diese junge Dame in Wien schon geheiratet habe. Wie war ihr Name?"

„Katharina Friedrichs", sagte Margaret. „Aber Hugo, das wäre eine Lüge. Wie können wir das unserer einzigen Tochter antun?"

„Wenn er nächstes Jahr nach Wien zurückkehrt, wird er sie zweifellos irgendwann heiraten. Wir müssen das tun, was für Belinda am besten ist. Wir müssen an ihre Kinder denken und an die ganze Familie. Glaube mir, sie wird über diese kindische Verliebtheit in ihren Vetter hinwegkommen. Und Arlen wird gut zu ihr sein."

„Ich weiß nicht, Hugo ... Vielleicht hast du recht, und doch weiß ich, daß sie nach London zurück will."

„Wenn du und Arlen mit ihr fahrt, bin ich zuversichtlich, daß sich alles zum besten wenden wird."

„Ja, vielleicht. Laß mich darüber nachdenken, Hugo."

„Nimm dir soviel Zeit, wie du brauchst. Aber die Sache muß vor den Weihnachtsfeiern in Barrackpore geklärt sein." Er küßte sie auf die Stirn. „Sir George drängt mich zu einer öffentlichen Bekanntgabe der Verlobung."

* * *

„Krieg!“ Die Stimmen um den Frühstückstisch hallten wider und weckten in Coral größte Sorgen. Wenn sich die Wolken eines erneuten Krieges gegen Burma im Nordosten zusammenbrauten, mußte sie nach Hause kommen, bevor alle Reisewege abgeschnitten waren!

Sir Hugos dunkle Augen wanderten über den Tisch. „Der Vorposten in Jorhat wurde von burmesischen Soldaten angegrifen. Ein britischer Offizier namens Selwyn wurde gefangengenommen, verhört und dann abgeschlachtet.“

Aus Mariannas Mund erklang ein entsetztes Stöhnen, aber Hugo schien es nicht zu bemerken. „Der Generalgouverneur bat Oberst Warbeck, Verstärkung zu schicken. Es ist ihm gelungen, seinen Sohn wieder ins Militär zurückzuholen. Major Buckley führt einen Trupp nach Norden.“

Coral wußte von Assams früheren Scharmützeln mit Burma, aber ein offener Krieg? Coral warf einen Blick über den Tisch. Alle Gesichter waren düster.

Marianna stellte die Frage, die wie ein Gespenst in Corals Kopf umging. „Wie kommen wir dann nach Kingscote zurück?“ Ihre hellblauen Augen waren weit aufgerissen und ihre zierlichen Gesichtszüge waren so blaß, daß ihre erdbeerroten Locken noch heller aussahen.

Coral streckte die Hand über den Tisch und drückte ihrer kleineren Schwester die Hand. „Wir kommen schon nach Hause. Wir haben doch Seward. Hast du das vergessen? Er kann Söldner anheuern, die uns auf unserem Weg beschützen.“

„Ich fürchte nicht, Coral“, kam Sir Hugos feste Stimme.

Sie schaute ihren Onkel über den Tisch hinweg an. Die dunklen Augen unter seinen schweren Brauen waren auf sie gerichtet.

„Es ist zu gefährlich, jetzt die Safari zu unternehmen, auch mit Seward. Ich habe mit ihm gestern darüber gesprochen.

Um eurer eigenen Sicherheit willen ist es besser, wenn du und deine Schwestern warten, bis die Angelegenheit in Jorhat geklärt ist." Er wandte sich an seine Tochter Belinda. „Ich vermute, du freust dich, wenn deine Kusinen zu deiner Verlobungsfeier während der Weihnachtstage hier sind?"

Belinda erblaßte bei dem Wort Verlobung und sagte nichts. Margaret sagte schnell. „Als Hochzeitsgeschenk will dein Vater, daß Sir George uns nach London begleitet. Während deine Großmutter Arlen kennenlernen kann, leite ich das Seidenhaus. Darüber freust du dich doch, nicht wahr, Belinda?"

Belindas betrübte Augen erwachten zu neuem Leben. Sie blickte von dem angespannten Gesicht ihrer Mutter zu ihrem Vater. „Wirklich, Vater?"

„Ich dachte, ein Aufenthalt im Roxburyhaus mit Arlen vor der Hochzeit würde dich glücklich machen. Du kannst auch in London heiraten, wenn du willst. Deine Großmutter veranstaltet sicher eine extravagante Feier und lädt dazu den Herzog und die Herzogin von Sandhurst ein. Außerdem ist es kein Geheimnis, wie sehr sich deine Mutter schon seit Jahren danach sehnt, wieder zu ihren Seidenentwürfen zurückzukehren."

Corals Gedanken waren noch bei Sir Hugos Ankündigung, daß sie nicht nach Kingscote zurückkehren könnten. Ihr Magen krampfte sich zusammen. *Sie mußte nach Hause!* Er war ihr Onkel, aber mit welchem Recht befahl er ihr, in Kalkutta zu bleiben, wenn ihr Vater doch nach ihnen geschickt und erklärt hatte, sie sollten sofort nach Hause kommen?

„Seward wird fast mit allem fertig", hörte Coral sich das Gespräch über London unterbrechen. „Da Mutter so krank ist, bin ich gezwungen, die Safari zu riskieren. Vielleicht sind auch noch andere auf Kingscote krank, womöglich sogar die

Kinder. Ich will mit Seward sprechen. Wo kann ich ihn finden?"

Schweigen breitete sich über die am Tisch Sitzenden aus. Ihr entging das ungeduldige Funkeln in den Augen ihres Onkels nicht, aber Tante Margaret ergriff das Wort. Ihre Stimme war angespannt, aber ruhig. „Liebes, wir wissen nie, was diese Wilden als nächstes unternehmen. Dein Onkel hat Erfahrung in diesen Dingen. Wir sollten am besten auf ihn hören. Versuche, dir keine Sorgen zu machen. Du kommst zu deiner Mutter zurück, sobald der Weg sicher ist."

Coral schob ihren Teller zurück und erhob sich, aber Sir Hugos Stimme unterbrach ihr Handeln. „Als euer Vormund während der Zeit, die ihr von Kingscote fort seid, bin ich gezwungen zu handeln. Hampton würde es von mir erwarten. Seward und ein paar angeheuerte indische Söldner sind kaum ein sicherer Begleitschutz für eine zweimonatige Überlandreise. Nicht bei dem Risiko, daß Kämpfe ausbrechen." Er lächelte. „Außerdem, meine Liebe, bist du nicht in der Lage, eine Herde Kinder auf Kingscote zu bemuttern. Du mußt dein Mitleid ablegen und diese Sache mit den Augen eines Realisten betrachten. Indien ist eine Mutter mit einer Million winselnder Kinder. Daran kann niemand von uns viel ändern. Setz dich jetzt und iß dein Frühstück zu Ende."

Sie hörte Margarets Tasse auf der Untertasse klappern und wurde sich des bedrückenden Schweigens bewußt, das die anderen an ihre Stühle band. Margaret hoffte, sie würde nichts mehr darauf sagen ... das wußte Coral. Aber wenn sie jetzt nachgäbe, welche Möglichkeit bliebe ihr dann, nach Hause zurückzukehren, bevor ihr Onkel es endlich erlauben würde?

Die Angst, gegen ihren Willen bevormundet zu werden, forderte ihre sofortige Reaktion heraus. Coral war selbst von ihrer ruhigen Stimme überrascht. „Ich verstehe deine Bedenken, Onkel. Aber ich kenne das Tropenfieber. Ich weiß, was meine Mutter durchmacht, und ich kann nicht ein ganzes Jahr riskieren und warten, bis die Ostindienkompanie ihre Probleme mit Burma beigelegt hat." Sie warf einen Blick auf ihre Schwestern, die sie überrascht anstarrten. „Ich werde Kathleen und Marianna nicht in Gefahr bringen, wenn sie hier bleiben wollen. Ich fahre auch allein, wenn dies nötig ist."

Das Schweigen wurde immer drückender. *Würde bitte jemand etwas sagen?* Ihr Herz pochte.

Sir Hugo stieß unerwartet ein kurzes Lachen aus. Sie sah einen leichten Anflug von Respekt in seinen Augen. „Du bist schon immer eine unerschütterliche junge Frau gewesen, Coral, trotz deiner Probleme mit deiner Gesundheit. Ich beabsichtige nicht, deine Freiheiten in Frage zu stellen, noch will ich andeuten, daß du nicht nach Hause kannst, wenn du dich entschlossen hast. Aber du mußt meine Bedenken verstehen. Ein Überfall auf die Safari könnte deine Gefangennahme bedeuten. Ich denke lieber nicht an die entsetzlichen Schwierigkeiten, die es Hampton bereiten würde, dich wieder freizubekommen."

Coral fand seine Gegenwart übermächtig, aber sie wollte sich von ihm nicht einschüchtern lassen.

„Wirklich, Hugo, ich glaube, wir sollten noch warten, ehe wir das besprechen", sagte Margaret.

„Du hast recht." Er klang jetzt mitfühlend. „Ethans Ankunft wird deinen Aufenthalt in Kalkutta sicher verschönern, Coral."

Auf diese Ankündigung war sie nicht vorbereitet gewesen. Coral setzte sich schnell und sah ihn an. „Ethan? Er kommt hierher?"

„Wußtest du das nicht? Wir haben darüber gesprochen,

bevor ich London verließ. Er sollte einen Monat nach eurer Abreise von Dover aus mit einem holländischen Schiff fahren. Er wird noch vor Weihnachten hier eintreffen ... rechtzeitig zu Belindas Verlobung."

„Nein. Davon hat er nichts gesagt."

„Er muß vermutet haben, daß ich es dir schon gesagt habe."

„Ich habe ihn mehrere Wochen vor unserer Abfahrt nicht gesehen", gestand Coral. „Er war beruflich in Oxford beschäftigt."

„Dann ist das schuld an dieser kleinen Überraschung", sagte Hugo gut gelaunt.

„Das ist wirklich eine Überraschung", sagte Margaret fröhlich und versuchte offensichtlich, Coral aufzuheitern. „Ich muß jedoch zugeben, daß ich von dieser Ankündigung genauso überrascht bin wie Coral. Sollte Ethan nicht in irgend einen höheren Posten befördert werden? In der Forschung, nicht wahr, Hugo?"

Er sah seine Frau durchdringend an. „Du irrst dich, Liebste."

„Ich bin sicher, daß er mir das erzählt hat. Er freute sich schon auf diesen Posten. Reiche mir bitte den Tee, Liebling."

„Du weißt, wie aufopferungsvoll Ethan sein kann." Hugo füllte ihre Tasse neu. „Nichts ist ihm für die Sache der Medizin zu teuer. Ebenso wie Coral hat er eine Liebe zum indischen Volk."

Von dieser Wende der Ereignisse verwirrt, versuchte Coral, ihre Gefühle in Ordnung zu bringen. *Ethan kommt nach Indien ...*

„Er wird seine Forschung fortsetzen", erklärte Hugo. „Hampton hat mit ihm wegen der Errichtung eines Labors im Dschungel um Kingscote korrespondiert."

Margaret wandte sich an Coral. „Da Elisabeth so krank ist, kommt das zu einem günstigen Zeitpunkt."

Coral konnte es nicht erwarten, allein zu sein, um in Ruhe nachdenken zu können, und erhob sich zu schnell. Ein plötzliches Schwindelgefühl drohte, ihr das Gleichgewicht zu rauben. Sir Hugo stand ebenfalls auf und sah besorgt aus.

„Es ist nichts", murmelte Coral. „Mir wird oft schwindlig. Das vergeht bald wieder."

„Laßt Doktor Harvey rufen."

Ein Arzt! „Nein, wirklich nicht, ich brauche keinen Arzt", wehrte sich Coral.

Doch in weniger als einer Stunde saß Coral in einem Sessel mit hoher Rückenlehne und hörte den Vortrag des pensionierten Armeearztes.

„Ein bißchen Ruhe und ein Löffel voll davon vor dem Schlafengehen, und Sie sind bis Weihnachten wieder auf den Beinen und wirbeln über die Tanzfläche."

„Einige Tage im Bett werden ihr gut tun", fügte Sir Hugo hinzu.

Coral wollte Einspruch erheben, aber Doktor Harvey zupfte nervös an seinem silbergrauen Spitzbart. „Richtig, Hugo, ganz richtig."

„Ich würde es hassen, Hampton einen Brief schreiben zu müssen und ihm mitzuteilen, daß du einen Rückfall erlitten hast", sagte Hugo.

Coral sah ihn an. Erinnerungen an ihren langen Aufenthalt im Sommerhaus in London griffen mit kalter Panik nach ihr. *Nein, Gott, nicht das schon wieder, bitte.* Allein der Gedanke, unter starke Medikamente gesetzt zu werden, ließ sie nachgeben, aber sobald sie im Bett und mit ihren Schwestern allein war, fuhr sie in die Höhe, warf die Decken beiseite und ging auf Kathleen los.

„Warum hast du gegen Onkel Hugo nicht zu mir gehalten?“

Kathleen wandte ihr den Rücken zu und starrte aus dem Fenster. Marianna rang die Hände und ihre Stimme zitterte, als sie sprach. „Ich habe Angst vor Onkel Hugo. Es tut mir leid, Coral.“

„Ich habe nicht von dir gesprochen, Marianna, sondern von Kathleen. Sie ist die Älteste, und sie hätte zu mir stehen sollen.“ Coral stöhnte, ging zu dem Rattansofa neben dem kleinen Tisch und ließ sich darauf fallen. „In Kalkutta bis nach Weihnachten! Mama ist krank, und Papa braucht uns! Ich habe nicht vor, hier zu bleiben!“ Sie stand wieder auf. „Ich weiß, was du denkst, Kathleen! Wenn wir bleiben, können wir vielleicht irgendwie mit Tante Margaret und Belinda nach London zurück!“

Kathleen wirbelte mit funkelnden Augen herum. „Ja! Ich bin die Älteste, und ich habe noch mehr Recht auf mein eigenes Leben als du. Mit Jacques im Seidenhaus zu arbeiten bedeutet mir so viel wie dir die Schule, die du auf Kingscote errichten willst.“

„Oh, hört bitte auf!“ weinte Marianna. „Müßt ihr zwei auch noch streiten! Ich hasse das! Oh, Coral, was willst du denn gegen Onkel Hugos Wünsche unternehmen?“

„Was kann ich schon tun? Ich bin bis zu dem Picknick an mein Bett gefesselt. Dafür wird Tante Margaret schon sorgen. Sie wird mich bewachen. Ganz genauso wie in London. Fünf Tage im Bett! Ich muß Seward eine Nachricht schicken.“

Kathleen betrachtete sie zweifelnd. „Was kann Seward schon tun? Du hast doch Onkel Hugo gehört. Sein ‚Vorschlag‘ war eher eine Warnung: ‚Bleib im Bett, meine Liebe, oder du bist hier bis zum Frühling.‘“

„Mama kann bis dahin schon im Himmel sein“, jammerte Marianna.

„Hör auf damit!“ fuhr Kathleen sie an. „Onkel Hugo will uns hier behalten, bis Vetter Ethan an Weihnachten eintrifft“, sagte Kathleen nachdenklich. „Ich war überrascht, daß du ihm so lange Paroli geboten hast.“

„Onkel Hugo ist vielleicht unser Vormund. Aber Papa hat Seward hierhergeschickt, um uns nach Hause zu holen“, sagte Coral. „Ich kenne Seward. Er ist loyal. Wenn ich ihm alles erkläre, wird er uns helfen und die Safari organisieren.“

„Gegen Onkel Hugos Bedenken wegen unserer Sicherheit? Ich bin nicht so sicher. Er kann uns nicht garantieren, daß wir auf dem Weg keinen Gefahren begegnen.“ Sie zog einen Brief aus ihrem Mieder. „Du sagtest, ich hätte dich nicht unterstützt. Ich hätte Onkel Hugo noch mehr Grund geben können, unsere Abreise hinauszuzögern, wenn ich ihm das gezeigt hätte.“

Mißtrauisch trat Coral neben sie. „Ein Brief?“

„Von Hauptmann McKay. Er kam heute morgen mit einem Botenjungen aus Plassey.“

„Plassey liegt auf unserem Weg nach Norden“, sagte Coral vorsichtig.

„Ja, und aus diesem Grund war Gavin auch nicht auf dem Ball. Er wurde in das 82. Regiment dort versetzt. Er schrieb, sie erwarten Schwierigkeiten. Nicht aus Burma, das liegt zu weit weg, aber aus Indien – vom Königreich der Maharattas.“

Marianna krauste die Nase. „Ma-ha-was?“

„Ein Staat in Zentralindien, der von der Ostindienkompanie unabhängig ist. Hauptmann McKay schreibt, sie haben schon seit Jahren Schwierigkeiten mit ihnen. Auf unserem Weg kommen wir sehr nahe an Plassey vorbei, wo gekämpft wird.“

Coral hatte mehr Bedenken, als ihre Entschlossenheit verriet. Krieg ... würde das denn nie ein Ende nehmen? Sie dachte an Major Buckley. Er war also auch wieder zum Militär zurück und führte einen Trupp zum Vorposten in Jorhat. *Jorhat!* Sie hielt den Atem an.

Kathleen sah sie kritisch an. Marianna vergaß kurz ihre pessimistische Stimmung und betrachtete sie mit einem neugierigen Blick.

„Was ist?“ fragte Kathleen.

„Ich habe eine Idee“, sagte Coral.

„Oh nein. Ich will es nicht hören“, sagte Kathleen und ging zur Tür. „Komm, Marianna, laß Coral sich ausruhen.“

„Wartet“, sagte Coral mit leuchtenden Augen. Sie sahen sie beide an – Kathleen zweifelnd, Marianna erwartungsvoll.

Coral dachte an Jace. Wie lang wäre er noch in Kalkutta? Ein Plan nahm in ihrem Kopf Gestalt an. Was wäre, wenn – was wäre, wenn sie Major Buckley dazu überreden könnte, sie nach Kingscote zu bringen? Sir Hugos Argument, daß es zu gefährlich sei, wäre damit null und nichtig. Englische Zivilisten reisten oft unter dem Schutz der Ostindienkompanie.

„Ich weiß, was du denkst“, sagte Kathleen. „Daß wir unter militärischer Begleitung reisen könnten. Ich habe gehört, was Onkel Hugo über Major Buckley gesagt hat. Aber damit bleibt immer noch das Problem mit Ethan. Onkel Hugo wird darauf bestehen, daß wir auf seine Ankunft warten, damit wir alle gemeinsam nach Hause fahren können.“

„Coral, du bekommst doch keinen Rückfall, nicht wahr?“ fragte Marianna besorgt.

Coral lächelte fröhlich, obwohl sie sich müde fühlte. Sie hatte wieder neue Hoffnung. Und wieder lag die Hoffnung ebenso wie ihre Hoffnungen, etwas über Gem herauszufinden, bei Jace Buckley.

„Mach dir um mich keine Sorgen. Ich kann eine Safari nach Kingscote gut überstehen. Was Ethan betrifft, er hatte doch nicht damit gerechnet, mit uns zu reiten. Er wird langsam reisen müssen, um seine medizinische Ausrüstung nicht zu beschädigen. Oh, ich bin so froh, daß er kommt! Er kann Mutter sicher genauso helfen wie mir. Siehst du, Marianna? Alles wird gut. Der Herr führt unsere Wege."

„Wirklich? Ich dachte, das tut Onkel Hugo", entgegnete Marianna.

„Angenommen, Onkel Hugo findet heraus, was du im Schilde führst?" warnte Kathleen.

„Das wird er nicht", sagte Coral vertrauensvoll und dachte an ihr heimliches Treffen mit Javed Kasam.

„Onkel Hugo ist nicht der Mann, der sich gern ausspielen läßt", sagte Kathleen. „Wußtest du, daß er früher ein Pirat war?"

Marianna blieb die Luft weg. Coral starrte ihre Schwester an.

„Belinda hat es mir erzählt", erklärte Kathleen.

„Warum sollte Belinda so etwas über ihren Vater sagen?" fragte Coral.

„Weil sie vor ein paar Wochen ein Gespräch zwischen ihm und einem Engländer gehört hatte. Sie haben ein portugiesisches Schiff vor der Küste von Pondicherry versenkt, als sie noch jung waren."

Coral glaubte das gern.

„Belinda sagt, der Mann habe ungewöhnlich ausgesehen. Seine Augen waren blaß und seine Haut sah seltsam weiß aus. Sogar seine Haare sahen aus wie Platin."

„Ein Albino?" fragte Coral.

„Ein blaßäugiges Gespenst", flüsterte Marianna.

„Unsinn", sagte Coral. „Aber sagt bitte Tante Margaret kein Wort davon. Ihre Beziehung zu Onkel Hugo ist ohnehin schon angespannt wegen Belinda und Sir George."

„Ich kann es Belinda nicht verdenken, daß sie Sir George

nicht heiraten will“, sagte Kathleen. „Dieser Mann ist genauso kalt und herrschsüchtig wie Onkel Hugo.“ Sie nahm Marianna am Arm und zog ihre widerstrebende Schwester mit sich zur Tür. „Und verrate kein Wort von dem, was ich erzählt habe, Tante Margaret.“

„Natürlich nicht, Kathleen“, erwiderte Marianna. „Wofür hältst du mich, für eine kleine dumme Gans?“

Kathleen lächelte zu süß, streichelte ihrer Schwester über die roten Locken und schloß dann die Tür hinter ihnen.

4

Wenige Tage später saß Coral in der Rikscha und umklammerte ihren breitrandigen Hut, dessen Bänder die gleiche Farbe hatten wie ihr weites, taubenblaues Kleid, das sie über einer Vielzahl von Unterröcken trug. Die zarten Puffärmel und das auf Taille geschnittene Mieder waren mit winzigen weißen Muschelknöpfen besetzt.

Es war der Tag nach dem Picknick. Wieder war es ihr mit Hilfe des kleinen Jay gelungen, unentdeckt aus dem Haus zu schleichen. Während sie sich an ihrem Sitz festklammerte, blickte sich Coral um und war von ihrer Umgebung leicht benommen. Überall waren Menschen – so viele, daß es unbegreiflich war, sie als Individuen mit ganz persönlichen Hoffnungen und Schicksalen zu sehen. Käufer und Bettler ignorierten einander und hielten sich streng an die Kastenregeln. Die Unberührbaren standen ganz unten, die meisten von ihnen lebten ohne jede Hoffnung, ohne irgendein Mitgefühl durch ihre Mitmenschen.

Kalkutta breitete sich nördlich und südlich des Hugli aus. Überall liefen Kinder herum, einige von ihnen waren bis auf ein abgetragenes Leinentuch nackt. Zahlreiche Ochsenkarren und herumstreunende, herrenlose Kühe blockierten den Verkehr. Eine alte Kuh stand vor einem Karren und kaute die frischen Waren, während der Händler tatenlos daneben stand. Nicht weit davon entfernt wurden Bettler mit lautem Fluchen davongejagt. *Das Paradoxon von Kalkutta,* dachte Coral.

Die Menschen trugen verschiedene Kleidungen, jede Farbe und jedes Gewand war das Zeichen für eine andere Kaste. Wohlstand und bittere Armut lebten auf seltsame Weise nebeneinander. Das Kastensystem sorgte dafür, daß die breite Masse ihren Status als göttlichen Willen akzeptierte. Der Tod wurde nur als ein weiteres Ereignis angesehen, das zu einer neuen Reinkarnation führte. Vielleicht würde nach zehntausend Reinkarnationen die Freiheit kommen. Vielleicht. Für die meisten war das zweifelhaft. In der Zwischenzeit war es undenkbar, aus dem Kastensystem auszubrechen.

Hier im Zentrum dieser menschlichen Metropole trübte Corals eigene menschliche Zerbrechlichkeit jede geistliche Sicht. Eine Masse von Gesichtern verschwamm ineinander. Die einzelnen Stimmen verloren ihre Eigenständigkeit und vermischten sich nur zu einer lauten Geräuschkulisse. Sie fühlte sich von der Not um sich herum überrollt, und einen Augenblick lang empfand sie nichts anderes als den plötzlichen Wunsch, allem zu entfliehen.

Wie kann Gott für so viele Menschen sorgen? fragte sie sich. Aber er liebt alle. Sie dachte an die Kinder Israel, die im Buch Exodus Sklaven des Pharao waren. *Ich habe ihr Seufzen gehört,* hatte Gott zu Mose gesagt.

Ihre Augen wurden feucht; ihre Hand verkrampfte sich zu einer feuchten Faust auf ihrem Schoß. *Oh, diese Menschen so zu sehen, wie du sie siehst, Vater; für ihre Seelen so zu fühlen, wie du fühlst.*

War das möglich? Würde eine solche Liebe und ein solches Mitgefühl ihr nicht selbst das Herz brechen?

Dann schenke mir nur einen Tropfen deines Mitgefühls in meinen Kelch. Aber selbst dann kann ich ihn nur mit deiner Gnade tragen.

So sehr hier in diesem Land auch jedes geistliche Leben fehlt, so armselig es auch ist, ist Indien doch das Land, in dem der Herr mich haben will. Es ist jedes Opfer wert.

„Und bald besitze ich einen Teil der Bibel auf Hindi", murmelte Coral mit einem Lächeln. Sie würde dieses Licht von einem Ende Kingscotes bis zum anderen verbreiten! Sie würde die Kinder in ihrer eigenen Sprache unterrichten.

Würde es ihr gelingen, Seward zu überreden, die geplante Safari doch zu unternehmen? Wie würde ihr Vater auf ihre Idee, eine Missionsschule zu eröffnen, reagieren?

Beten, dachte sie. *Ich muß für die Schule beten, für Kingscote, dafür, daß Mutter sich bald von ihrem Fieber erholt.*

Manchmal fühlte sich Coral angesichts ihrer unmöglichen Pläne übermannt, als wäre sie nur ein winziger Kieselstein auf Indiens großem, weiten Subkontinent. Auf sie wartete nicht nur das Mißfallen von Sir Hugo und der Kompanie, sie hatte nicht einmal die Garantie, daß ihre Eltern einverstanden wären. Das Feuer, das die Sepoys bei Gems Entführung gelegt hatten, hatte ihrem Vater Angst eingejagt. Konnte sie ihm das zum Vorwurf machen? Er hatte sein ganzes Leben dafür gearbeitet, die Seidenplantage zu einem erfolgreichen Unternehmen aufzubauen. Ein winziger Funke auf das Raupenzuchtgebäude könnte das Ende bedeuten.

Sie erschauderte und mußte an ihren Traum denken. Die Suche nach Gem in den Flammen war so lebendig, daß sie beinahe den Rauch riechen konnte.

Die Rikscha bahnte sich einen Weg durch das Menschengewühl und bewegte sich über den Marktplatz. Neben dem Gouverneurshaus erhaschte Coral einen Blick auf die St. John's Kirche. Hier hieß sie den Rikscha-Jungen anhalten. Sie ging hinein und setzte sich auf eine Bank, wo sie mehrere Minuten im stillen Gebet verbrachte.

Als sie zur Rikscha zurück ging, hörte sie hinter sich auf den Pflastersteinen das Klappern von Hufen. Sie wandte sich um und sah einen jungen Mann von einem Pferd der Kompanie absteigen. Der Mann kam ihr irgendwie bekannt vor. Wo hatte sie ihn schon gesehen? Er trug einen knielangen Mantel und eine Lederhose, und als er das Pferd auf sie zu führte, zog er den Hut und lächelte.

„Guten Tag, Miss Kendall."

„Es tut mir leid. Der Fehler liegt bei mir, aber ..." Sie verstummte.

„Mein Name ist Franklin Peddington. Ich habe Sie kürzlich bei dem Staatsball kennengelernt. Ich glaube, Sie kennen meinen Bruder Charles."

„Ja, natürlich, guten Tag, Mr. Peddington!" Sie erkannte den Sekretär des Generalgouverneurs. „Vielleicht können Sie mir helfen. Ich suche einen Freund meines Vaters. Einen Mister Seward."

Er warf einen Blick auf die Rikscha und schien überrascht zu sein, daß sie ohne Begleitung war. Coral erklärte eilig: „Es ist sehr wichtig. Ich muß ihn unbedingt sprechen."

„Natürlich, Miss Kendall. Ich schicke jemanden los, der ihn ausfindig machen soll. Er ist wahrscheinlich in den Militärquartieren."

Vor dem Gerichtsgebäude befand sich eine freie Fläche, die Bürogebäude lagen im Süden und das Gefängnis im Norden. Eine Reihe indischer Soldaten lief herum, ihre scharlachroten Mäntel stachen aus der Menschenmenge heraus, und ihre Tschakos saßen ordentlich auf ihren Köpfen. Ein Inder in einem blauen Turban stand neben einer der Türen. Hinter ihm warteten mehrere Orientalen, die unschmeichelhaft als Kulis bezeichnet wurden. Diese dienten als Laufburschen. Er rief: „*Koi hai!*", woraufhin sie herbeigelaufen kamen und ihn mit einer ehrerbietigen Verbeugung grüßten. „*Huzoor, huzoor, burra-sahib!*"

„Lassen Sie Sahib Seward in der Kaserne suchen. Miss

Kendall ist hier und will ihn sprechen. ‚Ram! Ram!' Beeilung."

Sie liefen davon, und Franklin Peddington stand mit Coral im Schatten des Gebäudes und wartete auf Seward. Als sie ihn nach Charles fragte, erklärte er, daß sein jüngerer Bruder immer noch bei Mister Carey in Serampore sei, aber kurz nach Neujahr nach Fort William kommen und für die Kompanie arbeiten werde.

Sie hatte Charles' Einladung, ihr William Careys Missionsgelände zu zeigen, nicht vergessen, aber das würde sich nicht so leicht bewerkstelligen lassen, wie ein paar Stunden unbemerkt aus dem Haus zu huschen. Ein Besuch in Serampore bedeutete eine Bootsfahrt flußaufwärts und wäre ein ganztägiger Ausflug.

„Ich glaube, da kommt Seward", sagte Franklin und verabschiedete sich höflich von ihr.

Seward war ein Riese von einem Mann, breitschultrig mit einem runden Gesicht, das zu seiner Größe paßte. Seine widerspenstige rote Haarmähne hatte er im Nacken unter seinem Hut zusammengebunden. Mit seinen fünfzig Jahren konnte er es leicht mit jedem Jüngeren aufnehmen. Er hatte ihrem Vater auf Kingscote gute Dienste erwiesen, wo er kurz nach Gems Geburt zu arbeiten begonnen hatte. Aber er war mit Michael aufgebrochen, um zusammen mit ihm und Jace Buckley auf der *Madras* nach Macau und Cadiz zu segeln. Wie sehr er in das Darjeeling-Teeprojekt verwickelt war, wußte sie nicht genau. Sie vermutete, daß er einen Anteil an der künftigen Plantage besäße. Kürzlich hatte Seward eingewilligt, wieder für Sir Hampton zu arbeiten und Coral und ihre Schwestern nach Kingscote nach Hause zu begleiten.

Sewards Vergangenheit war geheimnisvoll, und Coral erkundigte sich nie darüber, aber sie hatte den starken Verdacht, daß er etwas mit Schmuggel in China zu tun gehabt haben könnte. Doch mit Seward in ihrer Nähe brauchte sie sich um ihre Sicherheit keine Sorgen zu machen. Er sollte jetzt ihr Verbündeter werden und sie zu Major Buckley führen und ihre Heimreise sicherstellen, obwohl er wahrscheinlich ihren Plan mißbilligen würde.

Seine Brauen waren zusammengezogen, als er auf sie zukam, und seine Augen sahen ihr forschend ins Gesicht. „Ist etwas passiert, Mädchen?"

Sie nahm äußerlich eine Angriffshaltung an und hatte die Hände in die Hüften gestemmt. „Passiert? Nichts, wenn Sir Hugos Versuch, mich in Kalkutta hinter Schloß und Riegel zu halten, vereitelt wird. Wo sind Sie gewesen?"

Seward runzelte bei der Erwähnung von Sir Hugo mißmutig die Stirn. „Ja, ich verstehe, wie Sie sich fühlen, aber Sir Hugo bestand darauf, daß Sie und Ihre Schwestern hier bleiben. Ich halte die Ohren offen, ob ich irgend etwas über Kämpfe im Norden höre. Sir Hugo ist Ihr Onkel; ich kann nicht viel gegen ihn unternehmen. Sein Wort ist jetzt Gesetz, Mädchen."

„Schwierigkeiten in Jorhat oder nicht, ich will nächste Woche wie geplant aufbrechen."

„Sie werden doch wohl nicht von mir erwarten, daß ich den Zorn von Sir Hugo riskiere und gegen seine ausdrücklichen Befehle handle. Vielleicht hat er gehört, daß es nicht klug ist, jetzt ins nördliche Grenzgebiet zu reisen. Weder Sir Hampton noch Mrs. Elisabeth würde wollen, daß ich ihre lieben Töchter einer gefährlichen Reise aussetze."

Sie schluckte und dachte dabei mehr an die Gefahren für Kingscote als für sich selbst. „Glauben Sie, es waren Soldaten aus Burma, die für den Angriff auf Jorhat verantwortlich sind?"

Er rieb sich sein bärtiges Kinn und wich aus. Coral zog argwöhnisch die Brauen zusammen. „Sie glauben Sir Hugo nicht?“

„Das kann ich erst sagen, wenn Jace – ich meine, der Major – der Sache auf den Grund geht.“

Sie bohrte weiter. „Ist Major Buckley anderer Meinung?“

„Würde er mir das wohl sagen?“

„Ich habe das Gefühl, er sagt Ihnen weit mehr, als Sie bereit sind mir zu verraten. Übrigens“, fuhr sie vorsichtig fort. „Wo ist der Major? Ist er in der Nähe?“

Er grinste. „Er ist auf der *Madras.* Er wird sie ein bißchen zum Abschied streicheln, bevor er in den Norden reitet.“

„Dann ist es wahr? Er wird die Truppe in Jorhat befehligen?“

„Ja, und er ist kein bißchen begeistert davon, daß er das Meer gegen die britische Kavallerie eintauschen soll. Er wartet auf den Befehl zum Aufbruch. Sobald der Oberst den Befehl zum Abmarsch gibt, ist er fort. Ich werde auf meinem Weg nach Kingscote mit ihm reiten.“

Coral setzte ihr süßestes Lächeln auf. „Ich dachte, daß Sie wahrscheinlich gern mit ihm reiten würden, Seward. Deshalb bin ich jetzt hier. Ich reite mit Ihnen. Welchen besseren Begleitschutz könnte ich in den Norden haben als Sie und Major Buckleys Truppe?“

Einen Augenblick starrte er sie sprachlos an. Als er sich aber der vollen Tragweite ihrer Worte bewußt wurde, warfen sich die rauhen Linien um seine Augenbrauen in tiefe Falten. „Schauen Sie, Jace wird das nicht wollen. Das kann ich Ihnen gleich sagen. Sie vergeuden Ihre Zeit und Energie. Da bin ich mir sicher.“

Coral lächelte, und ihre Augen blickten ihn gut gelaunt und herausfordernd an. „Wirklich? Was halten Sie davon, ihn das selbst entscheiden zu lassen?“

Er legte den Kopf zurück und betrachtete sie argwöhnisch.

„Ich habe gehört, daß Sie bei diesem Ball die ganze Nacht auf waren und mit dem Major getanzt haben."

„Ich konnte ihm schlecht einen Korb geben. Er war Michaels Freund, nicht wahr? Außerdem hatte er mich an dem Tag unserer Ankunft vor einem Krähenschwarm auf dem Basar gerettet. Wie dem auch sei, das kann ich später erklären. Jetzt, Seward, sind Sie bitte so lieb und führen mich zu seinem Klipper, damit ich mir das Schiff einmal ansehen kann."

Er runzelte mißmutig die Stirn und faltete seine muskulösen Arme über seinem umfangreichen Brustkorb. „Ist nicht wert, daß Sie Ihre Zeit mit dem Schiff vergeuden, Mädchen. Es ist ein ganz normales Schiff wie jedes andere auch."

Sie stieß ein Lachen aus. „Jetzt hören Sie aber auf. Ein alter Seebär, der mir einreden will, die *Madras* sei es nicht wert, daß ich sie besichtige?"

Er senkte den Blick. „Es ist das Schiff, auf dem wir Michael verloren haben."

Das hatte Coral vergessen. Ihr Lächeln verschwand. Erinnerungen an ihren Bruder stürmten wie ein kalter Wind auf einem Schiffsdeck auf sie ein. Sewards Gefühle für Michael waren nicht zu übersehen. Sie legte eine Hand auf seinen Arm. „Er ist beim Herrn. Wir trauern, weil wir ihn verloren haben, aber er erlebt jetzt nur noch Freude."

Er seufzte. „Ja, das ist wahr, Kleine. Sind Sie sicher, daß Sie an Bord gehen wollen?"

Sie warf ihre Schultern zurück. „Ja, Seward. Ich bin sicher. Es ist wichtig, daß ich den Major spreche, bevor er aufbricht."

Seward warf ihr einen mißtrauischen Blick zu, als könnte er ihre Gedanken und Absichten lesen. „Entschuldigen Sie, wenn ich das so sage, aber ich werde nichts gegen Sir Hugos Anweisungen unternehmen. Wenn er glaubt, Sie wirbeln

Schwierigkeiten auf, auch wenn es fromme Schwierigkeiten sind, wenn Sie irgend eine Schule für die Kinder dort anfangen wollen, wird Sir Hugo über Ihren Vater herfallen wie eine Krähe über eine reife Mango."

Sie nahm ihn am Arm und zog ihn zu ihrer Rikscha. Dabei lächelte sie. „Darüber will ich jetzt nicht sprechen. Zuerst muß ich nach Hause kommen, Seward. Die Sache mit dem Major wird schon gut ausgehen, warten Sie nur ab."

„Mir gefällt das nicht. Und ich habe das Gefühl, Jace wird es auch nicht gefallen."

Coral erinnerte sich an ihre erfolglose Begegnung mit Javed Kasam. War ihr jetziger Plan wieder zum Scheitern verurteilt? Sie hegte nicht den geringsten Zweifel daran, daß der unnahbare Kapitän schwierig werden könnte, aber sie weigerte sich, eine Niederlage zu akzeptieren, ohne es wenigstens versucht zu haben.

„Wenn Sie so sicher sind, daß er ablehnen wird, brauchen Sie sich ja keine Sorgen machen. Bringen Sie mich jetzt bitte auf sein Schiff."

* * *

Während sie zum Diamond Point im Hafen von Kalkutta fuhren, erkundigte sich Coral über Jace. Sie erfuhr zum ersten Mal, daß Seward Jaces Vater, Kapitän Jarred Buckley, gekannt hatte, und daß er mit ihm nach China gesegelt war. Als Junge war Jace an der Seite seines Vaters aufgewachsen und mit ihm in die reichen und geheimnisvollen Handelshäfen im Osten gesegelt.

Sewards walnußbraunes Gesicht, das von der Sonne Falten und Furchen bekommen hatte, verzog sich zu einer finsteren Miene. „Es ist eine zu lange Geschichte, um sie jetzt ausführlich zu erzählen. Aber sein Vater und ich, wir handelten mit Tee ... und, nun ja, mit einigen anderen Dingen, die ich besser nicht erwähne. Kapitän Jarred liebte seinen Sohn abgöttisch."

Ihr Argwohn wuchs. „Wollen Sie damit sagen, daß sein Vater ein Schmuggler war und daß Sie sein Partner waren?"

Sewards abgehärtetes Gesicht errötete ein bißchen. „Jace war damals noch ein kleiner Junge und er hatte keine Mutter. Er hatte mit der Piraterei nichts zu tun." Seward räusperte sich und sah sie von der Seite aus an. „Er fuhr dorthin, wohin sein Vater segelte. Wenn Ihnen diese Unberührbaren leid tun, Mädchen, dann müßten Sie für Jace auch Mitleid empfinden. Sein Schicksal als Kindersklave in China war weitaus schlimmer als das, was diesen Unberührbaren auf Kingscote passieren kann. Nachdem sein Vater starb, blieb er allein auf dem Strand von Whampoa zurück und mußte mitansehen, wie das Buckleyschiff in Flammen aufging – und viele gute Männer mit ihr. Kapitän Jarred wurde von chinesischen Militärherrschern vor den Augen des Jungen enthauptet, und in den nächsten paar Jahren war Jace Kindersklave. Er trägt immer noch einige Narben davon herum, und sie sind nicht alle auf seinem Fleisch, das kann ich Ihnen sagen."

Ein Kindersklave ... Corals Einstellung zum Kapitän der *Madras* wurde wider ihren Willen weicher. Jace war verwundbarer, als er nach außen hin zeigte.

„Sein Vater und ich –" Er machte eine Pause und räusperte sich wieder. „Wir besaßen ein Schiff, das für die Johnkompanie fuhr."

Coral versuchte, sich die vagen Gespräche zwischen ihrem Vater und Seward in Erinnerung zu rufen, die sie geführt hatten, wenn sie nicht wußten, daß sie zuhörte. Ihr Vater mußte von Sewards dunkler Vergangenheit wissen. „Johnkompanie ist das gleiche wie die Ostindienkompanie?“

Seward atmete schwer. „Ja, Johnkompanie ist nur ein anderer Name für die Ostindienkompanie. Die Johnkompanie handelt, nun ja, mit weniger ehrbaren Gütern. Sie vergeben Lizenzen an selbständige Schiffe, Ladung zu befördern. Sie sind besser bekannt als Chinahändler und segeln die östlichen Häfen an – Singapur bis zum Perlenfluß in China.“ Er sah sie an. „Meistens war unsere Fracht legal, wie Sie sagen würden – Tee und Porzellan. Aber wir waren auch in dunkle Geschäfte verwickelt.“ Seward rutschte ungemütlich auf seinem Sitz hin und her.

Coral fühlte, wie seine Augen ihre Reaktion beobachteten und sehen wollten, ob sie pikiert wäre. Sie rückte ihren Hut zurecht. „Vergessen Sie nicht, daß ich in Indien geboren und aufgewachsen bin, Seward. Vater hat die Schrecken des Opiums erwähnt. War es das, was Sie und Kapitän Jarred Buckley schmuggelten?“

Seward seufzte. „Ich hatte nichts mit dem häßlichen Zeug zu tun. Ich war von Anfang an dagegen, mich darauf einzulassen. Jarred war auch dagegen. Aber er geriet in große Schwierigkeiten, und sein Schiff war plötzlich hoch verschuldet. Er fürchtete, alles zu verlieren, und so hat er sich auf die Chinahändler eingelassen.“

„So ist er Kompromisse eingegangen.“

Er machte eine Pause. „Ja. Aber er war kein gottesfürchtiger Mann, Mädchen. Er liebte seinen Sohn, aber das war alles, was er liebte. Das Opium wurde hier in Britisch-Bengalen hergestellt und auf dem chinesischen Festland verkauft. Wir wurden bei etwas ertappt, das wirklich unsauber war, und am Ende kostete es ihn das Leben. Ich entkam dem Überfall auf dem Strand und schwamm zu einer chinesischen Dschunke hinaus. Ich versuchte, Jace zu retten, aber bei den tobenden Kämpfen konnte ich ihn nicht finden."

„Er blieb dort zurück?"

Sewards Gesicht wurde düster, und er blickte geradeaus. „Ja."

Coral versuchte zu verdauen, was sie über Jaces unerfreuliche Kindheit gehört hatte. Was mußte er als Kindersklave eines wütenden chinesischen Militärherrschers alles durchgemacht haben, noch dazu als Sohn eines englischen Kapitäns! „Wie ist er aus China entkommen?"

Seward fand offensichtlich Gefallen daran, über Jaces Einfallsreichtum zu sprechen. Sie erfuhr, daß er schließlich über die alte Seidenstraße über den Himalaja geflohen war, ein Weg, der von den alten Karawanenhändlern benutzt worden war, die Seide von den chinesischen Dynastien nach Persien und Bagdad brachten. Er erzählte ihr, daß er auf dem Weg durch Sikkim und im Gebiet von Darjeeling einen sogenannten *Munschi* – einen Lehrer und Schreiber – namens Gokul kennengelernt hatte.

„Aber Gokul war nichts von alledem, nicht wirklich. Er kannte die Basare in- und auswendig – die Welt der Intrigen – und Jace lernte sie auch kennen."

Wieder dachte Coral an Javed Kasam. „Ja", murmelte sie. „Er hat sie kennengelernt, sehr gut sogar."

„Mit vierzehn Jahren hatte Jace bereits den Weg eines Abenteurers eingeschlagen. Mit Gokul zog er durch Indien und Burma. In Bengalen hatte Oberst John Sebastian Warbeck in einem von den Briten gehaltenen Vorposten gekämpft. Ein Dorf wurde erobert, der Radscha floh mit den ihm verbliebenen Soldaten, und der Oberst hatte Jace mit nach Kalkutta genommen. Dort folgte ein neuer Lebensabschnitt, als Jace die Militärschule in London besuchte und dann zurückkehrte, um in der britischen Armee zu dienen.

Aber die Liebe zum Meer hatte er nie aufgegeben. Diese Liebe hat er von Kapitän Jarred gelernt. Er wird von der Kompanie als einer der besten Kapitäne betrachtet, aber als Eindringling."

Coral erinnerte sich vage daran, dieses Wort schon einmal aus dem Mund ihres Vaters gehört zu haben. „Eindringling?" Sie hoffte, dieses Wort bedeute nichts, das einen schlechten Ruf hatte.

„Das bedeutet, daß er unabhängig und selbständig arbeitet."

Bei dem Gedanken an Schmuggelgeschäfte rutschte Coral ungemütlich auf ihrem Sitz hin und her, und sie sah ihn unter ihrem Hut hervor an. „Wie ist es ihm gelungen, die *Madras* zu bekommen?"

Seward rieb sich den Bart. „Das weiß ich nicht. Aber er fuhr auf dem Perlenfluß von Kanton aus Tee herab; dabei kann er an den Klipper gekommen sein. Er ist ein schlauer Junge. Jace ist zwar ein bißchen wild, aber er geht keine krummen Wege. Wenigstens nicht so wie Kapitän Jarred."

„Jetzt geht er zum Militär zurück, um sein Schiff zu retten?" Plötzlich kicherte Seward. „Der Oberst ist ein Mann mit einem festen Willen. Die beiden schlagen sich manchmal die Köpfe ein, aber trotzdem empfinden sie eine tiefe Achtung voreinander. Der Oberst wird alles tun, um ihn in der Kompanie zu halten. Zur Zeit bleibt Jace keine große Wahl. Aber was das Meer betrifft – nun", erklärte er mit einem Grinsen. „Es gibt in ganz Indien keinen Engländer, der es besser kennt. Er kennt außerdem das Denken der Hindus. Spricht Bengali wie ein Einheimischer, auch ein bißchen Marathi, und er kennt ihre Religionen wie seine Westentasche."

Religion ... Wieder überlegte sie, daß Jace Buckley seine

wichtigsten Jahre mit „Gokul, dem Munschi“, verbracht hatte.

„Neigt er ... ah, zum hinduistischen Glauben?“

„Er kennt ihn sehr gut, aber er hat auch Bücher von John Newton. Er kennt den alten Mann sogar persönlich.“

„Er kennt John Newton!“

„Aber das heißt nicht, daß er ein gläubiger Christ ist“, warnte er und sah sie an.

Verriet ihre Freude zu viel?

Seward warf ihr einen nachdenklichen Blick zu. „Sie müssen Jace selbst fragen, was er glaubt. Er spricht nicht viel darüber. Sie mögen ihn, Mädchen?“

Coral machte sich an ihrem Hut zu schaffen. „Wie kann ich das sagen? Er ist mir ein Rätsel. Wie alle Abenteurer kann er wahrscheinlich problemlos zu den besten und zu den schlechtesten Menschen gehören.“

„Fehler in der Vergangenheit kann man nicht einfach entschuldigen, aber ein Mann sollte nicht nach den Sünden seines Vaters beurteilt werden. Was Jace betrifft, werden Sie wohl keinen Mann finden, der mehr Mut besitzt als er, und meiner Meinung nach sollte er nach seinen eigenen Verdiensten beurteilt werden und nicht nach den Sünden seines Vaters.“

Seward hatte natürlich recht. Sie drehte den Kopf und untersuchte vorsichtig die Seite seines abgehärteten, braungebrannten Gesichts. Das war also der Hintergrund des Freundes ihres Vaters, dem er so viel Vertrauen schenkte. Es bewies, daß sich ein Mann ändern konnte, daß die Gnade Gottes auch für den schlimmsten Sünder genügte, denn Seward sagte jetzt, daß er den Namen Jesus bekenne.

Als sie auf den Ostindiendocks im Diamond Point Hafen ankamen, wimmelte das Hafengelände von Menschen aus aller Herren Länder. Fremde Dialekte vermischten sich in

Corals Ohren, exotische Gerüche wurden auf der leichten Brise herübergetragen, die die Segel der vielen Schiffe umwehte, und auf den Stufen, die zum Wasser hinabführten, drängten sich Hindus, die im heiligen Fluß Ganges eine religiöse Reinigung suchten und sich badeten.

Mit vorsichtigen Schritten folgte Coral Seward hinunter zum Kai. Ihre Augen wanderten über die Schiffe und fielen auf einen eindrucksvollen Klipper mit einem weißen Mast mit dem Namen *Madras*.

Seward blieb stehen. „Sie sind sicher, daß Sie das tun wollen?"

„Ja, Seward, ich bin sicher."

„Meinetwegen, dann warten Sie hier bitte eine Minute."

Coral sah, wie er mit einem schmächtigen indischen Seemann mit bronzefarbener Haut sprach, die als *Karwa* bekannt waren. Einen Augenblick später kletterte Seward die Planken hinauf und verschwand. Sie fühlte ein beklemmendes Gefühl in ihrer Brust. Wie würde Jace reagieren, wenn er sie an Bord seines Schiffes sähe? Es ließ sich nicht leugnen, daß er aufgebracht war, als sie ihn mit dem Roxburyring kaufen wollte.

Ihre Augen wanderten über das Schiff. Seltsam ... Er war bereit, ins Militär zurückzukehren, um sein Schiff zu retten, obwohl ihm dieser Gedanke nicht gefiel, aber er wollte nicht den Ring von ihr annehmen und als freier Mann weiterleben.

Sie wartete und sagte sich im Geiste noch einmal vor, was sie zu ihm sagen wollte. Konnte sie ihn davon überzeugen, daß sie dringend nach Kingscote mußte? Würde sie es wagen, ihm für seine Dienste eine Bezahlung anzubieten, dieses Mal nicht den Ring, sondern vielleicht eine Ladung Kingscoteseide?

Die Zeit erschien ihr endlos lange, bis sie Sewards kräftige Gestalt endlich wieder auf sich zukommen sah.

Er zögerte und rieb sich sein bärtiges Kinn. „Mädchen, wenn ich Sie wäre, würde ich mich nicht in seine Kajüte wagen. Der Kapitän ist schlecht gelaunt."

Einen Augenblick fürchtete sie, er sei immer noch wütend wegen ihrer letzten Begegnung. „Er hat sich geweigert, mich zu sehen?"

„Nein, nichts dergleichen. Er weiß nicht, daß Sie hier sind, aber er ist mächtig wütend und hat starke Kopfschmerzen."

Kopfschmerzen ... Coral spannte sich.

An Sewards Miene konnte sie sehen, daß er hoffte, sie würde umkehren. Coral atmete tief ein und nahm ihre Röcke in die Hand. Sie hatte zu viel zu gewinnen, um jetzt umzukehren. Sie schlüpfte an ihm vorbei. Schlechte Laune oder nicht, sie würde ihn sprechen. „Es bleibt dabei, Seward. Ich will ihn sprechen."

Seward zuckte mit den Schultern und folgte ihr, während sie über die Planke auf das Deck der *Madras* stieg.

5

Die Madras

Jace berührte die blutige Schramme an seinem Hinterkopf und stöhnte. Daß er nicht besser aufgepaßt hatte, kratzte an seinem Stolz. Wer hätte gedacht, daß er, nachdem er grauenhafte Expeditionen von China nach Sumatra heil überstanden hatte, so naiv einem gewöhnlichen Dieb in Kalkutta ins Netz gehen würde?

Er hatte spät in der letzten Nacht das Schiff mit dem kostbaren mogulischen Schwert in seinem Gürtel verlassen, als er plötzlich zusammengeschlagen wurde. Die Keule mußte eine Tonne gewogen haben, schätzte er wütend. Vor seinen Augen war alles verschwommen, in seinem Kopf hämmerte es, und er hatte keine einzige Rupie übrig. Weitaus schlimmer war noch, daß er das herrliche Schwert, das einem Mogulenkönig aus Agra aus dem fünfzehnten Jahrhundert gehört hatte, verloren hatte. Das Schwert hätte ihm wertvolle Informationen darüber beschaffen können, was wirklich im Vorposten von Jorhat geschehen war.

Er lag ausgestreckt auf seiner Pritsche, trug nur eine Lederhose und fühlte sich hundeelend, als an seine Kajütentür geklopft wurde. Das Klopfen klang in seinem Kopf wie eine zwölfpfündige Kanone. Er stöhnte wieder.

„Du brauchst die Tür nicht einzuschlagen, Seward! Komm schon herein!“ Die Tür öffnete sich abrupt, und ein Strahl hellen Tageslichts strömte in die Kajüte. Jace wandte den Kopf ab, da ihn der Blick ins grelle Licht schmerzte. Er fauchte: „Sag Dschin-Su, er soll irgend eine Schlangenkur gegen diese grauenhaften Kopfschmerzen zusammenbrauen. Ich fühle mich hundeelend. Bringst du mir den Kaffee?“

„Der Kansamah sagt, du hast keinen Kaffee mehr, Junge. Deshalb hat dir Dschin-Su einen Tee gekocht.“ Seward räusperte sich. „Du hast Besuch –“

„Tee! Mir wird schon schlecht, wenn ich nur daran denke, ihn rieche oder damit handeln muß. Ich muß verrückt sein, daß ich das Zeug anbauen will! Erinnere mich daran, wenn ich die Uniform jemals wieder loswerde. Wir fahren in die Karibik und bauen Kaffeebohnen an.“

„Dein Kansamah steht kurz vor der Meuterei, Junge. Sagt, er braucht unbedingt einen Beutel mit Rupien, um einkaufen zu können.“

„Ich vermiete den Klipper der Kompanie für eine Fahrt zu den Gewürzinseln. Sie können sich ihre Lebensmittel selbst kaufen.“

„Ja, aber die Karwas drohen, auf einem anderen Schiff anzuheuern. Anscheinend hat der Oberst sie nicht bezahlt, als sie aus Singapur ankamen.“

„Sag ihnen, daß ich letzte Nacht ausgeraubt wurde. Niemand an Bord wird bezahlt, solange ich nicht aus Jorhat zurück bin. Hier, hilfst du mir bitte? Ich kann mich nicht bükken.“ Er warf seine Stiefel in die Richtung, aus der Sewards Stimme kam. „Hast du Männer losgeschickt, um die Tavernen zu durchsuchen?“

„Ja, nichts gefunden. Kein Gauner, der mit einem mogulischen Schwert angibt.“

„Es ist ein Vermögen wert! Ich zweifle, ob der Dieb das überhaupt weiß.“

„Junge, du hast Besuch –“

„Bloß keinen Besuch!“

Coral atmete kurz ein, ohne auf seine Worte zu achten, und fand, daß Seward sich nicht genug bemühte, um ihm klarzumachen, *wer* der Besuch des Kapitäns war. Sie nahm ihren ganzen Mut zusammen und trat genau in dem Augenblick durch die Kajütentür, in dem die Stiefel mit einem lauten Poltern neben ihren Seidenschuhen landeten. Als ihre Augen auf die männliche Gestalt mit dem nackten Oberkörper fielen, die auf der Pritsche lag, verschlug es ihr die Sprache und sie errötete.

So! Er war also doch ein Gauner! Das war auch ihr erster Eindruck auf dem Basar gewesen! Es stand außer Frage, wo er in der Nacht gewesen war! Und sein höfliches Benehmen auf dem Staatsball? Nur wieder eine seiner Verkleidungen!

Schließlich fand Coral die Sprache wieder. „Sie hatten recht, Seward. Es sieht so aus, als sei der Kapitän der *Madras* wirklich nicht in der Verfassung, mit mir über den Grund meines Besuches zu sprechen. Sie bringen mich am besten nach Hause."

Jace drehte abrupt sein Gesicht dem offenen Türrahmen zu, in dem sie stand, und sie sah, daß er gegen das helle Licht die Augen zusammenkniff. Trotzig erwiderte sie seinen Blick und hoffte, er bemerke ihre Errötung nicht. Unsicher griff sie an ihren weitrandigen Hut.

Einen Augenblick sprach er kein Wort. „Seward. Stell dich auf ein paar Hiebe ein."

Seward räusperte sich wieder. „Ja, Kapitän. Tut mir leid, ich ... ah, ich warte draußen. Entschuldigen Sie mich, Mädchen, aber ich lasse euch beide das allein miteinander besprechen."

Coral stand mit mühsam bewahrter Würde im Raum und spürte, wie sie unter ihrer äußeren beherrschten Fassade zitterte. Trotzdem verriet ihre Miene nicht, was sie dachte und fühlte.

Ein goldener Affe sprang plötzlich von einem Bücherregal und schaukelte auf der Lampenkette über dem Schreibtisch.

„Komm dort herunter, Goldfisch!" befahl Jace. „Du zerbrichst die Lampe noch."

Der Affe sprang auf seine Pritsche, schnappte sich Jaces Hemd und wollte sich damit davonmachen. Jace packte es schnell, und der Affe kreischte und suchte auf dem Bücherregal Zuflucht.

„Er hat keine Manieren. Ich weiß nicht, warum ich ihn eigentlich behalte. Hätten Sie gern ein neues Haustier, Madame Khan?"

Die Farbe auf ihren Wangen verdunkelte sich. *Madame Khan!*

Er stand mit einem leichten Grinsen auf und schwankte dabei ein bißchen. Sie starrte ihn an. Er deutete auf das Hemd in seiner Hand. „Wären Sie bitte so freundlich?"

Ihre Augen wurden bei seiner Dreistigkeit ein bißchen weiter, dann drehte sie ihm schnell mit verschränkten Armen den Rücken zu.

„Ich nahm an, es würde Ihnen nichts ausmachen, da immerhin Sie in meine Kajüte geplatzt sind", sagte er.

„Entschuldigen Sie bitte ... ich war verzweifelt und fürchtete, Sie würden sich weigern, mich zu sprechen."

„Warum sollte ich das denn tun, meine liebe Madame Khan?"

„Sir, würden Sie bitte aufhören, mich so zu nennen?"

„Wenn ich gewußt hätte, daß Sie mein Schiff mit Ihrem Besuch beehren, hätte ich ein Essen zubereiten lassen. Mögen Sie muglaische Küche?" erklang seine leicht spöttische Stimme.

„Ich habe keinen Hunger, danke." Sie warf einen schnellen Blick durch den Raum, um zu sehen, ob er irgend welche hinduistischen Reliquien hätte. Aber es waren keine zu sehen. Als sie sich wieder zu ihm umdrehte, hatte er sein Hemd über den Kopf gezogen, und sie beobachtete seinen unsicheren Stand, während ihm das Blut in den Schläfen pochte.

„Macht es Ihnen etwas aus, wenn ich stöhne? Ich fühle mich dann nämlich besser." Er ergriff die Kante seines Bettes und stützte sich ab.

Coral lachte leicht. „Ich neige normalerweise zu Mitleid, wenn es anderen schlecht geht. Aber aus irgendeinem Grund bedeutet mir Ihr Jammer Genugtuung", erklärte sie zynisch.

„Zweifellos verdiene ich meine Schmerzen. Die natürliche Strafe für meinen ungezügelten Appetit."

„Ihre Beschreibung ist sehr treffend."

„Aber Ihre Vermutung nicht." Er wankte zu einem Eichenschreibtisch, riß eine Schublade auf und durchwühlte deren Inhalt. „Ich wurde letzte Nacht ausgeraubt. Jemand hat mich zusammengeschlagen. Das war alles."

Ausgeraubt? Einen Augenblick lang war sie zu verlegen, um etwas zu antworten. „Oh, ich verstehe ... es tut mir schrecklich leid." Coral warf ihren Hut beiseite, eilte auf ihn zu und ergriff seinen Arm, um ihm auf seinen Kapitänsstuhl zu helfen. „Kann ich ... ah, kann ich Ihnen bei der Suche in Ihrer Schublade behilflich sein? Ich dachte –"

„Ja, ich weiß, was Sie dachten. Denken Sie sich nichts dabei. Ich war nicht ganz darauf vorbereitet, Besuch zu empfangen. Ich will mich nicht hinsetzen."

Sie ließ seinen Arm los, und er lehnte sich gegen seinen Schreibtisch. Er verschränkte die Arme vor der Brust und betrachtete sie aufmerksam. Er sah nicht so aus, als sei er in der Stimmung, irgend welche Kompromisse einzugehen. Coral ging zu ihrem Hut zurück und hob ihn auf. Unsicher setzte sie ihn sich wieder auf den Kopf und band ihn unter ihrem Kinn fest.

Er zog eine Augenbraue in die Höhe, blieb aber still.

„Ich muß mit Ihnen sprechen. Aber da es Ihnen heute nicht gut geht, kann ich morgen wiederkommen."

Er lächelte. Erleichtert lächelte Coral zurück. „Ich –"

„Was kann ich für Sie tun, Miss Kendall?"

Wenigstens hörte er auf, „*Madame Khan*" zu ihr zu sagen. Sie überlegte, wie sie ihre Fehler bei ihrer letzten Begegnung wieder gutmachen und ihn am besten dazu überreden könnte, sie nach Kingscote zu bringen und Gem zu suchen. Sie fühlte etwas an ihrem Rock zupfen und blickte nach unten. Es war Goldfisch. Sie bückte sich und hob ihn hoch. Sofort klammerte er sich mit seinen goldenen Armen um ihren Hals.

„Sie haben also die Absicht, eine Missionsschule zu eröffnen?"

Seine Frage traf sie unvorbereitet. Das war das letzte, was sie aus seinem Mund erwartet hätte. „Wer hat Ihnen das gesagt?"

„Seward."

Sie versuchte, seine Gedanken zu lesen, wurde aber aus seiner Miene nicht schlau.

„William Carey zumindest wäre bestimmt begeistert", fügte er hinzu.

Daß Jace von dem Missionar und Bibelübersetzer wußte, überraschte sie. Sie erinnerte sich, was Seward ihr über John Newton gesagt hatte. Welche Bücher hatte Newton ihm gegeben?

„Sie kennen Mister Carey?"

„Nein. Gokul hat mir von ihm erzählt." Er riß eine zweite Schublade auf und durchsuchte den Inhalt.

„Es überrascht mich, daß Ihr Munschi-Freund über die Arbeit an der Bibelübersetzung Bescheid weiß", sagte sie und beobachtete, wie er seine Schublade durchwühlte. *Was sucht er nur?*

„Carey kennt einige Brahmanen in Serampore", erklärte Jace. „Bis jetzt wird er nur als Kuriosität betrachtet. Sie achten sein Interesse an Indien und an Sanskrit. Carey ist ein ziemlich gebildeter Mann, wenn man bedenkt, daß er eigentlich nur ein einfacher Schuhmacher ist. Aber sobald er die ersten zum Christentum bekehrt, wird sich die Sache ändern. Er wird dann nicht nur das Mißfallen der Kompanie auf sich ziehen, sondern auch den Ärger der Brahmanen."

Sie war überrascht, daß Jace sich so gut auskannte. Er war außerdem mit der Politik der Kompanie hinsichtlich der Missionsarbeit vertraut.

„Herr Carey wird nie zurückschrecken, auch nicht, wenn er auf Widerstand stößt", sagte sie.

„Nach dem, was ich von Gokul gehört habe, haben Sie recht. Der Mann steht mit Leib und Seele hinter dieser Sache. Und wie ist es mit Ihnen, Miss Kendall? Sind Sie auch bereit, der Höhle des Löwen zu trotzen? Eine Missionsschule auf Kingscote reicht aus, um die Ghasis auf den Plan zu rufen."

Wie immer eilten ihre Gedanken zu Gems Entführung zurück. Steckten hinduistische religiöse Fanatiker dahinter, die gegen seine christliche Erziehung waren?

„Die Unberührbaren stehen unter der Rechtsprechung meines Vaters", sagte sie. „Ich war nie damit einverstanden, aber er hat sie gekauft. Der Wunsch meines Onkels, Kingscote unter die Kontrolle der Kompanie zu bringen, stößt bei meinem Vater auf taube Ohren. Ob mit der Hilfe meines Onkels oder ohne seine Unterstützung, ich beabsichtige, diesen Kindern zu helfen."

Seine Stimme wurde sanfter. „Jemand, der sich um diese Waisenkinder kümmern will, genießt meine volle Befürwortung. Aber Sie müssen sich im klaren sein, daß die Gefahr, in die Sie sich begeben, wenn Sie den Ärger der Hindus unterschätzen, sehr groß werden kann. Ist Ihr Vater mit der Schule einverstanden?"

Coral war vorsichtig. Er wußte noch überhaupt nichts davon. Ihre Aufgabe, den großen Hampton Kendall von ihrer Idee zu überzeugen, würde sich als schwierig erweisen. *Der erste Riese, der fallen muß ...*

„Ich bin sicher, daß ich mich letzten Endes mit meiner Idee durchsetzen werde. Vater hat schon immer ein Herz für die Kinder, und ich beabsichtige, ihn davon zu überzeugen, daß die Schule eine große Not beseitigen hilft. Die Unberührbaren werden Lesen und Schreiben lernen und Gott kennenlernen, der sie nicht Tigern überläßt oder sie den Flußkrokodilen als sinnlose Opfer vorwirft."

Sein Blick schweifte über sie. „Gut gesagt. Aber edle Motive kosten ihre Opfer. Manchmal sind sie sehr teuer erkauft. Ich würde es bedauern, Sie als Opfer für den Fluß sehen zu müssen. Seward glaubt anscheinend, daß Sie die Schule als Erinnerung an Gem errichten wollen."

Bei der Erwähnung von Gem wurde sie hellhörig und blickte forschend in sein Gesicht, sah aber darin nichts, das ihr Anlaß zu der Vermutung gegeben hätte, er habe seine Meinung geändert und sei jetzt bereit, sich von ihr anheuern zu lassen. Aber als sie sich erinnerte, daß er bald wieder Major wäre, fragte sie sich, ob seine Absage vielleicht zum Teil auf seinen Verpflichtungen gegenüber dem Militär zurückzuführen sei. Sie nahm ihren Mut zusammen und packte die Gelegenheit beim Schopf. „Ich habe Sie beleidigt, als ich Ihnen den Roxburyring anbot. Das war nicht meine Absicht." Sie trat auf ihn zu und schaute ihm offen in die Augen. Er lehnte immer noch am Schreibtisch.

„An jenem Morgen vor langer Zeit ... dem Monsunmorgen, als ich mit Dschemanis Sohn im Arm zum Wagen ging, sagten Sie etwas zu mir, an das ich seitdem tausendmal denken mußte. In London legte ich mich mit der Hoffnung Ihrer Worte im Herzen schlafen, und wenn ich aufwachte, dachte ich immer noch daran. Erinnern Sie sich an das, was Sie zu mir gesagt haben, Kapitän Buckley?"

Ohne den Blick von ihr zu wenden, streckte er die Hand aus und gab Goldfisch einen Klapps, woraufhin dieser schimpfend davonsprang. „Ich nehme an, Sie sagen es mir."

„Sie sagten mir, Sie kennten Radschiv und er sei Ihr Freund gewesen."

„Das war er."

„Sie sagten, Sie kennten seine Familie und sein Onkel sei ein Radscha gewesen."

„Der Maharadscha ist immer noch am Leben."

Corals Herz begann laut zu pochen. Sie suchte einen Hoffnungsfunken in seinen Augen, der ihr verraten würde, daß er sich die Sache noch einmal überlegen würde.

„Da Sie den Maharadscha kennen, könnten Sie herausfinden, ob Gem am Leben ist. Er würde es Ihnen sagen." Sie wartete. Das Schweigen hielt lange an.

„Eine Schule für die Unberührbaren ist Ihnen wohl noch nicht genug Herausforderung? Sie wollen es auch noch mit dem Maharadscha aufnehmen."

„Ich will meinen Sohn zurück."

„Wenn er am Leben wäre und Sie ihn zurück bekämen, könnten Sie ihn nicht lange auf Kingscote behalten. Sie müßten ständig auf ihn aufpassen. Wollen Sie ihn von einem Leibwächter beschützen lassen, bis er Mann genug ist, um selbst sein Schwert zu tragen?"

„Ja, wenn das nötig ist. Ich könnte ihn auch nach London schicken oder nach Spanien. Dschemani starb in Frieden, weil sie glaubte, daß ihrem Kind die Wahrheit gelehrt würde. Solange er gewaltsam von mir ferngehalten wird und in der Finsternis der Unwahrheit gefangen gehalten wird, ist der Eid, den ich in jener Nacht gegeben habe, nichts als Hohn."

„Überlegen Sie einmal, daß Radschiv wahrscheinlich von seiner Familie getötet wurde, oder von jemand, den sie dafür angeheuert hat. Das sollte Sie von dem Eifer der Menschen, die in diese Sache verstrickt sind, überzeugen. Der Neffe des Maharadscha bricht nicht straflos die Kastenregeln. Gem würde einen hohen Preis dafür zahlen, daß er den Namen Kendall trägt."

„Ich glaube, er würde diesen Namen mit Stolz tragen und auf seiner Stellung beharren. Und welchen Preis ich auch für seine Rückkehr zahlen muß, ich bin bereit, alles dafür zu geben."

„Glauben Sie, daß Radschivs Feinde mit einer Frau verhandeln, die fest an den Christus glaubt, den sie nicht haben?"

„Ich muß es versuchen. Ich muß wissen, ob er lebt!"

„Und wenn er noch lebt? Was macht Sie so sicher, daß er dann freiwillig zu Ihnen zurückkommen will?"

Nicht gern zu ihr zurückkommen? Das war undenkbar! Gem war ihr Baby, ihr Liebling ... Sie hatte ihn auf dem Arm getragen, ihn gefüttert, mit ihm gelacht, mit ihm geweint ...

Ihre Gedanken wurden von einem schmächtigen, alten Chinesen mit einem silbernen Haarzopf unterbrochen, der mit einem Tablett die Kajüte betrat. Als er Coral sah, verbeugte er sich in der Hüfte.

„Kein schrecklicher Kaffee, Kapitän; nur ehrenwerter chinesischer Tee."

Coral wandte sich ab, um ihre Gefühle zu verbergen. Was versuchte Jace, ihr mit diesen Worten zu sagen? Daß Gem – wenn er am Leben wäre – das Leben seiner indischen Vorfahren übernommen hatte, in dem sie keine Rolle spielte?

Aber er war doch ihr *Sohn*? Sie hatte Gems Liebe zu lang erfahren, um zu glauben, daß er zu ihr zurückkehren würde, wenn er die Gelegenheit dazu bekäme. Aber trotzdem beunruhigte Jaces Bemerkung sie.

Während Dschin-Su den Tee eingoß und die Schrammen des Kapitäns verband, bemühte sich Coral, ihre Gefühle zu beruhigen und ihre Aufmerksamkeit auf die verschiedenen Schätze aus allen Häfen der Welt zu richten, die in der Kajüte zu sehen waren. Sie erblickte Jade aus China, Reispapier aus Japan und indisches Elfenbein. Eine unförmige, aber kostbare Mahagonitruhe von den Gewürzinseln stand mit geöffnetem Deckel im Raum. Ihr Blick fiel auf etwas schwarz Funkelndes in der Truhe. Gedankenabwesend nahm sie eine Gepardfigur hoch und stellte fest, daß die Figur ein kleines Kunstwerk war. Sein linkes Auge fehlte, aber das machte ihn noch faszinierender. Der Gepard, der indische Panther, das Symbol für Freiheit und Stärke, war in Wirklichkeit verwundbar. Ihre aufgeheizten Gefühle fanden Trost in dem kühlen, ebenholzfarbigem Stein, und sie fuhr mit dem Daumen über die glatte Figur.

In der Kajüte war es still geworden. Als sie bemerkte, daß Dschin-Su wieder gegangen war, drehte sich Coral um.

Jace stand mit einer Tasse in der Hand am Schreibtisch gelehnt und beobachtete sie.

„Der indische Söldner, den ich vor ungefähr zwei Wochen traf, ließ sich nicht kaufen“, begann sie. „Aber ich habe nicht versucht, ihn zu *kaufen*.“

Seine Augen blickten an ihr vorbei, und sie konnte die unüberwindliche Schranke zwischen ihnen fühlen.

„Einverstanden. Ich finde mich damit ab, daß er glaubt, eine Seidenerbin sei ein verwöhntes Fräulein, das mit aller Gewalt seinen Kopf durchsetzen will. Ich bezweifle, ob ich ihn je wiedersehen werde.“

Er trank seinen Tee. War seine Gleichgültigkeit nur gespielt?

„Ich bin nicht auf Ihr Schiff gekommen, um Ihnen irgend etwas anzubieten, Herr Kapitän, sondern um Sie um Ihre Hilfe zu bitten, um an Sie als Freund zu appellieren." Sie trat auf ihn zu. „Sie sind der einzige, der mir noch helfen kann! Sir Hugo beharrt fest darauf, daß Gem tot ist." Sie wandte sich ab, und der Schmerz durchfuhr sie. „Und mein Vater hat dieselbe Meinung übernommen." Sie blickte wieder zu ihm auf. „Aber ich glaube es nicht. Jede Faser meines Herzens sagt mir, daß er noch lebt."

Seine Augen wurden aufmerksam. „Warum besteht Sir Hugo darauf, daß er tot ist?"

„Er war in jener Nacht dabei, als Gem entführt wurde, und das Feuer –"

„Er war auf Kingscote?"

„Ja. Es geschah kurz nach der Adoptionsfeier. Mein Onkel wollte bald darauf nach London abreisen, um vor dem Parlament zu sprechen."

„Was genau ist in jener Nacht passiert? Seward konnte mir nicht alle Einzelheiten sagen. Erinnern Sie sich?"

„An das meiste. Ich war danach krank. Deshalb beschloß meine Familie, mich nach London zu schicken, damit ich dort von Doktor Boswell behandelt würde. Ich habe Ihnen auf dem Ball davon erzählt."

„Ja. Sprechen Sie weiter."

„Ich erwachte in jener Nacht auf Kingscote und hörte unten Pferde und Rufe auf der Veranda. Ich sah meinen Vater und einige Mitglieder der Familie. In Richtung der Raupenzucht brannte ein Feuer. Ich weiß nicht warum, aber plötzlich erinnerte ich mich an das, was Sie über Gem zu mir gesagt hatten, und ich bekam Angst. Ich rannte ins Kinderzimmer – und ..." Ihr versagte die Stimme. „Ich sah einen

Sepoy über die Veranda klettern. Er hatte Gem! Und Gem rief immer wieder *Mami! Mami! Mami!* Ich versuchte, ihn zu retten, aber ich konnte es nicht! Und ... ich konnte nicht –"

Sie schluchzte, und ohne es zu wollen, fühlte sie die Seite ihres Gesichtes an seinem Lederhemd und seine Hand auf ihrem Rücken.

Coral hörte beinahe sofort zu weinen auf, und einen unendlich langen Augenblick stand sie da im Schutz seiner Arme, unfähig, an irgend etwas anderes zu denken. Er sprach kein Wort. Langsam drang die Tatsache, daß er sie umarmte, in ihr Bewußtsein vor. Sie wurde steif, zog sich zurück und wandte sich ab. Mit zitternden Händen und einem glühend heißen Gesicht holte sie ein Taschentuch aus ihrem Täschchen.

Seine Stimme klang beiläufig. „War Sir Hugo bei Ihrem Vater, als Sie das Feuer bemerkten?"

„Ja. Sie waren alle da. Mein Vater verteilte laut Befehle, und die Wachen kamen auf Elefanten angeritten."

„Warum beharrt Ihr Onkel darauf, daß Gem nicht mehr am Leben sei?"

Eine neue Welle des Schmerzes lief über sie hinweg, und sie öffnete ihre Tasche und nahm das winzige Kreuz heraus. Sie brachte es ihm und streckte ihm die offene Handfläche entgegen. „Deshalb. Ich habe es Gem am Tag der Adoption um den Hals gehängt. Er trug es immer ... er trug es auch in der Nacht, in der er entführt wurde."

Er ergriff ihre Hand und betrachtete das Kettchen. „Ja, ich erinnere mich. Sir Hugo hat Ihnen das gegeben?"

„Nein. Mein Vater hat es mir geschickt. Mein Onkel und einige Diener fanden die Leiche eines Kindes auf den Stufen zum Fluß. Das Kind war von Krokodilen angefallen –" Sie konnte nicht weitersprechen.

„Setzen Sie sich“, sagte er sanft. „Mögen Sie vielleicht eine Tasse von diesem Tee?“

Sie schüttelte den Kopf und blieb stehen.

„Dann hat Sir Hugo das Kind gefunden?“

„Ja.“

„Und ihn und das Kreuz Ihrem Vater gebracht?“

„Ja.“ Sie sah ihn an und überlegte, ob er das gleiche dachte, was ihr in den Sinn gekommen war. „Der kleine Junge könnte auch ein anderes Kind gewesen sein. Ein Unberührbarer aus dem Dorf vielleicht.“

„Vielleicht“, sagte er.

„Meine Ayah schrieb mir, als ich in London war. Sie hatte das Kind für die Beerdigung vorbereitet und sagte, es habe eine Narbe an der linken Ferse gehabt, und sie könne sich nicht erinnern, daß Gem eine Narbe gehabt habe.“

Er nahm die Augen von dem Kreuz, das jetzt in ihrer verkrampften Faust verborgen war. „Als ich zu der Hütte ritt, in der Gem geboren wurde, und Sie mit einem indischen Baby aus der Tür kommen sah, dachte ich: ‚Da haben wir eine verwöhnte Seidenerbin, die menschliches Spielzeug sammelt, wie ein kleines Mädchen Puppen für sein Kinderzimmer sammelt.‘ Dann sah ich den Blick auf Ihrem Gesicht, als Sie zum Wagen kamen und ihn fest an Ihr Herz drückten. Sie waren damals selbst kaum älter als ein Kind, aber Ihre Augen sagten alles, was zu sagen war.“

Einen Augenblick lang fühlte sie seinen Blick auf sich, und er berührte ihre Seele mit einem tiefen Verständnis, das ihr erneut Tränen in die Augen trieb.

„Sie haben sich nicht sehr verändert“, sagte er sanft. „Sie wollen dieses indische Baby immer noch. Sie sind entschlossen, ihn zu einem Kendall, einem Erben eines Seidenimperiums, zu machen.“

„Ja, ich will ihn ... so sehr, daß ich bereit bin, jeden Preis zu bezahlen, um ihn zurückzubekommen. So sehr, daß ich ihn fort nach Europa schicke und Leibwächter anstelle, wenn es nötig ist, bis er als freier Mensch leben kann – als Mann, der weiß, was er will, und sich nicht schämt, den Namen seines Gottes zu tragen. Und wenn er muß, wird er auch ein Schwert tragen, um sein Leben zu verteidigen. Und ich habe jeden Grund zu der Annahme, daß Gem eines Tages allein im Leben stehen kann. Er ist jedes Opfer wert. Ebenso die hundert Kinder, die in der Seidenzucht arbeiten. Wissen Sie, als ich in London war, habe ich Gott ein Versprechen gegeben. Wenn ich wieder so gesund werden würde, um nach Indien zurückzukehren, würde ich für das Wohl der Kinder auf Kingscote sorgen, und ich beabsichtige, dieses Versprechen einzuhalten."

Sie konnte nicht sagen, was er über das alles dachte, denn ihm entfuhr ein Seufzer, und er konzentrierte seine Aufmerksamkeit auf den Teekessel und die leere Tasse. Er goß sich eine zweite Tasse ein.

„Ich will, daß Ihnen eines klar ist. Jemand auf Kingscote hat der Familie des Radscha verraten, daß es Gem gibt und wo er sich aufhält. Jemand, der im stillen nicht damit einverstanden war, daß er als Kendall erzogen wird."

„Das kann nicht sein. Niemand wußte, daß Gem mit dem Maharadscha verwandt war, nicht einmal meine Eltern."

„Jemand wußte es." Er sah sie an. „Derselbe, der den rituellen Mord an Radschiv eingefädelt hatte."

„Sie glauben, auch dafür war jemand auf Kingscote verantwortlich?"

„Ja, und wer es auch ist, er ist immer noch dort."

Coral unterdrückte ein Schaudern. „Warum nicht jemand aus dem Dorf, der ihn vielleicht erkannt hat?"

„Die zwei Möglichkeiten können miteinander verknüpft

sein. Es kann Kontakte zu einer beliebigen Zahl von Menschen im Dorf und anderswo gegeben haben."

Anderswo? Was meinte er damit?

„Ich glaube, ich habe es Ihnen schon früher erklärt", sagte er. „Wer es auch war, der Radschiv zu seinem Mörder in den Dschungel lockte – Radschiv vertraute ihm. Ihre Rückkehr nach Hause, um eine Schule zu eröffnen – wenn Sie Ihren Vater dazu überreden können – macht Sie zur Zielscheibe."

Coral blickte in das gut aussehende männliche Gesicht auf, das eine stille Besorgnis verriet.

„Aber, Kapitän Buckley, Sie müssen sich irren. Die Inder, die dort arbeiten, sind wie ein Teil unserer Familie. Und die Bediensteten im Haus waren schon dort, bevor ich geboren wurde. Ich habe mir oft über Natine Gedanken gemacht, aber er dient meinem Vater, seit beide Kinder waren! Er ist immer schlecht gelaunt, und er ist ein tiefgläubiger Hindu, aber er würde uns nie Schaden zufügen; das kann ich nicht glauben. Ich kann für alle Hausbediensteten die Hand ins Feuer legen. Keiner von ihnen würde mir oder Gem weh tun wollen."

Er verschränkte die Arme und warf ihr einen schiefen Blick zu. „Nicht alle Schurken in Indien sind Engländer, Miss Kendall. Sie haben von den Ghasis gehört. Sie kennen ihre Ziele, nicht wahr?"

Sie wurde nervös, versuchte aber, es nicht zu zeigen. „Ja. Sie haben sich den Eid auferlegt, aus Indien auch den letzten *Feringhi* zu vertreiben."

„Fremde, vor allem mit englischem Akzent. Meiner Meinung nach war das Feuer in der Seidenzucht eine Warnung an Ihren Vater."

Das gleiche hatte sie auch schon gedacht, aber sollte sie einen von ihren eigenen Leuten verdächtigen, das Feuer gelegt zu haben?

„Es sollte Ihren Vater einschüchtern und ihm zeigen, wie leicht Kingscote zerstört wäre, wenn er Gems Entführer verfolgen würde. Und deshalb hat er sie nicht weiter verfolgt. Denn er weiß mehr als jeder andere, wie verwundbar Kingscote wirklich ist."

„Was! Sie wollen damit sagen, mein Vater habe sich von Drohungen einschüchtern lassen und deshalb nicht nach Gem gesucht? Ich weiß sicher, daß er das getan hat. Er hörte auf, weil er dachte, sie hätten ihn gefunden."

„Oh, ich bin ziemlich sicher, daß er gesucht hat, aber nicht an den richtigen Stellen. Sie haben einem *gewissen Söldner* erzählt, daß Ihr Vater Rawlings kennt. Darf ich die Vermutung anstellen, daß er einen Mann hätte anheuern können, um Gems Spur zu verfolgen?"

Coral wußte nicht, ob sie beleidigt sein sollte. „Wollen Sie damit sagen, daß mein Vater absichtlich –"

„Ich unterstelle ihm nichts anderes als eine verständliche Angst vor den Ghasis. Und die Liebe zu seiner Plantage. Das können wir ihm nicht vorwerfen. Ich sage das alles nur, um sie zu überzeugen, daß Sie die Sache auf sich beruhen lassen sollen. Ich habe Sie von Anfang an gewarnt."

„Dann werden Sie mir nicht helfen?"

„Ich bezweifle, ob ich mit Erfolg seine Freilassung erhandeln könnte, wenn er am Leben sein sollte. Wie hoch der Preis auch ausfällt, Sie können sicher sein, daß er bei weitem das übersteigt, was Ihr Vater oder Sir Hugo bereit ist zu zahlen."

„Mein Onkel hat damit nichts zu tun. Kingscote gehört den Kendalls."

„Ja. Aber das Seidenunternehmen ist eine Familiendynastie, nicht wahr? Die Roxburys und Kendalls sind sehr stark miteinander verstrickt, wie Ihre Verlobung mit Doktor Boswell verrät."

„Ich bin mit meinem Vetter nicht verlobt."

„Noch nicht. Aber Sir Hugo ist fest dazu entschlossen. Sie werden wenig dazu zu sagen haben, wen sie heiraten wollen."

Der Gedanke, daß sie in dieser Angelegenheit nichts zu sagen haben würde oder daß sie gegen ihren Willen kapitulieren würde, machte sie ärgerlich. „Kümmern Sie sich nicht um meine Heirat, Kapitän. Das ist meine letzte Sorge. Und es spielt keine Rolle, was mein Onkel vielleicht denkt, denn meine Zukunft ist nicht seine Angelegenheit."

„Er wird da anderer Meinung sein. Und wenn Sie wirklich beabsichtigen, Ihren eigenen Weg zu gehen, sollten Sie am besten weise und stark genug sein, um seinen Fallen auszuweichen. Er ist ehrgeizig und klug."

Coral dachte an ihren Aufenthalt in London und an ihre Erfahrungen mit ihrem Onkel. Sie war sich nie ganz sicher, ob es Fallen waren oder nur bloße Zufälle.

Sie weigerte sich, ihre Besorgnis zu verraten, da sie fürchtete, das könnte Jace Grund geben, nicht nach Gem zu suchen.

„Ich habe meinen Vater und Seward, die mir helfen, allen Fallen auszuweichen, und meine eigene Entschlossenheit. Ganz zu schweigen von meinem Glauben an Gottes Führung. Ich bitte Sie nur, beim Maharadscha herauszufinden, ob Gem am Leben ist."

Er sagte nichts, und doch verriet seine Haltung eine gewisse Veränderung, die ihr Mut machte, daß er vielleicht doch bereit sein könnte, einzuwilligen.

„Ich breche bald an die nördliche Grenze auf", sagte er. „Hat Sir Hugo den Angriff auf den Vorposten erwähnt?"

Ihr fiel der zweite Grund ein, der sie an Bord der *Madras* geführt hatte. Vielleicht war es unklug, ihn gleich mit zwei Bitten auf einmal zu bedrängen.

„Ich habe den Auftrag, mich um diese Angelegenheit zu

kümmern", sprach er weiter. „Ein Freund von mir wurde bei dem Angriff ermordet."

„Major Selwyn?"

Er wurde hellhörig. „Woher kennen Sie diesen Namen?"

„Mein Onkel hat ihn erwähnt. Es tut mir leid um Ihren Freund. Hat Seward ihn auch gekannt?"

„Wir haben ihn alle gekannt." Er rieb sich den Nacken. „Einverstanden. Solange ich da oben zu tun habe, werde ich sehen, was ich über Gem herausfinden kann."

Coral fühlte sich so erleichtert, daß ihre Knie weich wurden. „Wie kann ich Ihnen je dafür danken? Ich werde Ihre Freundlichkeit nie vergessen, Kapitän Buckley."

„Ich bin nicht sicher, ob Freundlichkeit mein Motiv dabei ist. Ich werde mich mit Ihnen hier in Kalkutta in Verbindung setzen, wenn ich etwas in Erfahrung bringe."

„Ah ... ich werde dann auf Kingscote sein."

Er blickte von seiner Teetasse auf, die er gerade noch einmal mit schwarzem Tee füllte. „Seward sagte, Sir Hugo habe angeordnet, daß Sie bei Ihrer Tante und Ihrer Kusine in Kalkutta bleiben."

„Ja, und das führt mich zu der zweiten Angelegenheit, über die ich mit Ihnen sprechen möchte." Sie holte kurz Luft. „Ich will keinen Tag länger hier bleiben als unbedingt nötig. Trotz des Zwischenfalls in Jorhat beabsichtige ich, nach Hause zu reisen." Sie war sich bewußt, daß er sie mit unverhohlener Neugier beobachtete, und nahm ihren Hut in die Hand und spielte mit dem Rand. „Also, ich würde gern unter dem Schutz Ihres Militärtrupps bis nach Guwahati fahren. Von dort aus kann Seward mich nach Kingscote bringen."

Er verbarg seine Überraschung nicht. Coral fuhr eilig fort. „So etwas kommt häufig vor. Ich habe von einer englischen Reisegesellschaft gehört, die den ganzen Weg von

Bombay bis an die burmesische Grenze mit britischen Truppen gereist ist. Nach Guwahati ist es bei weitem nicht so weit."

Als er immer noch nichts sagte und sie nur ansah, fügte sie hinzu: „Ich werde Ihnen keine Umstände bereiten, Herr Major. Und ich bezahle Sie, sagen wir ... mit einer Ladung Kingscoteseide?"

Er verschränkte die Arme vor der Brust. „Eine reizvolle Belohnung, aber ich kann sie kaum annehmen, da ich dem Militär unterstehe und Befehle befolgen muß. Was das betrifft, daß Sie keine Umstände bereiten wollen – ich glaube, Sie werden ziemlich viele Umstände bereiten, Miss Kendall."

„Meine Gesundheit wird kein Problem darstellen. Ich bin stärker, als ich aussehe. Ich kann in einer Hauda auf dem Rücken eines Elefanten reiten oder auch Flüsse mit Krokodilen überqueren. Ich kann den Treck an die nördliche Grenze genauso gut bewältigen wie jeder andere. Ich bin nicht der Typ, der gleich in Ohnmacht fällt."

Er lächelte. „Warum wollen Sie nicht in Kalkutta bleiben, bis die Schwierigkeiten in Jorhat geklärt sind? Ich bin in vielen Dingen anderer Meinung als Sir Hugo, aber er hat recht, daß der Weg gefährlich ist."

„Deshalb will ich ja mit Ihrer Truppe und Seward reisen. Mein Onkel hat dann keine Argumente mehr, warum ich nicht nach Hause zurückkehren sollte."

„Sehr klug."

Sie lächelte und setzte ihren Hut auf. „Das dachte ich auch. Da meine Mutter so krank ist, ist es dringend erforderlich, daß ich bald nach Hause komme. Und ich sage es nicht gern, aber es gibt Zeiten, in denen ich mir über die Motive meines Onkels nicht im klaren bin."

„Wegen Gem oder wegen Boswell?"

„Wegen Gem natürlich. Mein Vetter ist vertrauenswürdig."

„Würde Ihre Heirat mit Boswell Sir Hugo auf irgendeine Weise nützen? Sagen wir, ihm eine größere Kontrolle über Kingscote bringen?"

Coral wußte, in welche Richtung seine Frage abzielte. Das bereitete ihr ein unbehagliches Gefühl. „Mein Onkel glaubt das vielleicht, aber Ethan nicht."

„In welcher Beziehung stehen Sir Hugo und der gute Doktor zueinander? Das heißt, wenn es Ihnen nichts ausmacht, mir das zu erklären."

„Da gibt es nichts zu verbergen. Ethan war das Mündel meines Onkels, ein Neffe, heißt es. Für ihn ist Sir Hugo wie ein Vater."

„Verstehe."

Sie fragte sich, wie ein einziges, einfaches Wort so viel aussagen konnte.

„Was Sie über Ethan denken, stimmt nicht. Er ist selbstaufopfernd, ein Mann, der sich völlig seiner medizinischen Forschung hingibt. Sein Interesse an Kingscote beschränkt sich auf ein wissenschaftliches Labor, das er mit der Erlaubnis meines Vaters im Dschungel errichten will."

„Wenn Sir Hugo wünscht, daß Sie in Kalkutta bleiben, wird er es wohl kaum gutheißen, wenn Sie unter meinem Kommando nach Norden reisen. Wie wollen Sie ihn überzeugen?"

„Er kann es kaum ablehnen. Nicht, wenn ich von Soldaten begleitet werde. Wenn Sie mit Ihrem Vater, dem Oberst, sprechen könnten, glaube ich, könnte er den Unmut meines Onkels besänftigen."

„Ich zweifle nicht an Ihrer Entschlossenheit, nach Kingscote zu kommen, aber die Reise wird hart. Sind Sie sich ganz sicher, daß noch ein paar Monate Warten, abgesehen von Sir Hugo, nicht besser wären?"

Sie lächelte. „Ich bin ganz sicher."

Er schwieg, dann sagte er: „Wie Sie wünschen. Wie könnte ich einer jungen Frau mit einer solchen Entschlossenheit eine Absage erteilen? Ich sage Seward, er soll alles für Ihre Reise vorbereiten. Wir brechen in fünf Tagen auf. Können Sie das einrichten?"

„Ich bin bereit. Herr Major, ich weiß nicht, wie ich Ihnen für Ihre Hilfe genug danken kann."

Seine Mundwinkel zogen sich leicht nach oben. „Ich werde darüber nachdenken, Miss Kendall."

Sie fühlte, wie ihr Gesicht unter seinem Blick heiß wurde. Schnell ergriff sie ihre Tasche vom Stuhl und ging zur Kajütentür.

„Oh." Sie hielt inne. Sie hatte den schwarzen Gepard immer noch in der Hand. Sie kam sich töricht vor und fürchtete, er könnte meinen, sie wollte die Figur absichtlich mitnehmen. Sie ging zurück zu der halb geöffneten Truhe und legte die Figur wieder hinein.

„Guten Tag, Herr Kapitän – ich meine natürlich, Herr Major."

Er lachte. „Sind wir wieder soweit? Warum versuchen Sie es nicht mit Jace? Es ist wirklich nicht so schwer zu sagen und weniger verwirrend."

„Ja, das stimmt."

Er trat auf sie zu, holte den Gepard aus der Truhe und drehte ihn in seiner Hand. „Hätten Sie gern einen Gepard mit einem fehlenden Auge?"

„Wie hat er es verloren?"

„Das ist mir in diesem Augenblick entfallen. Vielleicht wurde er so geboren."

„Mir gefällt er mit dem fehlenden Auge sehr gut. Er sieht so verwundbar aus. Aber, Herr Kapitän, ich kann ihn nicht annehmen."

„Betrachten Sie ihn als Geschenk von einem ‚gewissen Söldner', der so brutal war und Sie eine Wegstunde außerhalb Kalkuttas in einer Ghari sitzen ließ. Er wird sich freuen zu wissen, daß Sie sicher nach Hause gekommen sind. Was den Gepard betrifft, er wird in ihren Händen glücklicher sein." Er drückte ihn ihr mit einem leichten Lächeln in die Hand. „Er wird bald schnurren. Guten Tag, Miss Kendall. Sie hören durch Seward von mir."

Ihr Blick senkte sich. Coral drehte sich langsam zur Tür. „Guten Tag, *Jace*", murmelte sie leise.

6

Coral schloß leise ihre Zimmertür und lehnte sich erschöpft dagegen. Sie schloß die Augen und fühlte das unerbittliche Pochen ihrer Kopfschmerzen in den Schläfen. Endlich war sie allein und konnte die Schutzmauer um ihre Gefühle fallen lassen, ohne ständig ein Lächeln auf den Lippen zu haben und Tante Margaret versichern zu müssen, daß sie sich „wirklich ganz gut" fühle und daß ihr Besuch mit Seward auf der *Madras* weder anstrengend noch irgend etwas anderes als „vollkommen gebührlich und schicklich" gewesen sei. Bald müßte sie die Familie mit ihrer Entscheidung, unter der Begleitung von Major Buckleys Truppe nach Kingscote zurückzukehren, konfrontieren. Aber ihre Gesundheit, die ohnehin schon bis an ihre zerbrechlichen Grenzen belastet war, benötigte dringend eine Erholungspause.

In der tiefen Nachmittagsruhe des Zimmers mit den großen Fenstern, die zur Veranda hinausgingen, streichelte sie gedankenabwesend den Gepard, den Jace Buckley ihr geschenkt hatte. Sie überlegte, ob sie ihn überhaupt hatte annehmen dürfen.

Müde ging sie durch ihr Zimmer und trat hinaus auf die Veranda. Ihr breitrandiger Hut flatterte auf den Boden, und ihre Röcke flüsterten bei ihren Schritten. Unter ihrem Fenster begegneten sich orangefarbene Tagetes und dichte Sträucher, die das Ufer des Hugli säumten. Der Fluß mit seinem überwucherten Ufer verbarg sich unter den Sonnenstrahlen und gab sich den Anschein schimmernden Goldes, aber die Nachmittagsluft verriet die harte Wirklichkeit und trug viele verschiedene Geräusche und Gerüche zu Coral herüber. Sie sah Raddampfer, die sich den Hugli hinaufwälzten, und hörte die nicht zu unterscheidenden Stimmen von Bootsleuten, die nach einem Geschäftstag in Barrockpore ihre Barken mit Bambusstangen wieder flußabwärts steuerten.

Coral seufzte. Momentan beschäftigte es sie nicht, daß sie Onkel Hugo entgegentreten und ihre Fahrt nach Kingscote durchsetzen müßte, auch nicht, daß sie in den nächsten paar Tagen eine Möglichkeit finden müßte, flußaufwärts nach Serampore zu fahren, um William Careys Missionsstation zu besuchen. Der Bibelteil auf Hindi, den sie von Mister Carey bekommen könnte, war es wert, Onkel Hugos Mißfallen auf sich zu ziehen. Sie würde Charles Peddington eine Nachricht schicken, in der sie ihm mitteilte, daß sie Serampore einen Besuch abstatten wolle.

In diesem Augenblick mußte sie wieder an Major Jace Buckley denken, und sie war überrascht, daß sie anfing, Entschuldigungen zu finden, warum sie den schwarzen Gepard mit dem fehlenden Auge angenommen hatte, oder warum sie ein warmes Gefühl der Befriedigung empfand, weil sie ihn für ihre Sache gewonnen hatte – wenigstens in bezug auf Gem. Aber sie machte sich schnell bewußt, daß er zwar eingewilligt hatte, sich nach seinem Eintreffen in Jorhat der Sache anzunehmen, daß dies aber nicht bedeutete, daß er sich auch weiterhin in diese Angelegenheit verwickeln lassen würde. Jace Buckley war ein Rätsel; ein bißchen gefährlich sogar. Seine männliche Ausstrahlung war nicht zu leugnen, aber sie würde sich davon nicht den Kopf verdrehen lassen. Sie verwarf die Erinnerung an diesen kurzen Augenblick in seinen Armen. Sie durfte nie wieder daran denken.

Mit fester Entschlossenheit trat Coral an ihren Schreibtisch und setzte sich, um Charles Peddington von ihrem Wunsch, William Carey in Serampore zu besuchen, zu schreiben.

* * *

Jace schritt erhobenen Hauptes über den Weg, der zum Hugli führte. Im Schatten der Bäume hörte man das laute Schimpfen der Hirtenstare, in der Ferne bellten Pariahunde. Am Flußufer tummelten sich schmale Boote, auf denen schlanke Inder in kurzen, weißen Hosen ihre Bambusstöcke durch das Wasser führten.

In seinem Kopf bewegte er keine angenehmen Gedanken. Roxbury hatte bei dem Überfall auf den Vorposten von Burma die Finger im Spiel gehabt. Von diesem Verdacht war Jace genauso fest überzeugt wie der Oberst. Seine beste Informationsquelle wäre der burmesische Gefangene, der zur Zeit in Haft gehalten wurde. Aber es würde nicht genügen, den Gefangenen zu befragen. Er brauchte jemanden, der die Basare in Jorhat durchstreifte und die vielen kleinen Informationsstückchen aufsammelte, die nur die wachen Augen Indiens sahen, Augen, die begierig und aufmerksam waren und zu stoischen Gesichtern gehörten, die sich nur indischen Kameraden in ihrer Muttersprache mitteilten. Ein vertrauenswürdiger indischer Spion war nötig. Mit dem richtigen Anreiz könnte er seinen alten Freund Gokul überreden, in den Norden zu reiten und sich auf den Basaren in den Gebirgsdörfern als fliegender Händler auszugeben.

Er dachte an die Kendalltochter und zog gerade noch rechtzeitig den Kopf ein, um zu verhindern, daß ein Mangozweig ihm seine Seemannsmütze vom Kopf riß. Er runzelte die Stirn, während seine Stiefel das verdorrte Gras auf seinem Weg zertraten. Was war nur in ihn gefahren, daß er eingewilligt hatte, den Jungen ausfindig zu machen? Gem war entweder tot oder ein Eunuch. Verwirrt zog er seine Mütze tiefer in die Stirn.

Er redete sich ein, daß er auf dem langen Weg nach Assam genug Zeit haben würde, um Coral Kendall mit Schauergeschichten über die Ghasis von ihrem Vorhaben abzubringen. Instinktiv ahnte er aber, daß sie trotz seiner Warnungen nicht so leicht klein beigeben würde. Hinter dieser unschuldigen Fassade vermutete er eine Frau mit kühlen Nerven. Das hatte er bereits entdeckt, als sie sich weigerte, auf dem Basar vor einer Auseinandersetzung mit dem Guru und seinen Krähen zurückzuweichen. Wenn es um Gem und die Missionsschule ging, waren ihre Überzeugungen wahrscheinlich noch unumstößlicher.

Er betrat den Bungalow am Fluß, den er zusammen mit Gokul bewohnte, und zog den Vorhang aus Schilfrohrstükken beiseite, hinter dem sein Zimmer lag. Draußen im Hof lag die dürre Gestalt Gokuls ausgestreckt auf den sonnengewärmten Steinen.

Ein seltsames Krächzen begrüßte ihn: „Major Buckley, Major Buckley, Major Buckley."

Schalk, Gokuls lindgrüner Papagei, hockte auf der Stange, warf den Kopf zurück und wiederholte immer wieder die neuen Wörter, die Gokul ihm beigebracht hatte: „Major Buckley, Major Buckley, Major Buckley."

Jace knurrte. In stiller Übereinkunft lag die Offiziersuniform ordentlich ausgebreitet auf seinem Bett, als wolle sie ihm bei seinem Kommen salutieren. Das Schwarz und Silber war fleckenlos, die Stiefel waren poliert, und der Säbel glänzte.

Goldfisch schmatzte laut und sprang auf und nieder.

Gokul kam vom Ofen im Hof und trug eine heiße Kanne

in der Hand. Seine schwarzen Augen funkelten unter seinen dichten grauen Brauen. „Ah, Sahib, Zeit für deinen geliebten Kaffee!“

Jace warf seine verwitterte Mütze auf einen Stuhl und wandte die Augen nicht von der ihm wohlvertrauten Uniform. In exakt zwei Stunden würde er seine bequeme Lederhose und sein indisches Hemd ausziehen und wieder als Major Buckley, der neue befehlshabende Offizier der 21. Bengalischen Leichtkavallerie, auftauchen. In drei Tagen befände er sich mit zwanzig uniformierten Sowars auf dem Weg nach Jorhat.

„Wo hast du den Kaffee aufgetrieben?“ fragte er beiläufig.

Gokul rollte die Augen nach oben und lächelte. „Die Wege und Wunder Gokuls sind unerforschlich.“ Er stellte die Kanne auf dem heißen Ziegel ab und eilte zu Goldfisch, den er von der Uniform wegtrieb. „Verschwinde, oder es gibt Affeneintopf!“ Dann rieb er einen nicht vorhandenen Fleck vom Ärmel und hielt sich die Jacke wie ein wertvolles Erbstück über die Brust und seinen hervorstehenden Bauch, damit Jace sie bestaunen könnte. „Alles bereit, Sahib, Major!“

„Major Buckley, Major Buckley –“

Jace goß sich seinen Kaffee ein und warf Gokul einen zweifelnden Blick zu.

Gokul zog ein Tuch aus seinem Hemd und polierte noch einmal über die Stiefel und begutachtete dann deren Glanz. Jace nahm einen Schluck von seinem Kaffee und blickte mit ausdrucksloser Miene an seiner neuen Uniform herab. Das letzte, was er fühlte, war Vorfreude. Er wechselte das Thema, während er langsam begann, sein Hemd auszuziehen und sich bereit machte, wieder ein Major zu werden.

„Irgend etwas Neues von deinem Kontaktmann auf dem

Diebesmarkt?“ Seine Scheide erinnerte ihn an das mogulische Schwert.

„Ich habe ihn losgeschickt. Erwarte bald Informationen.“

Jace legte methodisch die einzelnen Teile seiner Uniform an. Es war ein großer Vorteil für Jace, daß Gokul nicht nur einige Brahmanen kannte, sondern auch gewisse Diebe in Kalkutta und die reichen chinesischen und indischen Händler, die so gerissen waren, gestohlene Ware zu kaufen und sie an reiche, aber arglose Engländer zu verkaufen. Wenn der Dieb, der ihn beraubt hatte, aus der Diebeszunft in Kalkutta stammte, bestand die Möglichkeit, daß Gokuls Kontaktmann auf dem Basar von dem Schwert gehört hatte. Wie als Antwort auf seine Fragen ertönte ein Klopfen an der Tür. Gokul öffnete.

Ein junger Sowar erblickte Jace in seiner Uniform und salutierte. Er trat vor und reichte ihm einen Umschlag. Jace las, während der Kavallerist vor der Tür wartete.

Major J. Buckley, 21. Leichtkavallerie, B. L. C.

Sir,
Der neue Resident des Fürstentums Assam in Nordindien, Sir Hugo Roxbury, will Sie heute nachmittag bis spätestens 14 Uhr in seinem Büro im Regierungsgebäude sprechen.
11. November, Fort William, Kalkutta.
Hochachtungsvoll
P. Barton, Daffadar, 21. B. L. C.

Jace starrte auf die Nachricht. *Der Resident des Generalgouverneurs!* Sir Hugo Roxbury sollte die britische Regierung am Palast des Maharadschas in Guwahati vertreten!

Der Gedanke, daß Roxbury den erst kürzlich frei gewordenen Posten anstreben würde, war ihm nie in den Sinn gekommen. Das bedeutete, daß Roxbury bald Kalkutta verlassen und an die nördliche Grenze aufbrechen würde. Jace bekäme in seinem Vorposten mit Sir Hugo zu tun.

„Stimmt etwas nicht, Sahib?"

Jace steckte den Brief in das kleine Ledertäschchen, das von seinem Säbelgürtel hing. Er trat zur Tür, schloß sie vor dem Sowar und wandte sich dann wieder an Gokul.

„Roxbury ist zum Botschafter beim Radscha in Guwahati ernannt worden."

Gokul pfiff leise durch die Zähne. „Und er will, daß du zu ihm kommst? Der Burra-Sahib hat Interesse an deinem neuen Befehl im Vorposten von Jorhat. Warum nur?" Seine Miene war ernst. „Vorsicht, Sahib. Ich traue dem Mann nicht."

„Wann triffst du deinen Freund auf dem Basar?"

„Heute abend."

„Gut. Ich habe eine Aufgabe für dich. Ich brauche dich in Jorhat. Geh als fliegender Händler hin. Erkundige dich über den Überfall und das Attentat auf Selwyn. Genauer gesagt, finde heraus, ob du irgend eine Verbindung zwischen Roxbury und Mitgliedern der Königsfamilie entdecken kannst."

Während Gokul nachdenklich stehenblieb, verzog Jace den Mund zu einem grimmigen Lächeln. Er griff in seine Jacke und reichte ihm einen Umschlag. „Dein Anteil an der Teeplantage."

Gokul lächelte, legte die Handflächen aufeinander und führte sie an seine Stirn. „Sahib ist zu großzügig. Ich breche noch vor Sonnenaufgang auf, sobald ich auf dem Basar fertig bin. Ich nehme Dschin-Su und Goldfisch mit. Einverstanden?"

„Ja."

„Du kommst heute abend hierher zurück?"

„Ja, paß auf, daß dir niemand folgt."

„Selbstverständlich."

Jace öffnete die Tür und sah den Sowar, der viel zu nahe bei der Tür stand. Versuchte er, sie zu belauschen? Zweifellos ein Mann von Roxbury. Der Sowar wandte sich um und führte ihn zu der wartenden Ghari.

Um Fort William herum war ein großes Dschungelgebiet abgeholzt worden, um den Kanonen klare Schußlinien zu bieten, aber Jace erinnerte sich, daß das Fort noch nie einen Schuß im Kampf abgefeuert hatte, seit es in dem berühmten Vorfall von 1757 Kalkutta von Suraj-ud-daula zurückerobert hatte. Seit jenem Aufstand war ein massives neues Fort mit starken Befestigungen und tiefen Gräben vor den uneinnehmbaren Mauern errichtet worden. Die Fläche um das Fort herum, auf der der Dschungel abgeholzt worden war, war eine grüne Rasenfläche, der Maidan, der im Westen an den Fluß und im Osten an den Basar grenzte. Die botanischen Gärten lagen im Nordwesten, und Sonntag nachmittags konnte man Dutzende von Familien der in der Kompanie beschäftigten Männer in Kutschen einen Ausflug durch den Maidan unternehmen sehen. Die Kompanie hatte ein Kricketfeld errichtet, und es gab Teiche, Bäume und einen gewundenen Spazierweg, der durch die Gärten zu den Ufern des Hugli führte. Am Ufer befanden sich mehrere Ghats, Landeplätze mit Treppen, die in den Fluß hinabführten. Dort warteten indische Bootsleute auf Fährkunden, um sie ans andere Ufer überzusetzen oder flußaufwärts nach Barrackpore und Serampore – das dänische Zentrum und die dänischen Handelsgebiete in Indien – zu befördern.

Im Gouverneurshaus begleitete der Sowar Jace zu Sir Hugos Büro. Jace entließ ihn, klopfte und trat ein. Roxburys Büro stellte sich als luxuriöses Apartment heraus, das für den

Empfang von britischen Besuchern eingerichtet und ausgestattet war. Durch das Fenster hatte Sir Hugo einen Blick über den Maidan und zum Fluß.

Jace trat ein und blieb stehen; Sir Hugo war nicht allein. Hugo Roxbury saß hinter einem großen Schreibtisch, und zu seiner Rechten stand ein indischer Offizier, dessen dunkle Augen ihn mit unverhohlenem Interesse musterten. Er trug die schwarzsilberne Uniform der 21., aber Jace erinnerte sich aus seinen Tagen im Vorposten nicht an ihn. Er war ein Rissaldar-Major, der zweite Befehlshaber nach dem britischen Offizier.

Er ist zu jung, dachte Jace, als Roxburys Stimme mit künstlicher Freundlichkeit seine Gedanken unterbrach.

„Guten Tag, Major Buckley." Roxbury schob seinen Stuhl zurück und erhob sich. Er war ein großer, gut aussehender Mann in Schwarz. Jace fiel auf, daß die beiden Männer etwas gemeinsam hatten; beide hatten tief in ihren Höhlen liegende, dunkle Augen, die ihn mit der Schärfe eines Jagdvogels beobachteten.

„Major Buckley, das ist Rissaldar Sandschai vom Vorposten in Jorhat. Er ist vor einigen Tagen angekommen und überbrachte dem Oberst Nachricht über den burmesischen Angriff auf den Vorposten."

Aus der angespannten Miene des Rissaldar urteilte Jace, daß er sich nicht ganz wohl in seiner Haut fühlte; außerdem wirkte er, als sei er in Gedanken mit anderen Dingen beschäftigt.

„Der Oberst freut sich, daß er Sie wieder in die Uniform zurückgebracht hat, Major", sprach Sir Hugo weiter. „Auch ich begrüße Ihre Entscheidung, wieder in die ehrenwerte Ostindienkompanie zurückzukehren. Gute Soldaten sind hier in Indien dünn gesät."

Es folgte ein Augenblick des Schweigens, in dem von Jace

erwartet wurde, sich für das Kompliment zu bedanken und ebenfalls zuzustimmen, daß auch er sich freue, wieder zurück zu sein. Aber weder freute sich Jace noch fand er die Ostindienkompanie ehrenwert. Sein Blick war hart. „Gute Schiffskapitäne sind auch dünn gesät, Sir. Darf ich annehmen, daß die Umstände um den Tod Ihres Neffen an Bord meines Schiffes nicht länger in Frage gestellt werden?"

Sir Hugo lehnte sich mit einem humorlosen Lächeln über den Schreibtisch. „Man darf nie auf Gerüchte hören, Major. Ich sehe keinen Grund, warum ich die Umstände um Michaels Tod auf See in Frage stellen sollte."

Er will also die Angelegenheit unter den Tisch fallen lassen.

„Wenn ich nicht die höchste Meinung über Ihre Fähigkeiten hätte, hätte ich nicht mit dem Generalgouverneur über Sie gesprochen."

Plötzlich hellhörig geworden, bemerkte Jace zum ersten Mal das offizielle Papier auf dem Schreibtisch.

„Ich habe von Ihrem guten Ruf im Nordosten gehört. Es ist bemerkenswert, daß Ihr Verhalten mit einer Tapferkeitsmedaille und einer Beförderung ausgezeichnet wurde, bevor Sie aus den Truppen des Oberst ausschieden."

Jaces Gesicht verriet keine Regung. Das Kompliment weckte sein Mißtrauen über Sir Hugos Absichten. Aber Roxbury schien das Schweigen nicht zu bemerken, obwohl Jace annahm, daß er über die massiven Mittel, die der Oberst angewandt hatte, um ihn wieder in die Uniform zurückzuholen, Bescheid wußte.

Jace antwortete mit ruhigem Tonfall. „Es gibt viele in Indien, die ihren Mut unter Beweis stellen und sich der englischen Präsenz in diesem Land mehr verschrieben haben als ich. Der Vorfall im Nordosten war reine Pflichterfüllung."

Sir Hugo zog die Augenbrauen hoch. „Ich glaube Ihnen kein Wort. Pflichterfüllung ist in meinen Ohren ein wertvolles Wort, Major, und eine Eigenschaft, die man nicht übersehen darf. Das ist auch der Grund für mein Ersuchen beim Generalgouverneur. Oberst Warbeck mißfällt die Änderung Ihrer Befehle. Doch er wird sicher verstehen, daß mein Ersuchen an höherer Stelle notwendig war."

Sir Hugo sog an seiner Pfeife und wollte anscheinend eine Reaktion sehen, aber Jace gab sich den Anschein militärischer Disziplin. An höherer Stelle? Eine Änderung seines Befehls?

„Ich will ehrlich zu Ihnen sein, Major. Als meine Nichte uns davon in Kenntnis setzte, daß sie hoffe, unter Ihrem Schutz zur nördlichen Grenze zu reisen, war ich nahe daran, es zu verbieten, bis ich erkannte, daß diese Entscheidung weise ist. Wie Rissaldar Sandschai uns informiert hat, muß jeder, der zur Zeit nach Norden reist, mit großen Gefahren rechnen."

Jace sah den Rissaldar an, der schnell einen Blick auf Sir Hugo warf.

Sir Hugo schritt mit den Händen auf dem Rücken auf und ab. „Ich will zur Sache kommen, Major. Meine eigene Situation hat sich unerwartet geändert. Ich werde der Kompanie in den nächsten paar Jahren nicht in Kalkutta dienen, sondern in der Provinz Assam, als Resident des Generalgouverneurs."

Diese Stellung verschaffte ihm Macht über das reiche Gebiet in Nordindien, das vorher von der Kompanie unabhängig gewesen war, einschließlich der umfangreichen Kendall-Besitztümer. Jace schwieg weiter.

„Es war nötig, daß der Generalgouverneur Ihre Befehle änderte. Sie werden nicht die 21. in Jorhat befehligen, sondern mich als Kommandant meiner Sicherheitswache nach Guwahati begleiten."

Was!

„Ihre Position erfordert viel Feingefühl, Major, und die besten Männer müssen ausgewählt werden, nicht nur, um mich zu beschützen, sondern möglicherweise auch die Königsfamilie."

Jace kochte innerlich. Äußerlich verzog er keine Miene.

„Ich bedauere, daß Sie nicht so bald aufbrechen können, wie es Ihre früheren Befehle erfordert hätten", sprach Roxbury weiter. „Ich muß noch einige unerledigte Geschäfte für die Kompanie hier in Kalkutta zu Ende führen, und außerdem habe ich familiäre Gründe. Mein Neffe, Doktor Ethan Boswell, trifft im Dezember hier ein und wird mit uns bis nach Guwahati reisen. Ich würde es vorziehen, sofort aufzubrechen, aber die erste Januarwoche muß genügen. Paßt Ihnen das?"

Ob Jace das paßte oder nicht, war Sir Hugo bestimmt völlig gleichgültig. Ihr Aufbruch war um fast zwei Monate verschoben! Jace unterdrückte den Ärger, der wie ein Bataillon Kriegsameisen über seine Seele krabbelte. „Wie Sie wünschen, Sir. Aber wie sieht es mit Verstärkung für den Vorposten in Jorhat aus? Hat der Generalgouverneur entschieden, die 21. dort ohne befehlshabenden Offizier sitzen zu lassen?"

Sein Einwand wurde von Roxbury leichtfertig vom Tisch gewischt. „Militärische Angelegenheiten liegen außerhalb meines Aufgabenbereichs, Major. Oberst Warbeck kümmert sich zur Zeit darum. Er erwartet Sie auf dem Kricketfeld."

Der Oberst hatte ihn betrogen. *Leibwächter für Roxbury!*

„Glauben Sie mir, Major, es gibt triftige Gründe für die Änderung Ihrer Befehle", sagte Sir Hugo. „Rissaldar Sandschai hat Grund zu der Annahme, daß der Vorposten in Jorhat nicht das eigentliche Ziel der burmesischen Streitkräfte ist, sondern vielmehr Guwahati. Richtig, Rissaldar?"

„Ja, Sahib, so ist es. Ich muß hinzufügen, daß der Neffe des

Maharadschas glaubt, das Leben Seiner Exzellenz könnte von den Ghasis bedroht sein. Sie sind unzufrieden über den Vertrag, den er mit der Ostindienkompanie abgeschlossen hat."

Der Neffe des Maharadschas? überlegte Jace. Er hätte sich gern nach Radschivs Bruder, Prinz Sunil, erkundigt, wollte aber Sir Hugo nicht verraten, daß er ihn kannte; außerdem war er nicht sicher, ob Sir Hugo über Gems Beziehung zum Maharadscha Bescheid wußte.

Sir Hugo warf dem indischen Offizier einen schnellen Blick zu. „Erklären Sie."

„Seit einem Attentatsversuch auf Prinz Sunil traut der Maharadscha außer seinen Leibwächtern niemandem mehr."

Jace wurde hellhörig. Sunil war skrupellos, ihm war nicht zu trauen. War er wirklich angegriffen worden?

„Der Neffe des Maharadschas hatte Glück. Er wurde nur verwundet", sprach Rissaldar Sandschai weiter.

Roxbury wandte sich an Jace. „Es ist unsere einsame Meinung, daß ein Attentatsversuch auf den Maharadscha selbst unternommen werden könnte."

„Mit ‚einsame Meinung' wollen Sie sagen, daß nur Prinz Sunil und Sie dieser Ansicht sind?"

Sir Hugo trat ans Fenster. „Mißverstehen Sie mich nicht. Ich beabsichtige in keiner Weise, Ihren Vater in ein zweifelhaftes Licht zu rücken. Wir wissen alle, daß seine Verdienste über jede Kritik erhaben sind. Aber man muß doch sagen, daß das Militär sich zu sehr um eine Handvoll britischer Soldaten in dem Vorposten sorgt, während der Palast des Radschas vielleicht das wirkliche Angriffsziel ist." Er blickte in die Richtung des Kricketfeldes. „Es gelang mir nicht, den Oberst zu überzeugen, deshalb war ich gezwungen, mich direkt an den Generalgouverneur zu wenden. Ich glaube, das Militär unterschätzt die Gefahr in Assam, Major." Er blickte Jace an. „Man ist fest entschlossen, die englische Präsenz an der nördlichen Grenze zu unterminieren."

Jace war mit dem Norden bestens vertraut und wußte das. Viele unabhängige Nawabs und Radschas fürchteten, die Ostindienkompanie würde am Ende versuchen, ganz Nordindien zu annektieren, einschließlich Darjeeling und Kaschmir. Dazu schlossen sie unabhängige Verträge mit den Fürstentümern wie erst kürzlich mit der Königsfamilie in Guwahati ab. Trotz angeblicher erneuter Feindseligkeiten mit Burma war die Annektierung Indiens unter die britische Herrschaft auch unter den indischen Soldaten, die die Uniform der Briten trugen, eine offene Wunde. Genau genommen gab es in Indien mehr Inder in englischer Uniform als Briten. Die einheimischen Soldaten, die in den bengalischen Rängen unter Befehl standen, wurden von britischen Offizieren befehligt, deren Regimenter der Ostindienkompanie angehörten. Die indischen Soldaten beliefen sich auf mehrere Tausende, und nur wenige britische Offiziere hatten Grund, an ihrer absoluten Loyalität zu zweifeln. Jace hatte viele solche Sepoys und Sowars kennengelernt. Einige waren ins Militär eingetreten, um einen Arbeitsplatz zu haben, andere, weil sie darin ihr Glück machen wollten, vielleicht sogar, um innerhalb der Armee einen Aufstand zu schüren, obwohl diese Möglichkeit den britischen Offizieren unvorstellbar war.

„Ich gebe zu, daß der Oberst von der Loyalität von Johnny Sepoy fest überzeugt ist", sagte Jace. „Ich nicht."

Die Augen des Rissaldars funkelten kurz auf. Jace fragte sich, ob Sir Hugo die Abneigung unter den Sepoys und Sowars zu seinen eigenen Zwecken mißbrauchte.

„Rissaldar Sandschai hat dem Oberst klargemacht, daß Prinz Sunil Schlimmeres als den kürzlichen Angriff auf den

Vorposten befürchtet“, sagte Sir Hugo. „Wir haben die Ghasis in Verdacht, mit dem burmesischen Militärherrscher unter einer Decke zu stecken und jede britische Präsenz im Norden gewaltsam beenden zu wollen.“

Jace fragte leise: „Sie vermuten, Ghasis haben versucht, den Prinzen zu ermorden?“

Sir Hugo zuckte mit seinen schweren Schultern. „Wer sonst? Was ist Ihre Meinung, Rissaldar?“

„Vielleicht, Sahib, wußte Major Selwyn etwas und wurde deshalb zum Schweigen gebracht. Vielleicht ist sogar eine Meuterei innerhalb der Ränge in Jorhat geplant.“

Jace überlegte, ob sie ihn abtasten und versuchen wollten, seine Meinung zu erfahren. Er blieb ruhig. Er fand es immer noch interessant, daß der indische Offizier sich anscheinend nicht wohl in seiner Haut fühlte.

Wußte Sir Hugo von dem burmesischen Gefangenen, der bei dem Angriff auf den Vorposten gefaßt wurde? Jace erwähnte ihn nicht.

„Ihre neuen Befehle wurden vom Generalgouverneur selbst erteilt“, sagte Sir Hugo. „Es wird auch die Zeit kommen, daß Sie aufgefordert werden, die Königsfamilie zu beschützen. Ihre Aufgabe ist kritisch.“

Jace traute ihm nicht. Was hatte der Mann im Sinn? Warum wollte er ihn überhaupt in seiner Nähe haben?

Sir Hugo nahm das Papier vom Schreibtisch. „Ihre neuen Befehle, Major.“

Jace verbarg seine Wut. Ein Augenblick verging; er nahm das Papier. Die Unterschrift des obersten Vertreters der englischen Regierung stach ihm entgegen.

Was hatte Sir Hugo nur veranlaßt, zu solchen extremen Maßnahmen zu greifen, um die Befehle von Oberst Warbeck ändern zu lassen? Jace glaubte keine Minute, daß seine militärischen Leistungen irgend etwas mit Roxburys Handeln zu tun hatten. Jace hatte die Kendalltochter vor Fallen gewarnt, aber vielleicht sollte lieber er selbst auf der Hut sein.

7

Jace verließ Sir Hugo. Mit unterdrückter Wut schritt er über den Maidan auf das Kricketfeld zu. Indische Diener liefen in knielangen, weißen Mänteln mit polierten Messingknöpfen herum. Die indischen Militärs trugen gelbe, rote oder blaue Mäntel mit weißen Schultergürteln, Manschetten und Kragen. Einige englische Wagen fuhren auf ihrem Nachmittagsausflug an ihm vorbei zu den Gärten. Mit ihnen kamen die geschwätzigen Stimmen von Frauen, eine Zurschaustellung vieler Locken, Spitzen und koketter Blicke, die Jace ignorierte. Vor sich sah er den Oberst. Er war nicht auf dem Kricketfeld, sondern in ein Krocketspiel mit mehreren anderen Offizieren vertieft, einschließlich des gewichtigen Generals Basil. Ungefähr ein Dutzend andere englische Offiziere und Beamte standen lässig herum. Jace blieb einige Meter vor ihnen stehen.

Als der Oberst seinen Adoptivsohn erblickte, zeigte er weder Mitgefühl für seine Stimmung noch Freude über sein Kommen. Er warf seinen Krockethammer ins Gras und entschuldigte sich. Jace fiel neben ihm in Gleichschritt. Einen Augenblick lang sprach keiner von beiden ein Wort. Die massiven Mauern des Forts umschlossen die Welt Englands, die darin herrschte, während außerhalb seiner Tore Indien im stillen die englische Anwesenheit mißbilligte.

„Du wußtest die ganze Zeit schon, daß ich als Leibwächter nach Guwahati geschickt würde."

„Nein. Ich habe ihn unterschätzt."

Daß sein Vater zugab, überlistet worden zu sein, war überraschend und hatte eine tröstliche Wirkung auf Jaces Stimmung. Er drehte den Kopf und warf einen Blick auf sein abgehärtetes Gesicht. Der Oberst zeigte sich von seinem Eingeständnis unbeeindruckt.

„Daß Roxbury über meinen Kopf hinweg gehandelt hat, überzeugt mich umso mehr, daß mein Verdacht richtig ist."

„Er war in den Überfall verwickelt?"

„Und in das Attentat auf Major Selwyn." Die harten, grauen Augen wandten sich ihm zu. „Ich brauche Beweise. Die Frage ist, aus welchem Grund? Genau das sollst du herausfinden."

Oberst Warbeck deutete auf eine Baumgruppe. „Dir gefällt vielleicht die Änderung deiner Befehle nicht, aber sie könnte sich als die offene Tür erweisen, die wir brauchen, um herauszufinden, was Roxbury im Schilde führt. Im Palast des Maharadschas hast du Gelegenheit, herumzuspionieren und Roxbury im Auge zu behalten. Dir ist klar, daß er den Generalgouverneur nur um deine Dienste gebeten hat, weil er dich im Auge behalten will? Sorge dafür, daß es auf Gegenseitigkeit beruht."

„Ich dachte, es sei wegen meiner militärischen Tüchtigkeit."

Der Oberst reagierte nur mit einem leichten Zucken in den Mundwinkeln auf Jaces Sarkasmus.

„Was ist mit der 21.? Die Männer sitzen allein in Jorhat. Roxbury will erst aufbrechen, wenn sein Neffe im Dezember ankommt."

„Major Packers 34. wird aus Plassey hingeschickt. Du bekommst Männer von der 17."

„Dann gib mir Rissaldar Nadir. Er ist ein Freund. Ihm kann ich vertrauen. Roxbury spricht außerdem von Meuterei im Blut der Sepoys. Darin stimme ich mit ihm überein."

„Johnny Sepoy wird nie meutern. Oh ja, ich weiß, ihre Gefühle wallen auf, wenn es um ihre Religion und enteignete Adelige geht, aber Meuterei gegen ihre britischen Offiziere? Nie! Ich arbeite schon zu lange mit ihnen zusammen. Wenn Gerede darüber aufkommt, dann kannst du sicher sein, daß es von Männern wie Roxbury geschürt wird. Sie profitieren doch nur davon, obwohl ich keine Ahnung habe, was er bezweckt."

„Kingscote vielleicht. Aber wie eine Meuterei ihm helfen sollte, ist mir unklar. Kendall selbst könnte dir wahrscheinlich weiterhelfen."

Der Oberst sah einen indischen Diener in einem blauen Mantel und Turban und winkte ihn herbei.

Der Diener salaamte und zog eine Tasche hervor. Dann verschwand er wieder. Oberst Warbeck reichte Jace die Tasche.

Jace fühlte einen harten, kalten Gegenstand in seinen Fingern. Er holte ihn langsam ans Licht, und es stach ihm wie ein tausendfarbiges Feuer in die Augen. Die gestohlene Figur der Hindugöttin Kali!

Sein fragender Blick traf seinen Vater.

Der Oberst lächelte, und seine grauen Augen funkelten vor Befriedigung. „Frohe Weihnachten", lachte er.

Während sie über den Maidan zurückgingen, erzählte der Oberst Jace, wie er zu der Statue gekommen war. Sir Hugo war letzte Nacht unerwartet in seinem Bungalow aufgetaucht und hatte erklärt, er habe erst jetzt entdeckt, daß diese Figur dem Radscha gestohlen worden sei. Sir Hugo konnte nur seine Verlegenheit über seine Situation zum Ausdruck bringen, wenn die Königsfamilie in Guwahati sie in seiner Sammlung entdecken würde!

Jace würde die Kalistatue mit zum Radscha nehmen. Mit ihr würde er das Gehör finden, das er benötigte.

* * *

Coral war über die Nachricht erstaunt. Onkel Hugo der Resident in Guwahati? Tante Margaret hatte nie auch nur eine Andeutung von dieser Möglichkeit gemacht. Hatte sie davon gewußt? Doch ihre Tante wirkte nicht überrascht.

Seward war am Morgen mit der Nachricht gekommen, daß Jace einen Sicherheitsposten in Guwahati übernehmen würde.

„Wir brechen erst im Januar von Kalkutta auf", erklärte Seward der kleinen Versammlung von Frauen in der Roxbury-Residenz an diesem Morgen.

„Zwei Monate", stöhnte Coral. „Aber warum eine so lange Verzögerung, Seward?"

„Der Major würde am liebsten wie geplant zum Ende der Woche aufbrechen. Doktor Boswell ist der Grund. Sir Hugo will erst abreisen, wenn er da ist."

Coral kannte Seward gut genug, um die verborgene Wut aus seiner Stimme herauszuhören, aber die anderen bemerkten nichts.

„Nun, ich freue mich über die Verzögerung", erklärte Tante Margaret. „Mir ist es lieber, wenn die Familie die Feiertage miteinander verbringt. Man weiß nie, wie lange wir voneinander getrennt sind." Sie wechselte das Thema. „Heute morgen ist eine Einladung von Lady Isobel aus Barrackpore eingetroffen. Wir sollen die Feiertage bei ihr verbringen."

Barrackpore war eine Sommerfrische und Militärstation, zu der die Wohlhabenden in der Ostindienkompanie in Kalkutta und alle, die etwas auf sich hielten, zur Erholung und Unterhaltung pilgerten, besonders während der Feiertagszeit. Margaret hob besonders gern hervor, daß es auch ein

Lieblingsort des Generalgouverneurs selbst war. Die traditionelle einwöchige Feier begann bei ihrer Ankunft Mitte Dezember in dem großen, vornehmen Haus von Lord und Lady Canterbury, in dem sie bis nach dem Neujahrsfest wohnen würden.

„Es finden dort sieben unübertreffliche, herrliche Bälle statt", erklärte ihre Kusine Belinda. „Mit Mitternachtsbüffet, Desserts von Haus zu Haus, und wenn das Wetter hält, einer Party im Freien. Ihr werdet Barrackpore ins Herz schließen; es ist so europäisch."

Margaret erhob sich, trat hinter Marianna und legte ihr die Hände auf die Schultern. „Schau nicht so niedergeschlagen aus, Schatz. Noch ein paar Wochen in Kalkutta werden schnell vergehen, und ihr seid bald wieder zu Hause bei eurer Mutter. Es wird viel schöner, wenn Ethan kommt und euch auf der Safari begleitet. Elisabeth wird ärztlich behandelt, und euer Onkel wird nicht weit von euch entfernt in Guwahati sein."

Marianna hob ihr kindliches Gesicht, und ihre großen Augen blickten ihre Tante hoffnungslos an. „Glaubst du das wirklich, Tante Margaret? Ist mit Mutter wirklich alles in Ordnung?"

„Gewiß, und sie wird sicher wollen, daß ihr die Feiertage genießt, solange ihr hier seid. Ich habe bemerkt, daß der junge Charles Peddington sehr großes Interesse an dir zeigt, Marianna."

Marianna errötete. „Oh, wir sind nur gute Freunde. Er spricht gern über Mister Carey und seine Arbeit."

Ein Diener betrat mit einem kleinen Tablett in der Hand den Raum. Auf dem Tablett lag ein Brief; er brachte ihn Coral.

„Für Sie, Missy."

Coral las den Absender: Charles Peddington, Serampore.

Sie blickte auf und sah die erwartungsvollen Blicke der anderen, aber sie zögerte, den Brief vor ihnen zu öffnen.

„Ich vermute, von Major Jace Buckley“, neckte Kusine Belinda.

„Major Buckley hat keine Veranlassung, mir zu schreiben“, erwiderte Coral ruhig und ignorierte das vielsagende Lächeln, das sich Belinda und Kathleen zuwarfen.

Coral öffnete den Umschlag und zog den Brief heraus. Ihr Herz wollte zuerst stehenbleiben, dann begann es, schneller zu schlagen und Tränen traten ihr in die Augen. Auf einem Blatt Papier standen auf Hindi die Worte aus Matthäus 19,13-15:

> *Da wurden Kinder zu ihm gebracht, damit er die Hände auf sie legte und betete. Die Jünger aber fuhren sie an. Aber Jesus sprach: Lasset die Kinder und wehret ihnen nicht, zu mir zu kommen; denn solchen gehört das Himmelreich. Und er legte die Hände auf sie und zog von dort weiter.*

„Coral, was ist das?“ fragte Tante Margaret.

Coral reichte ihr die Bibelstelle und las auf einem zweiten Blatt Papier:

> *Liebe Miss Kendall,*
> *Mister Carey und die Marshmans fühlen sich sehr geehrt, Sie zu dem Zeitpunkt, den Sie vorgeschlagen haben, in Serampore zu empfangen. Eine Ghari wartet am Morgen des 14. November vor der Roxbury-Residenz in Fort William auf Sie.*
> *Ihr Freund im Dienst unseres Herrn,*
> *Charles Peddington*

Am vierzehnten ... das ist heute, schoß es Coral durch den Sinn. Sie warf einen Blick zum Fenster, das zur Auffahrt hinauszeigte.

Margaret runzelte über die Schrift die Stirn. „Das ist Bengali, nicht wahr?"

„Hindi. Es ist eine Bibelstelle, von Charles Peddington", erklärte Coral. „Ist es nicht herrlich, das in Händen zu haben? Matthäus neunzehn, die Verse über die Kinder!"

Margaret zog die Brauen hoch. Sie starrte den Vers weiter an. „Ja ... es ist nett."

„Meine Güte, ich war mit Onkels Neuigkeiten und der Änderung unserer Reisepläne so beschäftigt, daß ich ganz vergessen hatte, daß ich heute von Charles hören könnte", gestand Coral. „Wo ist Seward?"

„Er ist schon gegangen", erklärte Marianna.

„Was will Mr. Peddington?" fragte Margaret und gab ihr die Bibelstelle zurück.

Belinda und Kathleen traten gleichzeitig ans Fenster und zogen den Vorhang beiseite. „Eine Ghari fährt vor."

„Wir erwarten niemanden", sagte Margaret.

Einen Augenblick später erhob sich Coral, als ein Diener eintrat. „Ein Ghari-Wallah ist hier und will Miss Coral nach Serampore bringen."

Margaret drehte sich auf dem Absatz um. „Coral! Nicht William Carey!"

Die Enttäuschung in der Stimme ihrer Tante weckte in Coral fast Schuldgefühle.

„Du hast mir versprochen, nichts zu tun, das Hugos Ärger hervorrufen würde", sagte Margaret. „Und du weißt, wie er sich aufregt, wenn man den religiösen Fanatiker Carey erwähnt."

„Tante Margaret, diese Beschreibung ist nicht gerecht", entgegnete Coral. „Die Männer und Frauen, die du Fanatiker nennst, haben lediglich die kalte Förmlichkeit der anglikanischen Kirche abgelegt und eine persönliche Beziehung zu Jesus Christus und der Bibel und –"

„Coral, bitte, nicht jetzt", seufzte Margaret. „Ich war noch nie der Typ, der sich über die Einzelheiten der Religion gestritten hat, und ich halte mich aus solchen Diskussionen lieber heraus."

Coral fühlte den verständnislosen Blick, mit dem Belinda sie forschend ansah. Kathleen hatte ihnen den Rücken zugewandt und schaute aus dem Fenster. Coral vermutete, daß sie sich wegen ihrer Schwester schämte. Marianna starrte auf die kalten Waffeln auf ihrem Teller.

„Ich will nicht hart erscheinen", erklärte Tante Margaret. „Aber eine Fahrt nach Serampore würde bedeuten, daß du zwei oder drei Tage unterwegs wärst. Ohne Begleitung kannst du auf keinen Fall fahren."

„Vielleicht Seward –" begann Coral, ahnte aber bereits, daß der Kampf verloren war.

„Nein, mein Schatz. Seward steht mit Major Buckley in Verbindung. Dein Onkel wäre außer sich, wenn ich dir das erlauben würde. Versuche doch, mich zu verstehen. In letzter Zeit war Hugo so angespannt. Noch eine seiner düsteren Stimmungen und er streicht vielleicht für uns alle den Ausflug nach Barrackpore."

Ein Stöhnen war aus Belindas Mund zu hören, und Kathleen sagte wütend: „Das fehlte uns gerade noch, daß du uns allen die Feiertage verdirbst. Sei nicht so egoistisch, Coral. Ein Besuch bei Carey kann warten. Du kannst außerdem selbst genug Hindi, um deine Übersetzung selbst anzufertigen."

„Nein, das stimmt nicht", mischte sich Marianna ein. „Charles sagte, man muß auch Hebräisch und Griechisch können."

„Kinder!" rief Tante Margaret.

Belinda stürmte auf Coral zu und ergriff sie an den Armen. Ihre dunklen Augen bettelten. „Oh, Coral, du wirst uns doch nicht die Feiertage verderben, nicht wahr? Ich sterbe, wenn ich nicht nach Barrackpore fahren kann! Du solltest die Häuser sehen, in denen die Bälle stattfinden. Sie sind riesig! Mit Kristallkronleuchtern! Und wir tanzen zur Musik von großen Orchestern, die Ballsäle sind mit tausenden Kerzen und grünen Zweigen dekoriert –"

„Nein, meine Schwester wird uns Weihnachten nicht verderben", erklärte Kathleen mit den Händen in die Hüften gestemmt. „Weil ich das nicht zulasse."

Margaret mischte sich sofort ein, um die Angelegenheit zu bereinigen. „Wo ist Pande?"

Niemand hatte auf den Diener geachtet, der mit unbeweglicher Miene neben der Tür stand. Er salaamte. „Hier, Sahiba."

Margaret blickte durch den Raum. „Coral?"

Coral blieb mit ruhiger Würde stehen. Sie konnte sehen, daß ihre Tante erwartete, daß sie diejenige wäre, die nachgäbe. Trotz des unerfreulichen Augenblicks verspürte Coral einen seltsamen Frieden. Sie wollte unbedingt die Hindiübersetzung, doch irgendwie fühlte sie sich gedrängt, nicht auf ihrer Meinung zu beharren. *Herr, ich überlasse dir diese Sache. Du wirst sie zu einem guten Ende führen.*

Sie trat an den Schreibtisch, setzte sich und schrieb eine kurze Nachricht, die sie in einen Umschlag steckte und an Charles Peddington adressierte. Einen Augenblick später erhob sie sich und reichte den Umschlag Pande.

„Geben Sie das bitte dem Ghari-Wallah. Danke, Pande."

Als er gegangen war, war es einen Augenblick ruhig im Zimmer. Sie hörten die Räder der Ghari quietschen und das Klappern der Pferdehufe auf dem Pflaster, dann war alles still. Die Eingangstür schloß sich hinter Pande, und er ging die Halle hinab und wieder an seine Arbeit.

Marianna erhob sich von ihrem Stuhl am Tisch und wirkte niedergeschlagen. Sie verließ das Eßzimmer und ging die Treppen hinauf.

Margaret brach das Schweigen. „Mädchen, wir müssen noch Einkäufe erledigen für Belindas Aussteuer."

Als Margaret und Belinda den Raum verließen, nahm Coral das Blatt Papier mit der Hindiübersetzung in die Hand.

„Mach schon", rief Kathleen. „Nenn mich einen Verräter."

Coral blickte zu ihrer älteren Schwester auf. „Ich will nicht streiten, Kathleen. Ich bin nicht wütend auf dich, wirklich nicht."

„Sei nicht so ein Märtyer. Diese Haltung macht mich wütender als alles andere."

Coral sah sie überrascht an. „Aber warum bist du denn so gereizt? Wir fahren nach Barrackpore. Ich würde denken, daß du dich freust, wenn du nächtelang auf sieben Bällen tanzen kannst."

„Puh! Manchmal bist du unmöglich!" Kathleen nahm ihre Röcke in die Hand und stürmte aus dem Zimmer.

„Ich bin nicht die einzige", murmelte Coral.

Kalkutta stand in dem Ruf, Feiertage ausgelassen feiern zu können, und fast täglich flatterten Einladungen ins Haus. Sie wurden von Belinda mit großer Begeisterung in Empfang genommen, die darauf bestand, daß ihre Mutter um ihrer Kusinen willen alle annehmen *müßte.*

In den folgenden Wochen standen nicht nur gesellschaftliche Vergnügungen in Kalkutta auf dem Programm, sondern auch die Vorbereitungen der Feiertagssaison, und die Mädchen kamen kaum aus der Aufregung über Seide, Satin und Brokat heraus. Den Kusinen wurde auch aus der Kaserne schmeichelhaft viel Aufmerksamkeit zuteil, und die junge Marianna war überwältigt, als Mr. Charles Peddington ihr aus Serampore schrieb.

Coral hatte Kathleen noch nie so glücklich gesehen, seit sie das Roxburyhaus verlassen hatten. Die junge Diantha Waterman hatte die Erlaubnis ihrer Mutter erhalten, daß Kathleen das Ballkleid des Mädchens für den größten Weihnachtsball entwerfen sollte, sie bezahlte Kathleen sogar mehrere Pfund, und es herrschte viel Aufregung, als die Waren in vier Schachteln ankamen, die ein indischer Diener mit feierlicher Miene hereintrug. „Für die Memsahibs“, verkündete er.

Tante Margaret überließ Kathleen ihren persönlichen Ankleideraum mit einem langen Zuschneidetisch, mit Nadeln, Nähseiden, Fingerhüten und speziellen Scheren, die sie vor langer Zeit aus Lyon bestellt hatte. Die Aufregung wuchs, als Diantha eine Woche zur Anprobe und genauen Abmessung der Büste und Taille bei ihnen verbrachte.

Als die Abreise nach Barrackpore näherrückte, steigerten sich die Vorbereitungen noch. Viele Einkäufe waren zu erledigen, um genügend Geschenke zu haben.

Mit Hüten und Palmfächern ausgestattet, um lästige Insekten abwehren zu können, stiegen Tante Margaret, Belinda und Marianna, gefolgt von Coral, aufgeregt in die Ghari. Kathleen hatte es vorgezogen, lieber mit Diantha zu Hause zu bleiben und an dem Kleid zu arbeiten.

Bis zum Nachmittag stapelten sich in der Ghari Schachteln und Päckchen, von denen viele flußaufwärts zu transportieren wären, wenn sie nach Barrackpore aufbrächen. Coral kaufte ein paar Sachen für sich und ihre Schwestern, Gegenstände, die sie auf der Safari brauchen würden.

Als sie zum Nachmittagstee nach Hause kamen, erhaschte Coral einen Blick auf Major Buckley, der in der Begleitung zweier Sepoys aus dem Palast des Generalgouverneurs kam. Er sah ganz nach dem disziplinierten Offizier aus, und sein Gesicht verriet keinerlei Regung, als Margaret ihn erblickte und ihn herbeirief.

Major Buckley war der Anstand in Person, als er auf die Tür zukam, wo Lady Margaret ihn begrüßte. Nach einer ordnungsgemäßen Verbeugung wartete er mit all den richtigen Worten auf, die von einem perfekten Offizier und Gentleman erwartet wurden. Er erkundigte sich nach ihrem Wohlbefinden und nach den Weihnachtseinkäufen.

Margaret erklärte ihm, daß sie zwei Wochen in Barrackpore verbringen würden, und bestand darauf, daß er zu allen Bällen eingeladen würde. Sie erklärte, daß sie sich freue zu wissen, daß ihr Mann sich während der Zeit in seinem neuen Posten in Guwahati in so fähigen Händen befände, ganz zu schweigen von der Sicherheit ihrer Nichten auf ihrer Reise. Wieder gab Major Buckley die korrekte Antwort, aber mit einem leicht widersprechendem Funkeln in den Augen, das außer Coral niemand bemerkte. Er entschuldigte sich und verabschiedete sich, ohne ihr auch nur einen zweiten Blick zuzuwerfen.

Er ist ziemlich verärgert über die Änderung seiner Pläne. Sie zweifelte, ob er sich die Mühe machen und in Barrackpore erscheinen würde.

Das holländische Schiff *Kronprinzessin Maria* lief zehn Tage früher als erwartet im Hafen ein, und das gesamte Haus machte sich auf, um Doktor Ethan Boswell bei seiner Ankunft zu begrüßen. Coral war erleichtert, ihn zu sehen, obwohl sie sich nicht erklären konnte warum. Sie befand sich in Kalkutta in Sicherheit, und bis zu der bevorstehenden Safari nach Norden würden noch mehrere Wochen vergehen. Ihr fiel wieder auf, daß Ethan gut aussah. Er hatte an Bord des Schiffes etwas Bräune im Gesicht bekommen, durch die sein Haar wie reifer Weizen funkelte, und es war leicht, ihm in die Augen zu schauen – es mutete sie seltsam an, daß sie das dachte – aber sie waren wie stille, graue Teiche. Ihr fiel der große Unterschied zwischen Ethan und Jace Buckley auf, in dessen Gegenwart sie immer auf der Hut war. Trotz Jaces Rolle als disziplinierter und kühl beobachtender Major wußte sie, daß unter dieser Fassade ein ganz anderer Mann lebte.

* * *

Mitte Dezember traf Coral in Ethans Begleitung mit dem Schiff in Barrackpore ein. Die Kutsche der Canterburys wartete schon, um sie zum Haus zu bringen. Ihre Aufregung wuchs, als sie entdeckte, daß Serampore gleich gegenüber am anderen Flußufer lag. Wäre es möglich, William Careys Missionsstation trotz allem doch noch einen Besuch abzustatten?

Coral fiel ein, daß Ethan Doktor John Thomas kennenlernen könnte, der Mister Carey überhaupt dafür interessiert hatte, nach Indien zu kommen. Hatte Charles Peddington nicht erwähnt, daß Thomas in Serampore war?

Wie auf Engelsflügeln herangetragen, kam ihr ein Gedanke in den Sinn, wie sie einen Besuch in Serampore doch noch bewerkstelligen könnte. Die holländische Ansiedlung unter General Bie war so nahe, daß es möglich wäre, morgens aufzubrechen und noch vor Einbruch der Nacht zurück zu sein. Und wenn Ethan sie begleitete, um John Thomas zu besuchen – nun, dann konnte die Familie sich wohl kaum aufregen.

Während sie ihren Weg durch das dänisch kontrollierte

Barrackpore zurücklegten, wurde Coral an eine europäische Stadt mit eleganten Häusern und Baumalleen erinnert. Die Luft vom Fluß her war frisch und kühl. Corals Herz empfand Frieden, und sie plante, den Weihnachtsball in dem eindrucksvollen und fröhlich dekorierten Canterburyhaus, in dem jetzt die Lichter funkelten, zu genießen.

8

Gouverneur Bie bot der Gräfin von Dänemark, an der Juwelen und weißes Satin funkelten, seinen Arm und begleitete sie in Richtung der Treppe, die zum Ballsaal hinabführte. Ihre Stimmen verebbten bei den majestätischen Walzerklängen, als sie die gewundene Treppe hinabschritten.

Die kleine Gruppe Männer, die oben im Foyer zurückblieb und teure Zigarren rauchte, löste sich allmählich auf.

„Ich würde gern ein Wort unter vier Augen mit Ihnen sprechen, Arlen“, erklärte der Generalgouverneur, während er das Foyer verließ und hinaus auf den weiten Balkon trat, von dem aus man den Ballsaal und die vielen Gäste überblikken konnte.

Sir Arlen George, ein kantiger Mann mit falkenähnlichen Gesichtszügen und einem leichten Hauch von Mode, trat neben ihn. „Was beabsichtigen Sie, Exzellenz?“ fragte Arlen. „Sie haben das doch gerade nicht im Ernst gemeint, daß ich nach London fahren und mit Seiner Majestät sprechen soll?“

Der Generalgouverneur lächelte ihn an. „Allerdings! Hugo hat vollstes Vertrauen zu Ihnen. Warum sollte ich es nicht haben?“

Arlen blickte auf die überfüllte Tanzfläche des Ballsaales hinab, wo Belinda Roxbury mit einem dänischen Soldaten in schicker Uniform tanzte.

„Verfluchte Franzosen!“ knurrte der Generalgouverneur. „Der Krieg gegen Frankreich blutet die Regimenter des Königs in Indien aus! Ich werde mit wenigen weißen Offizieren in einem Meer von indischen Soldaten enden.“

„Ich dachte immer, die Versetzung eines Offiziers nach Indien komme einer Bestrafung durch die englische Regierung gleich", meinte Sir George leichthin. „Aber ich glaube, Gouverneur Bie hat recht. Napoleon hat von Nelson und dem Herzog von Wellington zu viele Niederlagen einstekken müssen, um sich auch noch nach Indien zu wagen, obwohl er weiß, daß die einzige Möglichkeit, uns zu schlagen, darin bestünde, Englands Handel und Industrie zu schwächen."

„Vielleicht haben Sie recht, Arlen. Aber ich meine es mit meiner Entscheidung ernst, Sie zu Seiner Majestät zu schikken."

„Eine umsichtige Entscheidung. Ich werde mein Bestes tun, um den König von ihren Bedenken wegen Frankreich zu überzeugen. Eine Seereise dürfte gefahrlos sein. Wenn Nelsons Marine auf dem Meer patrouilliert, dürfte den französischen Kriegsschiffen bald der Spaß vergehen."

„Wann können Sie aufbrechen?"

Sir George betrachtete die herumwirbelnde, bunte Farbenpracht der Abendkleider und Uniformen unter dem glitzernden Funkeln der Kronleuchter. Die Walzerklänge wurden auf einem Crescendo zu ihm heraufgetragen. Er sah Belinda bei mehreren jungen Offizieren stehen. Sie lachte und unterhielt sich und warf dabei ihre schwarzen Locken kokett zurück. Er kniff die Lippen zusammen. Belinda warf ihm vor, überhaupt nicht eifersüchtig zu sein, aber das war eine verdammte Lüge!

„Ich stehe Ihnen zur Verfügung. Wann ist es Ihnen am liebsten?"

„Hugo sagte, seine Frau und Tochter werden nach Neujahr nach London fahren, und Sie wären geneigt, die beiden Damen zu begleiten."

„Ich hatte mich bis heute abend noch nicht endgültig entschieden.“ Seine Augen funkelten. „Aber London ist bestimmt der beste Ort für die Hochzeitsfeier.“

„Ah! Dann ist das geklärt.“

„Ja. Alles für das Wohl Englands, Eure Exzellenz.“

„Eine ehrenwerte Einstellung. Wenn Sie und Ihre Braut zurückkehren, glaubt Hugo, würden Sie einen guten Kommissionär für Guwahati abgeben. Aber unter uns gesagt, ich bleibe lieber hier. In Kalkutta kann man ruhiger schlafen.“

* * *

Farbenfrohe Laternen schmückten die Balkone und die weit ausgreifenden Zweige der Bäume und warfen helle, festliche Farben durch das bunte Glas in den Vorhof und auf die Auffahrt vor dem Haus. Im Inneren des Hauses schmückten Gestecke aus tropischen Blumen und Sträuchern die Wände, Türen und Tische und hingen an Schleifen von den Kronleuchtern. Die Tische mit dem kalten Büffet bogen sich fast unter den Köstlichkeiten, die eines Königshauses würdig gewesen wären: englische und dänische Teigwaren, riesige silberne Platten mit verschiedenem geräucherten Fleisch, Obst, Käse und einer Vielzahl von Getränken, die von vornehm gekleideten Dienern aus Kristallkelchen serviert wurden.

Coral, die ein burgundfarbenes Seidenkleid trug, verließ Ethan und ging die Treppe hinauf, um Marianna zu suchen. Ihre Schwester war nicht auf ihrem Zimmer, und Coral war gerade auf dem Rückweg zum Ballsaal, als sie Stimmen hörte und stehenblieb. Sie stand in der breiten Säulenhalle, und die Tür zu einem der privaten Vorzimmer an der Seite stand offen. Tante Margaret, die in ihrem selbst entworfenen, bernsteinfarbenen Seidenkleid wunderschön aussah, stand allein vor Oberst Warbeck. Er lehnte mit einer Haltung im Türrahmen, die Coral an seinen Sohn erinnerte, und versperrte Margaret den Weg.

„Soll er mich doch beschuldigen. Es wäre mir ein Vergnügen, deine Ehre zu verteidigen."

„Bitte, ich muß gehen. Wir werden zum Mittelpunkt häßlichen Geschwätzes, wenn du das nicht fallen läßt."

Er lachte leise. „Ich bin immer der Mittelpunkt von Geschwätz. Ich komme nach London. Wann reist du ab?"

„Nein. Komm nicht. Wenn Hugo –"

Coral biß sich auf die Lippe und trat in den Schatten zurück. Der Oberst trat zur Seite, und Margaret rauschte an ihm vorbei zur Treppe. Die Tür schloß sich hinter Oberst Warbeck. Coral blieb regungslos stehen. Eine Minute später trat sie an die Balustrade und sah Margaret unten auf Belinda und Kathleen zugehen.

Coral hörte nur die Walzermusik. Wie lang sie dort stand, wußte sie nicht. Sie wollte gerade zur Treppe gehen, als ein ihr bekannter Offizier in der schwarzsilbernen Uniform der britischen Kavallerie die Treppe heraufkam. Jace sah aus, als beschäftigten ihn ernstere Überlegungen als die Weihnachtsfeiern. Er nahm die letzten Stufen immer zwei auf einmal. Als er sie erblickte, blieb er stehen.

Coral überlegte, ob ihre Miene ihre Verwirrung verriet, weil sie den Oberst und Tante Margaret ertappt hatte, denn Jace sah sie fragend an und blickte dann an ihr vorbei in die Halle, als erwarte er, dort noch jemanden zu sehen.

Coral war neugierig, ob er irgendwelche Vermutungen über seinen Vater und ihre Tante hegte, und merkte, daß bei diesem Gedanken ihre Wangen erröteten. Sie wandte sich von ihm ab und ging zurück zur Balustrade. Ihr Blick war auf die Tänzer unten gerichtet.

„Verstecken Sie sich vor jemandem? Das kann doch nur vor Ihrem Doktor sein.“ Er lächelte und trat neben sie, wo er sich an die gemeißelte Steinsäule lehnte.

Sie mußte unwillkürlich lächeln, warf dann wieder einen Blick nach unten. Ein schneller Blick über die Tänzer verriet ihr, daß Marianna nicht zu sehen war. *Wohin ist meine kleine Schwester nur gegangen?*

„Seward sagte, Sie seien zu beschäftigt, um heute abend zu kommen“, sagte sie beiläufig.

„Um all dieses gute Essen zu versäumen? Sie haben keine Ahnung, wie sehr ich unter Gokuls Küche leide.“ Er warf einen Blick über den Saal. „Ihr Vetter?“

Sie folgte seinem Blick zu Ethan hinab, der noch an der Stelle stand, wo sie ihn verlassen hatte, aber jetzt in ein Gespräch mit mehreren Männern, unter anderem Lord Canterbury, vertieft war.

„Ja. Er ist vor einer Woche angekommen.“

„Welch ein Glück, daß er sein *Moskitolabor* auf Kingscote errichtet. Wenn er einmal gerade nicht damit beschäftigt ist, Käfer zu zerlegen, ist er bestimmt eine interessante Gesellschaft.“

Ihre Finger verkrampften sich um die Balustrade. „Ich glaube, Herr Major, Sie mögen meinen Vetter nicht. Ist das nicht etwas vorschnell geurteilt? Sie haben ihn noch nicht einmal kennengelernt.“

„Ich gestehe, daß ich ein bißchen verärgert klinge. Als ich in die Uniform zurückgelockt wurde, sagte man mir nicht, daß ich auch dafür verantwortlich wäre, eine Safari von englischen Zivilisten, die keine Ahnung von diesem Land haben, durch den Dschungel nach Norden zu führen. Irgendwie sieht Boswell wie die Sorte Männer aus, die sich unaufhörlich über Staub und Schweiß beklagen.“

Seine Abneigung gegen Ethan hatte also nichts mit Eifersucht zu tun. „Sie werden überrascht sein. Ethan hat mehrere Jahre in den Dschungeln von Burma gearbeitet, bevor er nach London zurückkehrte."

„Interessant. Vielleicht unterschätze ich ihn."

Sie sah ihn an, aber Jaces Blick war nicht auf sie gerichtet.

„Aber er verbirgt seine Abneigung nicht, wie ich sehe."

Wieder folgte sie seinem Blick durch den Saal. Ethan hatte nach oben geblickt und sie dort stehen sehen. Seine Augen waren auf den Major geheftet. Nicht einmal die Entfernung konnte den harten Ausdruck in den normalerweise ruhigen Augen schwächen.

Coral fühlte ein Unbehagen in sich hochsteigen. Wenn Jace Ethan nicht mochte, war es unübersehbar, daß dieses Gefühl auf Gegenseitigkeit beruhte.

„Ich habe Ihren Vetter anscheinend verärgert", sagte er beiläufig. „Wenn Sie mich entschuldigen, der Oberst wartet auf mich. Wir haben etwas zu besprechen."

„Ja, natürlich", murmelte sie und riß ihre Augen von Ethan los, um den Major anzusehen. In seinen blauschwarzen Augen funkelte eine leichte Belustigung, als er sich von ihr verabschiedete und durch die Halle schritt.

Ethan wartete auf sie, als sie nach unten kam, aber seine harten, grauen Augen blickten hinter ihr die Treppe hinauf. „Ich muß schon sagen, ich bin überrascht, Buckley nach allem, was passiert ist, in Uniform zu sehen."

„Nach allem, was passiert ist . . . Oh, du meinst Michael."

„Du bist eine großzügige Frau, Coral. Doch ich glaube nicht, daß ein Mann wie Buckley auch nur deine geringste Aufmerksamkeit verdient. Ich war entsetzt, als ich von Tante Margaret hörte, daß dieser Mann bei unserer Reise nach Kingscote das Kommando haben wird. Ich glaube, ich sollte mich an den Generalgouverneur wenden."

„Ethan, der Bericht über die Geschehnisse auf der *Madras*

war ein Irrtum. Ich habe es selbst erst kürzlich herausgefunden."

Er sah sie skeptisch an. „Ich nehme an, er hat dir das erzählt. Ich würde seiner Version des Unfalls keinen Glauben schenken."

„Er hat versucht, Michael das Leben zu retten."

„Können wir von ihm erwarten, daß er seine Dummheit zugibt?"

„Ethan, bitte, sprich nicht so, besonders nicht vor ihm. Ich fürchte, er würde – "

Er stieß ein kurzes, böswilliges Lachen aus. „Mich als Gentleman herausfordern? Soll er doch. Meine Liebe, zufällig bin ich ein Meisterschütze."

Sie konnte sich nicht erinnern, ihn in London je so feindselig gesehen zu haben. War er eifersüchtig auf Jace, oder mochte er ihn wirklich nur wegen Michaels Tod nicht? „Ich habe Seward gefragt, was passiert ist. Er bezeugt die Schilderung des Majors. Er wurde sogar dabei verwundet, als er versuchte, Michael zu retten."

Doktor Boswells harte Miene änderte sich nicht. „Seward ist ein Freund von ihm. Natürlich stützt er seine Geschichte. Ich glaube, in dem, was wir gehört haben, steckt mehr Wahrheit, als deine Großzügigkeit eingestehen will."

„Ich bin nicht großzügig. Ich glaube, du solltest diese Angelegenheit am besten in Ruhe mit Onkel Hugo besprechen."

„Das beabsichtige ich auch. Und mach dir keine Sorgen, Coral, ich sage nichts zu Buckley – noch nicht."

„Es ist nicht nötig, überhaupt darüber mit ihm zu sprechen. Das habe ich bereits getan und bin völlig zufrieden."

Seine unruhigen, grauen Augen begegneten ihrem Blick. „Er ist kein Gentleman. Ich habe von seinem Ruf gehört. Es gibt noch mehr als den Vorfall an Bord der *Madras.* Onkel

Hugo hat eine Lawine im Gebiet von Darjeeling erwähnt. Es ist sehr seltsam, wie Buckley unversehrt zu den angeheuerten Dienern zurückkam, aber Michael als angeblich tot zurückgelassen wurde."

Corals Gedanken rasten zu jenem Abend auf Kingscote zurück, als Michael sein knappes Entrinnen aus einer Lawine erwähnt hatte. Er hatte nicht erklärt, was passiert war, und sie hatte nie gefragt. Sie versuchte, die Angelegenheit beiseite zu wischen, indem sie Ethan am Arm nahm und zur Tanzfläche führte. „Du brauchst dir wegen des Majors keine Sorgen zu machen. Onkel Hugo vertraut ihm ausdrücklich."

„Das ist nicht dein Ernst?"

„Onkel Hugo war es, der zum Generalgouverneur ging, um Major Buckley als kommandierenden Offizier der Sicherheitswache in Guwahati zu ernennen."

Er blieb abrupt stehen. „Onkel Hugo hat das arrangiert?"

„Er erklärt dir sicher seine Gründe, wenn du ihn danach fragst. Er trifft morgen nachmittag hier in Barrackpore ein."

Ethan drehte sich um und blickte zu der Balustrade hinauf. Auf seinem Gesicht lag eine nachdenkliche Miene. „Onkel Hugo hat mir nichts davon gesagt. Dann sollte ich vielleicht mit meinem Urteil vorsichtiger sein."

Sie atmete leise auf.

Nach dem Walzer machte sich Coral wieder auf die Suche nach Marianna. Im Foyer des Ballsaales war es ruhig. Sie wollte schon die Seitentreppen zu dem Zimmer hinaufgehen, das sie mit Marianna teilte, als etwas ihre Aufmerksamkeit erregte. Die Tür in einen Salon, der zu einem ummauerten Garten führte, stand angelehnt, und sie fühlte einen kühlen Windzug. Ihr Verdacht war geweckt. Lady Canterburys Diener wären nie so nachlässig. War Marianna in den Garten gegangen? Aber die Dezembernacht war kalt, und der Garten war kein Ort, an den man ohne Begleitung ging.

Trotzdem betrat Coral den Salon und fand die Doppeltüren, die in den Garten führten, offenstehen. Sie trat hinaus in die dunkle Nacht.

Einen Augenblick blieb sie auf den Pflastersteinen stehen. Die Kälte der Nacht griff mit eisigen Fingern nach ihren bloßen Schultern und Armen. Sie wartete, bis sich ihre Augen an die Dunkelheit gewöhnt hatten.

Die Sterne waren ein silbernes Funkeln am schwarzen Himmel, und nach ungefähr einer Minute begann sie, die Umrisse der tropischen Pflanzen und Weinstöcke zu sehen, die wie ein Aufgebot von Soldaten da standen und den roten Pflasterweg bewachten, der sich durch Lady Isobels Garten schlängelte.

Coral lief über den Weg. Ihre Ballschuhe hinterließen auf den Steinen ein unüberhörbares Klappern. Sie steuerte geradewegs auf das andere Ende des Gartens zu; Marianna war nicht zu sehen. Ein Tor stand offen. „Marianna? Bist du da draußen?" rief sie.

Marianna würde nie allein so weit gehen – außer sie wäre nicht allein . . . Ihr wurde von Minute zu Minute kälter, und sie eilte weiter und lief durch das Tor. Dabei entdeckte sie, daß das Tor aus dem Garten hinaus auf einen schmalen Steinweg führte.

Coral wollte gerade umkehren, als eine kleine Gestalt mit wehenden Röcken auf sie zugeflogen kam. Marianna lief auf sie zu und keuchte nach Luft. Ein Blick in ihr Gesicht verriet Coral die Angst ihrer Schwester.

„Mar-", begann Coral.

Mariannas Finger waren kalt und zitterten, als sie sich auf Corals Lippen legten. Sie warf einen Blick über ihre Schulter zurück auf den Weg.

„Pst! Es ist Onkel Hugo!"

„Er ist heute abend doch überhaupt nicht in Barrackpore. Was ist los?"

„Doch, er ist da!" Mariannas Fingernägel gruben sich in Corals Arm. „Beeil dich, Coral, der Mann, der bei ihm ist, hat mich gesehen!"

Coral war verwirrt und sah keinen Grund, warum sie wie zwei Diebinnen davonlaufen sollten; trotzdem reagierte sie auf die Aufregung ihrer Schwester. Gemeinsam liefen sie durch das Tor zurück in den umzäunten Garten.

Es blieb nicht genug Zeit, um zum Haus zurückzugehen. Hinter ihnen hörte Coral eilige Schritte auf dem Steinweg. Sie packte Marianna am Arm und zog sie beiseite in die dichten Büsche und Weinstöcke. Dabei blieb sie mit ihren Röcken hängen und verlor einen Schuh. Sie hörte Marianna ein Stöhnen ausstoßen. Zu zweit liefen sie zu einer Laube, die an einen Teich grenzte. Vor ihnen war eine Scheune, die aussah, als sei sie aus Rohr angefertigt. Neben der Scheune stand ein Stoß Körbe. Coral schob Marianna hinein, zwängte sich nach ihr hinein und zog die Tür zu. Der Geruch von feuchter Erde und vermodernden Pflanzen drang ihnen in die Nase.

9

Sie kauerten im Dunkeln und warteten. Coral hörte ihr Herz laut klopfen. Einen Augenblick später vernahmen sie, wie Schritte in ihrer Richtung unsicher stehen blieben.

Herr, betete Coral. Die Angst griff mit kalter Hand nach ihr. *Was ist los? Was geht hier vor? Laß ihn nicht hierher kommen, bitte!*

Hinter sich hörten sie Stimmen im Garten. Die Schritte, die ihnen vom Tor aus gefolgt waren, blieben stehen und machten sich dann eilig unter den Bäumen davon.

Wer es auch war, er wollte nicht gesehen werden. Coral kroch aus dem Schuppen und sah gerade noch rechtzeitig in die Richtung des Flüchtlings, um einen Blick auf einen gelben Turban zu erhaschen. Dann war er verschwunden.

Hatte Marianna recht? Hatte er sich mit Onkel Hugo unten am Weg getroffen?

Marianna kam hinter ihr herausgekrabbelt und packte sie am Arm. „Vetter Ethan und Kathleen rufen nach uns. Was – was sollen wir ihnen nur sagen?"

„Die Wahrheit natürlich. Ich habe dich gesucht", erwiderte Coral.

„Nein! Sage nichts, warte, bis ich dir alles erklärt habe. Bitte!"

„Aber –"

„Coral!"

„Gut. Komm, sie werden sich schon Sorgen machen."

Einige Minuten später trat Coral, gefolgt von Marianna,

auf den Weg. „Wir sind hier drüben“, rief sie und war selbst über ihre ruhige Stimme überrascht.

Ethan eilte mit Kathleen auf sie zu. „Ist alles in Ordnung?“

Marianna sah verlegen aus und drehte den Kopf zur Seite.

„Ja, uns geht es bestens“, antwortete Coral fröhlich.

„Was macht ihr hier draußen ohne Begleitung?“ fragte Kathleen stirnrunzelnd.

„Oh! Ich ging ein bißchen spazieren“, sagte Marianna langsam und rückte mit der Hand ihre Locken zurecht.

„Bei dieser Kälte?“ fragte Kathleen vorwurfsvoll.

„Ja! Es ist kalt“, gab ihr Marianna schnell recht. „Gehen wir hinein und trinken einen guten warmen Punsch. Kommst du, Coral?“

„Ah ... ja.“

Coral sah Ethans Blick über ihr zerzaustes Haar gleiten und dann an dem Schuh in ihrer Hand hängenbleiben.

„Was ist passiert? Bist du gestürzt?“

„Oh, ich habe nur meinen Schuh verloren.“ Sie brachte ein Lächeln zuwege.

Er nahm sie am Arm. „Das ist ja schrecklich. Komm, Liebes, ich bringe dich zurück ins Haus. Du hättest dir den Knöchel verstauchen können.“

Im Haus gelang es Coral, von Ethan fortzukommen. Sie erklärte ihm, sie wolle sich um Marianna kümmern.

Als Coral in ihr Zimmer trat und die Tür hinter sich schloß, saß ihre Schwester auf einem Stuhl. Ihre weiten Röcke waren um sie ausgebreitet. Marianna blickte auf. Sie war kreidebleich und zitterte am ganzen Leib.

Kathleen stand mit den Händen in die Hüften gestemmt vor ihr. „Ich will die Wahrheit hören. Was hast du da draußen gemacht?“

„Kathleen, nicht jetzt. Marianna fühlt sich nicht gut. Am

besten gehst du zurück zum Ball. Ich kümmere mich um sie."

„Und was ist mit dir *passiert*, Coral?" Kathleen betrachtete sie von oben bis unten.

„Ich hatte es eilig und habe einen Schuh verloren."

Marianna brach in Tränen aus und vergrub ihr Gesicht in den Handflächen. Coral eilte zu ihr und kniete nieder. Sie zog Mariannas Kopf auf ihre Schulter. „Kathleen, überlaß das bitte mir, ja?"

Kathleen kniff argwöhnisch die Augen zusammen. „Seit wann habt ihr beide Geheimnisse vor mir?"

„Vertrau mir. Ich erkläre es dir später."

„Meinetwegen. Ich könnte fast glauben, ihr beide hattet Kavaliere da draußen, die im Garten auf euch warteten, wenn ich dich nicht besser kennen würde, Coral. Aber laßt euch auf keinen Fall von Tante Margaret in diesem Zustand sehen."

„Lenke sie bitte eine Weile ab."

„Ihr werdet mir morgen einiges zu erklären haben." Sie blickte auf Marianna herab. Dann drehte sie sich abrupt um, schwebte zur Tür, ging hinaus und zog sie hörbar hinter sich ins Schloß.

Coral stieß einen tiefen Seufzer aus und strich Marianna über ihre zerzausten Locken. „Jetzt ist alles wieder gut. Hier, schneuz dir die Nase wie ein braves Mädchen."

„Ich ... ich fühle mich nicht gut, Coral. Ich glaube, ich werde krank."

„Komm, ich helfe dir aus deinen Kleidern und ins Bett. Dann lasse ich dir etwas Heißes zum Trinken bringen. Wenn du dich wieder beruhigt hast, kannst du mir erzählen, was passiert ist."

Marianna lag schon im Bett, als ein Klopfen an der Tür ertönte. Ihre weit aufgerissenen Augen hefteten sich auf

Coral. Coral blickte zur Tür. Mariannas nervöses Verhalten machte sie vorsichtig. „Es ist bestimmt nur ein Diener", sagte sie. „Oder vielleicht Tante Margaret."

„Vergiß dein Versprechen nicht", flüsterte sie. „Sag nichts, bevor wir nicht miteinander gesprochen haben."

Coral blieb mit der Hand auf dem Türknauf vor der Tür stehen. Sie setzte eine ruhige Miene auf und rückte ihre Haare zurecht, bevor sie öffnete. „Ja?"

Sie schluckte. Ihr Magen zog sich zusammen.

Sir Hugo stand vor ihr. Über seiner Abendgarderobe trug er einen Mantel. Seine Augen waren ernst, und sein bärtiges Gesicht war undurchdringlich. Sein Blick war drohend und weckte in Coral den Wunsch, einen Schritt zurückzuweichen. Sie weigerte sich aber, sich einschüchtern zu lassen, und brachte ein leichtes Lächeln zustande. „Oh, du bist es, Onkel. Guten Abend. Wir haben dich heute abend noch nicht erwartet."

„Ich konnte meine Pläne ändern. Ich habe eine Abkürzung durch den Garten genommen. Man hat mir gesagt, daß entweder du oder Marianna gestürzt ist und sich verletzt hat."

Sie fühlte, wie seine Augen sie musterten.

So ... er weiß also nicht sicher, wer ihn gesehen hat. „Ja, ich war im Garten, Onkel. Aber mir geht es gut."

„Der Diener, Piru, war bei mir. Er dachte, du hast dich vielleicht verletzt. Er ging dich suchen, aber du warst schon wieder zurück im Haus."

War er hierhergekommen, um ihr das zu erzählen, damit sie glaubte, der Mann mit dem gelben Turban sei ein Diener gewesen? Daß er ihnen aus Sorge nachgelaufen sei? Coral vermutete anderes. „Ich war im Garten. Aber ich bin nicht gestürzt."

Er blickte an ihr vorbei zum Bett, in dem Marianna die

Decken bis unter die Nase hochgezogen hatte. Würde er fragen, ob Marianna bei ihr gewesen sei?

„Marianna fühlt sich nicht gut. Das ist mir schon den ganzen Abend aufgefallen. Ich glaube, sie muß mit Halsschmerzen das Bett hüten."

„Wirklich?" Er trat ein, und Coral blieb keine andere Wahl, als einen Schritt zurückzugehen und ihn vorbeizulassen. Er trat an das Bett und blickte auf Marianna herab. Coral trat neben ihn und hoffte, Marianna würde ihre Angst nicht verraten. Zu ihrer Erleichterung hatte ihre Schwester die Augen geschlossen und lag regungslos im Bett.

Coral spannte sich innerlich an, als Hugo eine Hand ausstreckte und Mariannas Stirn berührte. Würde sie hochspringen? Marianna blieb ruhig.

„Ich bitte Ethan, nach oben zu kommen. Er kann ihr etwas geben, das ihr hilft. Sie muß zur Verlobungsfeier ihrer Kusine mit Arlen wieder wohlauf sein." Er blieb noch einen Augenblick stehen und blickte Marianna an. Dann ging er zur Tür. Coral folgte ihm.

„Du darfst nachts nicht im Garten herumspazieren, meine Liebe. Da draußen gibt es Schlangen."

Als er fort war, schloß Coral die Tür und lauschte, bis seine Schritte verhallt waren. Sie drehte den Schlüssel im Schloß um und eilte dann zu Marianna zurück. Sie schlug die Augenlider auf und versuchte, sich aufzusetzen. „Ich will Vetter Ethan nicht sehen!"

„Onkel Hugo wird Verdacht schöpfen, wenn du ihn nicht herein läßt. Sage nicht, daß du im Garten warst, verstanden? Er glaubt, ich sei allein gewesen. Das ist ganz gut so." Marianna nickte. Mit klappernden Zähnen legte sie sich auf ihr Kissen zurück.

Ist das eine nervöse Reaktion, oder wird sie tatsächlich krank? fragte sich Coral besorgt.

Ethan kam einige Minuten später. Coral schloß die Tür auf und ließ ihn ein. Sie hatte erwartet, Tante Margaret wäre bei ihm, aber er war allein. Während er Mariannas Puls fühlte und die Hand auf ihre Stirn legte, blieb Coral an ihrem Bett sitzen, um ihrer Schwester das Gefühl der Sicherheit zu vermitteln.

„Nun, kleine Kusine, ich sehe keinen Grund zur Besorgnis", teilte Ethan Marianna zuversichtlich mit. „Bleibe morgen vorsichtshalber im Bett. Bei den übrigen Festlichkeiten bist du sicher wieder munter und tanzt den ganzen Abend."

Er reichte Coral ein Päckchen mit Pulver. „Rühr ihr das mit etwas heißem Wasser an und laß sie dann schlafen."

Coral begleitete ihn zur Tür, während die indische Dienerin mit einer heißen Tasse Tee für Marianna eintrat.

„Du weißt ja, wie junge Mädchen sind", versicherte Coral Ethan. „Die Aufregung wegen des Balls, der Feiertage und der bevorstehenden Heimfahrt ist ihr einfach ein bißchen zu viel geworden."

Ethan lächelte und sah sie mit einem so fragenden Blick an, daß Coral fühlte, wie ihr Gesicht warm wurde. Sie fürchtete, er würde sie wieder fragen, warum sie im Garten gewesen sei. Deshalb sagte sie schnell: „Ethan, hier in der Nähe arbeitet ein Arzt, den du unbedingt kennenlernen solltest. Doktor John Thomas lebt in Serampore. Er arbeitet schon seit einigen Jahren in Indien. Wenn du willst, könnten wir morgen früh nach Serampore fahren. Ich habe einen Freund, der uns zu ihm bringen könnte. Du erinnerst dich doch an Charles Peddington aus London?"

„Dein Musiklehrer? Ah ja, er ging nach Indien und arbeitet für die Kompanie. Er kennt Doktor Thomas?"

„Ja. Thomas ist ein Mitarbeiter von Mister William Carey."

„Dem Pfarrer aus Kettering? Dem Mann, der diese Verteilschrift verfaßt hat?“

„Er ist jetzt Bibelübersetzer in einer Missionsstation in Serampore. Sie haben eine Druckerpresse. Er hat außerdem eine Schule eröffnet. Lady Isobel hat lobend davon gesprochen. Eine Reihe von Engländern und Dänen hier in Barrackpore schicken ihre Kinder dorthin.“

„Ausgezeichnet. Ich würde gern so bald wie möglich fahren. Kannst du das mit Peddington vereinbaren?“

„Ich schicke ihm eine Nachricht. Wir können morgen früh gleich ein Boot nehmen. Dann sind wir abends rechtzeitig zum Dinner beim Kommissionär zurück.“

„Wunderbar. Wie gut, daß du daran gedacht hast.“

„Nun, ehrlich gesagt, Ethan, habe ich auch meine eigenen Gründe. Ich will die Schule der Marshmans sehen, und Charles hat gemeint, Mister Carey habe vielleicht Bibelteile in Hindi für mich.“

Er lächelte. „Dann müssen wir unbedingt fahren.“

„Ich treffe dich morgen früh an der Ghat ... sagen wir, bei Sonnenaufgang?“

„Sehr gut, bei Sonnenaufgang also. Dann sollten wir beide am besten bald zu Bett gehen.“

„Gute Nacht, Ethan. Danke.“

Coral schloß die Tür hinter ihm. Ihr Lächeln verschwand, und sie runzelte die Stirn und ging zu dem Bett hinüber. Die Dienerin hatte ihnen bereits einen Tee eingegossen. „Haben Sie noch einen Wunsch, Miss-Sahiba?“

„Nein, das ist alles. Danke.“

Das Mädchen salaamte und huschte leise aus dem Zimmer. Als sie allein waren, verriegelte Coral die Tür wieder und zündete eine zweite Lampe an. Schnell kam sie an Mariannas Bett, und Marianna setzte sich auf.

„Also, erzähl mir jetzt, was passiert ist.“

„Ich ging in den Garten, wie ich schon sagte, weil ich meinte, vom Kamin aus, neben dem ich saß, Onkel Hugo durch das Fenster zu sehen. Ich wußte, daß er erst morgen hier erwartet wurde. Ich hätte mir nichts dabei gedacht, aber er sah so aus, als wolle er nicht gesehen werden. Und als Kusine Belinda auch noch in den Garten hinaus huschte und nicht zurückkam – nun, da beschloß ich, sie zu suchen."

„Belinda?" fragte Coral überrascht. „Bist du sicher?"

„Ja. Ich habe sie nicht gefunden."

„Aber Belinda tanzte mit Arlen George, als ich hinaus ging, um dich zu suchen. Ich dachte, du seist hier auf dem Zimmer."

Marianna zuckte mit den Schultern. „Dann muß sie auf einem anderen Weg zurückgekommen sein. Aber das wußte ich nicht. Ich ging durch das Tor, weil ich dachte, es führe zum Teich, aber ich fand mich auf einem Weg an einer Gartenmauer wieder. Treppen führten zu einem Zitronengarten hinauf. Ich hörte zwei Männer miteinander sprechen. Es klang wie Onkel Hugo, deshalb dachte ich mir nichts Schlimmes und ging auf die Treppen zu. Dort standen zwei Männer. Einer war Onkel Hugo; der andere war ein Inder mit einem gelben Turban. Ich wollte gerade sagen: ‚Guten Abend, Onkel; wo ist Belinda?', als der Inder etwas sagte, bei dem mir das Wort im Hals stecken blieb." Mariannas Augen wurden riesig groß, und sie klammerte sich verkrampft an ihre Bettdecke.

„Ja? Was hat er gesagt?" drängte Coral.

Marianna zitterte und blickte zur Tür.

„Sie ist verriegelt", sagte Coral.

„Er sagte zu Onkel Hugo: ‚Ein Unfall bei einem so großen Mann läßt sich nicht leicht arrangieren. Nicht wie das erste Mal. Er hat viele Freunde, auch unter den Hindus."

Coral starrte in das blasse Gesicht und merkte, daß ihr eigenes Herz plötzlich laut zu schlagen begann. „Bist du sicher, Marianna?“ flüsterte sie.

Marianna schluckte schwer und nickte mit dem Kopf.

Coral versuchte, ihre Selbstbeherrschung zu bewahren. Immerhin konnten diese Worte fast alles bedeuten.

„Noch etwas?“

„Nein. In diesem Augenblick habe ich anscheinend ein Geräusch verursacht, und die beiden drehten sich in meine Richtung. Ich glaube, Onkel Hugo lief die Stufen hinauf und verschwand im Zitronengarten, aber der andere Mann, der Inder – er lief auf mich zu, und ich bekam Angst und lief davon. Ich konnte hören, wie er mich verfolgte! Dann bin ich dir in die Arme gelaufen. Oh, Coral, was könnte das bedeuten? Glaubst ... glaubst du, Onkel Hugo hat etwas Schlimmes getan?“

Coral wußte nicht, was sie glauben sollte. „Wir dürfen keine voreiligen Schlüsse ziehen. Aber du darfst zu niemandem etwas davon sagen, verstanden?“

„Auch nicht zu Tante Margaret?“

„Zu ihr schon überhaupt nicht. Du mußt mir versprechen, kein Wort darüber verlauten zu lassen, bis ich es dir sage. Verstanden?“

Marianna runzelte die Stirn. „Aber wenn etwas nicht in Ordnung ist –“

„Das wissen wir nicht. Aber gerade dann haben wir noch mehr Grund, nichts zu sagen, bis ich mit Major Buckley sprechen kann. Wir wollen doch nicht, daß irgend jemand erfährt, was du gehört hast, am allerwenigsten Onkel Hugo.“

„Aber, Coral, wenn dieser Inder etwas Schlimmes getan hat, und er weiß, daß ich gehört habe –“

„Deshalb darfst du nichts sagen. Wenn Onkel Hugo erst

einmal davon überzeugt ist, daß niemand etwas gehört hat, ist die Sache vergessen.“

„Aber wenn er mich fragt?“

„Das glaube ich nicht. Ich werde mit dem Major sprechen und fragen, was er in der Angelegenheit vorschlägt.“ Coral erhob sich, um ihre Besorgnis zu verbergen, und beschäftigte sich damit, die Medizin in die Teetasse zu rühren.

„Meine Güte, ich werde nie einschlafen können!“

„Versuche, nicht daran zu denken. Hier, trink das.“

Marianna blickte mit großen, verängstigten Augen auf. „Was wäre passiert, wenn er mich erwischt hätte?“

„Er hatte nicht die Absicht, dich oder uns zu erwischen. Zwei Frauen in Ballschuhen hätte er leicht einholen können. Ich bin sicher, er wollte nur sehen, wer ihr Gespräch mitgehört hatte. Und du kannst ruhig schlafen, denn er weiß es nicht.“

Marianna runzelte die Stirn. „Wie kommst du auf diese Idee?“

„Ich bin sicher, das war der Grund, der Onkel Hugo heute abend in unser Zimmer geführt hat. Er wollte herausfinden, wer im Garten war. Er glaubt, ich sei es gewesen.“

„Oh ...“ sagte Marianna leise. „Ich wollte dich nicht in Schwierigkeiten bringen, Coral.“

Coral zwang sich zu einem Lächeln. „Mach dir keine Sorgen. Hier, trink deinen Tee.“

„Coral, ich wünschte, du würdest morgen nicht nach Serampore fahren.“

„Du brauchst dir keine Sorgen zu machen. Kathleen kann dir Gesellschaft leisten, und auch Tante Margaret.“

„Aber willst du wirklich mit Vetter Ethan fahren? Angenommen, Onkel Hugo findet es heraus?“

„Das wird er bestimmt irgendwann. Ethan wird es höchstwahrscheinlich ihm gegenüber erwähnen. Aber bis dahin dürfte ich in Barrackpore zurück sein. Marianna, ich muß unbedingt die Übersetzung der Bibelteile auf Hindi bekommen. So schnell wird sich mir keine zweite Chance mehr dazu bieten. Es ist auch wichtig für mich, die Marshmans zu besuchen. Ich weiß so wenig darüber, wie man eine Schule eröffnet."

Mariannas rötliche Brauen zogen sich zusammen, obwohl ihre Augen von dem Schlafpulver schon schläfrig wurden. „Du willst immer noch diese Missionsschule anfangen ... ich wünschte, du würdest deine Meinung ändern; nicht weil ich glaube, was du beabsichtigst, wäre nicht gut, aber ich habe Angst um dich."

Coral lächelte und setzte sich auf den Bettrand. Sie nahm die leere Tasse und stellte sie beiseite. Dann deckte sie Marianna zu.

„Grüße Charles von mir", murmelte ihre Schwester.

„Das tue ich. Jetzt bitte ich dich, dir einen Vers immer wieder vorzusagen, bis du einschläfst. Willst du ihn auswendig lernen?"

Marianna nickte.

„‚Ich liege und schlafe ganz mit Frieden; denn allein, du, Herr, hilfst mir, daß ich sicher wohne. Psalm 4,9.'"

Marianna schloß die Augen und sagte Coral den Vers leise nach. Nach wenigen Minuten war sie eingeschlafen.

Coral drehte die Lampe zurück, da sie keine Neigung verspürte, zu dem Ball zurückzugehen. Sie wollte vor Tagesanbruch auf den Beinen sein und am Fluß auf Ethan warten. Morgen abend um diese Zeit würde sie, wenn Gott ihr Unternehmen segnete, eine Bibel auf Hindi in Händen haben.

Onkel Hugo ... und der Inder mit dem gelben Turban ... was führten sie im Schilde? Sie mußte unbedingt Major Jace Buckley informieren. Aber nach seinem Treffen mit dem Oberst war er vielleicht schon fort. Sie wollte heute abend außerdem keine weitere Begegnung mit Sir Hugo riskieren.

Coral schrieb schnell eine Nachricht, in der sie erklärte, was passiert war, und daß sie etwas erfahren habe, als sie mit Marianna im Garten war, das wichtig sein könnte.

Ich gebe Seward diese Nachricht zum Weiterleiten, bevor ich morgen früh nach Serampore aufbreche.

Was würde Jace Buckley wohl über das geheime Treffen ihres Onkels im Garten denken?

* * *

Als Jace mit dem Oberst die Treppe hinabging, fiel ihm auf, daß die Kendalltochter verschwunden war. Ethan Boswell war auch fort. Er kostete die verschiedenen Gerichte am kalten Büffet und wollte sich gerade verabschieden, als ihm ein Parfümgeruch in die Nase stieg und er den Kopf drehte. Belinda Roxbury lächelte ihn an.

„Oh, Jace, wie schön, daß Sie gekommen sind. Meine Kusinen wissen nicht, was sie versäumen. Sie sind verschwunden. Macht nichts, dann habe ich Sie ganz für mich allein. Ich glaube, Sie schulden mir den nächsten Walzer."

Er lächelte. „Mit Vergnügen, Miss Roxbury."

Sie wedelte mit ihrem Fächer. „Belinda." Sie blickte sich um. „Wo sind Ethan und Coral nur hingegangen? Ich sah sie allein im Garten verschwinden ..."

Er zog eine Braue hoch. „Ja?"

„Sie wissen doch, daß die beiden auf Kingscote heiraten werden, nicht wahr?"

„Das war mir nicht bewußt."

„Coral hat mir gestanden, daß sie bis über beide Ohren verliebt ist."

„Hat sie das?"

„Bei ihrer schwachen Gesundheit ist es doch großartig, daß sie einen Arzt heiraten kann! Sie verraten ihr aber nicht, daß ich Ihnen das anvertraut habe."

„Ihr Geheimnis ist bei mir bestens aufgehoben."

10

Das dänisch beherrschte Serampore lag am Flußufer des Hugli, der am Eingangstor zum Missionshaus vorbeifloß. Charles Peddington begrüßte Coral und Ethan herzlich.

„Ich freue mich, daß es Ihnen möglich war zu kommen, bevor ich nach Kalkutta gehe und meine Arbeit im Gouverneurshaus aufnehme."

„Charles, Sie erinnern sich bestimmt an Doktor Boswell?"

„Aber natürlich. Guten Morgen, Sir. Willkommen in Indien."

Als Coral erklärte, er hoffe, Doktor John Thomas kennenzulernen, strahlte Charles. „Aber ja! Doktor Thomas ist zur Zeit hier. Er hat einen indischen Freund mitgebracht, der mehr über den christlichen Glauben erfahren will."

Coral warf Ethan einen schnellen Blick zu, um seine Reaktion zu erfahren, aber er schien ganz von seiner Umgebung und dem botanischen Garten, den Carey auf dem Missionsgelände angelegt hatte, gefangen zu sein.

„Wie viele Hektar Land sind das?" fragte Boswell.

„Mindestens zwei", antwortete Charles. „Mister Carey konnte es von einem Verwandten von Gouverneur Bie zu einem sehr günstigen Preis erwerben."

Ethan sah überrascht aus. „Welch ein Glück für Sie, daß sie in der dänischen Regierung einen Freund gefunden haben."

„Das stimmt, Sir. Wäre Gouverneur Bie nicht gewesen, dann hätte uns die Kompanie wieder nach London zurückgeschickt. Der Herr gibt der Mission, was sie braucht. Wir haben eine Versammlungshalle, die groß genug ist für eine Kapelle", sprach Charles weiter. „Und wir predigen abwechselnd auf Bengali und halten Versammlungen ab. Wir haben mehrere Gebäude, die wir als Wohnungen und für unsere geschäftlichen Zwecke benutzen, und natürlich –" er wandte sich mit einem Lächeln an Coral. „Haben wir die Schule der Marshmans."

Während Charles Ethan zu Thomas brachte, wurde Coral von Hanna Marshman durch die Schule geführt.

„Wie entstand eigentlich ihre Liebe zu Indien?" fragte Coral.

„Als wir von Williams Arbeit hier in Indien hörten, wußte mein Mann mit großer Gewißheit, daß dies sein Ruf war. Er hat die Entscheidung nicht bereut, und ich auch nicht", sagte Mrs. Marshman lächelnd.

Hanna Marshman war eine bemerkenswerte Frau. Ihre innere Stärke war ihr Eifer und die praktische Umsetzung ihrer Vorsicht, die sich bei den vielen Aufgaben bewies, die sie im Umfeld der Mission bewältigte.

Hanna hatte nicht nur die geschäftliche Leitung der gemeinsamen Angelegenheiten des Missionshaushalts übernommen, sondern lehrte außerdem in der Schule und in der Kirche und verwandte sehr viele Stunden darauf, eine freundschaftliche Beziehung zu den Hindufrauen zu pflegen, die überraschenderweise angefangen hatten, ihr ihre Türen zu öffnen.

„Als ich von Ihrer Schule hörte, wußte ich, daß ich Sie besuchen und mit Ihnen sprechen müsse", sagte Coral und erklärte ihre Pläne, eine Missionsschule auf Kingscote zu eröffnen.

„Das hat Charles uns schon erzählt. William wird begeistert sein, wenn er erfährt, daß eine junge Frau mit Ihrem

Charakter sich der Aufgabe widmet, die Kinder mit Jesus vertraut zu machen", sagte Hanna.

„Wir beginnen um sieben Uhr mit dem Unterricht", erklärte Hanna, während sie weitergingen. „Der Unterricht dauert normalerweise jeden Tag bis nach zwei Uhr."

„Ich glaube, die meisten Sorgen mache ich mir darum, wie ich die Kinder dazu bewegen kann, den Unterricht zu besuchen", erklärte Coral. „Wie schwer war das für Sie?"

„Unsere Schüler unterscheiden sich sehr von denen, die Sie haben werden. Die meisten unserer Jungen kommen aus englischen und dänischen Familien hier in Serampore und von der anderen Seite des Flusses in Barrackpore. Einige kommen auch aus Kalkutta. Als die Familien von unserem Lehrplan hörten, waren sie sofort interessiert. Wir werden wegen des guten Unterrichts geschätzt und hatten bald viele Anmeldungen. Es ist sogar eine stehende Redewendung geworden, daß *einfach jeder seinen Sohn nach Serampore schickt.* Wir erkennen darin Gottes Wirken und Zeitplanung. Die Schulgebühren, die wir erheben müssen, und die Gewinne aus Mister Wards Druckerpresse helfen der Mission, sich selbst zu tragen. Das ist William wichtig, denn er will der Missionsgesellschaft in London nicht auf der Tasche liegen. Wir unterrichten englische Jungen, deren Eltern hier in Indien leben, und ich konnte sogar eine Schule für Mädchen eröffnen – eine weitere äußerst wichtige Aufgabe. Wir verlangen vierzig bis fünfzig Rupien im Jahr, je nach dem, ob der Schüler Unterricht in Latein, Griechisch, Hebräisch, Persisch oder Sanskrit bekommt. Natürlich muß eine Schule auf Kingscote solche Fächer nicht in ihren Lehrplan aufnehmen."

Coral lächelte. „Ich dachte eigentlich an einfaches Lesen, Schreiben und Bibelunterricht. Ich hoffe außerdem, ihnen eine warme Mahlzeit am Tag geben zu können, vielleicht das Frühstück."

„Dann muß ich Ihnen die freie Schule zeigen. Wir haben mit den bengalischen Jungen begonnen und haben bereits vierzig angemeldete Schüler. Zuerst waren die Kinder überzeugt, wir würden sie entführen und nach England schicken. Aber wir sind bald Freunde geworden. Wie steht es mit Ihren Lehrmitteln? Ich nehme an, Sie haben sie auf dem Schiff mitgebracht?"

„Bei weitem nicht genug", gestand Coral. Ihre mageren Mittel von London nach Kalkutta zu verschiffen, hatte sich schon als schwierig erwiesen. Sie unbeschadet nach Kingscote zu schaffen, würde noch problematischer werden. „Ich habe einen Koffer mit Lehrmitteln. Aber zuerst muß ich meine Familie überzeugen, daß wir die Schule brauchen."

„Mit Gottes Gnade gelingt Ihnen das. Kommen Sie, ich zeige Ihnen unsere Mittel aus London. Sie sind erst gestern eingetroffen."

Coral stöberte in den Lehrmitteln der Marshmans, von denen einige immer noch in Kisten verstaut waren. Darunter war Gibbons *Rhetorikbuch*, Hornseys *englische Grammatik*, Miltons *Das verlorene Paradies*, Cowpers *Gedichte*, viele Federn und Tinte, die für das heiße Klima geeignet war, und eine Schachtel gebundener Neuer Testamente auf Englisch.

„Das Neue Testament auf Hindi würde ich gerne erwerben."

„Ich bin sicher, William wird Ihnen die Übersetzung als Geschenk überreichen, meine Liebe. Er wird sich über Ihre Bemühungen so freuen. Sie sollten auch Mr. Ward und seine Druckerpresse besuchen. Williams Sohn Felix arbeitet bei ihm."

„Das würde ich sehr gern. Charles hat mir so viel davon erzählt."

„Charles . . . der arme Junge. Er war so treu als Gehilfe von Mr. Ward. Wir werden ihn vermissen. Aber das Fieber fordert seinen Tribut. Wir haben mehrere Missionare verloren."

„Ja, Charles hat mir von John Fountain erzählt."

„Nicht nur John. Wir haben auch Mr. Grant und Mr. Burson verloren. Und Mrs. Careys Zustand wird auch immer schlechter. Ich habe viel Mitgefühl für sie, aber William gibt nicht auf. Er ist unermüdlich, wissen Sie. Er ist nicht der Mann, der sich durch Schwierigkeiten und Schicksalsschläge von der Arbeit abhalten läßt."

Die Übersetzungsarbeit von William Carey forderte Coral zu einer neuen Entschlossenheit heraus. Sie erfuhr, daß er sich nach seiner Ankunft in Indien daran gemacht hatte, die verschiedenen Sprachen und Dialekte des Landes zu beherrschen. Während er sich langen, beschwerlichen Studien widmete, befand sich Mrs. Carey im Zimmer nebenan, manchmal aufgrund ihrer Geisteskrankheit, in einer entsetzlichen Verfassung. Trotzdem widmete er sich geduldig ihren Bedürfnissen und ackerte gleichzeitig unbeirrt an seiner Übersetzungsarbeit weiter. Coral war sich sicher, daß die meisten anderen Diener Gottes unter solchen Umständen schon längst aufgegeben hätten.

Coral wurde von William Carey freundlich begrüßt, der ihr mehr über seine Arbeit erzählte.

„Mein Ziel ist es, wenn der Herr es möglich macht und schenkt, dafür zu sorgen, daß das Wort Gottes in jeder Sprache und in jedem Dialekt Indiens erscheint", sagte er.

Coral hielt dieses Ziel für unerreichbar, aber Carey hielt es für möglich. Andere arbeiteten an den Übersetzungen mit. Marshman, Ward, ein Mr. Gilchrist, Doktor John Thomas und hin und wieder wurden auch einheimische indische Munschis beschäftigt, die bei den Feinheiten der Sprache halfen. Er hatte von der Missionsgesellschaft besorgte Kritik geerntet, weil er Munschis einsetzte, aber Carey wußte genau, was er tat.

„Welcher Hilfe wir uns auch bedienen, ich habe noch kein einziges Wort und keine einzige Satzkonstruktion übernommen, bevor ich sie nicht selbst überprüft und durchgesehen habe“, erklärte William Carey. „Ich lese jedes Blatt zwei- oder dreimal selbst und korrigiere jeden Buchstaben von eigener Hand. Bruder Marshman oder ich vergleichen es mit dem Griechischen oder Hebräischen, und Bruder Ward liest jedes Blatt. Die Übersetzungen in drei Sprachen, vor allem in Bengali, Hindustani und Sanskrit fertige ich von eigener Hand an, und die letzten zwei unmittelbar aus der griechischen und hebräischen Bibel, die vor mir liegt, während ich in Bengali übersetze.“

Coral war begeistert, als sie herausfand, daß er auch beabsichtigte, die Bibel als Ganzes oder wenigstens teilweise in Assami und auch ins Burmesische zu übersetzen. Ein Missionar namens Chater sollte nach Rangun ausgesandt werden. Williams Sohn Felix beabsichtigte, ihn zu begleiten, um dort eine Missionsstation zu eröffnen.

Nach einem ausgefüllten Morgen, an dem sie einen Rundgang durch die Missionsstation unternommen und die Übersetzungsarbeit gesehen hatte, traf Coral die anderen am Mittagstisch, wo die zehn Missionare und neun Kinder, darunter vier Söhne von Carey, gemeinsam ihre Mahlzeiten einnahmen.

Coral vertraute Carey an, daß sie beschlossen habe, die Missionsschule auf Kingscote zu eröffnen, nachdem sie seine Schrift über Weltmission gelesen habe.

„Dann ist Gott zu loben, mein liebes Kind.“

Vor dem Essen wurde ein Gebet gesprochen: „Möge dieses Unternehmen, die Macht des Evangeliums mit den Unberührbaren zu teilen, von Gott hundertfältig gesegnet werden. Ja, eine Schule für die Waisenkinder möge entstehen, wie Gott es schenkt."

Die Mahlzeit war beendet, und die Stunde ihres Aufbruchs nach Barrackpore rückte näher, aber Ethan war mit Thomas noch zu irgendeiner Besichtigung aufgebrochen. Während Coral auf seine Rückkehr wartete, führte Charles sie in die Kapelle.

„Bevor Sie gehen, haben wir noch etwas für Sie", sagte Charles mit einem warmen Leuchten in den Augen.

Corals Herz wollte zerspringen, als sie erriet, was es wohl wäre. Auf dem Altar in der Kapelle lag neben den Elementen, die sie miteinander teilen würden, ein Neues Testament auf Hindi. Coral schluckte den Klumpen in ihrem Hals hinunter.

William Carey führte durch die Abendmahlfeier und überreichte ihr dann das Neue Testament. Ein Lesezeichen steckte bei Matthäus neunzehn, der Stelle über Jesus und die Kinder.

Coral starrte auf die Worte Jesu, bis die Schrift vor ihren feuchten Augen verschwamm. „Wie kann ich Ihnen nur danken, Mister Carey?"

Er lächelte still und sagte: „Lehren Sie es. Und wenn Sie das tun, sprechen Sie dabei nicht von William Carey, sondern von William Careys Gott."

Nachdem die anderen die Kapelle verlassen hatten und die letzten Abschiedsworte gesagt waren, begleitete Charles sie in Richtung des Flusses. Sie blieb auf der breiten Allee aus Mahagonibäumen stehen.

„Ich treffe Ethan beim Boot. Vielleicht ist er schon dort und wartet auf mich. Leben Sie wohl, Charles. Ich hoffe, Ihre Arbeit im Gouverneurshaus verläuft gut."

Er seufzte. „Sie wird mir nie die Befriedigung bringen, die

ich heute erlebte, als ich den Ausdruck auf Ihrem Gesicht sah." Er blickte auf das Neue Testament, das sie in Händen hielt, und sein Gesicht wurde ernst. „Diesen Augenblick erleben zu dürfen, Coral, war jede Prüfung wert, die wir durchmachen müssen. Ich werde im Gouverneurshaus nie etwas finden, das mir eine solche Freude bereitet."

Seine Hand umschloß ihre Hand und die Hindibibel.

„Ich werde Sie und Ihre Schwestern auf Kingscote besuchen kommen, wenn ich kann. Möge bis dahin eine Schule zu Gottes Ehre stehen."

„Auf Wiedersehen, Charles, und noch einmal danke."

Mit der Bibel in der Tasche ging Coral hinunter zur Ghat. Das Boot war da, aber weder Ethan noch der Bootsmann waren zu sehen. Sie hielt sich die Hand als Sonnenschutz über die Stirn und blickte sich um, sah aber kein Anzeichen von ihnen.

Es war früher Nachmittag, und der Dezembertag war kühl, aber die Sonne schien und die Vögel zwitscherten laut in den überhängenden Zweigen. Thomas hatte erwähnt, daß nicht weit von hier ein Hindutempel stand, und sie überlegte, daß sie vielleicht dorthin gegangen sein könnten. Dieses Gebiet ließ das Herz jedes Botanikers höher schlagen, und vielleicht wollte Ethan einige Pflanzen mit nach Barrackpore zurücknehmen und sie untersuchen.

Coral verließ die Ghat und spazierte über den baumgesäumten Weg, der bald schmaler wurde. *Eine Missionarin muß lernen, Dinge allein in die Hand zu nehmen*, sagte sie sich. *Ich kann mich nicht die ganze Zeit auf eine männliche Begleitung verlassen. Wenn ich erst einmal in Kingscote zurück bin, werde ich mich auf den Herrn verlassen und die Verantwortung für mein Handeln übernehmen müssen, warum also nicht auch jetzt?*

Sie kam an eine Mauer und ging daran entlang. Das Wetter

war feucht, und sie zog die Mütze ihres langen Mantels über ihre Locken.

Serampore war für seine üppigen Bäume bekannt. Das Ufer am Hugli entlang war mit Bambus und Kokospalmen gesäumt. Hier tummelten sich bunt gefiederte Sittiche und die langbeinigen Kraniche, die als Kalkuttas Aasfresser dienten. Affen schaukelten von den Zweigen, und zu ihrem Entsetzen gab es hier auch jede Menge Giftschlangen. Während sie sich vorsichtig ihren Weg in Richtung des alten Tempels bahnte, fühlte sie, wie die bekannte Schwäche an ihren Kräften nagte und ihre Unabhängigkeit verhöhnte. Trotz der feuchten Kühle dauerte es nicht lange, bis sie schweißgebadet war.

Sie blieb stehen, um Atem zu holen. Vor ihr war ein schmales Tor und der Eingang zu einer zweiten Ghat, die vielleicht zum Tempelbezirk gehörte.

Coral bemerkte, daß eine Menschengruppe sich am Ufer versammelt hatte. Ein Mann, der aussah wie ein Hindupriester, sprach. Waren Ethan und Doktor Thomas bei ihnen? Vielleicht hatte Thomas den Priester in ein Gespräch über die Bibel verwickelt.

Coral trat durch das Tor und ging am Ufer entlang zu der kleinen Gruppe. Thomas sah sie nicht, aber sie warf einen genaueren Blick auf den Priester. Er war ein dünner, alter Mann mit kahlgeschorenem Kopf und einem weißen Kastenzeichen, das auf seine braune Stirn gemalt war. Das sogenannte heilige Band lag über seiner Schulter. Zu ihrem Entsetzen erkannte Coral, daß sie auf eine Zeremonie gestoßen war, die ihr Vater auf Kingscote verboten hatte, die aber manchmal im Dorf durchgeführt wurde. Es war das *Suttee* – eine Frau, deren Mann gestorben war, bereitete sich darauf vor, zusammen mit der Leiche ihres Mannes bei lebendigem Leib verbrannt zu werden.

Aber diese Frau ist doch noch ganz jung, nicht älter als fünfzehn oder sechzehn.

Corals Herz schmerzte in ihrer Brust. Sie wollte sich vor Abscheu umdrehen und schnell davonlaufen, aber ihre Füße wollten sich nicht bewegen. Das Mädchen warf sein Leben und seine Seele fort.

Coral war von ihrer Stimme selbst überrascht. „Roko! Roko!" rief sie.

Sie drehten sich um und schauten, wer es hier wagte, ihnen zu sagen, sie sollten aufhören.

Coral trat zögernd einen Schritt vor und forderte die unbeweglichen Augen des Priesters kampfeslustig heraus. Sie trat auf die kleine Versammlung zu und hatte das Gefühl, ihre Knie würden unter ihr nachgeben. Die Mienen der Hindus waren unbeugsam, die dunklen Augen kühl.

Sie bewegte sich unsicher und überlegte, was sie sagen sollte. Ihr Blick fiel auf die junge Witwe, die neben dem Scheiterhaufen stand. Er bestand aus mehreren Bündeln Holz, etwa achtzig Zentimeter hoch und einen Meter zwanzig lang. Als ihre Augen den Scheiterhaufen erblickten, sah sie den Leichnam des Verstorbenen darauf liegen. Alles war bereit für die Verbrennung.

Coral wurde übel.

Wie um die Witwe zu beschützen, stellte sich ihr nächster Verwandter neben sie. Das Mädchen hielt einen Korb in der Hand. Coral erkannte den Inhalt als Leckereien, die als Opfergabe für den Gott Schiwa dargebracht wurden.

„W-was tun Sie hier?" brachte Coral ziemlich schwach über die Lippen.

„Wir sind zusammengekommen, um unseren Toten zu verbrennen."

„Ja. Aber – seine Witwe ist noch am Leben."

Sie antworteten nicht.

Coral wurde kühner. „Aber sie ist doch selbst fast noch ein Kind!"

„Es ist ihre eigene Entscheidung. Niemand zwingt sie dazu."

„Stimmt das?" fragte Coral sie.

Das junge Gesicht des Mädchens wandte sich ihr zu. „Ja, Sahiba."

Coral versuchte, auf sie einzureden, dann auf die Menschen, die sich um sie versammelt hatten, aber sie wurden bald zornig. Coral war verzweifelt. „Das ist Mord! Sie haben sie dazu gezwungen, denn wenn sie nicht mitmacht, hat ihre Familie die Kastenregeln gebrochen, und ihr werdet sie ausstoßen! Tun Sie es nicht", rief sie dem Mädchen zu und streckte ihr eine Hand entgegen, aber mehrere Männer traten dazwischen.

„Verschwinden Sie, Sahiba."

Der Priester trat auf sie zu. „Sie mischen sich in Angelegenheiten ein, die Sie nicht verstehen. Das geht Sie nichts an. Sie sind eine Feringhi. Sie haben kein Recht, uns zu sagen, was wir tun sollen."

„Ich bin in Indien geboren und aufgewachsen; ich bin keine Fremde. Aber meine Herkunft hat nichts mit der Frage nach Leben und Tod zu tun. Der lebendige und wahre Gott verbietet Menschenopfer, und es ist meine Aufgabe, mich gegen das auszusprechen, was Sie hier vorhaben. Das gefällt Gott nicht! Er hat kein solches Gebot gegeben."

Während Coral noch sprach, wurde die Witwe sechsmal um den Haufen geführt. Jetzt verstreute sie die Leckereien, die von den anderen aufgehoben und als heiliges Opfer verzehrt wurden.

„Halt!" schrie sie. „Bitte! Gott hat seinen einzigen Sohn als das eine und einzige Opfer zur Sühne für die Sünde gegeben. Auch wenn ein Hindu tausendmal geboren wird und tausendmal stirbt, hilft ihm das nicht; einen Menschen bei lebendigem Leib zu verbrennen, ist in seinen Augen böse –"

„Kommt Sahiba von diesen pesterfüllten Christen von William Careys Missionsstation?" wollte der Priester von ihr wissen.

„Sie haben Krischna Pal zu einem Europäer gemacht", warf ein anderer ein. „Er war Brahmane, doch er hat mit ihnen gegessen. Jetzt taufen sie andere sogar im heiligen Ganges!"

„Ich bin nicht von Mister Careys Missionsstation, obwohl ich es als Ehre betrachten würde, zu ihnen zu gehören. Denn sie kommen mit Liebe und Mitgefühl. Ist es so falsch, sich um das Leben dieses Mädchens zu sorgen?"

„Verschwinden Sie, Sahiba!" warnte er, und mehrere aus der Beerdigungsgesellschaft taten einen Schritt in ihre Richtung. Coral weigerte sich, klein beizugeben und davonzulaufen. Sie rief dem Mädchen zu: „Kommen Sie mit mir. Ihnen wird nichts Schlimmes passieren. Sie wagen es nicht, Sie zu zwingen. Sie haben zugegeben, daß die Entscheidung in Ihrer Hand liegt! Haben Sie keine Angst, ich nehme Sie mit mir nach Barrackpore. Ich verspreche, mich für den Rest Ihres Lebens um Sie zu kümmern, wenn Sie mit mir kommen!"

Doch zu Corals Entsetzen kletterte das Mädchen plötzlich auf den Haufen. Wie um ihre Bereitschaft, sich verbrennen zu lassen, zu zeigen, begann sie, mit ausgebreiteten Händen zu tanzen.

Coral stand entsetzt da. „Nein – warten Sie!"

Die junge Frau legte sich zu dem Toten und legte ihre Arme um seinen Hals. Coral trat einen Schritt zurück. *Oh Gott!*

Die anderen schütteten trockene Kakaoblätter und geschmolzene Butter auf die zwei Körper, dann wurden zwei Bambusstangen über den Haufen gedrückt und festgehalten.

„Das ist Mord!" rief Coral. „Nehmen Sie die Bambusstangen weg! Damit wollen Sie verhindern, daß sie wieder herunter kann! Sie kann ihre Meinung nicht mehr ändern, wenn Sie den Haufen entzündet haben! Mord –"

Unerwartet packte eine starke Hand plötzlich ihren Arm und wirbelte sie herum. Vor ihr stand Jace. Seine Augen funkelten vor Enttäuschung, seine Miene war unbeweglich. „Coral! Was tun Sie hier?"

Bevor sie antworten konnte, knisterte das dürre Gehölz und brach dann in hohe Flammen aus. „Hurree-Bol, Hurree-Bol!" Der laute beschwörende Ruf der Umstehenden erstickte jeden Protest, der von dem Haufen erklingen könnte.

Coral hielt sich krampfhaft die Ohren zu und schloß die Augen. Sie wollte laut schreien.

Fast im selben Augenblick trat Jace von der Hitze zurück, schwang sie auf seine Arme und ging zum Flußufer. Er bückte sich unter den überhängenden Zweigen, ging den Tentakeln der Kletterpflanzen aus dem Weg, die ihn umfangen wollten, und ließ die schrecklichen Rufe hinter sich zurück, während der Rauch wie Weihrauch für den Hindugott gen Himmel stieg.

11

Jace blieb erst stehen, als sie kurz vor der Ghat angekommen waren, wo ein leeres Boot wartete. Hier stellte er sie wieder auf die Füße. Coral wandte sich von ihm ab und ging schwach zur Plattform. Sie hielt sich fest und sank vor Übelkeit nieder.

„Oh ... mir ist so übel."

„Werden Sie mir nicht ohnmächtig. Ich habe kein Riechsalz dabei."

„Es ist ein Verbrechen! Es sollte verboten werden!" Sie blickte zu ihm auf und betrachtete anklagend seine Uniform. „Die Ostindienkompanie sollte etwas gegen solche bösen Praktiken in Kalkutta unternehmen."

„Bitten Sie doch Ihren Onkel, mit dem Generalgouverneur zu sprechen. Er hat es geschafft, meine Befehle zu ändern", sagte er trocken. „Vielleicht kann er auch Witwenverbrennungen verhindern. Was aber Sie betrifft, Miss Kendall: Sie brauchen wohl noch ein bißchen mehr Aufregung in Ihrem Leben? Ein mitternächtlicher Ausflug im Garten war für Ihr seltenes Gemüt anscheinend noch nicht spannend genug. Sie müssen sich auch noch mit einem Hindupriester bei einer Suttee anlegen!"

„Sagen Sie das nicht, Herr Major. Ich will es nicht hören."

„Sie hätten sich selbst in ziemlich große Schwierigkeiten bringen können! Weiß Ihr Vater, daß Sie ohne Seward in Kalkutta herumspazieren?"

Nein, natürlich wußte er das nicht. Und Coral wußte, daß

Major Buckley recht hatte. Ihr Vater hätte getobt, wenn er sie in diesem Augenblick gesehen hätte.

„Ich war nicht auf der Suche nach diesem ekligen Erlebnis, wenn Sie das meinen."

„Ich weiß überhaupt nicht, *was* ich meinen soll. Sie sind jedenfalls kein typisches englisches Mädchen. Und ich habe in meinem Leben schon einige kennengelernt."

Coral kochte innerlich. Er hörte sich an, als hätte er schon jahrzehntelange Erfahrungen gesammelt, bevor sie überhaupt erst auf die Welt gekommen war, als wäre sie ein kleines Kind, das gerade aus seinem Kinderzimmer herausmarschiert wäre.

Sie warf ihm einen abwehrenden Blick zu, aber sie sagte nichts und schaute wieder zum Fluß. Sie fühlte sich emotional erschöpft, zu müde, um irgend etwas anderes zu tun, als dem Fluß zuzuschauen, der ruhig an ihr vorbeiströmte. Seine verschwommenen Sprudel weckten in ihr erneut die Bilder von dem Mädchen, das auf dem Scheiterhaufen tanzte. Diese Erinnerung würde sie lange verfolgen.

„Ein guter Rat, Miss Kendall."

„Ich habe seit meiner Ankunft in Kalkutta ständig gute Ratschläge bekommen. Zuerst von meiner Tante, dann von Sir Hugo. Ich kann keinen mehr hören, Herr Major."

„Sie haben mein tiefstes Mitgefühl, aber ich gebe Ihnen meinen Rat trotzdem, da er aus meinen lebenslangen Erfahrungen mit unerfreulichen Situationen stammt. Zu Ihrem eigenen Wohl und wenn Sie sich gefühlsmäßig nicht aufreiben lassen wollen, Miss Kendall, müssen Sie lernen, Ihr Herz mit einer Mauer zu schützen, bevor Sie ein Land anschauen, das vor Leid stöhnt. Sie sind vielleicht hier geboren, aber Sie kennen nicht die vielen Menschenschicksale, die es in Kalkutta oder Bombay gibt. Kingscote spiegelt kaum das wirkliche Indien wider, in dem ich seit meiner Kindheit lebe und leide."

Sie entdeckte in seinen Worten etwas von dem echten Jace Buckley. Als sie sich auf dem Basar zum ersten Mal begegnet waren, hatte er ihr dieselbe Meinung vermittelt und ihr nahegelegt, sich nicht in die Kultur Indiens einzumischen, da sie sonst nichts als Schwierigkeiten für Ihren Einsatz ernten würde. Sie drehte ein bißchen den Kopf, um sein Gesicht genauer zu betrachten. Hinter seinem unübersehbaren guten Aussehen steckte eine entschlossene Härte, die sich weigerte, irgendeiner Kritik nachzugeben. War seine Schutzmauer eine echte Absage an jede Sanftheit oder nur ein Trick, um seine Verwundbarkeit zu verdecken?

Wieviel Leid hatte Jace wirklich erfahren, seit er mitansehen mußte, wie sein Vater in Whampoa enthauptet wurde? Und wie dachte er wirklich über ihre Bereitschaft, persönliche Risiken einzugehen? Glaubte er, sie sei blauäugig und naiv zu einem persönlichen Feldzug ausgezogen, um Indiens Moral zu bessern? Oder verstand er, daß ihr Engagement viel tiefere Beweggründe hatte?

„Sie werden die Witwenverbrennung nicht dadurch aufhalten, daß Sie sich mit einem Priester während der Suttee anlegen", sprach er weiter. „Sie ernten nichts für Ihre Mühe außer einer geistlichen Erschöpfung. Ihre Abscheu bedeutet einer Kultur, die tief in religiöse Überzeugungen verstrickt ist, so dunkel sie auch sein mögen, nichts. Wenn Sie versuchen, sich einzumischen, werden Sie sich nur selbst weh tun oder einen Aufstand heraufbeschwören. Steigen Sie ins Boot. Ich beabsichtige, Sie dorthin zurückzubringen, wohin Sie gehören – ins Haus der Canterburys."

Corals Enttäuschung wuchs, und irgendwie war es ihr plötzlich wichtig, daß er sie verstand, daß er dasselbe glaubte wie sie, daß ihm Indiens Leiden, seine schrecklichen Bindungen an Satans Ketten nicht gleichgültig waren. Sie blieb stehen, und ihre Augen suchten in seinem Gesicht ein winziges Zeichen für ein Mitgefühl, das so groß werden könnte wie ihr eigenes Mitleid für ein Volk, das so in Schrecken gefangen war.

„Sind Sie wirklich so unberührt von der harten Wirklichkeit und dem Leiden dieser Menschen, wie Sie vorgeben? Sehen Sie die vielen Menschen mit diesen Augen, Herr Major? Als Menschenmasse ohne Gesicht, ohne Namen, ohne Seele? Wollen Sie das erstickte Schreien eines Mädchens nicht hören, das in den Flammen verbrennt, sondern nur die Stimme der Masse, die in ihrer Unwissenheit zu Schiwa, einem Götzen des Todes und der Zerstörung, schreit?"

„Sprechen Sie als Nachfolgerin Christi oder als stolze Europäerin, die von dem Heidentum angeekelt ist?"

„Das Evangelium ist nicht an eine Kultur gebunden, Herr Major."

„Ich freue mich, daß Sie klug genug sind, diesen Unterschied zu erkennen, Miss Kendall. Viele kennen ihn nicht. In der Ostindienkompanie wimmelt es von zivilisierten Europäern, die nicht nur von den Hinduritualen angewidert sind, sondern auch von den Menschen. Ich habe mir oft vorzustellen versucht, was Jesus tun würde, wenn er über die staubigen Straßen Indiens ginge."

„Er hätte dieser Suttee Einhalt geboten. Er hätte etwas getan, etwas, das sein Mitgefühl und seine Vollmacht offenbart hätte. Ich weiß, daß er das getan hätte!"

„Mitgefühl und Vollmacht passen gut zusammen, nicht wahr? Er hat beides, Mitgefühl für die vielen Menschen, Vollmacht, um die Ketten zu brechen, die sie binden, und seine Antwort auf Schiwa? Wie sieht sie aus, Miss Kendall?"

Irgendwie wußte sie, daß er seine Frage nicht in Unkenntnis stellte, denn seine Worte hatten verraten, daß die Person Jesus für seinen Verstand kein Fremder war. Sie blickte ihn überrascht an. Warum fragte er sie dann und klang dabei so ruhig und doch so herausfordernd? Er fragte nicht als Hindu. Dessen war sie sich sicher.

„Ich war ein Junge von acht Jahren, als ich mitansah, wie mein Vater mit einem Krummschwert einem Piraten an Bord unseres Schiffes den Kopf absäbelte“, sagte er nüchtern. „Ich kann mich noch genau erinnern, wie ich mit warmem Blut bespritzt wurde. Sie finden das entsetzlich, ich weiß. Ich erwähne das nur, damit Sie verstehen, daß menschliches Leid zu meinem täglichen Leben gehörte. Aber ich erinnere mich auch noch an etwas anderes, sogar noch genauer. Irgendein Mann – ich erinnere mich nicht mehr daran, wer es war – rief, das sei Mord. *‚Du sollst nicht töten'*, schrie er. *‚Gott wird deine Seele ewig dafür verantwortlich machen. Gnade und Vergebung der Sünden sind in seinem Sohn zu finden, aber wenn du ihn ablehnst, stirbst du.'*“

Er blickte zu ihr herab, und seine Miene war undurchdringlich. „Das werde ich nie vergessen. Ich erinnere mich noch, wie ich mir in der Kajüte das Blut vom Gesicht wusch und mein Vater hereinkam. Er blickte mit finsterem Gesicht auf mich herab und sah in seiner blauen Jacke und mit seinem Hut wie ein Riese aus. Er packte mich vorne an meinem Hemd und schüttelte mich am ganzen Leib. ‚Du darfst das nie tun, was ich getan habe', sagte er mir. ‚Wenn ich in die Hölle fahre, will ich dich dort nicht sehen.'“

Coral merkte, wie Gefühle in ihr aufwallten, doch Jace sprach ruhig und ohne sichtbare Gefühlsregungen weiter.

„Bald danach sah ich mit an, wie mein Vater getötet wurde. Ich erinnere mich noch gut, wie ich im Sand würgte und das Salzwasser über mich hinwegrollen fühlte. Ich konnte in der Ferne Seward in einem kleinen Boot nach mir rufen hören. Ich wußte, ich sollte zu ihm hinausschwimmen, solange ich noch eine Chance zu entkommen hatte. Aber ich konnte nicht. Mir war zu übel."

Coral fühlte die warmen Tränen aus ihren Augenwinkeln tropfen, und ihr Hals war wie zugeschnürt.

„Ich kam mit ungefähr zwölf Jahren hierher nach Indien; ich weiß nicht einmal genau, wie alt ich bin. Ich habe gesehen, wie Mütter an heiligen Tagen ihre Säuglinge Krokodilen vorwarfen, und habe ihr Weinen gehört. Ich habe Männer gesehen, die sich selbst an Fleischhaken hängten und sich noch andere Selbstquälereien zufügten, um Schiwas Zorn zu besänftigen. Aber auch mit noch so viel Diskutieren oder Wut konnte ich nie irgend etwas davon verhindern."

Er schwieg. Coral wollte etwas sagen, aber ihr Mund war trocken; sie wußte, ihr Stimme würde ihr versagen, noch bevor sie ihren Satz zu Ende gesprochen hätte. Sie verstand, warum er seine Gefühle mit einer dicken Schutzmauer umgeben hatte, und sie wollte sie gern entfernen und seine Wunden heilen. Die Miene des Mannes, der zu ihr herabblickte, verbarg, was er dachte oder fühlte. Sie ahnte, daß hinter dieser harten Fassade ein anderer Jace lebte, aber es wäre ein persönliches Risiko, ihn zu entdecken.

Sie war so mit ihrer eigenen Reaktion beschäftigt, daß sie seine nicht bemerkte, erst als sie fühlte, wie er mit seinem Daumen ihr die Träne von der Wange wischte. Ein schwaches Lächeln erwärmte seine Gesichtszüge.

Seine leichte Berührung hatte ihre Sinne geweckt, und sie trat schnell zurück, nahm ihre Röcke in die Hand und stieg die Stufen der Ghat zu dem Boot hinab, während Jace schweigend stehen blieb.

Einen Augenblick später folgte er ihr und runzelte über sich selbst die Stirn. „Ich hätte Ihnen das alles nicht sagen sollen. Ich weiß nicht, warum ich es getan habe."

Coral sah ihn nicht an. „Ich bin froh, daß Sie es mir gesagt haben."

Das Schweigen wurde stärker.

„Hat Boswell genug Verstand, um allein zurückzukommen?" fragte er leichthin.

Die Erwähnung Ethans erinnerte sie an William Carey. Erst jetzt fiel es Coral ein.

„Oh nein!" stöhnte sie und wirbelte zu ihm herum.

Seine Braue fuhr hoch. „Was ist jetzt schon wieder?"

„Ich muß meine Tasche abgestellt haben! Ich kann ohne sie nicht von hier fort, Herr Major."

Er verschränkte die Arme. „Die meisten Frauen haben Dutzende von Taschen und Schirmen. Eine Seidenerbin kann es sich leisten, eine zu verlieren."

„Aber nicht diese. Mister Carey hat mir ein Exemplar des Neuen Testaments auf Hindi gegeben. Es war der Grund, warum ich heute hierher gekommen bin."

Seine Augen überflogen sie mit unterdrückter Ungeduld, und er wandte den Kopf und schaute den Fluß hinab. „Sagen Sie es mir nicht, Miss Kendall. Lassen Sie mich raten. Sie haben sie neben dem Scheiterhaufen abgestellt."

Sie schluckte, und ihre Stimme zitterte leicht. „Nun, ja."

„Das wird wieder so ein Tag, an den man sich gut erinnern kann. Warten Sie hier. Ich schaue, ob ich sie der Höhle des Löwen entreißen kann."

„Oh, danke, Major Buckley."

Er verbeugte sich tief in der Hüfte. „Ihr Diener, Miss Kendall." Dann stieg er wieder die Stufen hinauf.

Coral wartete auf ihn und ging unruhig hin und her. Sie vertraute darauf, daß er gut auf sich selbst aufpassen könnte, aber je länger die Minuten dahinkrochen, um so mehr wuchs ihre Furcht.

Endlich sah sie ihn mit ihrer Tasche in der Hand die Stufen herabkommen. Er schien es eilig zu haben.

„Schwierigkeiten, Herr Major?"

Er ergriff ihren Arm und zog sie schnell zum Boot. „Sagen wir, ich kann mir einen angenehmeren Ort vorstellen, um unser Gespräch fortzusetzen."

12

Jace half ihr ins Boot und nahm die Ruder in die Hand. Dann begann er schnell, den Hugli hinabzurudern. Einige Minuten schwiegen sie.

„Seward hat mir Ihre Nachricht überbracht. Ich glaube, Sie haben mir noch etwas über letzte Nacht zu sagen", begann Jace.

„Letzte Nacht?"

„Im Garten."

Coral versuchte, ihre Gefühle zu beruhigen. Sie hob ihr Gesicht zum Himmel, schloß die Augen und lauschte auf das Wasser, das gegen die Seiten des Bootes schlug.

„Ist das der Grund, warum Sie nach Serampore kamen?" fragte sie schließlich. „Wegen letzter Nacht?"

„Ja und nein."

„Aber woher wußten Sie, daß ich hier bin?"

„Seward hat mich gewarnt, daß Sie auf Peddingtons Einladung hier wären."

„Ist *gewarnt* das richtige Wort, Herr Major?"

„Meiner Meinung nach schon, Miss Kendall."

„Anscheinend habe ich eine ganze Reihe Aufpasser, die mir auf Schritt und Tritt folgen."

„Bei Ihrer Begeisterung für Abenteuer brauchen Sie sie schon. Also, was ist gestern abend geschehen?"

Während der Fluß vorbeizog und die Affen in den Bäumen kreischten, fühlte Coral, wie sein aufmerksamer Blick ihre Reaktion beobachtete.

„Versprechen Sie mir, nichts meiner Tante zu sagen?“

„Ich habe keinen Grund, Lady Margaret zu informieren, aber ich muß genau wissen, was geschehen ist.“

„Marianna ist sich ziemlich sicher, daß sie gestern abend im Garten zum Zeugen eines heimlichen Treffens zwischen meinem Onkel und einem Inder wurde.“

Er wurde hellhörig. „Haben Sie das Gesicht des Inders gesehen?“

„Nein. Ich habe nur einen kurzen Blick auf ihn erhascht, als er davon lief, aber außer einem gelben Turban habe ich nichts Konkretes gesehen.“

„Hat Ihre Schwester irgend etwas gehört?“

Coral spannte sich an. „Ja. Die Worte lauteten: ‚Ein Unfall bei einem so großen Mann läßt sich nicht leicht arrangieren. Nicht wie das erste Mal. Er hat viele Freunde, auch unter den Hindus.’“

„Wer sagte das?“

„Der Inder. Ich kann sagen, daß Marianna nicht übertrieben hat. Sie war ziemlich außer sich. Später kam Sir Hugo in mein Zimmer. Er sagte, er sei mit einem Diener im Garten gewesen. Er nannte ihn Piru.“

„Piru“, wiederholte er nachdenklich.

„Ja, haben Sie von ihm schon gehört?“

„Nein. Aber wenn Ihr Onkel diesen Namen freiwillig genannt hat, ist er wahrscheinlich nicht hilfreich.“

„Herr Major? Meinen Sie, das bedeutet, daß mein Onkel in jemandes Unfall verwickelt war?“

„Sie wollen damit sagen: in etwas, das wie ein Unfall ausgesehen hat.“

Corals Magen verkrampfte sich, aber sie versuchte, ruhig zu bleiben. „Über wen können sie gesprochen haben?“

„Man muß mit Anschuldigungen vorsichtig sein, solange

man keine Beweise hat, daß ein schuldhaftes Verhalten vorliegt."

Seine Antwort war zu mild, um Coral überzeugen zu können, daß er meinte, was er sagte. Er war in der Vergangenheit bereit gewesen, ihr seinen Verdacht mitzuteilen. Coral hatte ihn zu genau beobachtet, um seinen Stimmungswandel zu übersehen.

„Ich wünschte, Sie hätten keine Geheimnisse vor mir, Herr Major."

Er sah sie überrascht an.

„Sagen Sie mir, was Sie denken, bitte", fuhr sie fort. „Vergessen Sie nicht, daß Sie ihn mehr oder weniger Gems Entführung beschuldigt haben, als ich auf der *Madras* war. Etwas Schlimmeres können Sie kaum über ihn sagen."

„Ich hatte nicht die Absicht, Sie zu verletzen. Ich wollte Sie nur warnen."

„Ich verstehe. Ich wüßte gern, was Sie denken."

Sie hörte kommentarlos zu, während er ihr von dem Vorposten in Jorhat, von Major Selwyn und seinem Verdacht erzählte, daß Sir Hugo dabei die Finger im Spiel haben könnte.

„Ich würde das überhaupt nicht erwähnen, wenn ich nicht fürchten müßte, daß es letztlich irgendwelche Konsequenzen für Kingscote haben könnte. Ich werde mit Ihrem Vater sprechen, wenn ich in Jorhat eintreffe. Sie sehen also, daß es noch einen anderen Grund gibt, warum Sie mit ihrer Schule für die Waisenkinder vorsichtig sein müssen. Die Schule könnte genau die Ausrede sein, die Sir Hugo braucht, um Ihren Vater in Schwierigkeiten zu bringen."

Coral wollte seine Beurteilung ihres Onkels und der Schule abstreiten, aber das war schwierig.

„Es ist alles so verwirrend", sinnierte sie. „Der Vorposten, die Gerüchte über Meuterei und jetzt auch noch gestern abend. Ich gebe zu, daß ich meinem Onkel nicht traue. Aber ich kann nicht glauben, daß er absichtlich jemandem Schaden zufügt."

„Denken Sie an Major Selwyn?"

Die Erwähnung von dem Tod dieses Mannes erschreckte sie. An ihn hatte Coral nicht gedacht.

„Ich weiß es nicht – ist es das, was Sie glauben? Daß er damit zu tun hatte? Oder der Mann mit dem Turban?"

„Ich habe vor, das herauszufinden. Was Sir Hugos Fähigkeit, anderen Schaden zuzufügen, betrifft, müßten Sie inzwischen wissen, daß ich ziemlich zynisch bin. Ich habe Ihnen schon einmal gesagt, daß Ehrgeiz und Habgier schnell zu teuflischen Herrschern werden können. Ich glaube, Ihr Onkel hat einen Appetit, der sich nicht so leicht stillen läßt. Sie müssen äußerst vorsichtig sein. Erzählen Sie niemandem auch nur ein Wort über unser Gespräch."

Sie nickte, denn Worte wollten ihr nicht über die Lippen kommen. Was würde Tante Margaret unternehmen, wenn sie wüßte, daß ihr Mann im Verdacht stand, in die Meuterei gegen die Briten in Jorhat verwickelt zu sein?

„Ich weiß nicht, warum ich Ihnen das alles sage. Je weniger Sie wissen, um so besser. Kann man Marianna trauen, daß sie für sich behält, was sie gestern abend gehört hat?"

„Ja, ich habe mit ihr schon darüber gesprochen. Sie brauchen sich keine Vorwürfe machen, weil Sie so sprechen. Ich habe meinen Onkel schon lange in Verdacht, daß er darauf hinarbeitet, Kingscote zu besitzen."

„Haben Sie irgend jemandem von unserem Gespräch über Gem erzählt?"

„Nein."

„Wenn man alles bedenkt, sollten Sie es auch nicht tun. Das könnte jede Möglichkeit zerstören, die sich mir bieten könnte. Sir Hugo wird mich nicht aus den Augen lassen."

Jace ruderte schweigend weiter, während Coral ihn unter ihrem Hut hervor beobachtete.

„Irgendwie, Herr Major, machen Sie auf mich nicht den Eindruck eines Mannes, der Tee anbauen will."

„Nein? Wahrscheinlich halten Sie mich für zu ruhelos, um irgend etwas anderes tun zu können, als ein Schiff zu führen. Vielleicht haben Sie recht."

„Ihr Vater muß sehr viel von Ihnen halten, wenn er solche Anstrengungen unternimmt, um Sie in die Kompanie zurückzuholen. Zweifellos hofft er, Sie werden eines Tages bereitwillig dienen."

Er schwieg. „Ich verdanke dem Oberst meine Ausbildung. Er hat mehr für mich getan als jeder andere hätte tun können. Aber eines Tages kehre ich zu dem zurück, an das ich glaube -auf die *Madras* und nach Darjeeling."

Coral sah ihn nachdenklich an und sprach einen Augenblick kein Wort. „Fünf Monate an Bord des *Roten Drachen* waren mir genug. Ich würde nichts vermissen, wenn ich keine schaukelnde Schiffskajüte mehr sähe."

„Sie sollten einmal auf der *Madras* segeln; sie ist ziemlich ruhig."

„Wenn das eine Einladung ist, muß ich ablehnen", sagte Coral lachend. „Nur meine Schwester Kathleen wäre bereit, so bald nach unserer Rückkehr nach Indien wieder nach London zurückzusegeln. Sie soll Hauptmann McKay heiraten, aber sie wünscht sich nichts sehnlicher, als im Seidenhaus in London zu arbeiten."

„Wie paßt eine künftige Seidenerbin zu einem einfachen Hauptmann der Kompanie?"

Coral hörte aus dieser Bemerkung eine leichte Stichelei heraus. Sie wandte sich ab und betrachtete die Bäume, die am Ufer vorbeizogen. „Das ist eine lange Geschichte, Herr Major. Sie würden sie langweilig finden. Hauptmann

McKay ist unser Vetter aus der Familie meines Vaters in Aberdeen. Vater ist jeder Mann mit schottischem Blut oder einem echten Kampfgeist sympathisch."

„Ah ... aber natürlich. Ein Verwandter. Das erklärt alles."

Sie warf ihm einen Blick zu. Er betrachtete das Ufer. „Und Boswell ist mit Sir Hugo verwandt. Da kann einer glücklichen, gut miteinander vernetzten Familie nichts mehr im Wege stehen."

Ihr Gesicht wurde warm. Sie machte sich an ihren Röcken zu schaffen, um ihm zu zeigen, daß sie über diese Sache nicht weiter diskutieren wollte.

Unerwartet lachte er leise vor sich hin. „Gavin mit einer Seidenerbin verheiratet."

Coral wurde unbehaglich zumute. „Sie, ah ... Sie kennen ihn?"

„Ziemlich gut sogar."

Sein Lächeln war entwaffnend. Sie konnte nicht sagen, was er dachte, wollte aber nicht weiter in ihn dringen, da sie fürchtete, daß es Kathleen in Verlegenheit bringen könnte. Sie sagte schnell: „Oh, schauen Sie!" und deutete auf das Flußufer und versuchte, seine Aufmerksamkeit von sich abzulenken. „Ein Sittichschwarm", fuhr sie fort. „Sind sie nicht hübsch?"

Er drehte den Kopf und betrachtete den vertrauten Anblick so aufmerksam, als habe er ihn noch nie gesehen.

„Entzückend", sagte er.

13

Gokuls Mission auf Kalkuttas Basaren hatte Jace die Informationen beschafft, die er über das mogulische Schwert haben wollte. Während Gokul bereits nach Guwahati aufgebrochen war, um so viel wie möglich über Sir Hugo in Erfahrung zu bringen, schritt Jace zwischen den lärmenden Menschen hindurch über die dicht gedrängten Straßen Kalkuttas und wartete auf seinen Kontaktmann. Viele Straßenhändler redeten ihn an und wollten mit ihm um ihre Waren feilschen, aber heute hatte Jace kein Interesse.

Nach einer Weile machte er sich, müde vom langen Warten, auf den Rückweg zu seinem Bungalow.

Ein Bettler kam auf ihn zu und streckte ihm die Hand um Almosen entgegen. Als er nahe genug war, flüsterte er: „Großer Mann, was du suchst ist nicht mehr in Kalkutta. Aber die Antwort auf viele Fragen wartet in Burma auf dich!"

Später, als er sich dem Bungalow näherte, den er mit Gokul gemeinsam bewohnt hatte, war alles dunkel und ruhig. Jace zog seinen Degen und durchsuchte sein Zimmer, bis er sicher war, daß er sich allein darin befand; dann setzte er sich auf sein Bett, wo man ihn nicht sehen konnte, und zündete eine Kerze an.

Wer ist der Mann, dessen Unfall sich nicht so leicht arrangieren läßt? Der Maharadscha? – Er selbst?

Roxbury war zum Generalgouverneur gegangen, um seine Befehle ändern zu lassen, aber Jace glaubte nicht, daß

Roxbury ihn wirklich als Sicherheitswache in Guwahati haben wollte. Hatte er einen Unfall auf der langen Safari in den Norden vorbereiten lassen?

Jace konnte sich nicht konzentrieren. Schließlich hob er seine Matratze hoch und holte darunter ein kleines, schwarzes Buch hervor. Ein betagter Karawanenhändler, der auf der alten Seidenstraße den Himalaja durchquerte, hatte es ihm bei seiner Flucht aus China geschenkt. Jace hatte sich tagelang unter den Deckenbündeln des Händlers versteckt und war nur nachts herausgekrochen, wenn der alte Mann seine Suppe, die er über dem Lagerfeuer kochte, mit ihm teilte.

Der Alte konnte nicht lesen und war auf das Buch gestoßen, als er die Überreste in Kisten durchwühlte, die auf der Werft am Perlfluß unter Wasser standen. Ein Schiff aus England war erobert und die Ladung geplündert worden. Nachdem alles Wertvolle erbeutet war, kam eine zweite Gruppe Plünderer und nahm alles mit, was noch irgendwie zu gebrauchen war, und ließ den Abfall für die Bettler übrig. Der Alte hatte alles durchwühlt und dabei das Buch gefunden.

Die Seiten waren stellenweise gewellt, und der Name des ursprünglichen Besitzers, der mit Tinte geschrieben gewesen war, war vom Salzwasser verwaschen. Aber einige Seiten des Neuen Testaments waren noch lesbar, das Johannesevangelium, Teile der Apostelgeschichte, des Römerbriefes und der anderen Paulusbriefe. Jace hatte diese Worte sehr oft gelesen, als er mit Gokul unterwegs gewesen war. Das Leben war rauh und schwer gewesen. Gokul hatte mehr Bekannte unter den Dieben als unter den Munschis. Nach einem Kampf im Dorf zwischen den Engländern und dem moslemischen Herrscher des Dorfes hatte Jace aufgehört, darin zu lesen. Die Übersetzung war von König Jakob von England genehmigt worden, und allein das hatte genügt, um ihn vom weiteren Lesen abzuhalten.

Jetzt konnte er über seine damalige Unwissenheit lächeln. Er hatte viel gelernt, seit der Oberst ihn adoptiert und nach London geschickt hatte. Dort hatte Jace seine Ausbildung an der Militärakademie der Ostindienkompanie in Addiscombe abgeschlossen. Er hatte viele schöne englische Bibeln gesehen, aber dieses mitgenommene Buch, das der Händler ihm auf der alten Seidenstraße geschenkt hatte, besaß er immer noch.

Am nächsten Morgen ging Jace daran sicherzustellen, daß die Vorkehrungen für die Reise an die nördliche Grenze planmäßig verliefen. Zwei Tage später wartete der Sicherheitstrupp, den er jetzt befehligte, in korrekter militärischer Haltung auf dem Paradeplatz auf ihn. In einiger Entfernung davon wartete Sir Hugo, der neue Resident des Generalgouverneurs, mit seiner Reisegesellschaft in zwei Gharis. Seward und ein halbes Dutzend indischer Söldner bewachten den Gepäckzug.

Jace erblickte Coral Kendall und ihre zwei Schwestern in der zweiten Ghari, gleich hinter Sir Hugo und Doktor Boswell. Jace wandte den Blick von ihnen ab und sah den Oberst auf sich zureiten. Er verkörperte den Inbegriff eines britischen Offiziers.

Bevor er mit seinem Vater sprach, ritt Jace zu der Truppe. Sofort sah er, daß der indische Offizier, um den er den Oberst eigens gebeten hatte, ein indischer Soldat, dem Jace sein Leben anvertrauen würde, ausgewechselt worden war. Ein Fremder salutierte ihm, sein Gesicht war militärisch korrekt und unbeweglich. *Nein,* dachte Jace. *Das ist kein Fremder – das ist dieser verflixte Sandschai vom Vorposten in Jorhat.* Der Offizier, der in Roxburys Büro gewesen war!

Seine Überraschung schlug in Wut um. Wer hatte es gewagt, Nadir zu ersetzen?

Ein Inder mußte viele Jahre seine Treue gegenüber den britischen Offizieren unter Beweis stellen, bevor er ein hochrangiger Offizier in der bengalischen Armee werden konnte. Man sah kaum einen jungen indischen Offizier, ganz zu schweigen von einem Rissaldar-Major! Doch Sandschai war höchstens Anfang Dreißig.

Das Klappern von Pferdehufen lenkte seine Aufmerksamkeit von Sandschai ab. Der Oberst ritt neben ihn, und Jace lenkte sein Pferd mit den Zügeln herum und schaute ihm ins Gesicht. Er salutierte höflich, aber seine schwarzblauen Augen waren steinhart.

Der Oberst antwortete: „Rühren Sie sich, Major."

„Ich verstehe das nicht", sagte Jace zähneknirschend. „Ich will, daß Sandschai entfernt wird. Wo ist Nadir?"

Der Oberst saß unbeweglich auf seinem Pferd. „Nadir wurde gestern abend krank. Starke Schmerzen im Brustkorb. Es ist nicht sicher, ob er am Leben bleibt. Mehrere andere Sowars sind an Ruhr erkrankt. Ja, ich weiß. Sehr bequem. Aber der Befehl, heute morgen aufzubrechen, steht."

„Bist du sicher, daß Nadir krank ist? Dahinter steckt bestimmt Roxbury. Ich habe dir doch berichtet, was die Kendalltochter in Barrackpore gehört hat."

„Darum kümmert man sich bereits. Ich habe Nadir heute morgen besucht. Er ist wirklich schwer krank."

Jaces Hand verkrampfte sich um die Zügel.

„Herr Oberst, man kann von mir nicht erwarten, daß ich Zivilisten bis ins nördliche Grenzgebiet führe, wenn ich Männer zur Seite habe, deren Loyalität in Frage steht. Bist du von Sandschais Loyalität überzeugt?"

Die Augen des Oberst funkelten, und er erwiderte: „Ich bin von nichts überzeugt außer von den Befehlen des Brigadegenerals."

„Sir! Ich bin für drei Frauen verantwortlich!"

Das Gesicht des Oberst nahm eine eiserne Miene an. Er sagte leise: „Sie haben Ihre Befehle, Major. Ich bleibe in Kontakt mit Guwahati. Die Safari beginnt wie geplant!“

Jace salutierte steif. Er wandte sich von seinem Vater ab und betrachtete die Truppe. Seine Augen überflogen die Männer. Ihre schwarzen Tschakos saßen ordentlich, ihre Uniformen waren makellos, ihre Schwerter glänzten. Wieviele von ihnen hatten wohl das Schwert des Treueeides der Briten geküßt? Jace rief laut, der indische Offizier solle vortreten. Nadirs Ersatzmann, Rissaldar-Major Sandschai, salutierte korrekt.

„Major-Bahadur!“

Jace betrachtete ihn mit einem kühlen, herausfordernden Blick, bevor er langsam den Gruß erwiderte.

„Ram, ram, Sirdar, Rissaldar-Sahib.“ Jace schnitt den üblichen Ehrengruß mit kühler Stimme ab. „Ihr Bericht!“

Die dunklen Augen in dem gebräunten Gesicht waren stumm. „Huzoor, Major Buckley, Sahib! Die Ersatzmunition befindet sich im Gepäckzug beim Proviant und dem medizinischen Gepäck. Resident Roxbury und die anderen Zivilisten warten in ihren Gharis. Alles ist bereit.“

„Gehen Sie auf ihren Posten!“

Sandschai salutierte und trat an seinen Platz zurück.

Jace rief: „Kompanie! Achtung! Rechts! Rechts um, vorwärts!“

14

Am Horizont strahlte ein leuchtender Sonnenuntergang. Coral saß neben dem Gharifenster und verbarg ihr wachsendes Schwächegefühl. In ihre Nase drang der allzu bekannte Geruch von sonnengebrannter Erde. Ihre Haut war mit Staubkörnchen übersät, und feuchte Haarsträhnen klebten in ihrem Nacken.

War es möglich, daß sie Kalkutta erst vor wenigen Tagen verlassen hatten? Die langen Tage und die noch längeren Nächte krochen dahin wie ein kaputter dreirädiger Wagen, der von einem widerspenstigen Maultier gezogen wird. Es würde noch *zwei Monate* dauern, bis sie zu Hause wären! Und der schwierigere Teil der Reise stand ihnen noch bevor, wenn sie in den Dschungel kämen.

Vor dem Fenster konnte sie die berittenen Sowars sehen, hinter denen gleich neben ihrer Ghari Seward ritt. Sein dreieckiger Hut bildete einen Gegensatz zu den verstaubten schwarzen Tschakos der indischen Kavalleristen. In einiger Entfernung vor ihnen, um sie vor dem aufgewirbelten Staub ein bißchen zu verschonen, konnte Coral den Standartenträger erblicken; ihm folgten sechs Sowars, dahinter Major Buckley. Insgesamt zählte Coral ungefähr zwanzig Männer, die paarweise nebeneinader ritten und die Zivilisten beschützten. Hinter der kleinen Kolonne ritten ein halbes Dutzend gut bewaffneter, abgehärteter Männer und bewachten den Gepäckzug, in dem sich Lebensmittel, Vorräte und Munition für die Truppe befanden.

Trotz ihrer Erschöpfung machte die Aufregung, sich endlich auf der Heimfahrt nach Kingscote zu befinden, die Unbequemlichkeiten erträglich. Sie hörte Kathleens Klagen schon lange nicht mehr, die endlos über die Strapazen jammerte, die noch vor ihnen lagen. Marianna wirkte in sich gekehrt. Coral wußte, daß ihre kleine Schwester das heimliche Treffen zwischen Sir Hugo und dem Inder mit dem gelben Turban, dessen Zeuge sie unabsichtlich geworden war, nicht vergessen hatte. Marianna flüsterte ihr bei mehreren Gelegenheiten zu, daß sie sicher sei, Onkel Hugo wisse, daß sie und nicht Coral ihn auf dem Weg vor der Mauer gesehen habe.

Coral war sich nicht darüber im klaren, was ihr Onkel dachte. Für den Augenblick war sie erleichtert, daß er den Vorfall anscheinend vergessen hatte.

„Ich kann mir nicht vorstellen, was noch schlimmer sein könnte, als den ganzen Tag in dieser elenden Kutsche zu verbringen und Staub einzuatmen“, stöhnte Kathleen. „Meine Haut ist bestimmt vollkommen ruiniert. Ich werde sie nie wieder sauber bekommen!“

„Wenn wir erst einmal in Plassey eintreffen, können wir uns bestimmt ein paar Tage ausruhen“, erinnerte Coral ihre Schwestern und versuchte, ihre Gedanken auf etwas Fröhlicheres zu lenken. „Vielleicht gibt es sogar einen Ball. Und du siehst Hauptmann McKay.“

Kathleen verzog bei der Erwähnung von Vetter Gavin die Lippen. Coral war nicht klar, was sie darüber dachte, ihn nach drei Jahren wiederzusehen. Marianna beschäftigten jedoch anscheinend trübere Gedanken. Coral sah, daß sie zitterte, obwohl ihr der Schweiß auf der Stirn stand, und sie ihre Hand um ihr Taschentuch verkrampfte.

„Mir ist der Staub lieber als die Bootsfahrt, die uns flußaufwärts noch bevorsteht“, sagte Marianna. „Wißt ihr was?“ Sie beugte sich zu ihnen vor und versuchte, ruhig zu bleiben. „Ich habe zufällig gehört, wie Seward sagte, die Krokodile seien über *drei Meter* lang!"

„Oh, schaut euch nur diesen Sonnenuntergang an", rief Coral und versuchte, das Thema zu wechseln und sie abzulenken. Ihre Schwestern wandten den Blick nach Westen, wo das Zwielicht den Himmel mit violetten Schattierungen überzog.

Krokodile, erschauderte Coral. Sie würde nicht erwähnen, daß auch das Tigergebiet auf sie wartete.

Vor ihnen kam der Dak-Bungalow in Sicht. Hier fänden Sie einen Platz, an dem sie sich für die Nacht ausruhen könnten, und der Kansamah würde seinen Gästen etwas zu essen zubereiten und es ihnen servieren. In den zwei letzten Dak-Bungalows, in denen sie seit ihrem Aufbruch in Kalkutta übernachtet hatten, hatte es Hackfleisch mit *Tschuppati*, einem indischen, ungesäuerten Brot, gegeben. Im Augenblick war ihr übel und ihr Kopf pochte. Sie konnte an nichts anderes als an eine Tasse heißen, dampfenden Tee denken.

Der Monsun des letzten Jahres hatte den Weg stellenweise stark in Mitleidenschaft gezogen, und sie holperten mehrere Minuten lang weiter und klammerten sich an ihren Sitzen fest. Das Gefährt schaukelte gefährlich. Bei jedem Schaukeln schimpfte der indische Fahrer, der den Wagen lenkte. Corals Magen krampfte sich zusammen. Plötzlich kippte die Ghari zur Seite, stürzte von der Straße und warf Coral gegen die Tür. Ihr Kopf schlug mit einem harten Knall auf. Benommen fühlte sie Mariannas und Kathleens Gewicht, die sie gegen die Seite der Ghari drückten. Dann hörte sie Stimmen und Rufe.

Coral fühlte, wie Kathleen versuchte, sie hochzuziehen und aufzusetzen. „Coral!"

Die Ghari schaukelte, als jemand darauf kletterte und die

Tür aufriß. Sewards große Gestalt beugte sich hinein und blickte zu ihnen herab. „Seid ihr unverletzt, Mädchen?"

„Das weiß ich nicht. Coral hat sich den Kopf angeschlagen", erwiderte Kathleen.

„Ich ... bin nicht verletzt", versuchte Coral zu murmeln und merkte, wie das Gewicht ihrer Schwestern von ihr heruntergezogen wurde, als diese aus der Ghari gehoben wurden. Coral versuchte, sich aufzusetzen. Seward beugte sich hinein, hob sie aus der Ghari und ließ sie dann vorsichtig auf die staubige Straße hinab. Einen Augenblick dachte sie, ihre Beine würden unter ihr nachgeben.

Jace ritt neben sie. „Holen Sie Boswell", befahl er einem Sowar.

„Ich bin nicht verletzt", erklärte Coral schwach, die gern alle Umstände vermeiden wollte, aber in ihrem Kopf drehte sich alles.

„Der Doktor kommt schon, Sir Hugo ist bei ihm", erklärte Seward.

Coral, die sich immer noch an Sewards Arm festhielt, drehte den Kopf und sah die kräftige Gestalt ihres Onkels aus der anderen Ghari steigen. „Irgend jemand verletzt?" rief er.

„Nur ein riesiges Schlagloch, Sir Roxbury", rief Seward.

Im gleichen Augenblick trat Ethan mit seiner Arzttasche in der Hand hinter Hugo aus der Ghari. Seine Miene zeugte von seinem Mißfallen, und er kniff mißmutig die Lippen zusammen, als seine Augen zu Jace hinüberfuhren.

„Major!" kam seine herablassende Stimme. „Daran ist Ihr Fahrer schuld. Ich habe erst vor einer Stunde vor den Gefahren dieser sogenannten *Straße* gewarnt."

Coral warf einen schnellen Blick auf Jace, der auf dem Pferd sitzen blieb, und ahnte die kühle Antwort, die jetzt bestimmt aus seinem Mund kommen würde. Doch seine äußere Zurückhaltung blieb unverändert. Konnten in dieser inzwischen staubigen Uniform wirklich zwei Männer stekken?

Ethan eilte vor und trat jetzt zwischen sie und Seward. „Liebste, du hättest dir die Knochen brechen können!"

Coral senkte den Kopf, um ihre Verlegenheit zu verbergen. Sie wünschte, Ethan würde in der Öffentlichkeit nicht Worte der Zuneigung gebrauchen, wenn sie ihm dieses Vorrecht noch nicht eingeräumt hatte. Sie erwiderte schnell: „Mit mir ist alles in Ordnung, Ethan. Und den Ghari-Wallah trifft keine Schuld."

„Daran habe ich meine Zweifel."

Der resignierte Fahrer deutete zu seiner Selbstverteidigung auf die Straße. „Zum Glück ist alles gut gegangen, Sahib. Kein großer Schaden. Entschuldigen Sie, Miss-Sahiba."

Ethan unterbrach ihn. „Ihre Entschuldigung ist nicht genug. Miss Kendall hätte sich ernsthaft verletzen können." Er wandte sich an Jace. „Nun, Major? Stimmen Sie mir zu, daß etwas mit Ihrem Fahrer geschehen muß?"

„Bitte, niemand ist daran schuld", sagte Coral. „Der Weg ist so furchtbar. Deiner Ghari hätte das gleiche zustoßen können."

„Wohl kaum", erwiderte Ethan.

„Der Doktor hat recht", kam Jaces Stimme.

Überrascht blickte Coral ihn an. Sie hatte nicht erwartet, daß er Ethan so leicht recht geben würde. Er bedeutete dem Fahrer, zum Gepäckwagen nach hinten zu gehen.

„Für den Rest der Fahrt helfen Sie dem Kansamah." Jace wandte sich an einen seiner Sowars. „Lal! Sie sind mir dafür verantwortlich, daß die Kendalltöchter sicher in Manali ankommen."

Manali! Coral drehte den Kopf in Jaces Richtung. Sie sollten doch nach Plassey fahren. Manali lag südöstlich im Gangesdelta und über zwei Tagesreisen abseits von ihrem Weg! Das wußte Jace! Aber er reagierte nicht auf ihren fragenden Blick.

Ethan hatte ein sauberes Taschentuch hervorgezogen, um den kleinen Schnitt an Corals Schläfe abzutupfen, während Seward und mehrere Sowars den Wagen wieder zurück auf die Straße hievten.

Der Unfall mit der Ghari wurde bereits behoben, und sie wollte nur noch ihre Ruhe haben.

„Komm, setz dich in die Kutsche, damit ich deinen Schnitt behandeln kann“, sagte Ethan.

Während Ethan ihren Arm nahm und sie in die Richtung der Ghari führte, sah sie Rissaldar-Major Sandschai von Onkel Hugo weggehen, der noch nicht näher gekommen war. Der Offizier ritt auf Jace zu und salutierte.

„Ein Reiter aus Plassey ist angekommen, Major-Sahib. Es gibt Schwierigkeiten. Er will mit Ihnen sprechen.“

Der Name Plassey weckte Corals Aufmerksamkeit und lenkte ihre verwirrten Gedanken zu der Frage zurück, warum Jace gesagt hatte, sie müßten einen Umweg nach Manali machen. Sie folgte mit dem Blick der Richtung, in die der Rissaldar deutete. In der Nähe des Dschungelausläufers – einem Gebiet, das früher einmal abgeholzt gewesen war, aber jetzt mit dichtem Bodengehölz bewachsen war – wartete ein schwitzendes und schwer schnaufendes Armeepferd mit einem britischen Soldaten auf dem Rücken.

Jace ritt auf den Soldaten zu, und Coral sah den jungen Soldaten salutieren und ihm einen Brief reichen.

Kathleen machte sich anscheinend Sorgen über die Schwierigkeiten in Plassey, wo Hauptmann Gavin McKay stationiert war, denn sie trat auf ihren Onkel zu, und Coral hörte sie nach dem Grund für ihren Umweg nach Manali fragen.

Mehr hörte Coral nicht, denn Ethan unterbrach sie und steuerte sie in die Richtung der Ghari. „Du hältst dich tapfer wie eine Heldin."

„Eine Heldin?" Coral stieß ein kurzes Lachen aus. „So komme ich mir bestimmt nicht vor."

Ethans Gesicht wurde hart. „Ich finde das Verhalten des Majors auf dieser Fahrt sehr arrogant. Die Schlafquartiere in den Gasthäusern sind grauenhaft, ganz zu schweigen von der Verpflegung. Fliegen, Hitze, der Gestank; das ist eine äußerst ungesunde Umgebung, der wir uns aussetzen müssen, und der Major scheint ein besonderes Vergnügen an meinem Unbehagen zu finden."

Coral zuckte unter der Salbe zusammen. Sie empfand Mitgefühl mit Ethan. Er war zwar Arzt, aber er war nicht an Indien gewöhnt. Sie gab ihm im stillen recht, daß Jace nicht so aussah, als nehme er irgendwie Rücksicht auf ihn.

„Unser Aufenthalt in Manali erweist sich als sehr willkommen", sprach er weiter.

„Dann weißt du von Manali?" fragte sie schnell.

„Onkel Hugo beabsichtigt, daß wir einige Tage im Haus eines Bekannten von ihm bleiben. Das Essen und die Erholung in Manali werden dir gut tun."

Aus einem unerklärlichen Grund rasten Corals Gedanken bei der Erwähnung des *Bekannten* ihres Onkels zu der Nacht im Garten in Barrackpore zurück.

„Dieser Bekannte von Onkel Hugo", wiederholte sie. „Ist er Engländer?"

Seine grauen Augen blickten sie fragend an, und einen Augenblick lang fühlte sie seinen forschenden Blick auf sich ruhen.

„Allerdings. Ich glaube, er heißt Harrington. Warum fragst du?"

Einen kurzen Moment dachte sie daran, ihm alles zu

erzählen. „Ich habe mich nur gefragt, ob ich ihn während unseres Aufenthalts in Kalkutta wohl kennengelernt habe."

„Onkel Hugo sagt, der Mann sei pensioniert und aus der Kompanie ausgeschieden, also vielleicht hast du ihn getroffen."

„Warum will Onkel Hugo nach Manali fahren? Um diese Jahreszeit ist eine Verzögerung unserer Reise doch nicht ratsam. Wir sollten die gute Reisezeit nutzen."

„Onkel Hugo hat Manali erst vorgeschlagen, nachdem der Major einen kurzen Aufenthalt gefordert hatte."

„Der Major hat einen Aufenthalt gefordert?" fragte sie überrascht.

„Ja, es scheint ein gewisses Risiko zu geben, wenn wir jetzt weiterreisen. Ich dachte, du wüßtest es", antwortete er. „In der Nähe von Plassey gab es Kämpfe."

„Kämpfe hier! Gegen Burma?"

„Nein. Ich glaube, Onkel Hugo sprach von *Maharattas.*"

Coral erinnerte sich an Kathleens Brief von Hauptmann McKay, in dem er vor Schwierigkeiten warnte. Coral hatte nur eine vage Vorstellung davon, wer die Maharattas waren. Sie wußte nur, daß die Ostindienkompanie sich seit Jahren mit dem starken, kriegerischen Königreich im Krieg befand.

„Der Major hat gestern abend eine Nachricht von Hauptmann McKay erhalten", erklärte Ethan. „McKay teilte ihm mit, daß eine Patrouille aus Plassey aus dem Hinterhalt angegriffen wurde. Niemand hat den Angriff überlebt, habe ich gehört. Ich vermute, daß der Hinterhalt der Grund dafür ist, daß der Soldat jetzt mit dem Major spricht."

Corals Gedanken gingen plötzlich in eine andere Richtung. Sie dachte nicht mehr an Plassey, sondern sinnierte über den Angriff auf den militärischen Vorposten in Jorhat in der Nähe von Kingscote nach, wo Jaces Freund, Major Selwyn, ermordet worden war. „Wir sind zu weit von der nördlichen Grenze entfernt, um Schwierigkeiten mit Burma zu haben", sagte sie. „Dieses Scharmützel in Plassey kann nichts mit der Königsfamilie in Guwahati zu tun haben."

„Hast du den Maharadscha schon einmal gesehen, den Onkel Hugo bei der Kompanie vertreten wird?" fragte er.

„Nein, das heißt –" sie brach mitten im Satz ab.

„Kingscote liegt in der Nähe von Guwahati, nicht wahr?"

„Ja, ziemlich nahe, aber ich habe die Königsfamilie nie kennengelernt."

Sie sagte nicht mehr, erinnerte sich aber plötzlich an ein lang vergessenes Erlebnis in Guwahati, das mehrere Jahre zurücklag. Ihr Herz klopfte laut. *Nein, das kann doch nicht wahr sein,* dachte sie.

„Ah! Seward kommt aus dem Gasthaus zurück. Vielleicht ist es ihm gelungen, ein Zimmer für dich zu bekommen", rief Ethan. Er hatte sich von der Gharitür abgewandt und blickte über die staubige Straße auf den Dak-Bungalow. Coral war in ihre Gedanken vertieft. *Ich muß mit Jace über Guwahati sprechen!*

15

Der Dak-Bungalow hatte große Ställe für Reisende. In dieser Nacht befanden sich darin nicht nur Packpferde und Maultiere, sondern auch Händler und ihre Kulis, die im Freien lagerten. Kleine Feuer flackerten in der Dunkelheit und erinnerten Coral an schwebende, schwarze Gespenster. Der Essensgeruch vermischte sich mit Holzrauch.

Der Raum für die Gäste war notdürftig mit Möbeln ausgestattet, die aus langen, niedrigen Holztischen, Bänken und ein paar Stühlen aus Bambusrohr angefertigt waren. Sie hoffte, mit dem Major allein sprechen zu können. Sie wußte zwar, daß die Sowars bei den Pferden und dem Gepäck bleiben und im Freien schlafen würden, aber sie erwartete, daß Jace zum Abendessen in der Herberge auftauchen würde.

Bei dem Gedanken an Essen drehte sich Coral fast der Magen um. Trotz der offenen Fenster stank der Raum nach Schweiß und ungewaschenen Menschen. Coral empfand Mitleid mit einer unglücklichen englischen Familie, die in einer Ecke zusammengekauert saß. Die dünne Mutter versuchte, ihr Baby zu wickeln, und goß Wasser aus einer Feldflasche auf ein Tuch, um das Kind damit zu waschen.

„Hier ist es schrecklich, ich will nach Hause“, flüsterte Marianna und hielt sich ihr Taschentuch an die Nase.

Kathleen beugte sich mit einem wilden Lächeln zu ihr vor. „Ihr beide hättet auf mich hören und im Roxburyhaus bleiben sollen!“

„Hier befinden sich alle in der gleichen Situation wie wir“, entgegnete Coral. „Hättest du vielleicht gern ein weinendes Baby, um das du dich noch kümmern mußt? Denk nur an die viele Unterwäsche, die du waschen müßtest!"

„Das erinnert mich daran", flüsterte Kathleen mit gerümpfter Nase. „Ich hoffe, auf der Toilette gibt es etwas, an dem ich mir die Hände abtrocknen kann, und ich muß nicht wieder meinen Unterrock benutzen. Ich will nicht allein gehen. Kommt ihr zwei mit?"

Marianna nickte und blickte sich trübselig um, aber Corals Aufmerksamkeit galt nicht mehr ihren Schwestern. Sie blickte durch den vollen Raum zu dem Schilfrohrvorhang, der zum Hof hinausführte, und durch den in diesem Augenblick der Major eintrat.

* * *

Mit seinen Gedanken bei Hauptmann McKay und den Scharmützeln bei Plassey betrat Jace die Herberge. In seiner Säbeltasche steckte der Brief, der ihm gerade von dem Soldaten überbracht worden war. Jace hatte vom befehlshabenden Offizier in Plassey den Befehl erhalten, sich mit seinen Soldaten McKay anzuschließen und die Aufständischen zur Strecke zu bringen.

Der Angriff auf Plassey erschwerte Jace seine Aufgabe. Der Landweg nach Norden war gegenwärtig für Zivilisten unsicher. Da Roxbury einen Bekannten namens Harrington in Manali hatte, der dort eine große Indigoplantage betrieb, hatte er Jace versichert, daß er und seine Nichten dort gut unterkommen könnten, bis der Weg an die nördliche Grenze wieder ratsam wäre.

Jace gefiel diese Wende der Ereignisse nicht. Manali lag

zwei Tagesreisen abseits von ihrem Weg. Wenn Roxbury und seine Nichten so weit reisen mußten, warum wollten sie dann nicht lieber nach Kalkutta zurückkehren? Roxbury hatte jedoch mit Harrington geschäftlich zu tun und versicherte ihm, daß die Plantage genau der richtige Ort wäre, an dem Coral sich ausruhen könnte. Ethan hatte Sir Hugo zugestimmt.

Jace blickte sich nach Seward um, als er die Herberge betrat. Er hatte recht gehabt, als er Coral vor der Reise gewarnt hatte. Der Vorfall bei Plassey bewies das – nicht daß die Kendalltochter das zugeben würde. Unerschütterlich wie immer, wie eine weltfremde Blüte dem unablässigen Zerren des Windes trotzt, würde sie behaupten, daß „es ihr gut gehe, danke“, und nichts würde an ihrem Entschluß, nach Kingscote zurückzukehren und ihre Schule zu bauen, etwas ändern. Kinder. Hundert Kinder brauchten sie – nein, sie brauchten ihren Heiland und Hirten, sagte sie. Jace fand ihren Einsatz gleichzeitig bewundernswert und anstrengend. Sie würde sich bei dem Versuch, ihr Ziel zu erreichen, selbst aufarbeiten.

Er sah sie auf der anderen Seite des vollgepferchten Raumes auf einer Bank sitzen und mit Seward sprechen. Äußerlich war sie genau das, wofür er sie fälschlicherweise gehalten hatte, als er sie auf dem Basar in Kalkutta in ihrem Seidenkleid mit den weißen Spitzen und dem Geruch nach französischem Parfüm gesehen hatte. Die Kendalltochter hatte bewiesen, daß sie unter ihrer zerbrechlichen Fassade mehr als nur eine schöne Frau war, aber jetzt drohte die äußere Schale zu zerbrechen. Sie war blaß und erschöpft, ihr Hut lag zerknittert auf ihrem Schoß, ihre Locken waren zerzaust, und ihr teures Kleid war staubverschmiert. Der Schnitt unter ihrer Augenbraue in dem ansonsten hübschen Gesicht überzeugte ihn nur noch mehr davon, daß sie wie eine Taube war, an die sich ein dürrer, hungriger Tiger anpirschte – und er war nicht in der Lage, ihn aufzuhalten. Unter den gegenwärtigen Umständen konnte er nichts anderes tun, als sie warnen. Seine fehlenden Befugnisse machten ihn wütend.

Jace achtete sorgfältig darauf, keine Miene zu verziehen, während er in seiner staubigen, schwarzsilbernen Uniform an der Wand lehnte und sie beobachtete. Er nahm von einem barfüßigen Jungen eine Blechtasse mit Wasser entgegen. Sie sah ihn an, und er vermutete, daß sie mit ihm sprechen wollte. Er wollte sie momentan nicht einweihen. Sie würde wegen des Umweges nach Manali in ihn dringen, und er hatte noch keine Antwort. Er würde noch heute nacht mit der 17. losreiten und sie und die anderen unter dem Schutz von Seward und mehreren Sowars zurücklassen.

Jace fühlte sich durch die militärische Disziplin gezwungen, die Wut, die in seinem Inneren rumorte, zu verbergen. Wenn er die Uniform von Major Buckley an den Nagel hängen und das Hemd, das er an Bord der *Madras* getragen hatte, anziehen könnte, würde er ihr sagen, daß sie für diese Reise zu schwach sei.

Er gab dem Jungen die leere Tasse zurück und wandte den Blick von Coral ab und deutete Seward mit dem Kopf, zu ihm nach draußen zu kommen.

* * *

Seward schaute Coral an. „Warten Sie hier, Mädchen. Ich bin in einer Minute zurück."

Coral hörte Sewards Worte, mit denen er sich von ihr entschuldigte, nur mit halbem Ohr. Sie beobachtete, wie Jace den Raum verließ und Seward ihm durch den Schilfrohrvorhang, der in den Hof hinaus führte, folgte. Sie verschwanden im Schatten der Nacht.

Daß der Major nicht auf ihren Blick reagiert hatte, ärgerte Coral. Manchmal war sie von seiner Arroganz beleidigt; manchmal empfand sie wegen der Grausamkeiten, die er als Kind von anderen hatte ertragen müssen, Mitleid mit ihm. Sie mußte auf der Hut sein, damit sie nicht zu viel Mitgefühl bekam. Sie mußte an einen jungen Tiger denken, den sie und ihr Bruder Michael als Kinder einmal gerettet hatten. Coral hatte das Junge leid getan, und sie hatte es mit nach Hause auf die Veranda vor der Küche gebracht – bis ein lautes Brüllen der Tigermutter ihren Vater und ein halbes Dutzend Arbeiter nach draußen holte, die das Junge schnellstens wieder in den Dschungel schickten. Der Vergleich zwischen dem Tigerjungen und Jace Buckley paßte vielleicht nicht ganz, dachte sie trocken, aber er härtete doch ihre Neigung, mit dem Major Mitgefühl zu empfinden, ab und sorgte dafür, daß ihr diese Gefühle nicht aus der Hand glitten. *Unter dieser Uniform, dem Respekt und der Selbstdisziplin lebt ein Mann, der fest von sich überzeugt ist,* dachte sie. Einer, der es nicht erwarten konnte, wieder zu seinem goldenen Affen, seinem indischen Freund Gokul und seinem Klipper zurückzukommen. Ein Schiff, das, wie sein Besitzer, nur gegen seinen Willen im Hafen festgehalten und daran gehindert wurde, unbekannte Häfen anzulaufen. Es gab aber auch andere Zeiten, in denen sie den Eindruck hatte, unter seinem äußeren Selbstvertrauen lebe ein junger Mann, der sich seiner ganz und gar nicht so sicher war, ein Mann, der sich mehr davor fürchtete, seine Gefühle zu zeigen und verwundbar zu werden, als vor irgendwelchen äußeren Gefahren. Er konnte sogar einfühlsam und mitfühlend sein – wie sonst könnte sie seine Bereitschaft erklären, Gem ausfindig machen zu wollen? Aber sie mußte zugeben, daß er die meiste Zeit einen ganz anderen Eindruck vermittelte.

Wie dem auch sei. Ob er sie nun absichtlich übersehen hatte oder nicht, sie würde eine Möglichkeit finden, heute abend noch mit ihm zu sprechen, denn sie mußte ihn unbedingt etwas fragen.

Sie bemerkte, daß Ethan sich zu ihr gesellt hatte, und wandte sich ihm zu. Dankbar nahm sie die Tasse heißen Tee entgegen, den er ihr brachte. Er setzte sich neben sie, und sie seufzte und genoß ihren Tee. Das Neue Testament auf Hindi lag neben ihr. Er nahm es in die Hand.

„Onkel Hugo fand es nicht gut, daß ich dich in William Careys Missionsstation gebracht habe."

Das konnte Coral sich denken. Zum Glück hatte ihr Onkel bei der Hektik um die Abreise von Kalkutta und in den Wochen der beschwerlichen Reise noch nicht die Zeit gefunden, mit ihr zu sprechen.

Ethan runzelte die Stirn und betrachtete das kleine Büchlein. „Über einen Mann mit William Careys selbstlosem Einsatz könnte man viel sagen."

Von seinem Eingeständnis überrascht und sogar beeindruckt, lächelte sie. „Ich freue mich, daß du deine Meinung über ihn geändert hast."

Seine Augen blickten sie forschend an und versuchten, auf die hörbare Veränderung in ihrer Stimme einzugehen. „Dein eigener Einsatz ist ebenso selbstlos. Sag nichts zu Onkel Hugo, aber ich glaube, deine Idee von einer Missionsschule für die Kinder ist sehr edelmütig. Ich will tun, was ich kann, um dir zu helfen."

Sie hielt den Atem an und blickte ihn überwältigt an: „Ethan, ist das dein Ernst?"

„Ja." Er blätterte durch das Neue Testament. „Natürlich bin ich erst ein Anfänger in dieser Sprache. Aber ich hoffe, daß du mir auf Kingscote hilfst, sie besser zu beherrschen. Wenn deine Schule erst einmal gebaut ist, wird es sicher auch eine Gelegenheit geben, die Kinder, die dir so am Herzen liegen, medizinisch zu versorgen."

„Ethan! Wie wunderbar von dir, daß du daran denkst! Ich gebe zu, daß ich schon an deine Fähigkeiten dachte und daran, wie du sie einsetzen könntest. Mit meiner Schule und mit deinem ärztlichen Können ließe sich so viel für die Kinder tun."

Er gab ihr das Testament zurück, und als er sie ansah, konnte sie in den grauen Augen eine tiefe Wärme sehen. „Du hast recht. Wir könnten gemeinsam sehr viel erreichen. Onkel Hugo ist jedoch sehr gegen Missionsarbeit in Indien, wie du weißt. Wir müssen die ganze Sache mit viel Weisheit angehen."

Seward trat auf sie zu und sagte, ohne Ethan eines Blikkes zu würdigen: „Der Major hat mit dem Wirt gesprochen. Wir stellen für Sie und Ihre Schwestern eine Schamjana auf."

Coral war entzückt. Ein großes Zelt. Ihr Zelt sollte, wie Seward ihnen erklärte, einen Teppich und Matten haben, auf denen sie schlafen könnten, und sie wären ganz für sich allein.

Vor der Schamjana sprach Coral allein mit Seward, während ihre Schwestern schon in dem Zelt waren und sich über die Geräumigkeit und den Komfort freuten. Nach zwei Wochen anstrengender Fahrt durch das unwegsame Indien wirkte es wirklich wie der reinste Luxus.

„Der Major reitet heute nacht fort", erklärte er ihr ruhig. „Sie bleiben in Manali, bis der Weg wieder sicher genug für Zivilisten ist."

„Dann reitet der Major nach Plassey?"

„Nein, er trifft Hauptmann McKay unterwegs. Man

spricht von weiteren Kämpfen auf dem Weg nach Norden, und sie müssen vorsichtig sein."

Ein kaltes Gefühl der Unsicherheit umfing sie, eine Angst, allein zu sein. Wie töricht! Sie war nicht allein. War nicht der Herr ihr Licht und ihre Stärke? Und ihr Vater hatte Seward geschickt, um sie sicher nach Hause zu begleiten. Doch auch dieses Wissen konnte ihr die nagenden Zweifel nicht nehmen. Wie lange blieb Jace fort und ließ sie in Manali zurück?

„Weiß Sir Hugo von den Kämpfen?"

Seine Miene verfinsterte sich. „Ja", brummte er. „Er weiß es. Und das ist es, was mich beunruhigt."

Sie warf einen schnellen Blick auf die Schamjana, um sicherzugehen, daß ihre Schwestern nicht zuhörten. „Glauben Sie, er ist in die Sache verwickelt?" Dieser Gedanke schien unglaublich.

„Entschuldigen Sie, wenn ich das so sage, Mädchen, aber ich weiß nicht, was ich von Ihrem Onkel halten soll."

„Haben Sie etwas zu dem Major gesagt?"

Er lächelte. „Sie brauchen sich um ihn keine Sorgen zu machen. Der Junge ist ein geborener Zyniker. Er traut niemandem. Es war Sir Hugos Idee, die Zeit in Manali zu verbringen, während der Major fort ist. Und genau das beunruhigt mich. Nicht, daß das ein Beweis dafür wäre, daß etwas Schlimmes vor sich geht. Und Manali klingt auch als logische Möglichkeit für Sie und Ihre Schwestern."

Corals Sorge wuchs. „Seward, muß der Major wirklich fort?"

„Er hat seine Befehle, Mädchen, und er kann sie nicht ignorieren. Mir gefällt die Sache selbst nicht, aber er wird so bald wie möglich zu uns nach Manali kommen."

Wenn es auf dem Weg nach Norden Kämpfe gibt, kann unsere Heimreise auf unbestimmte Zeit verzögert werden, dachte Coral. Wenn sie nicht bald weiterreisten, würde sich das

Wetter gegen sie stellen, und es würde unerträglich heiß werden.

„Dem Major wäre es sicher nicht recht, wenn er wüßte, daß ich Sie damit beunruhigt habe. Sie müssen sich ausruhen. Und der Major hat sich schon darum gekümmert, daß Sie die Schamjana bekamen. Er hat mit dem Wirt ganz schön gekämpft, bis er das durchgesetzt hat, das kann ich Ihnen sagen."

„Ich muß ihn unbedingt noch sprechen, bevor er heute nacht fortreitet. Können Sie ihm ausrichten, daß er hierherkommen soll?"

„Ja, ich sage es ihm."

* * *

Wo bleibt Seward nur so lange? Die Laterne war ausgelöscht worden, um nicht unnötig Insekten anzulocken, und Coral hörte den gleichmäßigen Atem ihrer Schwestern. Sie lag am Rand ihrer Strohmatte und überlegte, ob sie aus dem Zelt huschen könnte, ohne sie aufzuwecken. Sie war bis auf ihr Kleid und ihre Schuhe vollständig angekleidet. Plötzlich hörte sie in der Ferne Stimmen. Es mußte schon nach zehn Uhr sein. Wenn sie Jace noch vor seinem Aufbruch sprechen wollte, mußte es jetzt geschehen. Sie setzte sich auf und rutschte von ihrer Strohmatte.

Dünne Strahlen des blassen Mondlichts fielen auf den Zeltboden, und Coral schlüpfte in ihre Schuhe und tastete auf dem Bambusstuhl nach ihrem Rock. Das gleichmäßige, tiefe Atmen ihrer Schwestern blieb unverändert. Sie tastete sich leise an den Rand der Schamjana, zog das Leinentuch beiseite und trat hinaus.

In der Nachtluft regte sich kein Windhauch, und der pechschwarze Himmel war wie mit weißen Edelsteinen gespickt. Sie blieb regungslos stehen, obwohl sie nicht erwartete, daß Seward in der Nähe war, aber sie hielt es für notwendig, sich dessen zu vergewissern.

„Seward?“ flüsterte sie hoffnungsvoll und wartete, dann noch einmal: „Seward!“

Schweigen drang ihr aus der Nacht entgegen. Ein leichter Windhauch bewegte die Spitzen des trockenen Elefantengrases an den Ausläufern des Dschungels.

Sie setzte ihren Hut auf ihre Haare, huschte vorsichtig in den Schatten der angrenzenden Bäume und eilte in die Richtung des Lagers, wo die Truppe unter Jaces Befehl für die Nacht lagerte. Das Lager konnte nicht mehr als vier bis fünf Minuten vom Dak-Bungalow entfernt sein. Es bestand immer die Möglichkeit, auf Schlangen zu treffen, aber ansonsten sah sie keine Gefahr, auf Schwierigkeiten zu stoßen.

Der Weg, der am Rand des Dschungels entlang führte, wurde zu einer Arkade aus geheimnisvollen Schatten, und die Zweige der Bäume wurden zu ruhelosen Umrissen, als ein leichter Wind aufkam und mit ihnen spielte. Coral eilte weiter, warf instinktiv einen Blick über ihre Schulter zurück und hielt sich unter dem Schatten der Bäume. Ihre Schuhe verursachten im Staub keine Geräusche.

Vor ihnen, jenseits der Gepäckwagen, war die Lichtung leer und verlassen. Jaces Truppe war bereits aufgebrochen! Sie stand regungslos unter dem Schatten der Bäume. Und Seward? Wo war er?

Mehrere Sowars saßen an einem Feuer. Ein riesiger Schwarm nächtlicher Insekten war im Feuerlicht zu sehen. Die Stimmen der Männer waren leise, die Worte, die mit dem Rauchgeruch zu ihr herüberkamen, waren nicht zu verstehen.

Zwei der Sowars saßen um das Feuer und spielten. Ihre Gesichter waren ihr zugewandt, während der andere stand und den Weg in Richtung Plassey beobachtete. Mit schmerzlicher Enttäuschung begriff Coral, daß sie zu spät gekommen war. Jace war bereits fort. Sie schluckte ihre Enttäuschung hinunter. Immerhin war es seine erste Pflicht, militärischen Befehlen zu gehorchen, und er brauchte sie ihr nicht zu erklären. Er hatte Seward geschickt, um ihr mitzuteilen, daß er fortreite; er hatte sich sogar dafür eingesetzt, daß sie die Schamjana bekamen. Was erwartete sie mehr?

Und doch ... mußte er gewußt haben, daß sie mit ihm sprechen wollte. Seward hatte sicher Zeit gefunden, ihm ihre Bitte zu überbringen, bevor er fortritt.

Ein nicht genau zu erklärendes Unbehagen regte sich in ihr. Sie zögerte, den Sowars ihre Anwesenheit zu verraten, und begann, sich geräuschlos zurückzuziehen. Vielleicht war Seward inzwischen zum Zelt zurückgekehrt. Vielleicht war er die ganze Zeit dort gewesen und war nach der anstrengenden Reise des langen Tages nur müde geworden und eingedöst. Und ihre Laterne war ausgelöscht gewesen; vielleicht hatte er beschlossen, sie nicht aufzuwecken.

Die Stille der Nacht umgab sie. Plötzlich vernahm sie das unwillkommene Geräusch, daß sich jemand vom Weg hinter ihr den Wagen näherte. Hatte Kathleen oder Marianna herausgefunden, daß sie fort war, und Seward geweckt?

Aber sie hörte, wie die Schritte im Schatten zögerten und dann langsam näherkamen. Seward würde sich nicht mit einer solchen Vorsicht vorwärtsbewegen. Sein Schritt war kräftig, und er wäre kühn genug, mit donnernder Stimme nach ihr zu rufen.

Corals Herz wollte schier stehenbleiben, und sie wich zurück in den Schatten, in die Stille der Sträucher und überhängenden Zweige. Die Möglichkeit, dort auf Schlangen zu treten, beunruhigte sie weit weniger als die Gefahr, von dem Besitzer dieser vorsichtigen Schritte entdeckt zu werden ... Marianna? Nein, nie. Kathleen vielleicht ... nein, Kathleen würde auch laut rufen. Sie hielt den Atem an. *Zwei* Leute kamen, einer hinter ihr, der andere aus der Richtung des Wagens.

Ein Mann tauchte hinter dem Gepäckwagen auf und ging auf das Feuer zu. Er sagte etwas, und die zwei Spieler sprangen schnell auf die Beine und eilten davon. Der Mann blieb allein beim Feuer stehen. Als er sich umdrehte und in die Richtung schaute, wo sie wenige Augenblicke vorher gestanden war, sah Coral im tanzenden Feuerschein sein hartes Gesicht. Es war Rissaldar-Major Sandschai! Was hatte Jaces stellvertretender Befehlshaber hier zu tun, wenn die 17. doch nach Plassey aufgebrochen war?

Die Schritte, die aus der Richtung des Dak-Bungalows gekommen und auf dem Weg stehengeblieben waren, kamen jetzt näher. Rissaldar Sandschai trat hinter dem Wagen vor und wartete.

Durch die überhängenden Zweige fiel das Mondlicht auf den ausgetretenen Pfad, und Coral war nicht überrascht, als sie einen Augenblick später Sir Hugo erblickte. Aber die beiden Männer sprachen so leise, daß es schwer war, ihre Worte zu verstehen.

„... Plassey ... verschlimmert ...“

„... Warbecks Sohn?“

Der Wind ließ die trockenen Blätter der überhängenden Zweige rascheln. Coral trat einen winzigen Schritt vorwärts und strengte ihre Ohren an. Sir Hugos leise Stimme war scharf und fragend. Der Ton des Rissaldar war gedämpft und bildete einen scharfen Gegensatz zu dem angespannten Schweigen.

„Ich bin sicher!“

Sir Hugos Worte waren wieder nicht zu verstehen.

Sie strengte sich an. Da hörte sie hinter sich ein leises Rascheln wie die Bewegung einer Schlange, die sich durch das trockene Gras schlängelt. Ein eiskaltes Schaudern lief ihr über den Rücken. *Herr, bitte nicht!*

16

Zwischen Sir Hugo und Rissaldar Sandschai auf dem Weg vor ihr und dem Rascheln in der dichten Finsternis hinter sich, stand Coral wie festgenagelt unter den Bäumen.

Sir Hugo und Sandschai unterhielten sich immer noch, aber ihre Stimmen verloren jede Bedeutung, als ihr Denken sich auf die Gefahr durch das Reptil im trockenen Gras konzentrierte.

Einen Augenblick später verstummten ihre Stimmen und ihre Schritte verschwanden in der dunklen Nacht. Stille lag über ihr. Langsam verstrichen die Sekunden. Hatte sie sich alles nur eingebildet?

Sie tastete sich zentimeterweise vor in die Richtung des Pfades, wurde dann in einem Augenblick blinder Angst von einer Panik ergriffen und spurtete auf die Lichtung zu. Ihr Schuh rutschte auf einem kleinen Blätterhaufen am Rand der Böschung aus. Eine kräftigte Hand packte ihren dunklen Hut und umfaßte ihre Haare mit einem festen Griff. Coral stöhnte, als sie in das trockene Elefantengras zurückrutschte. Sie landete so hart auf dem Boden, daß es ihr den Atem verschlug. Mit großen, angsterfüllten Augen starrte sie in Jaces Gesicht, der die Pistole auf ihren Kopf gerichtet hatte.

Er holte scharf Luft, lockerte schnell seinen Griff an ihrem Hut und zog den Arm fort. Er wich von ihr zurück, und keiner von beiden gab einen Ton von sich.

Dann atmete er schnell aus. „Was tun Sie hier? Wie leicht

hätte ich Sie mit der Pistole schlagen können, bevor ich –" Er hielt inne und steckte die Pistole wieder in seine Jacke. Dann half er ihr vorsichtig, sich aufzusetzen. „Coral, es tut mir schrecklich leid."

Seine Stimme klang plötzlich so bedauernd, und einen schwachen Augenblick lang gab sie der Versuchung nach, seine Selbstvorwürfe zu genießen.

„Sind Sie verletzt?"

„Ja ... ich meine, ich weiß nicht." Verwirrt starrte sie ihn an. „Was tun *Sie* hier? Ich dachte, Sie seien schon fortgeritten!"

Das schien ihn nicht im geringsten zu beunruhigen.

„Sie haben meine Frage nicht beantwortet. Ich habe Sie in dem Zelt zurückgelassen, und ich habe Seward aufgetragen, dafür zu sorgen, daß Sie in keine Gefahren geraten. Wo ist Seward überhaupt?"

„Ich dachte, er sei bei Ihnen."

Er schaute sie, hellhörig geworden, fragend an. „Ich habe ihn seit dem Abendessen nicht mehr gesehen."

„Ich habe mit ihm bei der Schamjana gesprochen, als er uns zurückbrachte. Er erklärte, daß Sie nach Plassey reiten müßten. Er ging los, um Ihnen zu sagen, daß ich noch vor Ihrem Aufbruch mit Ihnen sprechen wollte. Sie haben ihn nicht gesehen?"

Er schwieg kurz. „Nein. Ich wollte den Eindruck erwekken, ich sei mit der Truppe losgeritten. Aber ich hatte keine Zeit, es Seward zu sagen. Vielleicht ist er –"

„Den Eindruck, aber warum –" Sie brach mitten im Satz ab und erinnerte sich an die Worte, die sie gerade zwischen Sir Hugo und Rissaldar Sandschai gehört hatten. Sie blickte ihm fragend in die Augen. „Sie haben schon vorher Probleme vermutet?" flüsterte sie.

„Ja", gab er widerwillig zu.

„Dann wußten Sie, daß sie sich auf dem Weg heimlich treffen würden?"

„Die Loyalität meines Rissaldars stand schon vor dem Aufbruch in Kalkutta in Frage."

Coral versuchte zu verdauen, was das bedeuten konnte, aber sie war von ihrem gewaltsamen Sturz immer noch leicht benommen. „Sie haben gehört, was die beiden vor einer Minute gesagt haben? Was bedeutet das?"

„Die Kämpfe in der Nähe von Plassey haben etwas mit dem nördlichen Grenzgebiet zu tun. Vielleicht weiß ich mehr, wenn ich morgen früh Hauptmann McKay treffe."

„Dann reiten Sie jetzt los, um ihn zu treffen?"

„Ja. Irgendwie paßt das alles zusammen – Plassey und der Vorposten in Jorhat. Kommen Sie, lassen Sie sich helfen. Sind Sie sicher, daß Sie nicht verletzt sind?"

Ihr schmerzte der Rücken an der Stelle, wo sie auf die Steine gefallen war, aber sie blieb sitzen, und in ihrem Kopf drehte sich alles.

„Können Sie gehen?"

„Ja."

Er warf einen Blick auf den Weg. „Ich vermute, daß Seward von dem Treffen erfahren hat. Wahrscheinlich ist er mir nachgeritten, um mich zu warnen."

„Dann hofft er, Ihre Truppe einzuholen, da er glaubt, Sie befänden sich bei den Männern. Wenn er entdeckt, daß Sie nicht dort sind ..."

„Kommt er zurück." Er atmete wieder tief ein, und sie vermutete, daß er sich bemühte, seine Gefühle in Zaum zu halten. „Ich habe einen Reiter nach Kalkutta zurückgeschickt, um dem Oberst Bericht zu erstatten."

„Nach den Worten, die wir soeben gehört haben", flüsterte sie, „sieht es so aus, als seien Sie es, den in Plassey Schwierigkeiten erwarten."

„Ja“, erwiderte er nachdenklich und warf wieder einen Blick auf die Lichtung. „Ich könnte fast glauben ...“

Sie wartete. „Ja?“

Er antwortete nicht, sondern half ihr auf die Beine. „Sind Sie sicher, daß Sie nicht verletzt sind?“

„Vielleicht sollten Sie nicht zu Hauptmann McKay reiten.“

„Ich muß. Meine Männer reiten jetzt in diese Richtung. Ich trage Sie zurück.“

„Das ist nicht nötig“, sagte sie schnell. „Außerdem dürfen Sie nicht gesehen werden.“

„Machen Sie sich um mich keine Sorgen. Sie brechen morgen früh nach Manali auf. Seward dürfte bis dahin zurück sein.“

„Oh“, sagte Coral und hob ihren Fuß. „Ich habe meinen Schuh verloren.“

„Hier. Setzen Sie sich auf diesen Stein.“

Coral setzte sich schweigend und zitterte immer noch, während er im Gebüsch nach Ihrem Schuh suchte. Sie sah ihm im Mondlicht zu, wie seine staubige schwarzsilberne Uniform sich mit dem Schatten vermischte.

„Für wen haben Sie mich gehalten?“ fragte sie.

„Für eine Wache des Rissaldars. Ich dachte, er habe mich hier in meinem Versteck gesehen und sei auf dem Weg, Bericht zu erstatten.“

Es dauerte mehrere Minuten, bis er mit dem Schuh in der Hand zurückkam. Das bekannte, leichte Lächeln war wieder auf seinem Gesicht zu sehen, ein Lächeln, das sie beunruhigend fand. Er schüttelte mit gespieltem Triumph den Schmutz aus dem Schuh und wischte ihn sauber, dann hauchte er die silberne Spange an und polierte sie mit seinem Ärmel. „Erlauben Sie.“ Er bückte sich vor ihr.

Sie zögerte, streckte ihm dann den Fuß entgegen und sah das Mondlicht auf seinen dunklen Kopf fallen, während er ihr den Schuh wieder anzog. Sie erhob sich etwas wackelig, und er stützte sie. Sie blickte zu ihm auf und sah, daß seine Stimmung schnell umgeschlagen war. Er runzelte leicht die Stirn. „Was haben Sie hier gewollt?"

„Das haben Sie mich schon gefragt. Ich habe es bereits gesagt. Ich habe Sie gesucht."

Er verschränkte die Arme. „Warum?"

Sie hob das Kinn. „Ich wollte mit Ihnen über Gem sprechen, aber als ich mich dem Lager näherte, bemerkte ich, daß Ihre Truppe bis auf ein paar Wachen bereits abgeritten war. Ich befand mich auf dem Rückweg, als ich jemanden kommen hörte. Ich weiß nicht warum, aber ich fühlte mich gezwungen, mich zu verstecken."

Seine Stimme war vorsichtig. „Was ist mit Gem?"

Coral atmete tief ein. „Es war etwas, das Ethan heute abend gesagt hatte. Er fragte mich, ob ich die Königsfamilie in Guwahati schon einmal gesehen hätte. Ich sagte nein." Sie hielt inne.

„Und?"

„Aber dann ist mir etwas in den Sinn gekommen, das ich schon lange vergessen hatte. Ich war einmal als Mädchen mit meinem Vater in Guwahati." Sie suchte sein Gesicht. „Sie haben mir einmal erzählt, daß Radschivs Onkel ein Radscha sei. Aber Sie haben mir nicht verraten, aus welcher Provinz."

Er schwieg, und Coral flüsterte: „Ist es Guwahati?"

Er machte immer noch keine Bewegung und blickte sie nur in dem blassen Mondlicht an.

Coral schluckte. „Ich war zwölf, als ich mit meinem Vater in die Stadt fuhr. Damals fand gerade eine religiöse Feier statt, und ich erinnere mich, daß ich den Maharadscha auf einem Elefanten reiten sah."

„Ja?" sagte er ruhig.

„Seine Familie war bei ihm. Es waren zwei Jungen, vielleicht sechzehn Jahre alt – nicht älter. Wenn ich zurückdenke, wie sie aussahen, könnte ich fast schwören, daß einer von ihnen Radschiv war."

Er blieb sehr ruhig stehen, und sein Schweigen war fast greifbar.

„Sagen Sie mir die Wahrheit", flüsterte sie. „War Radschiv der Neffe des Maharadschas?"

Seine Stimme war ruhig, aber verhalten. „Ich habe Sie gewarnt, daß Sie Probleme bekämen, als Sie das Kind annahmen. Sie beharrten darauf. Tatsache ist, daß der Maharadscha zwei Neffen hat – Radschiv und seinen jüngeren Bruder namens Sunil. Sunil geht über Leichen."

Plötzlich wünschte sie, sie hätte nicht gefragt. „Irgendwie habe ich immer gehofft, das, was Sie über den Maharadscha sagten, sei ein Irrtum gewesen. Und nach Gems Entführung habe ich mir eingeredet, wenn es ihn gäbe, herrsche er weit weg von Kingscote. Aber Guwahati – dann ist es wahr – Gem hat königliches Blut."

„Ja. Aber der Radscha hat Gem nicht. Coral, ich weiß nicht einmal, ob das Kind noch am Leben ist. Sie dürfen nicht denken, weil ich mich bereit erklärt habe zu helfen, glaube ich das. Hüten Sie sich davor zu –"

„Zu hoffen?" fragte sie.

Er erwiderte ruhig: „Unsere Hoffnungen haben oft keine Grundlage."

Damit meint er, daß meine keine hat. Coral fühlte sich wie benommen. Gem, war er wirklich der Großneffe des Maharadschas?

„Ich verstehe nicht, was mit Radschiv los war", sagte sie. „Warum hat er sich als Bauer ausgegeben? Er erzählte meinem Vater, er käme aus Radschastan."

„Radschiv wurde aus seiner Familie ausgestoßen, als er die Kastenregeln brach und Dschemani heiratete. Ich weiß nicht, wie er sie kennengelernt hat oder wer sie war. Ich glaube fast, er hat sie einfach auf der Straße getroffen und sich in sie verliebt. Radschiv war so. Er war ganz anders als sein Bruder Sunil."

„Dann glauben Sie, der Maharadscha weiß, wo Gem sich aufhält?"

„Ich vermute es. Aber versprechen kann ich nichts, Coral."

„Aber Sie werden es versuchen, Jace?"

Seine Augen richteten sich einen Augenblick auf ihr Gesicht. „Ich habe Ihnen mein Versprechen gegeben. Ich beabsichtige, es zu halten. Ich kenne den Radscha, und ich habe etwas Wichtiges, das ich ihm zurückgeben will. Als Gegenleistung hoffe ich, die Informationen zu bekommen, die ich brauche. Aber ich kann Ihnen nicht garantieren, daß sie Anlaß zur Freude geben – selbst wenn er am Leben ist."

„Wie meinen Sie das? Warum sollte ich mich nicht freuen?"

Er wandte sich um. „Gehen wir zurück, Coral."

Sie atmete langsam aus und bemühte sich, das Zittern in ihrem Körper zu unterdrücken. Er ging absichtlich einer Erklärung aus dem Weg. „Sie verheimlichen mir etwas."

„Nein. Ich habe keine Beweise. Ich möchte einfach nicht, daß Sie enttäuscht werden. Das ist alles."

Sie antwortete nicht, und er sagte leise: „Wenn Sie in Manali sind, nutzen Sie die Gelegenheit, sich auszuruhen. Sie haben noch einen langen Weg vor sich."

„Und Sie? Sie haben gehört, was der Rissaldar zu Sir Hugo gesagt hat."

„Ich bin immer vorsichtig. Warum glauben Sie wohl, bin ich noch am Leben?" fragte er leichthin.

„Der Herr hat damit etwas zu tun."

„Zugegeben. Außerdem gehe ich nicht leicht in eine Falle."

„Nein, das glaube ich auch nicht."
„Das ist Teil meines schändlichen Charakters."
„Es ist Ihre Art, niemandem zu vertrauen."
„Eine weise Erkenntnis, Miss Kendall. Gehen wir?"
„Ich finde meinen Weg schon allein zurück."
„Entschuldigen Sie, aber es ist nun einmal *Ihre* Art, von einer Schwierigkeit in die nächste zu tappen. Kommen Sie, ich begleite Sie."

Er blieb im Schatten vor dem Zelt stehen und ließ sie die letzten Meter allein gehen.

„Wohin gehen Sie jetzt?" flüsterte sie.

„Seward suchen. Ich will, daß er bei Ihnen ist, wenn Sie und Ihre Schwestern nach Manali reiten."

Sie sah ihm nach, bis er unter den dunklen Bäumen verschwand.

17

Manali

Sir Hugos Bekannter war wirklich ein Engländer. Mr. Harrington stellte sich als Besitzer mehrerer großer und gewinnträchtiger Indigoplantagen heraus, von denen eine kleinere zufällig in Manali lag. Bei ihrer Ankunft auf seiner Plantage sahen sie ein kleines, weißes Herrenhaus mit einem blauen Dach am Rand des Dschungels stehen.

Harrington selbst sah ganz und gar nicht nach einem Mann aus, der seine Indigoplantage in Manali selbst verwaltete. Er hatte nicht die geringste Ähnlichkeit mit einem Bauern. Seine Haut war so blaß wie Bienenwachs; seine hellen Augen, die fast eine rötliche Färbung hatten, erinnerten Coral an einen wimpernlosen Hasen. Er könne das grelle Sonnenlicht und die Hitze in der Sommerzeit nicht ertragen, hatte er ihnen erklärt; deshalb leitete er seine indischen Bediensteten von einem riesigen Schreibtisch auf der vorderen Veranda aus an, von der aus er die grünen Reisfelder und die Wasserteiche überblicken konnte. Er hatte einen indischen Diener, dem er seine wichtigen Geschäfte anvertraute, einen Mann namens Zameen.

Als Coral Zameen sah, atmete sie sichtbar erleichtert auf. Ihr Unbehagen wegen der Möglichkeit, daß er der Inder mit dem gelben Turban sein könnte, erwies sich als unbegründet. Zameen war einen Meter fünfzig groß und hatte ein rundes, braunes Gesicht, das mit Pockennarben überzogen war. Ein Blick auf Marianna verriet, daß die Befürchtungen ihrer Schwester ebenfalls verschwanden, und zum ersten Mal seit ihrer Ankunft in Manali lächelte sie. Vielleicht erwiese sich ihr Aufenthalt in Manali doch nicht als so schrecklich, dachte Coral, besonders da sie eigene Zimmer bekamen. Ihres grenzte an Kathleens Zimmer und hatte breite Doppeltüren, die in den Hof vor dem Haus hinausführten. In der Ferne sah sie Reis-, Hanf- und Indigofelder.

Am Morgen nach ihrer Ankunft schaute Coral den weiß gekleideten, indischen Arbeitern bei der Arbeit zu, und das ruhige Plantagenleben erinnerte sie ein bißchen an Zuhause auf Kingscote. Bei dieser Erinnerung begann Coral wieder, für ihre Mutter zu beten.

„*Denn ich weiß wohl, was ich für Gedanken über euch habe, sagt der Herr, Gedanken des Friedens und nicht des Leides, daß ich euch gebe das Ende, des ihr wartet.*" Corals Lieblingsvers tauchte aus ihrem Gedächtnis hell und lebendig auf, wie Sterne am Himmel erscheinen, wenn der Wind den Nebel wegbläst.

* * *

Die gemütlichen, erholsamen Tage in Manali vergingen viel zu rasch, ohne daß Seward auftauchte. Jace hatte Coral gesagt, sie könne Seward an dem Morgen erwarten, an dem sie beim Dak-Bungalow aufgebrochen waren, doch sie hatten noch nichts von ihm gehört. Ohne Seward, an den sie sich hätte wenden können, und ohne den Major zerbrach sich Coral den Kopf darüber, zu wem sie mit ihren Bedenken gehen könnte. Zu *Ethan?* Immerhin war er wahrscheinlich der Mann, an den sie sich vor allen anderen wenden sollte.

Bis zum nächsten Morgen rang sie sich zu dem Entschluß durch, mit ihm über die Sache zu sprechen. Aber sie erfuhr von den Dienern nur, daß er bei Sir Hugo und Mr. Harrington war und sich auf die bevorstehende Tigerjagd vorbereitete.

Jagen um „des Jagens willen" war Coral schon immer zuwider gewesen. Sie respektierte die majestätischen Dschungelbewohner Indiens, und obwohl diese Raubkatzen offensichtlich gefährlich waren, sah sie es nicht als richtig an, sie als Freizeitvergnügen abzuschlachten, nur um Sir Hugo die Langeweile zu vertreiben.

Sie wußte, wie eine solche Jagd ablief. Kurz vor Tagesanbruch würden sich die *Treiber* – Hunderte von Männern zu Fuß – hinaus begeben und ein Dschungelgebiet einkreisen, das von den Tigern, die vorher in Gruben oder Käfigen gefangen gehalten werden, befreit ist. Bis zum Sonnenaufgang kämen Sir Hugo, Mr. Harrington und andere Jagdgenossen mit ihren Gewehren auf den Rücken der großen, grauen Elefanten angeritten, während die Elefantentreiber, die *Mahuts*, die Elefanten mit einem langen Stock vorwärtstrieben.

Während sich die Jagdgesellschaft auf den Elefanten vorwärts bewegte, warteten die Inder mit Seilen in den Bäumen darauf, die Fallen, in denen sich die Tiger befanden, zu öffnen. Durch den Lärm der näherrückenden Treiber würden die halb verhungerten, verängstigten und wütenden Tiger in der entgegengesetzten Richtung ihre Zuflucht suchen und genau den Elefantenreihen, die durch das hohe, gelbe Gras näherrückten, in die Hände laufen.

Coral fand das alles ziemlich feige. Aber sie war nicht überrascht, daß Mr. Harrington diese Jagd veranstaltete, um den Jagddurst ihres Onkels zu befriedigen.

Der Morgen war ruhig. Der Geruch der Gräser und des

Dschungels erfüllte die frühe Morgenluft. Coral hielt sich die Hand als Schild über die Augen und ging kräftigen Schrittes auf die Lichtung mit dem hohen Elefantengras und den überhängenden Zweigen der Teakbäume zu.

Ethan stand bei Hugo und Mr. Harrington, während Zameen die Befehle für die Jagd am nächsten Morgen erteilte. Mehrere indische Diener mit Turbanen und Leinenkleidung standen daneben. Coral wurde unangenehm berührt, als ihr Blick auf Rissaldar Sandschai fiel. Es erschien ihr seltsam, daß der indische Offizier hier an der Tigerjagd teilnehmen sollte, während sein befehlshabender Major in einem Gebiet aufgehalten wurde, in dem Kämpfe stattfanden. Die Gesprächsfetzen, die sie am Weg gehört hatte, weckten in ihr ungute Gefühle.

Coral blieb stehen und hielt ihren Hut fest. Sie verstand das Ganze nicht. Nicht einmal Ethan schien um Seward besorgt zu sein. Er sah sie und kam auf sie zu.

„Ich muß sagen, du siehst heute sehr gut aus“, erklärte er, aber ihr fiel auf, daß sein Versuch, gute Laune zu zeigen, gezwungen wirkte. Es brachte ihr eine gewisse Erleichterung zu sehen, daß er vielleicht auch besorgt war.

„Die Ruhepause tut dir gut“, sagte er.

Coral warf einen Blick auf die Jagdvorbereitungen. „Onkel Hugo sieht nicht so aus, als habe er es eilig, unsere Reise fortzusetzen.“

Er folgte ihrem Blick, und das Lächeln verschwand aus seinem Gesicht.

„Ja. Das ist alles ein bißchen wie ein Zirkus, das gebe ich zu. Morgen ist die Jagd, und Onkel Hugo ist entzückt.“

Sie fühlte sich bestärkt, als sie seine Besorgnis sah, da sie hoffte, er sei wegen der Verzögerung ihrer Reise besorgt.

„Ich bezweifle, daß du dich uns anschließen willst?“ meinte er.

„Nein, Ethan, ich mache mir Sorgen um Seward. Wir hätten inzwischen längst von ihm hören müssen."

„Ich gebe dir recht. Ich habe Onkel Hugo heute morgen nach dem Mann gefragt. Doch er glaubt, daß Seward beschlossen hat, bei dem Major in Plassey zu bleiben." Er blickte sie an, als wolle er ihre Reaktion auf diesen Gedanken sehen.

„Der Major hat mir aber etwas anderes gesagt", erklärte sie ihm. „Seward sollte uns hierher nach Manali begleiten. Ich war beunruhigt, als er an dem Morgen, an dem wir vom Dak-Bungalow aufbrachen, nicht da war. Aber inzwischen sind schon drei Tage vergangen."

„Ein bißchen beunruhigend. Aber mach dir keine Sorgen. Seward und der Major sind Männer, die ganz gut auf sich selbst aufpassen können. Es muß irgendetwas dazwischen gekommen sein." Er lächelte sie an, offenbar in der Hoffnung, ihre Stimmung zu verbessern. „Sie werden bald bei uns sein."

Coral runzelte die Stirn und fragte sich, ob er selbst glaubte, was er sagte. „Ethan, ich bin *sicher*, daß etwas Schreckliches passiert ist, das Seward und den Major aufhält."

„Warum sagst du so etwas?"

Corals wachsende Zweifel an ihrem Onkel nagten ständig an ihr, aber ihr Vertrauen zu Ethan war immer unerschütterlich gewesen. Sie beschloß, ein kleines Risiko einzugehen. „In der Nacht, in der wir im Dak-Bungalow waren, habe ich ein Gespräch zwischen Onkel Hugo und dem indischen Offizier mitangehört." Sie sagte nichts davon, daß Jace auch dort gewesen war.

„Du meinst Sandschai?"

„Ja, ich konnte nicht alles verstehen, was gesagt wurde, aber das, was ich hörte, machte mir Angst. Es wurde von

Kämpfen in Plassey gesprochen und Major Buckleys Name wurde in einem Zusammenhang erwähnt, der nur als bedrohlich zu beschreiben ist."

Die Muskeln in Ethans Gesicht spannten sich an, und er warf einen Blick auf die anderen. „Haben sie dich gesehen?"

„Nein. Aber, Ethan –"

„Hast du irgend jemandem davon erzählt?"

„Nein." Sie fühlte, wie sich ihr Herz bei der angespannten Miene seines Gesichts zusammenzog. Hatte er Angst, oder war er wütend?

„Sag nichts. Verstehst du?" sagte er in einer leisen, dringlichen Stimme, und als sie nicht sofort antwortete, umfaßten seine Finger fest ihre Handgelenke.

„Coral –"

„Ja, Ethan. Ich verstehe. Ich habe es dir nur gesagt, weil ich mir Sorgen mache."

Sein Griff um ihre Handgelenke lockerte sich, und aus seinem Gesicht wich die Spannung wieder. Er fuhr sich mit den Fingern durch die Haare und versuchte zu lächeln. „Ich will deine Angst nicht verstärken, aber ich traue Sandschai nicht. Du darfst niemanden wissen lassen, daß du ihn mit Onkel Hugo gesehen hast."

Ethan mißtraute dem indischen Offizier also genauso wie Jace! Es gab ihr ein besseres Gefühl, daß die zwei Männer in diesem Punkt einer Meinung waren.

„Ich kümmere mich um die Sache mit Seward", sagte er, und seine Augen suchten ihr Gesicht. „Vielleicht hast du ihr Gespräch mißverstanden. Argwohn wächst in der Dunkelheit, meine Liebe. Was auch die Wahrheit ist, überlaß mir die Sache. Geh nicht zu Onkel Hugo."

Coral hatte nicht die geringste Absicht, das zu tun, aber sie versicherte ihm, daß sie damit nicht zu ihrem Onkel gehen würde. Jace hatte sie bereits gewarnt, den Mund zu halten.

Gesprächsfetzen in der Nacht hüllten sich leicht in argwöhnische Verdächtigungen. Doch – weder Seward noch Jace war zurückgekehrt.

„Ich werde Onkel Hugo bitten, jemanden nach Plassey reiten zu lassen", sagte er. „Wenn es dort noch mehr Kämpfe gibt, werden wir es bald erfahren."

„Und wenn er nicht einverstanden ist?"

Er drückte ihre Hand. „Vertraue mir. Ich bin zufällig ein guter Reiter. Wenn nötig, reite ich selbst."

Sie glaubte ihm. Seine eigenen Bedenken waren nicht zu übersehen.

„Wir haben eine lange und schwierige Safari vor uns", sprach er weiter. „Du wirst deine ganze Kraft benötigen. Versprich mir, die Sache mir zu überlassen."

Sir Hugos Stimme rief: „Ah, Coral, meine Liebe, guten Morgen. Ich wollte schon längst mit dir sprechen."

Ethan flüsterte: „Sag nichts" und drückte ihre Hand noch einmal fest, bevor er sie losließ.

Sir Hugo sah gut gelaunt aus, als er auf sie zutrat und Ethan seine schwere Hand auf die Schulter legte, wobei der Rubinring an seinem Finger im Sonnenlicht funkelte. „Darf ich vorschlagen, mein Junge, daß du noch ein bißchen mit dem Gewehr übst? Sandschai wartet auf dich."

Ethan blickte zu Coral herab und lächelte zuversichtlich. „Ich sehe dich beim Mittagessen, Coral. Und laß dich von Onkel Hugo nicht dazu überreden, mit auf die Jagd zu gehen. Ich weiß, wie sehr du diese Tiere liebst."

Ethan gesellte sich zu dem Rissaldar und zu Zameen und ließ Coral und Sir Hugo allein auf der Lichtung stehen. Der warme Wind zerrte an ihrem Hutrand, und sie griff nach oben, um ihn festzuhalten.

Sir Hugo lächelte zu ihr herab. „Deine Wangen haben wieder Farbe bekommen. Die kleine Verzögerung war jeden

Augenblick der Enttäuschung wert.“ Er legte ihr einen Arm auf die Schulter und führte sie zu dem weißen Bungalow. „Ich weiß, wie besorgt du um den Freund deines Vaters, Seward, bist, deshalb sage ich dir gleich, daß ich den Rissaldar heute morgen noch nach Plassey schicke.“

Sie war überrascht und erfreut. Vielleicht täuschte sie sich in ihm.

„Ah, das ist schon besser. Deine Augen funkeln wieder. Der Major ist gut mit Truppen bewacht, und Seward ist zweifellos bei ihm geblieben.“

Er blieb auf dem Weg stehen und blickte über das Feld, auf dem die Arbeiter fleißig arbeiteten. Coral blieb neben ihm stehen. „Mein guter Freund Harrington hat mir erzählt, daß er seine Indigoplantagen verkaufen und nach England zurückkehren will. Ich überlege, sie ihm abzukaufen.“

Coral drehte den Kopf und sah ihn von der Seite an. „Irgendwie kann ich mir nicht vorstellen, daß die Roxburys an irgendetwas anderem als an Seide Interesse haben.“

Er lachte. „Ich auch nicht, meine liebe Coral. Aber Harrington hat mir ein ausgezeichnetes Angebot unterbreitet. Ich könnte nicht mehr ruhig schlafen, wenn ich es ablehnen würde. Was hältst du davon?“

„Willst du vielleicht wissen, was Tante Margaret meiner Meinung nach davon hält?“

„Ich dachte eigentlich an Belinda und Ethan. Eine Indigoplantagenkette könnte ein gutes Hochzeitsgeschenk sein. Deshalb will ich wissen, was *du* davon hältst.“

Coral wußte, wohin seine Frage abzielte, und überlegte, wie sie das Gespräch von dem Thema Hochzeit ablenken könnte.

„Indigo ist ein sehr interessantes Produkt“, erklärte er und sah den Arbeitern zu, die bückend ihrer Arbeit nachgingen. „Sie sammeln die Pflanzen in Bündeln; dann, so hat man mir erklärt, kommt es in große Bottiche, wo es fermentieren soll. Ein besonders Geschick ist nötig, um zu wissen, wann es genau an der Zeit ist, die grüne Flüssigkeit in zweite Bottiche umzufüllen. Die Kulis müssen das Wasser schlagen, bis es ein tiefes Blau annimmt – so ähnlich wie die Farbe deines Kleides. Wenn das Wasser genug granuliert ist, wird es abgelassen. Die Indigofarbe bleibt auf dem Boden der Bottiche zurück, wo sie getrocknet und in Barren gepreßt wird, die dann nach England verschifft werden."

Er wandte sich um und sah sie an. „Seide, Indigo und Tee sind die Lebensader der Ostindienkompanie. Wenn du Ethan heiratest, könntest du Kingscote um dieses kleine Unternehmen erweitern. Wer weiß? Das Wetter hier ist gut für Maulbeerbäume. Ihr könntet sogar versuchen, mit einigen Raupenzuchten zu beginnen und die Seidenproduktion zu erweitern?"

Weiß Ethan davon? „Ethan und ich sind uns in London einig gewesen, daß eine Zeit der Prüfung eine Beziehung nicht gefährdet, wenn sie echt ist", sagte sie und hoffte, ihr Onkel würde nicht versuchen, Gewalt auf sie auszuüben.

Obwohl Coral glaubte, daß Ethans christlicher Glaube echt war, wußte sie gleichzeitig, daß nur die Zeit dies zeigen würde. Irgendwie war sie davon überzeugt, daß der Mann, den sie heiratete, ihre Idee mit der Missionsschule unterstützen müsse. Doch auch sie selbst konnte nichts tun, wenn ihre Eltern nicht einverstanden wären. War es gerecht, Ethan dem Feuer auszusetzen, das in ihrem eignen Herzen brannte?

Ohne es zu wollen, wanderten ihre Gedanken zu Jace Buckley, und in ihr stiegen unbehagliche Bedenken auf. Sie hatte nicht beabsichtigt, jetzt an ihn zu denken, aber es war, als dränge er sich, ohne sich dafür zu entschuldigen, einfach in ihre Gedanken – ganz im Einklang mit seinem Charakter, dachte sie grimmig.

Der echte Jace Buckley, vermutete Coral, hatte vielleicht einen echten christlichen Glauben, obwohl er ihr anvertraut hatte, daß er glaube, als er sie von dieser grauenhaften Suttee in Kalkutta fortgebracht hatte. Aber selbst wenn er glaubte, war sie sich ziemlich sicher, daß er diesen Glauben nicht so ernst nahm, daß sie beruhigt sein konnte. Sie wollte mehr. Mehr als weder er noch Ethan ihr bieten konnten. Vielleicht, dachte sie reumütig, war sie unrealistisch. Aber dann erinnerte sie sich an William Careys Eifer, und an Charles Peddington, der seine Gesundheit opferte, um dem christlichen Anliegen in Indien zu dienen.

Was Jace Buckley betraf, zögerte sie, sich die Wahrheit einzugestehen. Sein gutes Aussehen und seine energische Persönlichkeit hatten ab dem Augenblick, als sie ihn zum ersten Mal gesehen hatte, ihr Interesse geweckt. „Er ist in dich verliebt; weißt du das?“

Coral warf den Kopf zu ihrem Onkel herum. Sie war verwirrt. Dann stieß sie ein kurzes Lachen aus. „Darin, Onkel Hugo, hast du sicher unrecht. Ich kenne ihn nicht gut, aber ich bin mir einer Sache sicher. Er würde sich nie erlauben, so verwundbar zu sein. Er weiß genauso wie ich, daß unsere Ziele und unser Glauben unvereinbar sind. Er ist ein Abenteurer. Er will keine Bindungen eingehen, und sobald er kann, kehrt er zu seinem Klipper zurück –“

Coral brach ab. Ihr Gesicht wurde warm, als sie erkannte, daß Onkel Hugo nicht von Jace Buckley, sondern von Ethan sprach.

Sir Hugo warf ihr einen durchdringenden Blick zu. „Du sprichst von dem Major, nehme ich an. Offenbar sind unsere Gedanken in verschiedene Richtungen gegangen. Ich habe von Ethan gesprochen. Er ist in dich verliebt.“

Hugos Taktik, Besorgnis um ihre Zukunft vorzutäuschen, traf Coral unvorbereitet. Es war weitaus einfacher, sich einem kalten und gefühllosen Ränkeschmied zu widersetzen, als einem väterlichen, wohlwollenden Onkel.

Sie wandte sich von seinem Blick ab und betrachtete die Arbeiter, die von dem Grün auf den Feldern weiß abstachen. Sie versuchte, die Sache leicht zu nehmen. „Ethan hat nur eine einzige echte Liebe, das ist seine medizinische Forschung."

„Ich fürchte, er wurde zu viel allein gelassen und suchte Trost in seinen Studien", erwiderte Hugo. „Ein einsames Leben hat wahrscheinlich seine Fähigkeit etwas verkümmern lassen, anderen viel Wärme zu zeigen."

„Oh, das glaube ich nicht", sagte sie und fand es seltsam, daß ihr Onkel solche väterlichen Gefühle zeigte. „Ethan ist gewissenhaft und zuverlässig."

„Ich freue mich, das zu hören. Ich weiß, daß er dich gern hat. Er ist bestimmt ein guter Ehemann, Coral. Du bist ihm aber nicht ganz unähnlich. Deine Krankheit und deine religiösen Ziele haben dich auch in eine Welt eingeschlossen, in die nur wenige Zutritt haben."

Coral stieß ein unbehagliches Lachen aus. „Ich hoffe, ich bin nicht so weltfremd und gedankenlos, wie es aus deinem Mund klingt. Sonst kann ich mir gleich die Haare abschneiden und demütiges Schwarz tragen."

„Nein, tu das nie, du bist viel zu hübsch für das Kloster", erwiderte er. „Aber es stimmt, du bist eine ernste junge Frau. Dir fehlt zum Glück Belindas frivole Natur. Ich weiß, daß du im Gegensatz zu meiner Tochter nicht in einer Beziehung glücklich wärst, die nur auf Gefühlen beruht und nicht auch auf dem Verstand. Hampton und Elisabeth wissen das auch. Sie wollen, daß du deinen Vetter heiratest."

Ja, dachte sie. *Meine Zukunft ist, wenigstens soweit es meine Familie betrifft, bereits entschieden.*

„Darf ich dir den Rat geben, Coral, daß du dich von deinem Mitleid mit den indischen Kindern auf Kingscote nicht ablenken lassen darfst." Er lächelte und legte ihr einen Arm um die Schultern und führte sie zum Bungalow zurück. „Man muß lernen, seine religiöse Philosophie innerhalb bestimmter Grenzen zu halten. Für eine realistische Beurteilung ist ein Gleichgewicht nötig. Das Leben findet schließlich nicht in einem heiligen Bereich, sondern auf der Straße statt."

„Oh, da hast du ganz recht. Ich glaube, wir sollen unseren Glauben dort leben, wohin wir gestellt sind – und in die rauhe Wirklichkeit der Menschen hineingehen. Wo bieten sich dazu mehr Möglichkeiten als in Indien?"

Coral blieb stehen und blickte fragend in das bärtige Gesicht ihres Onkels. „Onkel, ich möchte dir gern etwas zeigen." Langsam öffnete sie ihre blaue Spitzentasche und holte ihre Hindibibel heraus. Ihre Augen bettelten um Verständnis für ihre Freude.

„Schau, Onkel! Hindi! Wer hätte Gottes Plan, sein Wort zu verbreiten, erraten können, wenn früher sogar Englisch verboten war."

Hugo nahm es in die Hand und blätterte darin. Er sagte nichts. Coral hoffte leidenschaftlich, er wäre davon irgendwie berührt. Sie wünschte sich, wenn schon nicht seine Begeisterung, so doch seinen widerstrebenden Respekt vor Männern wie William Carey.

Seine Stimme war ruhig. Wäre Coral weniger hoffnungsvoll gewesen, dann hätte sie vielleicht den Blick in seinen Augen bemerkt. „Woher hast du das?"

„Von William Carey", sagte sie ruhig. „Ethan hat dir doch von unserem Besuch in Serampore erzählt?"

„Das hat er."

Das war alles. *Das hat er.* „Onkel, diese Übersetzung ist ein

Zeugnis für einen Gott, der zu groß ist, um ihn nur auf die englische Sprache oder auf die kleinen Räume unseres Lebens begrenzen zu wollen."

Er riß seine Augen von dem Buch los und blickte ihr forschend ins Gesicht. „Gewiß eine gute Arbeit. Männer wie Carey haben ihren Platz. Aber nicht jedes Herz wünscht sich einen so großen oder so fordernden Gott. Mir ist klar, daß du dies seit deiner Kindheit von Elisabeth gelernt hast, und sogar Hampton hat seine Augenblicke – wie damals, als er einen Angriff der Ghasis auf Kingscote riskierte, als er dir erlaubte, Gem zu adoptieren. Aber dein Vater hatte genug gesunden Menschenverstand, um zu wissen, wann er aufhören mußte." Seine schwarzen Augen sahen sie unerbittlich an. „Ich hoffe sehr, daß du nicht daran denkst, wegen William Careys Hindiübersetzung zu riskieren, daß Kingscote in Schutt und Asche gelegt wird? Schlag dir das aus dem Kopf, Coral. Eine Missionsschule für die Unberührbaren ist nicht tragbar."

Ihre Enttäuschung schmerzte. „Warum muß ich mir das aus dem Kopf schlagen? Weil die Sicht der Ostindienkompanie allem anderen als ihren eigenen Interessen gegenüber blind ist? Die Reichen werden reicher gemacht, und den Mächtigen macht niemand ihre Stellung streitig – ist es das? Was ist mit Indiens größtem Reichtum, seinen Kindern?"

„Religiöse Gefühle klingen im heiligen Gewand der Missionare immer süß", erwiderte er verächtlich. „Aber die Grundlage ist völlig falsch. Die ehrenwerte Ostindienkompanie wurde nicht gegründet, um das Christentum zu verbreiten, sondern um Geschäfte zu machen. Kann man es uns zum Vorwurf machen, daß wir unsere Ziele verfolgen?"

„Nein, natürlich nicht, aber –"

„Ist es nicht vernünftig? Das Leben muß weitergehen! Die Kompanie bringt Indien viel Gutes. Die Maharadschas wären die ersten, die das zugeben. England hat Stabilität gebracht."

„Das stimmt, Onkel, und ich wäre die letzte, die dem Generalgouverneur Vorwürfe machen würde. Doch eine noch höhere Autorität hat in Indien ihre Interessen. Und ich würde sagen, daß Gott wenig Geduld für reiche Kaufleute aufbringen wird, die ihm im Weg stehen."

Hugo winkte bei ihren Worten abwehrend mit der Hand, als seien sie lästige Insekten. „Versteh mich nicht falsch. Religion hat in jeder Gesellschaft ihren Platz, aber die Kompanie wird nicht danebenstehen und einem indischen Aufstand zusehen, um Männern wie Carey einen Gefallen zu tun. Aber genug davon. Was mich interessiert, ist das Familienunternehmen. Und Hampton wird mir zustimmen, daß es nicht der Fackel der Meuterei preisgegeben werden kann. Und jetzt –" Er nahm ihren Arm fest in die Hand und steckte ihn durch seinen. Er lächelte. „Eines noch zu dir, mein Kind. Du gibst deinem armen Onkel einiges zu denken auf."

Er führte sie ins Haus. „Wir überlassen die großen Fragen Indiens den Staatsleuten und Maharadschas. Als Kendalltochter – und Seidenerbin – zweifle ich nicht daran, daß du in diesen Angelegenheiten praktisch denken wirst. Ich könnte hinzufügen, daß Hampton in einem Brief, den ich in Kalkutta bekommen habe, die Sache bereits klargestellt hat. Entweder du heiratest Ethan, oder du wirst wieder nach London verfrachtet, wo du die Braut irgendeines Lords wirst, den deine Großmutter dir aussucht."

Coral sagte nichts mehr. Sie hatte schon zu viel preisgegeben.

18

Jace zog an den Zügeln. Das Pferd durchbrach laut schnaubend die Stille. Er spähte in die Dunkelheit hinein, wo die schweigenden, weißen Sterne einen unheimlichen Glanz auf den Weg vor ihm warfen. Er wartete und lauschte, aber die einzigen Geräusche, die er vernahm, waren die Nachttiere, die durch den Dschungel krochen und flogen, und die Finger des Windes, der die vertrockneten Kaktusblätter zum Rascheln brachte.

Der Weg, auf dem Jace kilometerlang geritten war, öffnete sich jetzt zu einer Lichtung, die mit trockenen Grasbüscheln und durstigen Dornensträuchern gespickt war. Jace strengte seine Augen an, um ihre trostlosen und unförmigen dunklen Umrisse unter dem Sternenhimmel auszumachen. Irgendwo da draußen würde er seine 17. und Seward einholen, die inzwischen auf McKay und die Sepoys vom Vorposten in Plassey gestoßen sein mußten.

Sein ganzer Instinkt und seine militärische Erfahrung sagten ihm, daß er keine Zeit zu verlieren habe. Die Nacht war bedrückend, und er wünschte sich sehnlich das erste Tageslicht. Er trieb sein Pferd vorwärts über die staubige Erde, wo die Hufe nur wenig Geräusche verursachten. Vorsichtig sah er, daß er auf eine schwarze Felsnase zuritt, die gegen den helleren Himmel abstach. Eine perfekte Falle. Dann sah er ihn, seinen Daffadar, einen jungen Mann, den er schon zu lange kannte, um an seiner Loyalität und persönlichen Freundschaft zu zweifeln.

„Sirdar-Sahib! Ich bin es!“ rief Jace.

Der Mann lief auf ihn zu und salutierte. „Huzoor! Major-Sahib! Ich habe auf Sie gewartet!“

„Wo ist der Dschemander Radschendra?“

„Er wartet weiter vorne auf Sie. Wir mußten lagern und auf den Morgen warten.“

Jace war sofort auf der Hut. „Was ist passiert? Wo ist Hauptmann McKay und die 34.?“

„Es ist eine Verzögerung eingetreten, Major-Sahib. Ich weiß nicht warum. Hauptmann McKay ist immer noch in Plassey, kommt aber am Morgen. Die 34. bleibt in der Kaserne.“

„Auf wessen Befehl hin?“

„Das, Herr Major, müssen Sie den Dschemander fragen. Seward ist vorausgeritten und zieht selbst Erkundigungen ein.“

Seward war also sicher angekommen. Jace fühlte eine gewisse Erleichterung, blieb aber innerlich angespannt. Irgendetwas stimmte hier nicht. Warum blieb die 34. in Plassey, wenn es zwischen dem Vorposten und dem Dorf Kämpfe gab?

Er ritt mit seinem Daffadar in die Dunkelheit hinein. Er sah kein Licht und keinen Rauch von dem kleinen Lager seiner 17. und lobte insgeheim die Umsicht seines Dschemanders. Automatisch legte Jace seine Hand auf den Schwertgriff. „Schicken Sie den Dschemander zu mir“, befahl er. Der Daffadar ritt voraus und verschwand. Jace wandte sein Pferd zur Seite auf die Sträucher zu und wartete.

Einige Minuten später kamen sein Dschemander und ein Sepoy mit dem Daffadar angeritten. Jace ritt ihnen entgegen und betrachtete das Gesicht des Sepoys. Der Mann trug die blauweiße Uniform der 34. Jace kannte ihn nicht.

Sein Dschemander salutierte schnell. „Major-Bahadur.

Hauptmann McKay kommt nicht wie geplant zu dem Treffpunkt. Der Kommissionär hat die Nachricht überbringen lassen, daß Sie und die 17. sich in Plassey melden sollen. Wir haben für die Nacht ein Lager aufgeschlagen."

„Wer hat die Nachricht überbracht?"

„Der Sepoy."

Jace sah ihn an, und der Sepoy salutierte. „Unter den Befehlen des Kommissionärs hat der Hauptmann-Sahib mich geschickt."

Jace streckte die Hand aus, und der Dschemander reichte ihm die Nachricht. Der Sepoy aus Plassey betrachtete ihn dabei, er war offenbar nervös.

Jace konnte den Zettel im fahlen Sternenlicht kaum lesen, aber er erkannte Gavin McKays Handschrift.

Ein Angriff auf Plassey durch aufständische Maharattas wird erwartet. Die 34. hat Befehl erhalten, die Stellung zu verteidigen, und die 17. mit ihr. Melden Sie sich sofort. Seward ist bei mir.

Hauptmann G. McKay, 34. Infanterie, N.N.I.
Plassey

„Soll ich nach Plassey zurückreiten, Major-Sahib?" fragte der Sepoy, der es anscheinend nicht erwarten konnte, wieder fortzukommen.

Jace steckte dic Mitteilung in seine Jacke. „Nein. Sie reiten mit der 17. bei Tagesanbruch los."

Täuschte er sich, oder sah der Sepoy nervös aus? Der Inder salutierte und lenkte dann sein Pferd aus dem Weg.

Bei Tagesanbruch ritt Jace mit seiner Truppe weiter nach

Plassey. Am Nachmittag trafen sie auf eine Flußgabelung, wo eine staubige, weiße Straße an einer eingefallenen Mauer einer alten Festung entlang führte, die früher einmal irgendeinem vergessenen Radscha gehört hatte. Im Sonnenschein schien ein Tempel mit Verachtung auf sie herabzuschauen. Jace hörte düstere Glockenklänge und sah Priester mit rasierten Köpfen herumlaufen.

Sie waren immer noch eine kurze Strecke von Plassey entfernt, als Jace die kleine Staubwolke erblickte, die die 34. aufwirbelte. Er ließ anhalten und wartete, während McKay näherkam. Plötzlich bemerkte Jace seinen Dschemander zu seiner Rechten und warf ihm einen Blick zu. Dabei fiel ihm der Gesichtsausdruck des Mannes auf. Schweiß stand ihm auf der Stirn, und sein Blick flog nervös zu der roten, zerfallenen Festung hinüber, die schon lange verlassen war, seit die Briten nach Plassey gekommen waren. Jace folgte dem Blick des Mannes zu den Bäumen links von den Ruinen. Ihm verschlug es den Atem. Sepoys warteten in einem Hinterhalt! Und sowohl die 17. als auch McKays 34. würden jeden Augenblick wie Kaninchen abgeschlachtet werden!

Er zog sein Schwert und lenkte sein Pferd auf den Dschemander zu. „Verräter! Dafür lasse ich Sie hinrichten!“

Der Dschemander sah ängstlich aus, dann wurde seine Miene kalt und verächtlich.

Jace deutete mit dem Kopf zu den Bäumen. „Wer wartet dort? Maharattas?“

Die Augen des Dschemanders wurden hart wie Granit. Er zog sein Schwert und spuckte aus. „Nein, Sahib. Nicht Maharattas. Die gesamte 34. indische Infanterie bis auf die wenigen Narren, die mit McKay reiten. Ihr werdet bis zum Nachmittag alle zum Fraß der Geier, und nach euch alle anderen Briten, einschließlich eures verrückten Kommissionärs!“

Plötzlich kam eine dichte Wand berittener indischer Sepoys und Sowars mit der Standarte der 34. den felsigen Hang heruntergedonnert.

Hauptmann Gavin McKay, der zwanzig Sepoys aus dem Regiment anführte, hatte nur eine kurze Sekunde, in der er gewahr wurde, was hier passierte. Er sah Jace und die 17. vor sich. Aber die Truppen, von denen er gedacht hatte, sie bewachten den Vorposten, kamen unter den Bäumen bei der Ruine hervorgeprescht. Sie galoppierten in einer roten Staubwolke näher, und die Sonne funkelte auf ihren gezückten Schwertern und Bajonetten.

McKays dunkle Brauen zogen sich zusammen, und seine grünbraunen Augen funkelten. „Was zum Teufel –" McKay drehte sich auf seinem Sattel um und rief seinem Rissaldar zu: „Meuterei! Warnt die Wachen! Schließt die Tore!"

Schmerzlich wurde sich McKay bewußt, daß sein Rissaldar sich ihm zuwandte, sein Gesicht, in dem sich Haß und Abscheu spiegelten, war wie das eines Fremden. Er hob sein Gewehr und zielte auf McKays Herz. Ein Schuß krachte und eine weiße Rauchwolke folgte. Einen Augenblick dachte McKay, er sei tot. Aber er fühlte nichts. Dann sah er seinen Rissaldar nach vorne vom Sattel fallen, das Gewehr rutschte ihm aus der Hand. Aus dem Augenwinkel sah McKay Seward mit einer Pistole in der Hand, die immer noch auf den gestürzten Rissaldar gerichtet war.

McKays Sepoy ritt zum Tor, um die Warnung weiterzuleiten. Aber einer seiner eigenen Männer durchbohrte ihn mit dem Schwert. Ein Gewehr ging los. Die Kugel zerschmetterte den Kopf des britischen Soldaten, der die Fahne der Kompanie trug. McKay fühlte die Blutspritzer auf seinem Gesicht. Innerhalb weniger Sekunden waren Schwerter, Bajonette und Gewehre gezückt. Die wenigen, verbliebenen treuen Sepoys zogen ihr Schwert gegen die erdrückende

Übermacht der Gegner. Seward rief McKay etwas zu, der sich schnell umwandte und sah, wie sein Daffadar auf ihn zukam. McKay sah seine weißen Zähne, als er seine Klinge parierte, Stoß für Stoß, bis er dem Daffadar schließlich die Klinge durch die Brust jagte.

„Zur 17.!" rief Seward und raste in Richtung des Flusses.

Der Dschemander ging wütend auf Jace los und forderte sein ganzes Können heraus, um den Angriff abzuwehren. Jace stieß sein Schwert gegen die Klinge seines Angreifers, fing damit den Stoß ab und brachte ihn mit dieser Wucht aus dem Gleichgewicht. Der Dschemander zögerte nur eine Sekunde, Zeit genug für Jace, zu einem endgültigen Stoß gegen seinen Schädel auszuholen. Jace blickte sich um. Um ihn herum wütete der Kampf. Bockende Pferde, Verwirrung und Blut. Die treuen Sowars der 17. fielen in dem Gemetzel, und er sah, wie sein junger indischer Standartenträger mit einem Bajonett durchbohrt wurde. Er umklammerte immer noch die Fahne und weigerte sich, sie loszulassen, während seine andere Hand sich auf die Wunde in seiner Brust legte.

Der Anblick seiner Sowars, die trotz der unbesiegbaren Übermacht mutig kämpften, machte Jace nur noch härter. Das Blauweiße der 34. durchbrach ihre dünne Linie. Seine eigene Klinge kreuzte sich mit einem Schwert nach dem anderen und schnitt eine freie Bahn um ihn herum, aber sie kamen immer noch. Das Blut lief ihm in die Augen und tropfte aus einer Wunde in seiner Seite. Unausweichlich wurde er von seinem Pferd gestoßen. Eine Schar Reiter umzingelte ihn, und ein berittener Sepoy kam auf ihn zu. Jace packte sein Gewehr und stieß dem Mann das Bajonett durch die Brust, aber die Wucht seines Pferdes warf Jace zurück auf den Boden und raubte ihm den Atem. Während er sich wieder auf die Füße kämpfte, erblickte er seinen Daffadar, der in einer Staubwolke fast erstickte, und dann warf sich der Daffadar auf Jace und beförderte ihn zurück auf den Boden.

Weinend murmelte der Daffadar auf Bengali: „Bleiben Sie ruhig liegen, Sahib!"

Von dem menschlichen Schild seines jungen Daffadar bedeckt, kämpfte Jace gegen die Hitze, die Finsternis, sank aber stattdessen nur tiefer in die Bewußtlosigkeit.

* * *

„Er hat immer noch mich in Verdacht, daß ich im Garten gewesen bin, Coral. Das weiß ich ganz genau", flüsterte Marianna. „Manchmal, wenn ich vom Essen aufblicke, sehe ich, wie er mich mit diesem prüfenden Blick betrachtet; du weißt, welchen Blick ich meine?"

Coral sagte nichts. Sie wollte der Ungewißheit ihrer Schwester keine neue Nahrung geben.

„Ich fühle mich wie ein sezierter Käfer von Vetter Ethan", sagte Marianna und zupfte an ihrem Taschentuch. „Wie wenn Onkel Hugo versuchen würde, meine Gedanken zu lesen. Sogar Mr. Harrington beobachtet mich."

Coral blickte sie an. „Mr. Harrington? Komm schon, Marianna, jetzt bildest du dir aber wirklich etwas ein."

„Das tue ich nicht. Und ich habe zufällig mitangehört, wie Mr. Harrington mit diesem Inder Zameen sprach. Wußtest du, daß Zameen der Dewan in Guwahati war?"

Coral schreckte auf. „Der oberste Minister?" flüsterte sie.

Marianna nickte und band nervös ihr Taschentuch zu einem Knoten.

„Und Mr. Harrington hat auch dort gewohnt. Ich habe gehört, wie sie darüber sprachen."

„Wann?"

„Gestern abend. Sie waren unten auf der Veranda, tranken etwas und rauchten Zigarren."

„War Onkel Hugo auch bei ihnen?"

„Es waren nur die zwei Männer."

„Hast du sie irgendetwas über Plassey oder Guwahati sagen hören?"

Marianna schüttelte den Kopf.

Coral verarbeitete schweigend, was sie soeben erfahren hatte. Zameen der Dewan des Maharadschas! Was tat er hier in der erniedrigenden Rolle als Sekretär von Harrington? Ging es hier mit rechten Dingen zu?

Kathleen steckte den Kopf durch die Tür herein. „Noch nicht angezogen? Oh, beeilt euch. Ich bin schon fast verhungert."

„Wir kommen schon", rief Coral und wandte sich dann an Marianna. „Sag niemandem etwas davon."

Der Speiseraum führte auf den großen Garten mit Harringtons herrlichen tropischen Blumen hinaus. Er unterhielt sich gerade mit Ethan darüber, als Coral mit ihren Schwestern eintrat.

Als der Abend sich über den Garten legte und der Geruch von Blumen fast schon zu süß wurde, erschien Zameen aus einem anderen Zimmer und zog die Gardinen zu. Coral beobachtete ihn heimlich. Ein pensionierter Dewan? Er war tadellos in einem knielangen, blauen Hemd gekleidet, das um die Hüfte mit einer mit Fransen versehenen Schärpe zusammengebunden war. Sie sinnierte über Mariannas erstaunliche Entdeckung nach. Zameen sah wirklich eher wie ein wichtiger indischer Beamter aus als wie Harringtons Privatsekretär. Coral fragte sich, warum er jetzt die erniedrigende Arbeit übernahm, im Salon herumzugehen und die Insekten auszusperren.

„So hübsch, aber sie steuert unweigerlich auf ihre eigene Vernichtung zu“, bemerkte Harrington.

Coral blickte auf. Sprach er von einem Menschen? Ihr Blick folgte seinen blassen Augen zu einem riesigen gelbblauen Falter, der seine Flügel hoffnungslos gegen die erleuchteten Laternen schlug.

„Ich bin froh, wenn ich in London nach nicht viel mehr als nach einer Fliege schlagen muß“, sprach Harrington weiter und blickte über den Tisch zu Coral. Er fuhr sich mit den Fingern über seinen goldenen Schnurrbart. „Sie haben doch nichts gegen Insekten, Miss Kendall? Abgesehen davon wird es Ihnen auf der Indigoplantage sehr gut gefallen.“

Bevor Coral antworten konnte, daß sie weder an Indigo noch an Insekten interessiert sei, sprach er weiter: „Das einzige, von dem ich mit Bedauern Abschied nehme, ist meine Sammlung von anmutigen Königen und Königinnen.“

„Königen und Königinnen?“ wiederholte Coral.

Ethan beugte sich lächelnd zu ihr herüber. „Harrington sammelt Spinnen. Du bist hoffentlich nicht zu zart besaitet. Er will uns nach dem Essen eine zeigen.“

„Zameen, alter Junge, ist sie sicher aufgehoben?“ fragte Harrington.

„Ja, Sahib. Hier.“ Er hielt ein Glasgehäuse, das mit grünen Blättern gefüllt war, hoch.

Coral konnte nur Blätter erkennen, aber Mariannas Mund entfuhr ein Stöhnen.

Harrington bemerkte das Stöhnen anscheinend überhaupt nicht. „Spinnen sind die faszinierendsten Geschöpfe der Welt. Meine letzte Eroberung ist wunderschön, samtschwarz mit einer ganz leichten Purpurfärbung.“

Marianna hielt sich die Hände vor das Gesicht.

„Ich glaube, wir wechseln lieber das Thema, sonst vergeht der armen Marianna noch der Appetit“, sagte Ethan.

„Armes Kind, entschuldigen Sie", sagte Harrington. „Ich vergesse immer wieder, daß nicht alle mein Hobby mit derselben Begeisterung betrachten. Fort mit der Königin, Zameen. Ich zeige sie Ethan später."

Harrington lenkte das Gespräch auf das Dschungellabor, das Ethan auf Kingscote errichten wollte. Als das Gespräch sich um Tropenkrankheiten drehte, ging Ethan völlig in seinem Lieblingsthema auf. Coral nahm dankend die Tasse Tee entgegen, die Onkel Hugo ihr mit einem Lächeln reichte. Er hatte zu viel Honig hineingegeben. Sie trank ihn trotzdem und hörte Ethans und Harringtons Gespräch zu, ohne etwas dazu zu sagen.

Als die Zeit verstrich, wurde Ethans Stimme genauso ermüdend wie das Summen der Insekten hinter dem Vorhang. Coral fühlte sich erschöpft. Das Essen war zu Ende und der Nachtisch war serviert – ein frischer Obstsalat aus süßen Mangos, Bananen und kleingehackten Kokosnüssen – aber Coral hatte keinen Appetit mehr. Sie versuchte, ein Gähnen zu unterdrücken, und überlegte, wie spät es wohl wäre. Sie fühlte sich entspannt, ja fast hypnotisiert von dem flackernden goldenen Laternenlicht, dem riesigen Falter, der mit seinen zarten Flügeln schlug, und den Stimmen von Mr. Harrington und Ethan. Insekten. Ihre Stimmen, die ihr in den Ohren hallten, klangen immer dunkler und entfernter, je schläfriger sie von Minute zu Minute wurde. Sie versuchte, einen Moskito von ihrem Ohr zu vertreiben, aber ihre Hand war schwer und steif. Ihre Augen schauten langsam über den großen Tisch. Kathleen wirkte gelangweilt, Marianna starrte sie an, und Onkel Hugo ...

Corals Blick suchte seine Augen. Sie sahen im Laternenlicht ganz hell aus, fast wie die Augen einer Katze. Er beugte sich über den Tisch, seine schweren Augenbrauen zogen sich zusammen, sein Mund bewegte sich, als spreche er sie an, aber sie hörte nichts, nur das Dröhnen in ihren Ohren. *Diese Insekten müssen riesig groß sein, wenn sie menschliche Stimmen übertönen,* dachte sie, ohne irgendetwas zu fühlen.

Sir Hugo war jetzt auf den Beinen. Ebenso Marianna. Sie sah blaß und ängstlich aus. Kathleen runzelte die Stirn und sprach mit Ethan. Coral hörte nicht, was gesagt wurde, aber sie fühlte, wie Ethans Hand ihren Arm ergriff. Sir Hugo stand neben ihr am Tisch, sein Gesicht beugte sich forschend vor und schaute sie aufmerksam an. Seine dunklen Augen und Brauen, sein makellos geschnittener Bart und seine markanten Gesichtszüge waren alles, was sie sah. Seine Miene wirkte beunruhigt, und sie versuchte aufzustehen. Der Stuhl fiel hinter ihr um und verursachte kein Geräusch, als er auf dem polierten Holzfußboden landete. Coral bemühte sich vergeblich, ihn aufzuheben. Ethan ergriff sie an den Schultern. Sie blickte in sein angsterfülltes Gesicht auf und hörte ihren Namen, aber es klang nur wie ein verzerrtes Flüstern: „Corrr-alll!" Ihre Knie wollten sie nicht mehr tragen. Sie kam sich vor wie in einem Raum mit grotesk geformten Schatten, die wie die zuckenden Köpfe von Kobras lauerten. Sie versuchte zu schreien, aber als sie es versuchte, verwandelte sich die Dunkelheit in einen Lichtkegel, bis …

* * *

Ein dumpfes Rollen ertönte. Es kam aus dem Dschungel, und Coral erwachte und setzte sich in dem großen Bett auf. Auf der Stelle bedauerte sie es, daß sie sich so schnell bewegt hatte, denn eine Welle der Übelkeit überrollte sie.

Der gelbe Strahl einer Laterne auf dem Tisch beleuchtete ihr Zimmer in Mr. Harringtons Haus. Ihr Kopf fühlte sich schwer an. Es war zu ermüdend zu denken, durch die Fragen zu waten, die Antworten verlangten, und sie sank auf das Kissen aus Gänsedaunen zurück. Sie versuchte, die Angst, die sich um ihr Herz gelegt hatte, abzustreifen, schloß die Augen und ließ die Bruchstücke dessen, was in den letzten paar Tagen mit ihr geschehen war, an sich vorbeiziehen. *Tage?* Ihr Herz schlug laut. Wie lang war sie im Bett gelegen? Das Surren in ihrem Kopf hatte nachgelassen, und endlich war auch das dröhnende Geräusch aus ihren Ohren verschwunden. Vielleicht war sie wochenlang im Bett gelegen!

Das tiefe, tigerähnliche Brüllen hallte wieder in einiger Entfernung vom Haus wider. *Es kann hier keine Tiger mehr geben,* dachte sie benommen. *Sie haben sie alle erschossen. Die armen Tiger. Arme, majestätische Tiere. So stark, so frei ... wie Jace. Nein, er war ein Gepard, und er war nicht frei. Er –*

Coral fuhr mit einem Ruck in die Wirklichkeit zurück. Alles kam ihr jetzt wieder in den Sinn, auch wenn sich um ihren Kopf alles drehte.

Was war passiert? Insekten hatten ihre Ohren mit einem schrecklichen Lärm erfüllt. Ethan hatte sie aufgefangen, als ihre Beine sie nicht mehr tragen wollten.

Als sie erwachte, lag sie in ihrem Bett und sah Ethan neben sich auf einem Stuhl sitzen. Seine normalerweise ruhigen, grauen Augen blickten sie besorgt an. Er hatte versucht, seine Beunruhigung hinter einem Lächeln zu verbergen. Onkel Hugo kam in den Raum, und sie fand, er sah wie ein riesiger Krieger in einer schwarzen Rüstung aus. „Ich habe den Feind getötet ...“ hatte er gesagt und ein Glas hochgehoben.

Durch ihr verschwommenes Denken sah Coral eine tote Spinne.

Bei der Erinnerung daran zitterte Coral unter ihrer Decke und schloß die Augen. Das Haus war ruhig. Wenn sie nur genug Kraft hätte, um sich anzuziehen. Sie mußte ihre Schwestern finden. Wo war Seward? Gab es Neuigkeiten vom Major? Aber sie merkte, daß sie zu müde war, um sich Sorgen darüber zu machen.

„Herr, du schläfst und schlummerst nicht, du bist unsere Zuflucht, unser Fels, unser Schild ...“

* * *

„Ethans schnelles Eingreifen hat dir das Leben gerettet“, sagte Sir Hugo, als sie wieder erwachte.

Ethan.

„Das ist jetzt schon das zweite Mal, daß er dir das Leben gerettet hat. Zuerst in London, und jetzt hier in Manali. Hätte er nicht so schnell gehandelt, wären wir nie rechtzeitig auf den Gedanken gekommen, daß dich eine Spinne gebissen hat, um dich richtig zu behandeln. Er ist unter dem Tisch auf die Suche gegangen und hat sie unter deinem Stuhl gefunden.“

„M-meinem Stuhl? Wie-“ stammelte sie schwach.

„Eine sehr interessante Frage. Wie das entsetzliche Tier aus dem Glasgehäuse entwischen konnte, ist ein Rätsel, das wir alle versucht haben zu lösen. Zameen schwört, daß er das Glas weggebracht hat, als Harrington ihm dies auftrug. Zameen ist außer sich, wie du dir vorstellen kannst, und Harrington droht, seine ganze Sammlung zu zerstören. Du befindest dich jetzt wieder auf dem Weg der Besserung. Du schuldest ihm deine Dankbarkeit, Coral. Sei nett zu ihm, willst du das? Er liebt dich so sehr.“

Sei nett zu ihm. Er liebt dich so sehr. Wäre Ethan nicht gewesen ...

19

Eine verwirrte Minute lang lag Jace in der Dunkelheit und konnte sich nicht bewegen. Das Gewicht, das ihn gefangen hielt, mußten die Steine seines Grabes sein. *Nein, mein Körper fühlt zu viele Schmerzen, um tot zu sein,* dachte er. Er rührte sich und öffnete seine geschwollenen Augen. Ein winziger, silberner Lichtstrahl fiel auf ihn. Als er versuchte, diesen Punkt anzuvisieren, erkannte er, daß es ein Stern am Nachthimmel war, und das Gewicht auf ihm war aus Fleisch und Blut – sein Daffadar!

Jace krabbelte mühsam unter ihm hervor. Dabei sah er das Bajonett im Rücken seines Daffadars. Die Treue seines Feldwebels hatte ihn vor dem sicheren Tod bewahrt.

Herr, dachte er. *Wie soll ich der Treue dieses Mannes wert sein?*

Sein Kopf pochte vor Schmerzen. Er wollte sich übergeben, als er sich bewegte, wodurch ihm das Blut in die Schläfen stieg. Seine Finger waren steif und geschwollen, als er sie an die Seite seines Kopfes führte und die klaffende Wunde fühlte. Irgendwie kämpfte er sich langsam und mühsam auf ein Knie. Er saß in der Dunkelheit und roch überall um sich herum den Tod.

Er kniff die Augen zusammen. Am Horizont war Plassey kaum zu sehen. Nur ein paar Lichter funkelten in der Ferne. Jace kämpfte sich auf die Beine, ging ein paar wackelige Schritte und kroch dann mit letzten Kräften in die Richtung, aus der er das schwache Schnauben eines Pferdes hörte.

Er bemerkte eine Bewegung neben sich und hörte ein tiefes, rauhes Flüstern. Er bemühte sich, mit seinen verschwollenen Augen etwas zu sehen, und überlegte, ob der Feind wohl zurückgekommen sei.

„Du bist bald wieder auf den Beinen, Junge. Halte nur durch", hörte er Sewards Stimme.

Das nächste Mal, als Jace erwachte, war es hell, und der Boden bewegte sich unter ihm. Er lag unbequem über einem Sattel auf seinem Magen. Um seine Nase und seinen Mund war ein Tuch gebunden. Er begriff sofort warum; unter den langsam vorwärtstrabenden Hufen wurde der Staub in riesigen Wolken aufgewirbelt. Wieder verlor er das Bewußtsein.

„Er kommt zu sich. Gib mir den Krug." Das war die Stimme von Hauptmann McKay.

Der Wein war stark, und er fühlte ihn auf dem ganzen Weg zu seinem Magen hinab brennen. Wärme breitete sich in seinem Körper aus. Er versuchte, den Krug wegzustoßen, und drehte hustend den Kopf zur Seite.

„Ruhig, Junge, du schaffst es schon", hörte er Seward sagen. „Trink noch etwas. Du kannst es brauchen. Mach dir keine Sorgen! Du hast dir eine starke Gehirnerschütterung geholt, aber die Wunde ist jetzt schön verbunden. Das Dorf bei Manali ist das nächste. Gavin und ich bringen dich bis heute abend hin. Dann hole ich Boswell aus Manali. Hätte nie gedacht, daß ich dem Allmächtigen einmal dafür danke, daß er hier ist, aber jetzt bin ich wirklich dankbar dafür. So, das reicht. Schön ruhig, Junge. Wir müssen weiterreiten, auch wenn es auf diesem Sattel mächtig unbequem ist. Keine Zeit, hier zu lagern."

„Wo –" murmelte Jace.

„Sagen wir, noch drei Stunden bis Manali."

„Die 17.?"

„Denk jetzt nicht an sie, Junge, möge Gott *ihnen* gnädig sein."

„Zu spät", flüsterte Jace, und in seinem Delirium sah er die Tore der Hölle weit offen und ihn in ihren Schlund ziehen und sie alle in eine Lawine aus brennendem Feuer zerren. „Zu spät."

„Nein, Junge! Sag das nicht", sagte Seward mit erstickter Stimme und beugte sich über ihn. Aber Jace konnte ihn nicht sehen, er fühlte nur seine schweren Hände, die ihn unbeholfen streichelten, und fühlte etwas Heißes und Warmes auf sein Gesicht tropfen. Jace blinzelte.

„Du wirst wieder gesund", sagte Seward. „Gott ist gnädig. Darauf zähle ich! Und ich hole Boswell. Er soll dir helfen, selbst wenn ich ihn den ganzen Weg herschleifen muß!"

* * *

Coral wurde aus einem leichten Schlaf gerissen. Ein Geräusch hatte sie geweckt. Sie setzte sich auf und lauschte in die Richtung der offenen Verandatür. Als sie sich bemühte, das Geräusch von dem Zirpen der Grillen zu unterscheiden, vernahm sie das unverwechselbare Schlagen von Pferdehufen unter dem Fenster.

Kathleens Zimmer führte auf dieselbe Veranda hinaus. Das Geräusch mußte auch sie geweckt haben, denn einen Augenblick später eilte sie in Corals Zimmer und blieb im Mondlicht stehen.

„Es ist Seward!"

Coral warf ihre Decke beiseite, und die Sohlen ihrer nackten Füße berührten die rauhe Matte auf dem Fußboden. Sie griff schnell nach ihrem Umhang und warf ihn sich über, während sie auf die Veranda lief. *Oh, danke, Herr.* Ein warmer Windhauch brachte die Blätter der Bäume zum Rascheln, während irgendwo in den Büschen ein Pfau mit einem schrillen Ruf davonstolzierte. Coral beugte sich über das Geländer und blickte gerade noch rechtzeitig auf den steinernen Hof hinab, um zu sehen, wie ein Stallbursche Sewards erschöpftes Pferd davonführte. Ohne sein Gesicht richtig zu sehen, wußte Coral, daß Kathleen recht hatte. Im Mondlicht, das seinen Weg durch die Blätter und Zweige bahnte, erkannte sie Sewards breite Gestalt mit seiner Lederjacke und seinem dreieckigen Hut. Sie wollte lächeln, aber sofort griff die Sorge nach ihr, als sie seinen schnellen, zielgerichteten Schritt bemerkte. Sein Arm lag in einer Schlinge!

„Seward!" rief sie atemlos hinab. „Seward!"

Er blieb stehen und blickte nach oben.

„Sie sind ja verletzt! Was ist passiert?"

„Eine Meuterei, Mädchen. Eine ganz verfluchte Meuterei! Die treuen und ehrbaren Sowars der 17. sind tot. Alle!"

Coral glaubte, ihr Herz bleibe stehen. *Jace.* Ihre eisigen Hände umklammerten das Geländer.

„Mädchen! Ich brauche Ihren Vetter. Können Sie ihn aufwecken?"

Vetter – welchen Vetter –?

„Mädchen? Hören Sie mich?"

Coral fühlte, wie Kathleens Hand ihren Arm ergriff, als sie sich über das Geländer beugte. „Was ist, Seward?" rief Kathleen.

„Ich brauche den Doktor. Der Major ist verletzt. Er liegt im Dorf."

„Ja, ich wecke ihn sofort auf", rief Kathleen und lief durch das Schlafzimmer zur Tür hinaus.

Coral erwachte zu neuem Leben. „Seward! Heißt das, daß Major Buckley nicht tot ist, sondern nur verwundet?"

„Er ist schwer verletzt."
„Wo ist er?"
„Im Dorf bei Hauptmann McKay."
„Sie hätten ihn hierher bringen sollen!"
„Er darf nicht mehr als unbedingt nötig bewegt werden. Wir haben ihn schon viel zu viel bewegt. Machen Sie sich keine Sorgen, Mädchen, er ist stark. Er wird es überleben."
„Warten Sie auf mich, Seward. Ich komme mit Ihnen."
Ohne nachzudenken, entzündete Coral die Laterne mit überraschend sicheren Fingern, kleidete sich schnell an, packte ihren Kapuzenmantel, steckte die Hindibibel in ihre Tasche, und lief auf den Korridor hinaus.

Doktor Boswell hatte seine Tasche in der Hand und befand sich auf der Treppe. Kathleen stand am Treppenaufsatz und wandte sich um, als Marianna ihren roten Kopf aus der Zimmertür steckte. „Was ist los?" fragte sie Kathleen.
„Geh wieder ins Bett!" forderte Kathleen sie auf. „Coral, warte! Wohin willst du?"
„Ich begleite Ethan", rief Coral über ihre Schulter zurück und eilte hinter ihm die Treppen hinab.
Die Bibliothekstür ging auf, und Mr. Harrington stand mit seiner Smokingjacke und einem Buch in der Hand vor ihnen. Er blickte Ethan an, der in der Nähe der Tür stehen geblieben war, dann fiel sein Blick auf Coral.
„Was zum Teufel ist hier los? Habe ich Seward gehört?"
„In Plassey gab es eine Meuterei", kam Ethans feste Stimme. „Viele sind tot, und es gibt Verletzte, um die ich mich kümmern muß. Ich reite ins Dorf." Er riß die Tür auf und eilte in die Nacht hinaus.
Coral hob ihre Muslinröcke und folgte ihm. Sie warf Mr. Harrington einen schnellen Blick zu. „Er braucht meine Hilfe. Ich begleite ihn. Wir schicken morgen eine Nachricht!"

Sie schloß die schwere Tür hinter sich, eilte die Verandatreppen hinab und lief über den Hof zu der Stelle, wo Seward wartete.

Als wäre er sich erst jetzt ihrer Anwesenheit bewußt, drehte sich Ethan um und sagte mit finsterer Miene. „Guter Himmel, Coral, es ist wirklich nicht nötig, daß du dich so überanstrengst. Ich werde mit dem Major schon allein fertig."

„Ich muß mitreiten", erklärte sie bestimmt und umklammerte ihre Tasche. „Wenn der Major stirbt, muß ich vorher noch mit ihm sprechen."

Ethan blickte auf sie herab, und im Mondlicht konnte sie sehen, wie seine ungläubige Miene sich in einen nachdenklichen Argwohn verwandelte.

„Es ist nicht so, wie du denkst", flüsterte sie.

Er betrachtete sie forschend, und sie sah, wie er spöttisch den Mund verzog. „Machst du dir nur Sorgen um die Seele des Majors, meine Liebe?"

Sie fühlte eine Verwirrung in ihrer Brust hochsteigen und wirbelte herum. Sie sah Seward mit gerunzelten Augenbrauen auf sie zuschreiten.

„Mädchen, es ist besser, wenn Sie hierbleiben."

„Nein, Seward", erklärte sie. „Ich komme mit Ihnen und Ethan." Sie wandte sich an den jungen Stallknecht. „Ich brauche ein Pferd, bitte."

„Sofort, Miss-Sahiba", antwortete er und lief zu den Ställen.

Ethan war bereits aufgestiegen und wartete mit einem eisigen Schweigen, aber das war ihr gleichgültig. Er mußte verstehen, daß sie sich nicht wie ein Kind behandeln lassen oder beleidigen lassen würde, weil sie darauf beharrte, Major Buckley zu sehen. Es würde nichts helfen, ihm zu sagen, daß sie für jeden anderen genauso empfinden würde. Er vermutete, wie sie aus seinem Verhalten schloß, daß sie in den Major verliebt sei und sich zum Narren machte.

Sie wandte sich in der Hoffnung auf Unterstützung an Seward, war aber bereit zu kämpfen, wenn es nötig sein sollte. Er blickte mit einem seltsamen Gesichtsausdruck auf sie herab und strich sich über seinen Schnurrbart.

„Einverstanden, Mädchen."

Sie legte ihm eine Hand auf den Arm. Er verstand sie. Eine Minute später kam der Stallknecht mit einer gesattelten Mähre auf sie zu, und Seward half ihr in den Sattel. Sie galoppierten auf den engen, mit Bäumen gesäumten Weg zu, und Coral fühlte, wie der Wind ihr durch die Haare strich und ihr Gemüt abkühlte.

* * *

„Bis zum Knochen durchgetrennt", teilte Ethan ihr mit sachlicher, ärztlicher Stimme mit. Coral zuckte nicht zusammen, als sie die Laterne nahe an Jaces Kopf hielt. Sie wandte auch nicht den Blick ab, als Doktor Boswell routiniert daran ging, die Stelle von dem getrockneten Blut zu reinigen, die verklebten, dunklen Locken abzuschneiden und die Stelle mit einem starken Öl zu reinigen. Ihre Augen wanderten zu Ethan, während er arbeitete. Seine Miene war professionell, und er schien vergessen zu haben, wer sie war, oder wer sein Patient war. Er arbeitete unaufhaltsam, und seine schlanken Finger waren flink. Hin und wieder verlangte er von ihr, ihm dieses oder jenes seltsam aussehende Instrument zu reichen, die alle über dem kleinen Feuer ausgekocht worden waren, das Seward auf dem Herd in Gang hielt.

Corals Nase brannte unter dem starken Geruch des Öls,

das Ethan benutzte. Sie betrachtete Jace. Er zuckte in seiner Bewußtlosigkeit zusammen. Sie versuchte, nicht darauf zu achten, wie sich seine Haare neben seinem Ohr lockten, noch auf die schwarzen Wimpern, die sie normalerweise nur in dem bekannten, herausfordernden Blick über seinen schwarzblauen Augen sah.

„Das war die schlimmste Wunde. Das wird für ein paar Tage genügen."

„Ja. Er hat aber noch eine Wunde an der Seite", sagte Seward.

Er hatte mehrere Schnitte und Abschürfungen. Während Ethan und Seward ihm das Hemd auszogen, beschäftigte sich Coral mit seiner rechten Hand. Die Knöchel waren steif und geschwollen, und die Farbe war schon daraus gewichen. Sie reinigte die Hand und rieb sie mit dem stinkenden Öl ein. Dann wickelte sie die Hand sorgfältig ein. Ethan verband seine Seite mit weißen Stoffstreifen.

Die Sonne stand bereits hoch am messingfarbenen Himmel, als Coral müde vor die Tür ging. Das Dorf war klein und bestand höchstens aus ein paar Bauern und Fischern. Die Männer waren bereits in ihren Kähnen draußen auf dem Wasser, und die Frauen gingen ihrer Hausarbeit nach und wuschen die Wäsche der Familie, oder sie arbeiteten in ihren Gärten.

Die kleine Lehmhütte, in die Seward am Tag zuvor Jace gebracht hatte, gehörte dem Tehsildar, dem Dorfältesten, der gegen die Bezahlung einiger Rupien, die Seward ihm angeboten hatte, bereitwillig zu seinem Sohn und dessen Familie gezogen war. Die Dorfbewohner schienen überhaupt nicht auf ihre Anwesenheit zu achten, und nur die großen, neugierigen Augen der Kinder starrten sie an.

Die Schwiegertochter des Tehsildars, die mit ihrem Sari

bekleidet war und Essen in der Hand trug, kam auf Coral zu. „Dschai ram, Sahiba."

„Ja, danke für das Essen. Sie sind sehr nett."

Die Frau lächelte schüchtern und ging wieder. Coral brachte den Korb in die Hütte. Sie reichte Ethan und Seward das Tschupattibrot und die Gemüsewurzeln und goß ihnen Tee aus einem Krug ein.

Ethan lächelte abwesend zum Dank, und Coral wartete, bis er ihr in die Augen sah. Sie lächelte müde, hoffte aber, daß er ihre Dankbarkeit sehen würde. Das mußte er wohl, denn er sah überrascht aus, und sein leicht gebräuntes Gesicht errötete. Seine grauen Augen leuchteten. Sie legte eine Hand auf seine.

„Was würden wir ohne dich tun?"

Er sagte nichts, schien aber von ihrer Wertschätzung bewegt zu sein. Er ging mit seinem mageren Frühstück, das gleichzeitig das Mittagessen war, nach draußen, während Coral Seward bediente.

„Nur die Zeit kann den Rest erledigen. Und Gottes Gnade", murmelte Seward.

Coral blickte zum Bett hinüber, auf dem Jace schlief, und dankte im stillen dem Herrn, daß es so aussah, als würde er wieder gesund werden. Während Seward hinausging, um mit Ethan zu sprechen, trat Coral zu der Matratze hinüber, blickte auf Jace herab und betrachtete einen Augenblick lang sein schlafendes Gesicht, das jetzt ohne abwehrende Schutzmauer vor ihr lag. An ihm war nichts Kindliches, denn er sah im Schlaf genauso unbeugsam aus wie sonst, wenn er Befehle erteilte. Sie wußte, daß er in seiner unglücklichen Kindheit nie ein Junge hatte sein dürfen. Doch in diesem Augenblick war sein Gesicht entspannt, und er sah viel jünger aus, als sie vermutet hätte. *Er kann nicht viel älter sein als Alex!* dachte sie überrascht.

Ein seltsames Gefühl beschlich sie, als sie ihn betrachtete. Ihre Weisheit warnte sie, nicht damit zu spielen. Blitzartig begriff sie. *Er könnte mir Leid bringen. Genauso wie Gem.*

Wie lange sie dort stand und ihn betrachtete, wußte sie nicht. Vielleicht nur eine Minute, vielleicht drei oder vier. Von draußen hörte sie Ethans und Sewards gedämpfte Stimmen über die Meuterei und Jaces Verfassung sprechen.

„... mindestens mehrere Wochen, bis er wieder kräftig genug ist, um seinen Dienst zu versehen", kam Ethans sachliche Stimme.

Wochen, dachte Coral. Sie durfte nicht einmal an die Safari nach Kingscote denken. Ihre Gedanken wanderten zu Ethan zurück, und sie dachte über diese sachlich klingende Stimme nach. Ethan mochte den Major nicht, wie sie aus seinem ganzen Verhalten schließen konnte. Und doch war er gekommen. Sofort und ohne lange zu fragen. Ethan war Arzt mit Leib und Seele, und mit seinem gesegneten Können tat er Gutes. Er war auch nett zu ihr und wirkte ziemlich zufrieden bei dem Gedanken, sich an einem festen Ort niederzulassen. Nichts drängte ihn, Segel zu setzen und die Enden der Welt anfahren zu wollen. Noch wichtiger war sein Mitgefühl für ihren Wunsch, die Unberührbaren zu erreichen. Er hatte sogar vorgeschlagen, mit ihr daran zu arbeiten, den Kindern zu helfen. Er war in London mit ihr zum Gottesdienst gegangen ... Er hatte ihr zweimal das Leben gerettet. Was wollte sie mehr?

Sie betrachtete Jaces Gesicht.

Ethan ... Nichts an ihm deutete auf ein Risiko für ihre Gefühle hin.

Coral wandte sich ab, packte ihren Mantel und verließ schnell und aufrechten Hauptes den Raum.

Die Sonne schien warm. „Ich bin jetzt fertig, Ethan", verkündete sie.

Etwas in ihrer Stimme veranlaßte ihn, sich umzudrehen und sie anzublicken, als habe sie viel mehr gesagt. Ethan kam ihr entgegen. In seinem Reitanzug gab er eine schlanke, gut aussehende Figur ab. Sie bemerkte, wie das Sonnenlicht sein Haar golden glänzen ließ.

„Es tut mir leid, Coral", sagte er sehr leise, und seine Augen blickten sie sanft an.

Von diesem Geständnis etwas verwirrt, suchte sie sein Gesicht. „Was?"

„Daß ich nicht verstanden habe, was für eine Frau du bist."

Sie zögerte. „Und jetzt verstehst du es?"

Er sagte zuerst nichts. „Ja, ich glaube schon." Sein Lächeln verschwand, und er sah sie mit einer Wärme in den Augen an, die sie noch nie zuvor bei ihm gesehen hatte. „Aus Güte bist du mit mir gekommen, Coral. Du hast einen Freund an die erste Stelle gesetzt, obwohl du selbst erst krank warst. Ich war argwöhnisch, weil ich mein eigenes Herz kenne. Ich habe noch nie erlebt, daß jemand einfach *nett* ist. Vergibst du mir?"

Coral bekam plötzlich Schuldgefühle. *Vielleicht hatte ich doch andere Gründe gehabt.* Aber sie würde sie nicht wieder an die Oberfläche kommen lassen.

Sie suchte seine grauen Augen und bemerkte, daß sie in ihr nicht zu sehr die Gefühle einer Frau weckten. Bei diesen Gefühlen fühlte sie sich sicherer. Sie lächelte und nickte und ließ sich von ihm zu Seward führen, der schon ihre Pferde bereit hielt.

Coral bemerkte, daß Sewards Augen sie beobachteten, während er ihr in den Sattel half. Sie wich seinem Blick aus und wandte den Kopf ab. Sie schaute erst zu ihm hinab, als er ihr Handgelenk ergriff und ihr die Zügel reichte. Seine tiefblauen Augen waren durchdringend.

„Ich halte Sie über den Zustand des Majors auf dem laufenden."

„Ja, danke, Seward. Ich bin mir ziemlich sicher, daß er sich wieder gut erholt." Sie lächelte. „Ehe Sie sich versehen, ist der Major wieder ganz der alte."

Eine rötliche Braue schoß fragend in die Höhe. Sie lächelte, beugte sich vor und legte ihre Handfläche auf sein bärtiges Gesicht.

„Lieber, treuer Seward", sagte sie nur, aber die Zuneigung, die aus diesen Worten sprach, ging nicht spurlos an ihm vorüber. Sie sah ihn unter seinem Schnurrbart grinsen.

„Achtet auf dem Rückweg gut auf den Weg. Er hat einige gefährliche Schlaglöcher. Könnten leicht einem Pferd das Bein brechen."

Als sie mit Ethan davonritt, blickte Coral nicht zurück.

* * *

Oberst Warbeck,
Gute Männer der 17. wurden in der Nähe von Plassey aus einem Hinterhalt getötet. Die übrigen Sowars haben gemeutert und sich auf die Seite der 34. geschlagen. Der Landweg an die nördliche Grenze kann bald abgeschnitten sein. Dadurch kommt der Maharadscha in Guwahati und der britische Vorposten in Jorhat in der Nähe von Kingscote in Gefahr. Ich schlage vor, Plassey sofort wieder einzunehmen. Ich schicke Hauptmann McKay um Verstärkung nach Kalkutta zurück. Mein Rissaldar-Major Sandschai steht in Verdacht, den Hinterhalt organisiert zu haben. Beabsichtige, meinen Befehlen, den Residenten des Generalgouverneurs nach

Guwahati zu bringen, nachzukommen. Wenn ich nicht auf dem Landweg an Plassey vorbeireiten kann, fahren wir mit dem Boot. Ich muß dem Radscha die Kalifigur zurückbringen. Will außerdem dafür sorgen, daß Sandschai für den Tod der 17. geradestehen muß.
J. Buckley Warbeck, Major,
17. Lan. B. N. I.
2 Uhr morgens
22. Februar, bei Manali

Die Miene des Oberst war steinern, als er sich vom Fenster abwandte und Hauptmann Gavin McKay anblickte. Er schlug mit dem Brief auf seine Hand.

„Wie schwer ist mein Sohn verletzt?"

Hauptmann Gavin McKay stand aufrecht und hielt die Hände auf dem Rücken. Sein Gesicht verriet nicht, daß er von dem Militär genug hatte.

„Daß er überhaupt lebt, Sir, verdanken wir der Treue seines jungen Daffadars, der für ihn in den Tod ging. Und der wilden Entschlossenheit des Majors selbst." Seine grünlichen Augen waren kühl, und er sagte unumwunden: „Er beabsichtigt, Rissaldar Sandschai zu finden und dafür zu sorgen, daß er wegen Verrats erschossen wird. Als ich ihn vor drei Wochen Sewards Pflege überließ, lag er flach auf dem Rükken und diktierte mir den Brief. Ich vermute, Herr Oberst, daß er inzwischen seine Entscheidung getroffen hat."

Der Oberst sagte nichts und trat an seinen Schreibtisch. Er hob ein Blatt Papier hoch und reichte es ihm. Sein Blick verriet nichts.

„Unsere Pläne gehen auch weiter, Hauptmann. Wir haben einen Vertrag mit dem Radscha von Guwahati. Es werden Truppen in den Norden geschickt. Als erstes will ich Informationen über die Familie von Daffadar Ramon Singh. Es ist nur gerecht, daß er anständig dafür belohnt wird, daß er dem Major das Leben gerettet hat. Als zweites werde ich dem Brigadier raten, eine weitere Kompanie der Kavallerie und der Reserveartillerie loszuschicken. Ich habe Major Dalaway angeordnet, die 13. zur Sicherung Plasseys anzuführen. Ihre Befehle sind auch geändert, Hauptmann."

Das hatte Gavin McKay befürchtet. Wie Jace, den er seit der unglücklichen Entscheidung, die Militärakademie der Kompanie in London zu besuchen, kannte, führte McKay auch einen Kalender über seinen letzten Tag, seine letzte Stunde und Minute in Uniform.

„Wenn Plassey wieder sicher ist, reiten Sie nach Norden und schließen sich den Truppen im Vorposten von Jorhat an", erklärte der Oberst. „Wenn Major Buckley in Guwahati eintrifft, helfen Sie ihm, den Maharadscha und die Königsfamilie zu beschützen."

Hauptmann McKay verzog keine Miene, aber seine Gedanken waren bei Kathleen Kendall. Er salutierte steif. „Wie Sie wünschen, Herr Oberst."

* * *

Die Enttäuschung, die Jace fühlte, rumorte in seinem Inneren. Die 17. war in eine tödliche Falle geritten, die 34. hatte gemeutert, und solange Plassey durch Truppen aus Kalkutta nicht wieder eingenommen werden konnte, war der Landweg an die nördliche Grenze abgeschnitten. Die Motive der Männer, die hinter dieser Meuterei steckten, blieben Jace ein Rätsel.

Jace dachte wieder an seinen Daffadar, an alle Sowars der

17. Sie hatten zu den besten indischen Truppen in Bengalen gezählt. Sie waren nicht nur mutige Männer gewesen, sondern zum größten Teil auch Männer mit militärischen Prinzipien, die in einem Kampf um eine Sache, die jemandes politischem Ehrgeiz und seiner Gier dienten, sinnlos ihr Leben lassen mußten.

Jetzt dienten die Männer der 17. den Schakalen und Insekten zum Fraß. Vor seinem geistigen Auge sah er das Schlachtfeld, das sich mit den Leichen vieler gefallener Männer vor ihm ausbreitete. Ihm war, als trage der Wind die undefinierbaren Laute der Sterbenden zu ihm heran, und sein Daffadar …

Jace härtete sich gegen die Gefühle ab, die wieder an die Oberfläche kommen wollten. Der Gedanke, daß der indische Daffadar stolz darauf war, für seinen britischen Offizier zu sterben, zerrte an seinem Inneren. Ein Strom tiefer Gefühle wallte in seiner Brust auf, und einen Augenblick lang dachte er, er könne es nicht aushalten. *Nein,* beschloß er mit zusammengebissenen Zähnen. *Ich will nicht zulassen, daß ich so tiefe Gefühle empfinde.* Er hatte diese zusammengewürfelte Bande von Sowars, die sich die 17. nannte, nicht einmal gewollt! Er wollte überhaupt nicht zum Militär gehören. Aber es war nicht nur das Militär, das er gern vermeiden wollte, sondern auch jedes gefühlsmäßige Risiko. Das konnte zu sehr verletzen.

Jace schob einen Riegel vor seine Gefühle, als Seward durch die Hüttentür trat. Er stützte sich auf einem Ellbogen hoch.

„Geht es dir schon wieder besser?“ Auf Sewards Gesicht lag eine finstere Miene. „Wenn er irgendwo hier in der Nähe ist, dann muß er zaubern können, dieser Kerl. Ich habe den ganzen letzten Tag und letzte Nacht Harringtons Plantage abgesucht, aber es ist keine Spur von ihm zu finden.“

Jace blickte auf seine Hand herab. Er hatte den Verband schon vor Tagen abgenommen, aber die Gelenke waren immer noch angeschwollen und schmerzten ziemlich. Sein Rissaldar-Major würde für seinen Verrat bezahlen. Selbst wenn es ihn den Rest seiner Tage kostete, würde er Sandschai zur Strecke bringen und ihn nach Kalkutta transportieren und dafür sorgen, daß er als Verräter erschossen würde.

Seward beobachtete ihn. „Ich denke das gleiche wie du. Es dauert Monate, bis die alte Festung bei Plassey wieder eingenommen ist, egal, wieviele Mann Verstärkung der Oberst McKay mitschickt. Der Tempel steht im Weg, und sie werden es nicht wagen, die Kanone einzusetzen. Ein schlauer Schachzug der anderen Seite. Die Priester stecken auch mit in der Meuterei, sage ich dir. Schau den Tatsachen ins Gesicht, Junge. Es besteht keine Hoffnung, jetzt nach Norden durchzukommen. Vielleicht sollten wir nach Kalkutta zurückkehren."

Jace sah ihm zu, wie er im Herd Wasser für Tee kochte. In Kalkutta hatte der Brigadier seinen Stellvertreter, dem Jace vertraute, gegen Sandschai ausgetauscht, aber auf wessen Befehl? Wer steckte hinter dieser Änderung? Bestimmt nicht der Oberst.

„Roxbury hat die Finger im Spiel. Dessen bin ich mir sicher", flüsterte Seward düster.

Wieviel hatte er im voraus über den Hinterhalt und die Meuterei gewußt? „Er wollte meinen Tod", sagte Jace.

Seward drehte ruckartig den Kopf in seine Richtung. „Deinen Tod, Junge?"

„Ja, ich glaube, er ging nur zum Generalgouverneur und ließ meine Befehle ändern, weil er bereits von den Meutereiplänen bei Plassey wußte. Sandschai steckte auch von Anfang an in der Sache."

Sewards Augen wurden hart. „Das glaube ich gern. Aber wir brauchen Beweise für den Oberst."

„Und ich beabsichtige, ihm diese zu bringen."

Seward starrte ihn mit steinerner Miene an. „Von Roxbury?"

„Sandschai. Roxbury kann warten, bis wir in Guwahati sind."

„Sandschai taucht vielleicht immer noch bei Harrington auf", meinte Seward.

„Oder er kommt hierher und sucht mich."

„Ja", sagte Seward. „Soll er nur kommen. Ich warte auf ihn."

20

Coral bereitete sich auf die Dinnerparty vor. Sie wählte dazu ein smaragdgrünes Satinkleid mit zahlreichen Spitzenrüschen. Sie hielt es vor sich hin, doch dann tauschte sie es aus keinem bestimmten Grund gegen ein weißes Kleid mit kleinen Puffärmeln aus, das mit Spitzen besetzt war.

Sie steckte ihre goldenen Locken nach oben und verbrachte mehr Zeit als sonst mit ihren Seitenlocken.

Eine Stunde später warf Coral einen besorgten Blick in den Spiegel und fragte sich, wer wohl bei Harringtons Dinnerparty zugegen wäre. Mit diesen Gedanken ging sie über den Korridor zur Treppe.

Nach ein paar Stufen blieb sie stehen. Am anderen Ende der breiten Eingangshalle lehnte mit dem Rücken zu ihr Hauptmann Gavin McKay an den Doppeltüren des Salons. Er beobachtete schweigend Kathleen am entgegengesetzten Ende der Halle, die vorsichtig aus dem Fenster auf den Hof hinausspähte.

Da sie die erste Begegnung zwischen den beiden nicht stören wollte, drückte Coral ihre Handflächen gegen ihre Röcke, damit die Seide nicht auf ihren Unterröcken raschelte, ging auf Zehenspitzen die übrigen Stufen hinab und verschwand in einen kleinen Vorraum, der in Mr. Harringtons Blumengarten hinausführte.

Kathleen stand auf Zehenspitzen am Fenster und sah zu, wie Mr. Harrington seine Dinnergäste begrüßte, die gerade in einer Ghari eintrafen. Sie rümpfte gelangweilt ihre Nase. Das waren also die Dinnergäste für den großen Abend.

Der Mann, der Mr. Harrington begrüßte, war kurzgewachsen und stämmig, hatte dicke Backen und rote Wangen und hervortretende Augen. *Sieht aus, als sitze seine knallig bunte Krawatte zu eng,* dachte sie.

Zameen half einer älteren Frau von der Gharistufe auf den Hof. Ihr Rock rauschte hinter ihr nach unten auf den Boden. Sie blieb stehen, als wolle sie wie ein englischer Jagdhund erst einmal die Luft schnuppern, hob dann ihre Lorgnette, die auf ihrer üppigen Brust lag, und schaute mit einem scharfen Auge hindurch. Sie betrachtete Zameen, und ihre Stimme drang, wenn auch durch die Fensterscheibe gedämpft, zu Kathleen herüber. „So, Charles! Sie haben einen neuen Mann angestellt, nicht wahr?“ sagte sie an Mr. Harrington gewandt. „Was ist mit dem anderen geschehen? Erzählen Sie mir nicht, er sei an Cholera gestorben? Meine Güte, Sie haben aber wirklich ein unglaubliches Glück.“

Kathleen hörte ein Geräusch von der Tür hinter sich und richtete sich auf.

„Wenn du auf deinen französischen Couturier, Jacques Rollibard, wartest, wirst du enttäuscht werden. Der arme Kerl ist immer noch in London und küßt reichen Witwen die Hand.“

Die lässige Stimme mit einem Hauch von Spott gehörte Gavin McKay. Sie drehte mit erhobenem Kinn den Kopf um und betrachtete ihn, wie sie hoffte, mit Gleichgültigkeit. Er lehnte am Türrahmen mit einem Lächeln, das ihr nicht gefiel, und die grüngrauen Augen in dem gut aussehenden Gesicht blickten sie von oben bis unten an. Ihm entging nicht das blaue Rüschenkleid und das Meer von haselnußbraunen Locken, die auf ihrem Kopf hoch aufgesteckt waren.

Kathleen war stolz darauf, daß sie nicht jedes Mal so errötete wie Coral, wenn ein gut aussehender Gentleman sie anblickte; aber schließlich war Hauptmann McKay kein

Gentleman, sagte sie sich. Er war dreist, verdorben, und wenn das noch nicht genügte, auf jeden Fall rauh.

„Oh. Du bist es."

„Entschuldige bitte", sagte er trocken.

Kathleen drehte ihm wieder den Rücken zu und blickte aus dem Fenster, als erwarte sie jemanden Wichtigen. Die Wahrheit war aber, daß sie erwartet hatte, daß Gavin McKay mit dem Major durch das große Tor hereingeritten käme.

Gavin trat ein und schloß die Türen hinter sich. „Laß dich von mir nicht stören. Daß ich beinahe Kopf und Kragen verloren hätte, ist offenbar uninteressant. Aber da ich morgen früh nach Kalkutta aufbreche, dachte ich, ich sollte dich lieber im voraus warnen."

Auf diese Worte hin wandte sie sich um und sah ihn mißtrauisch mit zusammengezogenen Augenbrauen an. „Mich vor was warnen?"

Gavin lächelte lässig. „Ich begleite dich und deine Schwestern zu Lady Margaret zurück. Der Weg nach Plassey ist abgeschnitten. Die Weiterreise nach Kingscote ist zu gefährlich. Es sieht so aus, als wärt ihr gezwungen, eure Heimreise aufzuschieben. Aber darüber dürftest du dich wohl freuen. Marianna hat mir gesagt, daß du nach London zurück willst. Du hast London anscheinend immer noch im Sinn, oder sollte ich sagen, im Herzen?"

Kathleen lächelte zu süß und ging zu ihm hinüber. „Es sieht so aus, als fühle sich Marianna ganz wohl dabei, ihr Herz bei dir auszuschütten."

„Aber Kathleen, du wirst doch nicht eifersüchtig sein?"

„Sie sind ganz schön eingebildet, Herr Hauptmann! Warum sollte ich auf meine Schwester eifersüchtig sein, die noch dazu vor kurzem noch Zöpfe getragen hat."

Er lachte. „Dein weibliches Selbstbewußtsein nimmt es mir übel, wenn ich irgendeiner anderen Frau als dir Beachtung schenke. Jemand sollte dir einmal sagen, daß du zu eingebildet bist. Ich nehme nicht an, daß dieser Jacques sich das erlauben würde."

Kathleen fühlte, wie ihr schnelles Temperament entfacht war. Sie versuchte, den Wortschwall hinunterzuschlucken, der ihn in seine Schranken verweisen würde. Aber sie war schon früher oft auf ihn losgegangen und hatte ihm dadurch nur einen Vorteil verschafft, denn er schien sich nie von ihr einschüchtern zu lassen. Stattdessen setzte sie wieder ihr hübschestes Lächeln auf und genoß einen Augenblick die Befriedigung, als er über ihren Versuch, ihn abzuwimmeln, lachte.

„Komm, Gavin, sei kein Spielverderber und Langweiler. Nach zwei Wochen in dieser schrecklichen Ghari, in der wir nichts als Staub einatmeten und aßen, könntest du mindestens ein bißchen freundlich zu mir zu sein. Der Abend wird in der Gesellschaft von diesem alten Stockfisch Harrington und seinen Freunden schon entsetzlich genug."

„Welch ein schrecklicher kleiner Tyrann du doch manchmal sein kannst, Kathleen. Wie kommt es nur, daß du nichts von der Freundlichkeit deiner kleiner Schwester oder von Corals Würde geerbt hast?"

Kathleen wußte, daß er nicht böse klingen wollte; sie hatte sich in den Jahren, die sie einander nun schon kannten, an seine Neckereien gewöhnt, ebenso wie er sich an ihre gewöhnt hatte. Doch jetzt trafen sie diese Worte aus einem unerklärlichen Grund. War sie wirklich so hochnäsig und selbstsüchtig wie Gavin sagte?

Corals Würde ... Mariannas Freundlichkeit ...

„Aber für dich tue ich alles, Kathleen. Heute abend spiele ich für dich den charmanten Offizier und Gentleman. Du wirst überrascht sein, wie ich deinen galanten, aber kopflosen französischen Schneider übertreffe."

Es muß an meiner Stimmung liegen, dachte Kathleen. Gavin war ihr gegenüber nicht zynischer als sonst, aber ohne ihre übliche Fähigkeit, ihm zu kontern, fühlte sie sich von seiner Ironie getroffen, ja sogar unbehaglich berührt.

Man könnte meinen, ich sei das selbstsüchtigste Wesen, das je über die Erde gegangen ist, dachte sie, und einen kurzen Augenblick beneidete sie sowohl Coral als auch Marianna.

Sie bemerkte, daß er sie forschend betrachtete. Sie wandte sich ab und trat zum Fenster hinüber. Eine weitere Ghari mit noch mehr Dinnergästen war eingetroffen. Kathleen drehte sich um, als sie seine Hand auf ihrer Schulter fühlte, und seine Stimme klang ungewohnt freundlich. „Stimmt etwas nicht, Kathleen?"

„Nein. Alles ist in bester Ordnung. Warum fragst du?"

„Ich habe erwartet, daß du mit erhobenen Krallen und gefletschten Zähnen auf mich losgehst, aber du siehst stattdessen so aus, als hättest du ein Kamel verschluckt."

„Du bist sehr galant mit deinen Komplimenten."

Er lachte. „Du erwartest zu viel von mir. Aber ich bin großzügig", sagte er, als sie die Augenbrauen zusammenzog. „Du siehst heute abend charmant und reizend aus, und man käme nie auf die Idee, daß du dem Staub und den Insekten Indiens getrotzt hast, um es bis nach Manali zu schaffen. Wie ich schon sagte, bleibe ich leider nicht länger als ein paar Tage in Kalkutta, nachdem ich euch hinbegleitet habe."

Kathleens Neugier war geweckt. Sie wollte ihn nach dem Grund fragen, aber sie versuchte auch, ihm Desinteresse vorzutäuschen.

„Oh, heißt das, daß dann deine Pflichtübung erfüllt ist? Und wohin gehst du dieses Mal, Gavin, nach London vielleicht? Sagtest du nicht, daß deine Tante dort wohnt?"

„Ja. Eine rüstige, kleine Dame Mitte Achtzig. Eine Freundin deiner geliebten Großmutter Victoria, glaube ich."

„Ich will deine liebe alte Tante nicht herabsetzen, aber Großmutter Victoria ist ein entsetzlicher Snob. Sie würde sich nicht mit deiner rüstigen, jungfräulichen Tante aus Aberdeen abgeben. Außerdem hat sie wenig für die schottische Seite von Papas Familie übrig. Die Schotten sind als Wilde bekannt", sagte sie mit einem Lächeln. „Sie waren früher sogar Kannibalen."

„Das sind sie in den Wäldern immer noch. Ich zeige es dir auf unserer Hochzeitsreise."

Kathleen runzelte die Nase. „Ich fahre nie nach Schottland."

Hauptmann McKay wechselte das Thema. „Major Buckley hofft auf deine moralische Unterstützung, Coral zur Rückkehr nach Kalkutta zu überreden. Da es bekanntlich dein Wunsch ist zurückzufahren, ist das deine Gelegenheit. Glaubst du, das schaffst du?"

„Und wenn ich fragen darf, warum bleibst du nicht in Kalkutta?"

„Die Pflicht ist ein ehrenwerter Grund. Der Oberst hat mich nach Jorhat versetzt. Ich kann nicht sagen, daß ich darüber entzückt bin. Buckley und ich sind uns in einer Reihe von Dingen einig, besonders in dem großen Wunsch, unsere Uniformen so schnell wie möglich loszuwerden."

„Oh, dann wirst du im Vorposten in Jorhat stationiert?"

Er verzog das Gesicht. „Leider ja. Wenn du nach Kingscote zurückfahren würdest, wäre ich nahe genug, um hinüberzureiten und dir deine Abende zu versüßen. Aber es sieht so aus, als kehrtest du stattdessen nach Kalkutta zurück. Pech!"

Kathleen sagte nichts.

„Schau nicht so ernst", sagte er. „Du siehst viel hübscher aus, wenn du lachst. Ist meine Gesellschaft so schrecklich?"

Kathleen lächelte. Dabei zeigten sich ihre Grübchen, und

ihre Locken glänzten im Laternenlicht. „Nachdem wir wochenlang keinerlei Spaß hatten, Herr Hauptmann, werde ich mich nicht über Ihre Gesellschaft beklagen. Stimmt es, was du sagtest? Bist du in Plassey wirklich fast getötet worden?"

„Beinahe. Aber Jace war der Glückliche. Ohne die Treue seines Daffadars wäre er tot."

Im Salon erklang laut Lady Amelias Stimme: „Meuterei! Niemand von uns kann mehr sicher schlafen, wenn die Einheimischen wild werden. Ich finde, das Militär sollte etwas unternehmen, um dieser Räuberei Einhalt zu gebieten."

Am Eingang war eine Bewegung zu beobachten, und die klare, entschlossene Stimme von Major Buckley war zu hören, der Zameen sagte, er werde von Sir Hugo erwartet und finde den Weg schon selbst.

Coral, die zwischen Sir Hugo und Doktor Boswell im Salon stand, hörte die leichte Unruhe und blickte zur Tür, wo sie den Major eintreten sah. Sie hielt wie auch die anderen inne und betrachtete sowohl sein Auftreten als auch seine neue makellose Uniform, die zweifellos Hauptmann McKay aus Kalkutta mitgebracht hatte. Außer einem kleinen Verband an der Seite seines Kopfes war von seinen Wunden nichts zu sehen.

„Ah, Major, gut, daß Sie kommen", sagte Sir Hugo. „Ethan hat mich über Ihre Fortschritte auf dem laufenden gehalten. Die Nachrichten über Ihren Rissaldar-Major waren ein Schock für uns. Darf ich annehmen, daß er wegen der Meuterei gesucht wird?"

„Er kommt in Kalkutta vor Gericht und wird hingerichtet", erwiderte Jace.

Coral blickte von Jace zu Sir Hugo, um seine Reaktion zu sehen. Die Miene ihres Onkels verriet die angemessene Verachtung für den Verräter. „Eine schmutzige Sache ist das. Hauptmann McKay hat mir gesagt, daß es einige Zeit dauern wird, bis wir wieder die Kontrolle über Plassey haben. Dieser Verlust von Menschenleben ist äußerst bedauerlich."

Coral fühlte ihr Herz laut pochen. Würde Jace die Heuchelei ihres Onkels jetzt, vor den Gästen, beim Namen nennen? Seine Miene war zwar hart, aber sie verriet keine Anschuldigung. Im Gegenteil, wenn sie nicht sicher wüßte, daß sie in jener Nacht, als Onkel Hugo mit Sandschai bei dem Dak-Bungalow sprach, auf Jace gestoßen war, könnte sie glauben, daß er nichts gehört hatte, das auch nur im geringsten ihren Onkel in Verdacht bringen würde.

„Die Weiterreise durch Plassey verzögert sich auf unbestimmte Zeit", warf Ethan ein. „Unsere Reise in den Norden steht außer Frage. Das ist äußerst enttäuschend."

Coral spannte sich an. *Auf unbestimmte Zeit!* „Es bleibt noch der Fluß", sagte sie und sprach zum ersten Mal. Sie bemerkte, daß Jaces Miene sich verhärtete, als sei ihre Bemerkung, die von den anderen nicht beachtet wurde, eine unerwünschte Einmischung.

Jace erwiderte, ohne sie dabei anzusehen, an Sir Hugo gerichtet: „Die Weiterreise auf dem Fluß ist möglich, aber für Zivilisten nicht ratsam. Viel davon ist Deltagebiet, in dem es von Krokodilen und Tigern wimmelt. Ich rate, daß Sie Ihre Nichten nach Kalkutta zurückschicken."

Coral drehte sich scharf zu ihm um. *Er übergeht mich absichtlich.*

„Ich weiß nicht, wie Ihre Pläne stehen, aber jetzt, da Plassey belagert wird, wollen Sie vielleicht auch umkehren", sprach er weiter zu Hugo.

Ihr Onkel wirkte völlig selbstbeherrscht, und er sagte nachdenklich: „Dann darf ich daraus schließen, Major, daß Sie die Absicht haben, auf dem Fluß nach Guwahati weiterzureisen?"

„Ich beabsichtige, den Vorposten vor einer weiteren möglichen Meuterei zu warnen."

„Wenn es irgendeine Möglichkeit gibt, die Reise fortzusetzen, würde ich auch gern sofort aufbrechen", sagte Sir Hugo. „Meine Pflichten gegenüber dem Generalgouverneur machen das erforderlich."

„Wie Sie wünschen. Wir fahren mit kleinen Booten durch das Delta. Am Ende stoßen wir auf den Brahmaputra."

Ethan sah skeptisch aus. „Ich hoffe, Major, Sie haben einen guten Flußführer? Ich möchte nicht im Dschungel verloren gehen."

„Seward und ich sind auf diesem Weg schon gefahren."

„Was ist mit Booten? Mein medizinisches Gepäck muß sorgsam behandelt werden."

„Seward kümmert sich gerade darum. Ich kann auf Ihr Gepäck keine Rücksicht nehmen. Wir müssen so wenig Gepäck wie möglich mitnehmen. Ich würde raten, daß Sie mit Sir Hamptons Töchtern nach Kalkutta zurückkehren. Sie können auf dem Landweg reisen, sobald das Problem in Plassey gelöst ist."

Coral drückte ihre Hände fest gegen ihre Röcke. Sie fand plötzlich die Sprache wieder. Etwas atemlos erklärte sie: „Gestatten Sie, daß ich anderer Meinung bin, Major Buckley, aber ich bin sehr wohl in der Lage, eine Fahrt auf dem Fluß genauso gut zu überstehen wie jeder andere."

Jace wandte sich um und sah sie zum ersten Mal an. Bei einem Blick in seine steinernen, blauschwarzen Augen wußte sie, daß er alles in seiner Macht Stehende unternehmen würde, um dafür zu sorgen, daß Sir Hugo sie zurückschickte.

„Ich würde die Fahrt mit dem Boot nicht empfehlen, Miss Kendall", kam seine ruhige Stimme. „Ich bin sicher, Sir Hugo stimmt darin mit mir überein, daß das Risiko zu groß ist."

So. Er würde sogar so weit gehen und Sir Hugo benutzen, um ihre Pläne zu durchkreuzen, obwohl sie ihm beide mißtrauten! Sie wußte, daß er ihre Gründe verstanden hatte, aus denen sie nach Kingscote zurück wollte, und die Förmlichkeit zwischen ihnen war nur zum Schein. Doch seine Miene war unerbittlich.

Ethan mischte sich ein und sprach zu seinem Onkel. „Coral hat recht, Onkel. Es ist ihr Herzenswunsch, nach Hause zu kommen, und ich kann nicht mit ansehen, wie sie enttäuscht wird. Wenn wir die Fahrt überhaupt fortsetzen, sollte sie uns begleiten dürfen."

Von seiner Unterstützung überrascht, wandte sich Coral um und sah ihn an. Er lächelte zu ihr herab. „Wenn du unerschrocken genug bist, Krokodilen und Tigern zu trotzen, wirst du auch von mir keine Klage hören. Wirklich, Onkel, ich gebe ihr in bezug auf Elisabeth ganz recht. Als Arzt kann ich ihr schlecht den Rücken zukehren und in die sicheren Mauern Kalkuttas fliehen."

Sir Hugo schien erfreut. Coral glaubte, seine Befriedigung lag daran, daß sie und Ethan anscheinend gut zusammenhielten.

„Ich wüßte nicht, wie ich euch beiden euren Wunsch verweigern könnte. Nun, Major Buckley?" sagte er. „Es sieht so aus, als ob Coral mit uns kommen würde. Ich spreche mit meinen anderen Nichten. Vielleicht wünschen sie eine militärische Begleitung zurück nach Kalkutta."

Coral warf einen Blick auf Jace. Er sagte nichts mehr, aber sein Blick war auf sie geheftet. In ihr stieg eine nervöse Unruhe hoch, und sie lächelte unsicher. Sie brachte sogar ein kleines Lachen zustande: „Na! Wenn das kein Abenteuer wird!"

„Ja", sagte Jace leise. „Das wird es."

Ethan reichte ihr den Arm. „Gehen wir zum Dinner, Coral?"

„Ah – ja, natürlich. Mr. Harrington erwartet uns." Sie schritt mit ihm durch den Salon zu den Tischen. Hinter sich hörte sie Sir Hugo zu Jace sagen: „Leisten Sie uns Gesellschaft, Major?"

„Danke nein. Gute Nacht."

Coral warf ihm einen kurzen Blick nach und sah ihn an Hauptmann McKay und Kathleen vorbeigehen. Er blieb nicht stehen, um mit ihnen zu sprechen, sondern ging zielstrebig zur Tür, ohne den Gästen seine geringste Beachtung zu schenken. An der Eingangstür blieb er kurz stehen, schaute Zameen einen Augenblick an und ging dann hinaus. Die Tür fiel hörbar hinter ihm ins Schloß.

21

Die Morgensonne sandte ihre warmen Strahlen über den Fluß, während langbeinige Pelikane auf der Suche nach ihrem Frühstück am Flußufer entlangstolzierten. Die Bootsmänner, die *Mandschis*, waren aus dem Dorf gekommen und luden das Gepäck auf. Die Flußsafari nach Assam ins nördliche Grenzgebiet sollte an diesem Morgen beginnen. Coral blickte sich nach Seward um. Würde er ihren Koffer mit den Schulmitteln aufladen?

Coral drehte sich in die Richtung des Weges, wo sie Jace bei Hauptmann McKay stehen sah. Worüber sie auch sprachen, es veranlaßte sie zu einem Blick in ihre Richtung. Coral wandte schnell den Kopf von ihnen ab und tat, als suche sie Seward. Um alle etwaigen neuen Pläne zu durchkreuzen, die sich der Major vielleicht ausgedacht hatte, um sie von einer Fortsetzung der Reise abzuhalten, hatte sie letzte Nacht Stunden damit zugebracht, ihre Schwestern zu überreden, mit ihr nach Kingscote zurückzukehren, da sie wußte, daß Jace dann weniger Rechtfertigung fände, sich ihrer unabhängigen Handlungsweise zu widersetzen. Ihr Plan schien aufzugehen, und es war eine Genugtuung für sie, ihn ausmanövriert zu haben.

„Was, diesen armseligen kleinen Booten sollen wir uns anvertrauen?“ rief Kathleen. „Ein falscher Schritt, und wir schwimmen bei den Krokodilen im Wasser.“

„Oh nein“, jammerte Marianna. „Coral, es sind nur kleine Boote – sechs kleine Boote. Ich dachte, wir wären alle auf einem einzigen *großen* Boot!“

Ebenso wie ihre Schwestern hatte auch Coral ein größeres Gefährt auf dem Fluß erwartet. Die Boote, die an der Ghat warteten, waren die Flußboote mit niedrigem Tiefgang und viereckigen Segeln, die sie bereits aus Assam kannte. Sie versuchte, zuversichtlich zu erscheinen, und lächelte ihre kleine Schwester fröhlich an.

„Jetzt mach dir keine Sorgen, Marianna. Die Boote sind sicherer, als sie aussehen. Und denk nur an die herrliche Aussicht, die wir haben werden."

Kathleen öffnete ihren rosa Sonnenschirm, dessen Ränder im leichten Wind tanzten. „Vielleicht fahre ich doch nach Kalkutta zurück."

Coral packte Kathleen fest am Arm. „Oh nein. Du hast es mir versprochen." Sie blickte Marianna an. „Ihr beide habt es mir versprochen. Wir schaffen es. Schaut nicht so empfindlich drein. Major Buckley hofft ja nur, daß ihr beide in Ohnmacht fallt, bevor wir aufbrechen, damit er zu Onkel Hugo gehen und ihm sagen kann, daß es ein großer Fehler war, uns mitnehmen zu wollen." Sie blickte von Mariannas düsterem Gesicht zu Kathleens gerunzelter Stirn. „Wir haben gestern abend miteinander gebetet, erinnert ihr euch?"

„Ja", murmelte Marianna. „Aber du hast davon gesprochen, daß der Herr uns ein großes Boot geben würde. Ich dachte, wir hätten wenigstens eine Kajüte für uns. Wo sollen wir denn nachts schlafen?"

„An Land natürlich, du Gans", rief Kathleen. „Aber Kopf hoch. Der Major wird bestimmt ein Feuer machen, um die krabbelnden Tierchen von uns fernzuhalten."

„Oh! Coral!"

„Du willst doch zu Mutter zurück, nicht wahr?" drängte Coral. „Und ich will die Missionsschule beginnen, bevor der Monsun kommt. Wenn ich nicht rechtzeitig zurück bin und dafür sorge, daß ein Gebäude errichtet wird, bevor sich der Boden in Schlamm verwandelt, muß ich noch einmal ein halbes Jahr warten."

„Du weißt doch nicht einmal, ob Papa die Schule erlaubt", mahnte Kathleen sie zur Vorsicht.

„Diese Hürde überlasse ich dem Gebet, genauso wie wir gestern abend unsere Bootsfahrt Gott anvertraut haben. Und jetzt ..." Coral atmete tief aus und lächelte sie an. „... ist alles in Gottes guten Händen. Keine Fragen mehr, keine Angst mehr. Wir müssen vor Major Buckley stark und fähig aussehen, sonst schickt er uns doch noch mit Hauptmann McKay zurück."

„Na gut", erwiderte Kathleen. „Ich werde dich nie verstehen, Coral, aber da ich manchmal nicht einmal weiß, was ich selbst will, werde ich damit leben müssen."

Trotz Kathleens Zynismus hatte Coral das Gefühl, daß ihre Schwester manchmal mehr verstand, als sie zugeben wollte.

„Kathleen, verabschiede dich jetzt von Hauptmann McKay. Er wartet auf dich. Und ich will mit Seward über meine Schulsachen sprechen."

„Was ist mit mir?" fragte Marianna mit einer hoffnungslosen Miene in ihrem jungen Gesicht. Sie sah wie ein verlassenes kleines Kätzchen aus.

„Warte hier bei der Ghari, bis Onkel Hugo und Ethan kommen", sagte Coral. „Ich brauche nicht lange."

Kathleen blickte zum Boot. „Ethan ist schon da. Er verhandelt da unten mit den Bootsleuten." Coral folgte ihrem Blick zu dem überladenen Kahn, auf dem Ethan mit einem Hut und einem knielangen Mantel stand und ungeduldig mit den Armen fuchtelte. Sie vermutete, daß er bei dem Versuch, ihnen seine Sorge um die Kisten mit seinem medizinischen Gepäck klarzumachen, schier verzweifelte.

Coral ging zum Flußufer. Die stechende Morgensonne und die heiße Erde unter ihren Schuhen kündigten den Beginn eines weiteren heißen Tages an. Sie merkte nur noch selten die Schwäche aufgrund des giftigen Spinnenbisses in Harringtons Haus, und sie sah in dem blauen Kattunkleid mit seinen weiten Röcken blaß aber hübsch aus. Es war nicht eines ihrer besten Kleider, denn sie war sich der Beschwernisse der Safari bewußt, und doch hätte sie lieber eine passendere Kleidung gehabt. Aber sie hatte sich wenigstens dafür entschieden, auf einen Sonnenschirm zu verzichten, da sie die Freiheit eines weitrandigen Hutes, der unter dem Kinn zusammengebunden war, vorzog.

Der leichte Wind brachte vom Wasser einen morastigen und verfaulten Geruch zu ihr herauf. Sie fühlte jetzt schon, wie ihr Kleid auf der Haut klebte. Insekten summten, und sie versuchte, sie mit den Händen, an denen sie Handschuhe trug, aus ihrem Gesicht zu vertreiben. Als sie ans Ufer trat, erblickte sie Seward. Ein Luftstoß begrüßte sie vom trüben Wasser her, das stellenweise ein stehendes Gewässer war und gefährlich seicht aussah. Aber Jace war schon in weit entfernte Länder gesegelt, sogar bis zu den Gewürzinseln, und sie stellte seine Fähigkeiten, sie sicher nach Assam zu navigieren, nicht in Frage.

Sie trat an den Flußrand, wo Pelikane den quellenden, dunklen Schlamm durchwühlten. Seward schaute unter seinem dreieckigen Hut hervor und sah sie.

„Guten Morgen, Mädchen. Der Schlamm ist glitschig, passen Sie gut auf, wohin Sie treten."

„Guten Morgen, Seward." Sie lächelte. „Wie ich sehe, haben Sie Doktor Boswell erlaubt, das Aufladen seines Gepäcks zu überwachen."

„Erlaubt?" Er runzelte die Stirn und blickte in Richtung der Ghat. „Ja, aber der Major und ich übernehmen keine

Verantwortung, wenn das Zeug nicht heil ankommt. Der Mann ist zwar klug, wenn er Kranken helfen kann, aber ihm fehlt der richtige Sinn für eine Bootsfahrt auf dem Fluß."

Sie fühlte sich unbehaglich und wollte Ethan ein bißchen verteidigen. „Gibt es Probleme?"

„Allerdings. Der Major kennt diese Flüsse. Und wenn der Doktor so klug wäre, wie er vorgibt, würde er auf einen Mann hören, der das Meer kennt. Der Doktor besteht darauf, den großen Kahn zu nehmen, aber uns erwarten seichte Gewässer. Merken Sie sich meine Worte, Mädchen, er bekommt Schwierigkeiten."

Coral dachte an ihren eigenen Koffer. „Wollen Sie damit sagen, daß Major Buckley uns nicht erlaubt, unser Gepäck mitzunehmen?"

„Nein, das habe ich nicht gesagt. Aber der Doktor ist gestern nacht mit einem Befehl von Sir Hugo zum Major gekommen. Der Doktor will seine medizinischen Sachen selbst auf seinem gemieteten Kahn mitnehmen, und er läßt kein Nein gelten."

„Seien Sie nicht zu hart zu ihm, Seward. Ich kann seinen scheinbaren Starrsinn verstehen. Wenn wir warten, bis unser Gepäck nachgebracht wird, könnte es fast ein Jahr dauern, bis wir es auf Kingscote haben. Die Schule kann nicht warten, und sein Labor auch nicht. Wir haben so viel Arbeit vor uns. Und wir wollen noch vor dem Regen bauen. Wo ist mein Koffer? Haben Sie ihn verladen lassen?"

„Der Doktor läßt ihn gerade festbinden."

„Gut. Dann schaue ich, wie er vorankommt."

Coral ging auf die Ghat zu. Als sie sich den Stufen näherte, die zur Bootsanlegestelle führten, traf sie auf Ethan, der immer noch damit kämpfte, den Mandschis in gebrochenem Englisch seine Wünsche zu erklären. Er sah Coral und warf in hilfloser Verzweiflung die Hände in die Luft.

„Coral, dem Himmel sei Dank! Würdest du ihnen bitte erklären, daß die Kisten mit besonderer Sorgfalt behandelt werden müssen? Diese Männer sind ja noch schlimmer als die streitsüchtigen Seeleute auf den Docks der Ostindienkompanie!"

Coral lachte und rief den Männern auf Bengali hinab: „Sie müssen die Kisten bitte vorsichtig behandeln. Binden Sie sie gut fest. Wenn Sie das haben, kümmern Sie sich bitte um diesen blauen Koffer da hinten bei den Kisten. Er gehört mir, und ich will, daß er sicher ankommt."

Ethan wachte wie ein Falke über die Männer. Coral lächelte immer noch, als sie sich umdrehte und Jace hinter sich stehen sah.

An Stelle seiner Uniform trug er ein lose sitzendes Hemd und ein Lederwams. Wieder sah er wie der arrogante, junge Abenteurer aus. Seinen Hut hatte er tief ins Gesicht gezogen, um seine Augen vor der Sonne zu schützen. Das einzige, was noch fehlte, war Goldfisch.

Er legte den Kopf schief und betrachtete ihr blaues Kleid. „Ah, ich sehe, Sie haben Ihre Meinung geändert. Eine weise Entscheidung, Coral. Oder sind wir wieder bei *Major Buckley* und *Miss Kendall*?"

„Meine Meinung geändert?" wiederholte sie verwirrt.

Er lächelte sie umwerfend an. „Ihr Ballkleid."

Ballkleid! Sie blickte an ihrem Kattunkleid herab, das weit davon entfernt war, ein vornehmes Ballkleid zu sein, aber offenbar wollte er so tun, als wäre es das.

„Da es eher für einen Ball bei der Ostindienkompanie paßt als für eine armselige Flußfahrt", erklärte er gut gelaunt, „nehme ich an, daß Sie sich bereits entschlossen haben, nach Kalkutta zurückzukehren."

Coral warf ihm ein ironisches Lächeln zu. „Kapitän Buckley, geben Sie niemals auf?"

Er erwiderte ihren Blick. „Nein."

„Eine lobenswerte Tugend, wenn sie an der richtigen Stelle eingesetzt wird. Doch ich weigere mich einfach, mir heute morgen von Ihnen meine gute Laune verderben zu lassen."

„Eine schwierige Aufgabe, das sehe ich. Sind Sie immer so engelhaft? Sie machen mich neugierig."

Er konnte doch nicht wirklich glauben, sie sei *engelhaft*?

Sie überging seine Frage und sagte leichthin: „Ich nehme an, ich könnte versuchen, Ihnen den Gefallen zu tun und eine militärische Uniform anziehen, wenn Sie eine erübrigen können."

Er zog seinen Hut tiefer in die Stirn und betrachtete sie, dann blickte er an ihr vorbei zu Kathleen und Marianna, die unter ihren Sonnenschirmen wie rosa und weißer Schaum auf einem kühlen Sommergetränk aussahen. „Ist Ihren charmanten Schwestern eigentlich bewußt, daß der Fluß mit grinsenden Krokodilen übersät sein wird?"

Sie verschränkte die Arme. „Sie sind auch in Indien geboren."

„Aber sie fallen leichter in Ohnmacht, schätze ich."

„Kathleen nicht. Wenn nötig, hat sie Nerven wie Stahl."

„Gut. Denn ich werde keine Zeit haben, mit Riechsalz herumzulaufen."

„Meine Güte, Sie haben heute morgen aber schlechte Laune. Ich nehme an, die Moskitos haben Sie die ganze Nacht nicht schlafen lassen. Was die Krokodile betrifft, mit denen Sie mich abschrecken wollen, wird Ihnen das nicht gelingen. Ich fahre nicht nach Kalkutta zurück. Und, Herr Major, vergessen Sie nicht, menschenfressende Tiger und Schlangen zu erwähnen."

„Pythonschlangen."

„Ich bin sicher, davon werden wir auch auf einige stoßen."

Jace verschränkte die Arme und warf ihr einen seiner

bekannten schiefen Blicke zu. „Ich könnte jetzt sagen, daß Sie mich immer wieder aufs neue erstaunen, meine liebe Miss Kendall, aber das tue ich nicht. Es genügt, wenn ich mich darauf verlassen kann, daß Sie nicht beim ersten Brüllen eines Tigers in Ohnmacht fallen."

In Ohnmacht fallen! Sie lachte. „Ich habe noch keinen bengalischen Tiger gesehen, der mich umgeworfen hätte."

Er lächelte, und sein Lächeln war bewußt ungläubig. „Wie Sie wünschen." Er senkte die Stimme. „Aber wir sagen Ihren Schwestern am besten nicht, daß die Tiger zu unseren kleinen Booten schwimmen können."

Coral weigerte sich, ihre Besorgnis zu zeigen, denn sie vermutete, daß er sie nur erschrecken wollte. Außerdem bemerkte sie ein amüsiertes, herausforderndes Zwinkern in seinen schwarzblauen Augen. „Sind Sie sicher, daß Sie das nicht nur erfunden haben?" fragte sie.

„Sie könnten die paar hundert Fischer in diesem Gebiet fragen. Doch ..." Er blickte sich um. „Ich fürchte, viele können Ihnen das nicht mehr erklären."

Corals Magen krampfte sich zusammen. „Gut, ich nehme Sie beim Wort. Ehrlich gesagt, habe ich mich ziemlich sicher gefühlt, bis ich diese Boote sah."

Er folgte ihrem Blick. „Armselig, nicht wahr? Ich darf gar nicht daran denken, daß ich dagegen die *Madras* eingetauscht habe." Er stöhnte gespielt. „Hoffen wir, daß sie nicht untergehen."

„Wenn es Krokodile gibt? Das wäre wirklich gut! Woher haben Sie die Boote?"

Seine Stimmung änderte sich. Er blickte in Richtung des Hauses zurück. „Harrington hat die Boote organisiert. Mich läßt der Gedanke nicht los, daß ich den Mann schon irgendwo gesehen habe."

„Das kann leicht sein."

Seine Augen blickten sie fragend an. Sie erklärte ruhig: „Mr. Harrington hat früher in Guwahati gelebt. Sie haben ihn dort vielleicht gesehen, als Sie im Vorposten dienten. Und Zameen war der Dewan des Maharadschas."

„Ah, das erklärt einiges."

„Mr. Harringtons Sekretär zu werden, ist ein ziemlich großer Abstieg für einen Mann, der früher der oberste Minister gewesen war, finden Sie nicht auch?"

„Ich vermute, er ist mehr als nur ein Sekretär für Harrington", erwiderte Jace. „Interessant. Ich wünschte, Sie hätten mir das früher gesagt."

„Warum? Ist es wichtig?"

„Vielleicht. Und Zameen. Jetzt ergibt das alles einen Sinn."

„Für mich nicht. Was wollen Sie damit sagen?"

„Ich kann es nicht beweisen, aber ich glaube, ich brauche nicht länger suchen, wer meinem Rissaldar geholfen hat, sich in Luft aufzulösen. Außerdem glaube ich, daß ich ihn in Guwahati finden werde."

„Aber wir wissen wenig über Harrington", entgegnete Coral. „Außer daß er ein Freund von meinem Onkel ist. Ich hoffe, Sir Hugo hat nichts Schlimmeres im Sinn als kleinere Meinungsverschiedenheiten mit meinem Vater über Kingscote und die Kompanie."

„Inzwischen soll McKay den Oberst von meinem Verdacht unterrichten."

„Ich habe mir selbst auch einige Fragen über Zameen gestellt", gestand Coral. „Ich weiß nicht warum, aber als ich zum ersten Mal erfuhr, daß mein Onkel wollte, daß wir zu einem Bekannten nach Manali fahren, hatte ich ein seltsames Gefühl. Als würden Marianna und ich dem Mann gegenübertreten, den wir im Garten in Barrackpore gesehen haben."

Er blickte sie an. „Sie sind sicher, daß es *nicht* Zameen war?"

„Ziemlich. Der andere Mann war groß und hatte einen gelben Turban."

Er lächelte. „Ich bezweifle, daß er die ganze Zeit mit einem gelben Turban herumläuft. Gestehen wir ihm zu, daß er seine Kleidung hin und wieder wechselt und wäscht."

„Trotzdem war der Mann, den ich gesehen habe, nicht Zameen. Und Marianna erkannte ihn auch nicht, als sie ihn sah. Wir können uns nicht beide irren."

„Sie sind ganz sicher, daß er ein Inder war?"

„Ja, also –" Sie brach ab und biß sich auf die Lippe. „Er trug einen Turban."

Seine Augenbrauen zogen sich zusammen.

„Und er sprach Bengali", fuhr sie mit einem Anflug von Selbstverteidigung fort.

„Wir beide sprechen auch Bengali. Das tun viele Engländer. Der Turban und der Dialekt könnten eine bewußte Täuschung gewesen sein, um ganz sicherzustellen, daß niemand in Barrackpore ihn erkennen würde."

Coral fühlte ein Kribbeln auf ihrer Haut, als sie begriff, wohin seine Gedanken führten. „Mr. Harrington?" flüsterte sie. „Ist es möglich?"

„Warum nicht?"

„Dann hat Onkel Hugo vielleicht –" Sie sprach nicht weiter.

„Sie absichtlich hierher gebracht. Nur um zu sehen, ob Sie oder Marianna ihn wiedererkennen würden. Und ich war so dumm, Sie hierherkommen zu lassen."

„Sie konnten es doch nicht wissen."

„Ich hätte es wissen müssen."

Einen Augenblick lang sprachen beide kein Wort. Coral dachte an Mr. Harrington und schickte ein Dankgebet zum Himmel, daß Marianna nicht wußte, wer Harrington war.

Die ganzen Wochen in Manali ohne den Major und Seward. Sie erschauderte. Und ihre Erkrankung hatte sie für die Situation um sich herum taub und blind gemacht.

„Ich glaube, wir haben den gelben Turban enthüllt und unseren Gartenbesucher entlarvt. Ich benachrichtige Oberst Warbeck. Sagen Sie Ihrer Schwester nichts davon. Sir Hugo ist überzeugt, daß Sie Harringtons Verkleidung nicht durchschaut haben."

Sie warf einen Blick über ihre Schulter und sah eine Ghari kommen. „Da kommt mein Onkel. Wenigstens hat er jetzt Vertrauen zu Ihnen. Er schöpft keinen Verdacht."

„Er ist ein guter Schauspieler. Er traut mir nicht mehr als ich ihm. Er hat erwartet, daß ich unter der Hand meines Dschemanders bei Plassey falle. Ich glaube, das war der ganze Grund hinter der Änderung meiner Befehle."

Coral wurde übel. *Nein! So weit würde ihr Onkel in seinen Plänen nie gehen!*

„Jetzt hat er mich als Befehlshaber seiner Sicherheitswache in Guwahati am Hals." Er warf ihr einen forschenden Blick zu. „Sie haben Ihren Schwestern gegenüber nicht erwähnt, was Sie zwischen ihm und Sandschai belauscht haben?"

Sie zögerte und dachte an Ethan. „Nein."

Er wirkte erleichtert. „Ich will nicht, daß sie mit hineingezogen werden. Und ich will nicht, daß Sir Hugo erfährt, daß ich ihn und Sandschai belauscht habe. Ich erfahre mehr darüber, was gespielt wird, wenn ich auf sein Spiel eingehe. Ich wünschte nur, Sie wüßten nicht so viel. Was ist mit Boswell? Haben Sie es ihm erzählt?"

Sein Blick weckte Schuldgefühle in ihr, und sie nahm eine Verteidigungshaltung an. „Oh, hören Sie schon auf. Er ist kein hinterhältiger Verschwörer." Sie rückte die Schleife unter ihrem Kinn zurecht. Unter seinem forschenden Blick drehte sie sich zu Ethan um, der immer noch die Verladung seiner Fässer und Kisten überwachte, als befänden sich darin die Juwelen des Tadsch Mahal.

„Dann haben Sie es ihm also erzählt“, sagte er leise.

„Warum nicht? Ich vertraue ihm“, verteidigte sie sich.

„Ich nicht.“

„Er sagt kein Wort zu meinem Onkel. Ich bitte ihn, darüber zu schweigen.“

„Nein. Sagen Sie nichts. Je weniger Sie das Thema ansprechen, umso besser. Was macht Sie so sicher über Ihren Vetter?“

„Er hat nichts getan, das meinen Verdacht erregen würde, und er beabsichtigt, mir bei der Schule zu helfen. Außerdem hat er Ihre Wunden nach der Meuterei verarztet“, erinnerte sie ihn. „Wenn es stimmt, was Sie über meinen Onkel denken, dann hat Ethan jedenfalls nichts damit zu tun. Er hätte Sie sterben lassen können. Wir sind sofort mit Seward losgeritten, als er uns sagte, was passiert war.“

„Wir?“

Sie hatte nicht beabsichtigt, ihn wissen zu lassen, daß sie sich gezwungen gefühlt hatte, mit Ethan und Seward zu kommen. Sie erwiderte einfach: „Ich habe Ethan begleitet. Er brauchte meine Hilfe.“

Er schwieg, und sie konnte seinen Blick auf sich fühlen. Sie beschäftigte sich mit ihrem Hut, und als die Augenblicke verstrichen, ohne daß eine Antwort von ihm kam, sagte sie in der Hoffnung, seine Gedanken zu unterbrechen, zu abrupt: „Ethan will mit seinen medizinischen Fähigkeiten nicht andere in seine Schuld bringen. Er ist ein Ehrenmann.“

„Ich verstehe. Ihr Vetter ist die Verkörperung Ihres edelsten Kreuzritters.“

Sie stieß ein kurzes Lachen aus, um ihn von seiner Fährte abzubringen. „Zufällig bin ich ein bißchen zu anspruchsvoll für so etwas. Ich laufe kaum verträumt herum und pflege romantische Vorstellungen von heldenhaften Rittern, die mich an Bord gestohlener Schiffe auf unbekannte Inseln forttragen."

Er lächelte. „Ein Ritter hatte ein Pferd, meine Liebe; er war kein Schiffskapitän."

Sie wandte sich ab und warf einen Blick auf den Fluß hinab, als könne sie es nicht erwarten fortzukommen. „Ich weiß gar nicht, wie wir auf dieses dumme Thema gekommen sind."

„Ethan spielt Ihnen etwas vor."

„Sie scheinen viel über die Motive anderer Menschen zu wissen."

„Unabhängig von der galanten Einmischung des Doktors bei Ihrem Onkel gestern abend, möchte ich behaupten, daß der Mann nicht die geringste Ahnung von den Gefahren unserer Reise hat. Sie und Ihre Schwestern wären besser beraten, wenn Sie nach Kalkutta zurückkehrten."

„Sie brauchen deshalb nicht auf ihn wütend zu sein", erwiderte sie. „Ich hätte auch ohne seine moralische Unterstützung einen Weg gefunden, die Reise fortzusetzen."

Daß Sie Ethan verteidigte, ließ Jace nur einen ungeduldigen Blick zu den Ghatstufen werfen, wo ihr Vetter wie eine Glucke über seinen Kisten wachte.

„Er macht einen Fehler, daß er den Kahn nimmt. Das erinnert mich daran, daß Ihre Schmuggelware bei McKay besser aufgehoben wäre als bei Boswell. Wenn Sie seinem Rat folgen, haben Sie am Ende vielleicht überhaupt nichts."

Coral war überrascht. „Schmuggelware?"

„Ihre *Missionsgüter*, die vor Sir Hugos Nase nach Kingscote geschmuggelt werden. McKay sorgt dafür, daß Ihr Gepäck an die richtige Adresse kommt, wenn er im Vorposten eintrifft."

Sie stieß einen dankbaren Seufzer aus. „Aber diese Idee ist

ja wunderbar. Und es kommt rechtzeitig an, um noch vor dem Monsun mit dem Unterricht zu beginnen. Was ist mit Ethans medizinischem Gepäck?“ fragte sie. „Können Sie Hauptmann McKay nicht bitten, sich auch um den sicheren Transport seines Gepäcks zu kümmern?“

„Das könnte ich schon“, erwiderte er trocken. „Aber der hohe wissenschaftliche Verstand des Doktors hat eine einfache Lösung bereits abgelehnt. Er riskiert lieber den Verlust seines Schatzes, indem er ihn selbst mit seinem wachsamen Auge beschützt.“

Sich selbst würde sie Ethans Fehler eingestehen, aber nicht Jace gegenüber. Stattdessen lächelte sie ihn besänftigend an. „Ein wunderschöner Morgen für eine Flußfahrt, nicht wahr?“

„Ich finde an dem Morgen überhaupt nichts wunderschön, noch an den Wochen auf dem Fluß, die vor uns liegen. Was Boswell betrifft, Sie vertrauen ihm zu viel.“

Sie fühlte seinen leichten Tadel, wandte sich wieder ab und sah den Mandschis und Ethan zu. „Ich kenne ihn besser als Sie. Außerdem hat er mir in Manali das Leben gerettet.“

Er wurde sofort hellhörig und blickte sie fragend an. „Er hat *was* in Manali?“

Seine Reaktion ließ ihre beiläufige Miene verschwinden. „Ich war krank, und er hat mich behandelt.“

Er runzelte die Stirn und ließ sie nicht aus den Augen. „In Manali? Davon haben Sie bis jetzt nichts gesagt.“

„Nein, bitte, Sie verstehen mich falsch. Es war kein Fieberanfall, wenn es das ist, was Sie beunruhigt“, sagte sie eilig. „Ich bin stark genug für die Flußfahrt.“

„Hätten Sie dann bitte die Güte, mir zu erklären, was Sie meinen?“

Gedankenabwesend löste sie ihre Schleife und nahm den Hut ab. „Es war wirklich sehr unangenehm. Ich wurde von dieser entsetzlichen Spinne gebissen. Harrington sammelt Spinnen. Das ist sein Hobby ...“ Sie blickte sich auf dem Boden um und verspürte den starken Wunsch, den Saum ihrer Röcke zu heben. „Ich saß beim Abendessen.“

„Wann nach Ihrer Ankunft in Manali geschah das?“

„Nach einem oder zwei Tagen. Warum? Was hat das damit zu tun?“

„Ich kenne die meisten Insekten, die es hier gibt. Wie sah sie aus?“

„Wenn ich mir das Ding vorstelle, erschaudere ich schon. Ich würde lieber einem bengalischen Tiger ins Angesicht schauen als einem langbeinigen, haarigen Tier mit –“

„Warum sagen Sie, Sie müßten sie sich *vorstellen*? Haben Sie sie nicht gesehen?“

„Nein. Alles geschah viel zu schnell“, erklärte sie und erinnerte sich an die Benommenheit, die sich ihrer bemächtigte, als sie an Mr. Harringtons Tisch saß. Sie erschauderte.

„Und Boswell konnte Sie nach dem Biß retten, ist es so?“

Sie wunderte sich über den seltsamen Tonfall in seiner Stimme. „Ja. Aber trotzdem mußte ich die ganze Zeit das Bett hüten, in der Sie und Seward fort waren. Und jetzt, da wir Mr. Harrington in Verdacht haben, daß er der Mann in dem Garten war –“ Sie sprach nicht weiter.

Ein Seufzer entfuhr seinen Lippen. „Das hätten Sie mir sagen sollen.“

Coral setzte ihren Hut wieder auf und band ihn unter ihrem Kinn fest. „Bis jetzt hat sich keine Gelegenheit dazu ergeben. Außerdem ist doch nichts passiert, nicht wahr? Ich bin wieder bei Kräften, und ich werde die Fahrt gut überstehen.“

„Aber Sie haben sie nicht gesehen?“

„Das habe ich doch schon gesagt. Es geschah alles viel zu schnell. Warum? Ist das wichtig?“

„Weil ich keinen Spinnenbiß kenne, der so wirkt, wie Sie sagen. Erzählen Sie mir noch einmal genau, wie es passiert ist."

Coral wurde langsam unbehaglich zumute. Worauf wollte Jace hinaus? Er mochte Ethan nicht; die zwei Männer waren in ihrer ganzen Art sehr gegensätzlich, und das konnte für seinen Argwohn verantwortlich sein. Sie schlug nach einem Insekt. „Ich saß am Dinnertisch, und das nächste, an das ich mich erinnern kann, ist, daß ich mich äußerst benommen fühlte. Ich weiß sonst nicht mehr viel, nur daß ich danach einige Tage lang Alpträume hatte. Ethan kann Ihnen erkären, welche Spinne es war."

„Und in dieser Zeit sind Sie beide enge Freunde geworden? Während Ihrer Erholung?" fragte er leise.

„Nun, ja, so könnte man es sagen. Aber vergessen Sie nicht, daß ich ihn schon in den letzten Jahren in London gekannt habe. Er hat mir das Leben gerettet, Jace. Und das war nicht zum ersten Mal. Mir geht es heute wegen seines medizinischen Könnens während meines Aufenthalts im Roxburyhaus so gut."

„Und natürlich sind Sie sehr dankbar."

Etwas in seinem Ton machte sie vorsichtig. „Warum sollte ich mich nicht in der Schuld meines Arztes fühlen?"

„Das kommt darauf an."

„Worauf?"

„Auf die wahre Ursache Ihrer Krankheit."

Sie errötete. „Ich weiß nicht, was Sie meinen."

„Ich glaube schon."

„Ich glaube, Sie beurteilen ihn falsch. Er hat sogar vorgeschlagen, mir bei den Unberührbaren zu helfen. Die Kinder müssen auch ärztlich versorgt werden."

„Und er besitzt natürlich alle christlichen Tugenden des Glaubens und der Nächstenliebe. Es hat überhaupt nichts damit zu tun, daß er einer Seidenerbin gefallen will."

Ihr verschlug es den Atem. „Wenn er bereit ist, Onkel Hugos Zorn zu riskieren, um mir bei der Schule zu helfen, kann ich keinen Grund sehen, warum ich an seinen guten Absichten zweifeln sollte."

Vom Kahn her hörte man Ethan rufen: „Warte, da unten, setz die Kiste *vorsichtig* auf! In der Kiste sind Medikamente."

Jace beobachtete sie unter seinem Hut hervor. „Ist Ihnen jemals in den Sinn gekommen, daß Sir Hugo vielleicht will, daß es so aussieht, als unterstütze Doktor Boswell Ihre Pläne?"

„Das ist zu kompliziert", sagte sie steif. „Mein Onkel lehnt meine Pläne ab."

„Es ist überhaupt nicht kompliziert. Welche bessere Möglichkeit gäbe es, Sie in die tröstenden Arme seines Neffen zu treiben?"

Dieser neue Dorn des Mißtrauens deprimierte sie. „Das Problem bei Ihnen ist, Herr Major, daß Sie *niemandem* trauen. Manchmal bin ich sicher, Sie haben eine eiserne Rüstung um ihr Herz gelegt."

„Machen Sie sich keine Sorgen um mein Herz. Wir sprechen von Ihnen."

„Hat Ihnen schon jemals jemand gesagt, wie eigensinnig und herrschsüchtig Sie sind, Herr Major?"

Er lächelte und blickte von Doktor Boswell weg auf einen Vogel, der über den Fluß flog. Einen Augenblick schwiegen beide. Coral versuchte, ihre Gefühle abzukühlen, und konzentrierte sich auf einen Pelikan im Schlamm.

„Noch einmal zu der Spinne, wo war der Biß?"

„An meinem Knöchel."

„Ist er angeschwollen?"

„Nein! Ich meine –" Sie schwieg.

„Sie meinen?"

„Ich meine überhaupt nichts, Major Buckley. Ich habe die

ganze Zeit geschlafen. Sie wollen doch wohl nicht andeuten, Ethan habe mir etwas in den Tee gemischt?“

„Das habe ich nicht gesagt. Aber da Sie es erwähnen, muß es Ihnen in den Sinn gekommen sein.“

Coral dachte an den Abend zurück, an dem sie beim Dinner gesessen war. Sir Hugo hatte ihr den Tee gebracht, nicht Ethan.

Sie drehte den Kopf zu ihm um. Er beobachtete immer noch einen Vogel, der durch die Luft flog. „Gut. Ich habe Tee getrunken. Aber nicht Ethan hat ihn mir gegeben, sondern Sir Hugo.“

„Darf ich vermuten, daß Ihre *Spinne* ein Medikament war?“

Sie bemühte sich, bei dem Gedanken nicht zu erschaudern. Sie erinnerte sich an die Medikamente, die sie in London bekommen hatte, und daran, wie entsetzlich sie sich dabei gefühlt hatte.

„Es ist Ihr Glück, daß niemand etwas davon hätte, wenn Sie tot wären“, sagte er leise, aber unverhohlen. Sie zuckte zusammen.

„Wenn es ein Medikament gewesen wäre, welcher Grund sollte dahinter stecken? Und überhaupt“, fügte sie mit Erleichterung hinzu. „Ethan trifft keine Schuld.“

„Er ist Arzt. Ein guter sogar. Geben Sie mir recht?“

„Aber natürlich.“

„Warum hat er dann nicht erkannt, daß Ihre Symptome durch ein verabreichtes Medikament ausgelöst wurden?“

Coral wurde nervös, als er ihr weiterhin den Boden unter ihren Argumenten entzog. „Sie wissen nicht sicher, daß es ein Medikament war.“

„Nein. Aber wenn Sie zurückgehen und diesen Biß an Ihrem Knöchel untersuchen könnten, würden Sie feststellen, daß es überhaupt keinen gab. Was den Grund betrifft, Roxbury will immer noch, daß Sie seinen Neffen heiraten?"

„Das wünscht die ganze Familie, nicht nur Onkel Hugo", erwiderte sie steif. „Er hat angeboten, Ethan und mir Mr. Harringtons Indigoplantage als Hochzeitsgeschenk zu kaufen."

„Wie großzügig", erwiderte Jace trocken. „Wenn man bedenkt, daß sein Neffe dann das Vermögen einer Seidenerbin bekommt. Was haben Sie ihm geantwortet?"

„Glauben Sie, ich heirate einen Mann wegen einer Indigoplantage?"

Er drehte den Kopf um, und sie fühlte seinen Blick auf sich ruhen. „Nein. Wenn Sie selbst die Wahl hätten, glaube ich, würden Sie nicht einmal wegen des Roxburyhauses und des Seidenhauses einen Mann heiraten. Sie *würden* einen Mann wie Peddington heiraten und wären damit zufrieden, von Wasser und Brot zu leben und die Bibel zu übersetzen."

Sie blickte ihn sprachlos an. Ihr wurde bei dem Gedanken unbehaglich, daß er sie so gut einschätzen konnte. Um ihre Verlegenheit zu verbergen, sagte sie leichthin. „So heilig bin ich auch wieder nicht, Herr Major. Ich will schon ein bißchen mehr."

„Coral, bitte fahren Sie mit McKay nach Kalkutta zurück. Warten Sie dort. Wenn diese Sache in Jorhat erledigt ist, versuche ich, was ich kann, um etwas über Gem in Erfahrung zu bringen. Wenn ich vorher schon etwas Sicheres weiß, schicke ich Ihnen durch Gokul eine Nachricht."

„Jace, ich schätze Ihre Besorgnis." Sein Lachen verriet Coral, daß er ihr nicht glaubte. Sie blickte ihm in die Augen. „Es kommt für mich nicht in Frage, nach Kalkutta zurückzukehren."

Seine Augen maßen ihre Entschlossenheit ab. Sah sie einen kurzen Anflug von Bewunderung? Wenn, dann geschah es so schnell, daß sie nicht einmal sicher war, daß er überhaupt reagiert hatte.

„Wie Sie wünschen. Sprechen wir nicht mehr darüber. Entschuldigen Sie mich. Ich muß noch mit McKay wegen Ihres Gepäcks sprechen, bevor er abreitet."

22

Noch am selben Morgen bestieg die kleine Gruppe die Boote und verließ Manali. Nach allem, was Seward ihr erzählte, war das Delta ein schlammiger Mangrovendschungel, der die volle Aufmerksamkeit der bewaffneten Sowars erforderte.

„Wir fahren nicht in den äußersten Süden in das Herz des Dschungels, sondern steuern im Delta nach Norden auf den Ganges zu. Aber trotzdem wird die Fahrt gefährlich."

Coral stand neben Seward auf dem Boot und blickte auf den größten Regenwald der Welt. Sie empfand trotz der Gefahren, die vor ihnen lagen, eine Vorfreude auf die Fahrt.

„Ich vermute, nach diesem Unternehmen brechen Sie zu der Teeplantage in Darjeeling auf?" fragte sie in der Absicht, etwas mehr in Erfahrung zu bringen.

Die Erwähnung der Teeplantage genügte, um Seward zu ködern. Seine Augen leuchteten. „Die Teeplantage in Darjeeling? Ja, wenn der Major seine Pflichten gegenüber dem Oberst erfüllt hat, machen wir es zu einem erfolgreichen Unternehmen. Jace und ich mit Gokul und Dschin-Su – wir haben große Pläne, wenn Gott uns Segen schenkt. Nicht daß ich es nicht erwarten könnte, von Kingscote fortzukommen, verstehen Sie mich nicht falsch", erklärte er. „Aber Jace braucht mich, vielleicht mehr als Ihr Vater. Jace hat es sich in den Kopf gesetzt, die Plantage zu einem Erfolg zu machen. Ich zweifle nicht daran, daß er es schafft. Er kann schwer arbeiten, und er läßt nicht locker, wenn er an etwas glaubt."

Er warf ihr einen Blick von der Seite zu. „Was interessiert Sie daran?"

Die Teeplantage interessierte sie mehr, als sie zugeben wollte. „Ich habe über die Freundschaft zwischen Michael und Jace nachgedacht. Michaels Tod auf der *Madras* war ein Unfall, und doch hat er mich über ihre Vergangenheit neugierig gemacht, und etwas, das Michael mir einmal auf Kingscote erzählte. Über einen Unfall –"

„Sie meinen die Lawine?"

„Ich wollte Jace schon danach fragen, aber irgendwie ergab sich nie der passende Augenblick. Wissen Sie, was passiert ist?"

Seward zögerte, und Coral bemerkte, daß ihm unbehaglich zumute war.

„Ich weiß nichts darüber, Mädchen. Aber wenn es Gerede darüber gibt, was auf dem Schiff passiert ist, also, was dort geschehen ist, weiß ich genau. Ich vermute, die bösen Gerüchte kamen von Sir Hugo." Er schwieg und blickte sie fragend an. Als sie es nicht ableugnete, brummte er. „Dachte ich mir's doch. Wenn das auch noch wahr ist, gebe ich nicht viel auf Sir Hugos Worte, denn er tischt einem alles auf, was seinen Zielen nützt."

Coral runzelte die Stirn und war dankbar, daß ihr Onkel sich entschieden hatte, auf einem der kleineren Boote zu fahren. „Ich zweifle nicht an dem, was Sie und Jace über den Unfall auf der *Madras* sagten. Aber mich interessiert etwas anderes. Dann waren Sie nicht dabei, als diese Sache mit der Lawine passierte?"

„Nein. Ich weiß nichts davon. Und da Jace es nicht als richtig ansah, mit mir darüber zu sprechen, halte ich es nicht für meine Aufgabe zu fragen."

„Ja, natürlich. Aber wenn nichts an der Geschichte mit der Lawine dran ist, warum schweigt Jace dann darüber?"

„Eine gute Frage, Miss Kendall", sagte Jace hinter ihnen. „Aber die Antwort werden Sie nicht bei Seward finden. Er war nicht dabei. Es waren nur Michael, ich und Gokul."

Coral wirbelte herum, und ihre Wangen begannen zu glühen.

„Aber vielleicht dachten Sie, ich würde nicht die Wahrheit sagen, wenn Sie mich fragen."

„Nein, ich –" Sie brach ab und wurde verlegen, weil er sie dabei ertappt hatte, wie sie diese Sache hinter seinem Rücken besprach.

„Ich schlage vor, daß Sie alle Fragen, die Sie über meine Vergangenheit haben, an mich richten. Ich stehe für meine Fehler selbst gerade."

Seward räusperte sich. „Ich sage dem Kansamah, er soll uns einen Kaffee kochen." Er ging davon und ließ sie allein stehen.

Coral blickte Jace ins Gesicht. „Ich habe Ihnen nichts Schlimmes vorgeworfen."

Jace sagte nichts, aber sie konnte sehen, daß er ihr nicht glaubte. „Ich wollte Sie schon längst über diese Lawine fragen, seit –"

„Seit ich beschuldigt wurde, für Michaels Tod auf dem Meer verantwortlich zu sein?"

„Nein, seit Michael auf Kingscote davon sprach."

„Aber Sie ziehen es vor, sich bei Seward darüber zu erkundigen. Vielleicht glauben Sie, ich wollte Michael dem Tod überlassen, damit ich die Teeplantage ganz für mich allein haben kann. Und als mir das nicht gelang, habe ich ihn über Bord geworfen."

„Unsinn."

„Hoffentlich."

„Ich war nur neugierig wegen Darjeeling."

„Warum haben Sie dann nicht mich gefragt?"

„Das tue ich jetzt. Würden Sie mir bitte erzählen, was passiert ist?"

Er zuckte mit den Schultern. „Wir haben vor Jahren die Hochgebirgsgegend um Darjeeling ausgekundschaftet. Ich bin ausgerutscht und gestürzt. Es gab eine Lawine. Ich brauchte Tage, bis ich ins Dorf zurück kam. Ich glaubte, Michael sei tot. Ich war überrascht, als ich ihn im Dorf fand."

Das hatte sie nicht erwartet. *Jace war ausgerutscht und gestürzt! Was war mit Michael? War er auch gestürzt? Hatte er Jace gesucht?*

„Sie sagten, Gokul war dabei. Hat er Sie gefunden?"

Seine Stimme wurde ausweichend. „Nein. Er hat Michael gefunden. Gokul dachte, ich sei unter der Lawine begraben."

„Hat Michael ihm das erzählt?"

„Das weiß ich nicht mehr", erwiderte er ausweichend. „Sie können ja Gokul fragen."

In dem Schweigen, das sich zwischen ihnen ausbreitete, hörte man laut die Affen kreischen.

In der Geschichte steckte noch mehr, das wußte Coral, aber von ihm würde sie es nicht erfahren. Vielleicht wollte Jace nicht, daß die Sache klargestellt würde. War die Wahrheit vielleicht unvorteilhaft für Michael? Wenn sie Gokul je treffen sollte, würde sie ihn fragen. Es war offensichtlich, daß Jace nicht mehr dazu sagen würde. Coral fühlte sich plötzlich müde und wandte sich ab. „Entschuldigen Sie mich, Herr Major, aber ich glaube, ich gehe lieber in den Schatten."

Jace sagte nichts und trat zur Seite.

* * *

Sie waren schon fünf Tage auf dem Fluß unterwegs, und Coral saß mit ihren Schwestern unter dem provisorischen Sonnensegel, das Seward für sie auf dem Kahn gebaut hatte. Das Dach aus Palmwedeln schützte sie vor der starken Sonneneinstrahlung, und die Vorhänge von Mr. Harrington konnten nachts zugezogen worden, damit sie ungestört schlafen konnten. Einige einfache Stühle auf dem Deck und Kissen machten die langen Stunden erträglicher. Während Marianna ihrer Mutter einen Schal stickte und Kathleen sich wieder ihren Kleiderentwürfen in ihrer kostbaren Mappe widmete, setzte Coral in der Hoffnung, ihre Bibel auf Kingscote einsetzen zu können, ihr Studium in Hindi und der hinduistischen Religion fort.

Ethan hatte dafür gesorgt, daß der Kahn von einem Fährbesitzer in Manali ausgeliehen wurde, obwohl Jace davon abgeraten hatte. Doch Ethans Begeisterung für die Erforschung der Fauna und Insekten ging soweit, daß er den Kahn nicht nur zum Transport seines medizinischen Gepäcks verwendete, sondern darauf auch ein winziges Zeltlabor einrichtete. Er hatte es auf dem hinteren Teil des Kahns auf seinen Kisten und Fässern errichtet. Seward nannte es ein Krähennest. Ständig konnte man Ethan mit seinem Schmetterlings- und Angelnetz mit kostbaren Exemplaren der Pflanzen-, Fisch- oder Insektenwelt an seinen Kisten hochklettern sehen.

Aber es war nicht die große Vielfalt der vielen kleinen Tiere, die Coral störte. Sie vermutete, daß sie sich einem gefährlichen Gebiet im Delta näherten, da sich Jace unerwartet, ohne Widerrede zu dulden, zu Seward auf dem verhaßten Kahn gesellt hatte. Und doch gab die beiläufige Art, mit der er sich benahm, keinen Anlaß dafür, daß der Grund hinter seiner Anwesenheit eine zunehmende Gefahr war.

Marianna und Kathleen waren mit ihren Projekten

beschäftigt, aber Coral wurde von ihrem Studium müde. Sie steckte ihr Neues Testament und einige Bücher in ihre Tasche und stellte sie unter ihren Stuhl. Dann nahm sie ihren breitrandigen Strohhut. Sie würde Jace einfach fragen, ob ihre Vermutungen richtig seien.

Mit dieser Absicht trat sie aus dem Schutz des Schattens hervor in die Sonne. Es war drückend heiß. Sie hatte bereits ihre hoch geschlossenen Kleider gegen die kühleren Muslinkleider ausgetauscht. Heute trug ihr hellgelbes Kleid wenig dazu bei, ihr Unwohlsein zu vertreiben, und sie wünschte sich eine Brise vom Fluß. Das Holz knarrte unter ihren Schuhen, als sie zum hinteren Teil des Kahns ging. Bei der rollenden Wasserbewegung hielt sie sich schnell an der Dachplane fest, um nicht umzufallen.

„Vorsicht, Mädchen", warnte Seward, der hinter den Kisten hervortrat. Er hielt ihren Arm und runzelte unter seinen ergrauenden rotbraunen Haaren die Stirn. „Sie fallen uns noch in den Fluß. Diesen Gefallen wollen wir den Krokodilen nicht machen."

Sie kniff unter ihrem Hut die Augen zusammen und blickte über das Wasser in den dichten Dschungel am Flußufer, aber sie sah nichts. Vielleicht lagen sie unter den Büschen und Sträuchern, die das Ufer säumten.

„An Krokodile habe ich nicht gedacht, Seward."

Aus dem dichten Smaragdgrün durchschnitt das schrille Schreien der Vögel und das Kreischen der Affen die Luft.

Sewards ernste Miene verfinsterte sich, als er von Coral wegsah und den Dschungel mit seinen Augen absuchte. „Ja. Ich weiß, was Sie meinen."

„Dann hatte ich recht. Wir kommen in das Tigergebiet."

„Ja", gab er zähneknirschend zu.

Tiger ... „Ich habe Jace gestern abend beim Essen mit Ihnen sprechen gehört", sagte sie ruhig. „Stimmt es, daß häufig Fischer angegriffen werden, und daß diese Tiger schwimmen können?"

„Sie sollten sich schämen, eine Tochter von Mrs. Elisabeth, die andere belauscht."

Coral lächelte. „Ich habe meine Ohren nicht absichtlich in Ihre Richtung gehalten. Aber Jace hat schon vor unserem Aufbruch in Manali von Tigern gesprochen. Und mir ist nicht entgangen, daß er heute morgen auf den Kahn gekommen ist. Normalerweise fährt er im ersten Boot. Sagen Sie mir, Seward, ist er deshalb hier, weil er glaubt, wir könnten angegriffen werden?"

„Sie brauchen das Handeln des Majors nicht als Zeichen für irgendetwas Besonderes deuten. Der Major und ich sind ausgezeichnete Schützen, und es wäre nicht der erste Tiger, den wir zur Strecke bringen, wenn es dazu kommen sollte."

„Dann ist er auf den Kahn gekommen, um uns zu beschützen?"

Seward rieb sich mit seiner großen Hand über den Bart und blickte nach oben. Coral wirbelte herum und folgte mit der Hand an ihrem Hut seinem Blick. Jace saß lässig auf einigen Kisten. Hatte er ihr Gespräch mit angehört?

Coral zog die Brauen zusammen. Wie konnte Jace so entspannt bleiben? Das Plätschern des Wassers, wenn die indischen Ruderer ihre Stöcke durch den Fluß zogen, wirkte fast hypnotisierend. Sie schlug mit der Hand ein Insekt fort und hielt plötzlich mitten in ihrer Bewegung inne – sie hörte ein Wasserklatschen, dann einen Ruf und einen schrillen Schrei!

„Das war Marianna!" rief sie.

Seward eilte an ihr vorbei, und Coral nahm ihre Röcke in die Hand und stolperte hinter ihm her. Kathleen kam im selben Augenblick auf sie zu. Ihr Gesicht war kreidebleich, und sie hielt sich einen Arm über dem Magen, als wolle sie sich übergeben. Sie deutete hinter sich. „Es ist Ethan, er ist ins

Wasser gefallen! Und es gibt hier Krokodile! Ich habe sie gesehen!“

Seward lief zum Geländer, seine Augen blickten suchend über den Fluß. Coral stand neben ihm. Ethans Schmetterlingsnetz trieb am Kahn vorbei. „Doktor Boswell!“ brüllte Seward.

Sir Hugo stand in dem kleinen Boot, das vor dem Kahn fuhr. Er legte eine Hand an den Mund und rief: „Tun Sie etwas!“

Coral umklammerte die Reling, ihr graute vor dem, was sie jeden Augenblick mitansehen müßte. Zuerst sah sie nur weiße Reiher. Dann lenkte eine Bewegung ihren Blick auf sich. Etwas rutschte aus dem hohen Gras am Ufer und ließ sich mit einem Platschen ins Wasser fallen, sein graugrüner Körper glitt durch das Wasser, die kleinen Augen standen über der Wasseroberfläche hervor.

Corals Herz pochte. Ein schneller Blick auf beide Seiten des Ufers verriet ihr, daß es mehr als nur dieses eine Krokodil gab. Krokodile, wohin man sah.

Kathleen packte sie am Arm. „Dort! Schau!“

Auf einer schlammigen Stelle am Ufer lagen ein Dutzend Krokodile und dösten in der Sonne. Ihre Mäuler waren weit aufgerissen und zeigten ihre dolchähnlichen Zähne.

Sir Hugo schrie immer noch und versuchte, die zwei Sowars, die in seinem Boot als Schutz mitfuhren, dazu zu bewegen, Ethan zu retten. Seward hatte die Stühle unter dem Sonnensegel hervorgeholt und warf sie in den Fluß.

„Guter Gott!“ flüsterte Coral und fuhr sich mit ihren eisigen Händen an den Mund.

„Nein, Junge!“ rief Seward.

Die Angst lähmte Corals Herz. *Jace! Er würde doch nicht!* Sie hörte ein zweites Klatschen, und ihr Herz wollte stehenbleiben. Sie stürmte an Kathleen vorbei und eilte neben Seward.

„Schießt auf alles, das vom Ufer wegschwimmt!" rief Seward den Sowars im anderen Boot zu, und zielte mit seinem eigenen Gewehr, aber die Unsicherheit, wessen Bewegungen sie im Wasser sahen, machte es gefährlich.

Corals ängstlicher Blick erspähte in einiger Entfernung vom Kahn eine zappelnde Gestalt, die im nächsten Augenblick wieder verschwand. Dann sah sie Jace mit kräftigen Schlägen in Ethans Richtung schwimmen. Ihre Augen hefteten sich auf ihn, als er untertauchte. Wie lange? Eine Minute? Ihre Hände umklammerten die Reling so fest, daß ihre Knöchel ganz weiß wurden. *Bitte, Herr, beschütze sie. Bitte ...*

„Macht ein Seil bereit!" rief Seward den Ruderern zu.

Coral sah Jace mit dem wild um sich schlagenden und prustenden Boswell im Griff hochkommen und nach Luft schnappen. Jace stieß ihn mit dem Fuß weg, packte ihn dann am Kragen und schwamm auf den Kahn zu.

„Links von dir!" brüllte Seward.

Coral sah das Krokodil auf Jace zukommen. Seward hob sein Gewehr. Ein Schuß krachte und ließ das Wasser um den Kopf des Krokodils herum aufspritzen. Ein weiterer Schuß durchschnitt das Wasser. Ein zweites und drittes Krokodil schwammen vom Ufer weg. Die Sowars, die in Sir Hugos Boot als Schutz mitfuhren, feuerten Schüsse ins Wasser.

Eine Minute später näherte sich Jace mit Ethan dem Kahn. Coral trat zurück, um den Männern Platz zu machen, als Seward und ein Ruderer sie an den Schultern packten und die beiden aus dem Wasser zogen und an Deck hievten.

„Gott sei Dank, Junge!" sagte Seward und klopfte Jace auf die Schulter. „Du hast dich gut gehalten, aber Boswell sieht wie eine ertrunkene Ratte aus."

Jace setzte sich und holte Luft, während Ethan prustete und Wasser spuckte.

„Major, ich stehe in Ihrer Schuld", keuchte Ethan.

Jace hob die Hand. „Sparen Sie sich Ihren Atem; wir sind jetzt quitt." Er stand leicht wankend auf und ging davon.

Kathleen kam herzugeeilt. „Coral, komm schnell. Marianna ist in Ohnmacht gefallen. Hast du Riechsalz bei dir?"

Coral eilte zum vorderen Teil des Kahns, wo Marianna sich bereits wieder rührte.

„Alles in Ordnung, Marianna. Ethan lebt. Major Buckley hat ihn vor den Krokodilen gerettet."

Marianna war so erleichtert, daß ihr Tränen in die Augen traten. Erst jetzt sah Coral die Hindibibel, die Marianna an ihr Herz gedrückt hatte. Eine Welle des Verständnisses erfaßte sie. Marianna hatte sich auf die einzige Art, die sie kannte, an den Herrn gewandt, indem sie sich an sein Wort klammerte. Sie konnte es nicht lesen, drückte es aber fest an ihr Herz.

Marianna sah Coral an. „Lehrst du mich, Hindi zu lesen? Ich habe das Neue Testament aufgeschlagen, und es war schrecklich. Ich konnte kein Wort lesen."

Coral lächelte. „Aber vergiß nicht die englische Bibel, die Großmutter Victoria dir im Roxburyhaus gegeben hat."

Marianna schaute sie verlegen an. „Ich ... ich habe sie in meiner Nachttischschublade liegen gelassen."

Kathleen ging zu ihrer Tasche und zog ein kleines, schwarzes Buch mit Goldschnitt und einem seidenen Lesezeichen und dem Roxburywappen auf dem Ledereinband heraus. Ihre bernsteinfarbenen Augen glänzten vor Stolz, als sie auf Marianna herabblickte.

„Ich habe meine nicht vergessen. Hier", sagte sie und reichte Marianna das Buch. „Du kannst meine haben, bis Großmutter Victoria dir deine nachschickt. Eines der Dienstmädchen wird sie bestimmt finden."

„Danke, aber welche benutzt du?"

Kathleen legte den Kopf schief und blickte sie an. Sie sagte nichts.

„Aber ich würde trotzdem gern Unterricht in Hindi nehmen", meinte Marianna an Coral gewandt. „Und Vetter Ethan auch. Vielleicht könntest du uns hier an Bord Stunden geben. Wir haben genug Zeit. Dann könnte ich Mr. Peddington schreiben und ihm berichten, was ich tue."

„Charles würde sich bestimmt freuen", erwiderte Coral.

„Rechne mich nicht dazu", erklärte Kathleen. „Ich hatte genug Schwierigkeiten mit der englischen Grammatik."

Aber Coral wußte, daß Kathleen besser Hindi konnte, als sie jemanden wissen lassen wollte.

Coral blickte bei den Schritten nackter Füße auf dem Deck auf und sah den Kansamah vorbeieilen. In einer Hand hielt er eine Kanne mit etwas Heißem, Dampfendem darin. In der anderen zwei Blechtassen.

Coral wunderte sich selbst über ihr Handeln, aber sie stand auf und winkte ihn herbei. „Heißer Tee?"

Er grinste. „Nein, Miss-Sahiba. Kaffee. Ich habe ihn gekocht, bevor der Doktor in den Fluß fiel. Lieblingsgetränk von Major-Sahib."

„Ja, ich weiß. Ich bringe ihn ihm. Sie können die andere Tasse dem Doktor bringen."

Wie konnte sie nur je denken, daß er Michael im Stich lassen würde? Er hatte für Ethan, einen Mann, den er nicht einmal mochte, sein Leben bei diesen schrecklichen Krokodilen riskiert.

Als sie auf ihn zutrat, lag Jace ausgestreckt in der Sonne, als könne nichts auf der Welt ihn berühren, sein Gesicht war unter seinem Arm begraben, und er ließ sich von der Hitze trocknen. Coral blieb stehen, und ein leichter Windhauch wehte den Saum ihres Rockes gegen ihn. Sie hielt den Kaffee hinter ihrem Rücken. „Sie schlafen schon? Es ist uns anderen gegenüber nicht gerecht, daß Sie so ruhig sind."

Er bewegte seinen Arm leicht und blinzelte sie an.

„Ich habe eine angenehme Überraschung für Sie", sagte sie. „Sie verdienen es, ein bißchen verhätschelt zu werden."

Er zog sich auf einen Ellbogen hoch, und eine Augenbraue fuhr in die Höhe. „Ich bin sprachlos."

Coral lächelte und holte die Tasse hervor. „Kaffee. Obwohl ich nicht verstehen kann, warum Sie ihn mögen. Mir ist er zu bitter."

Als er die Tasse sah, seufzte er befriedigt. „Aber nur eine Tasse?"

Sie holte auch noch die Kanne hinter ihrem Rücken hervor.

„Sie fangen an, meine Schwäche zu verstehen." Er nahm die Tasse, Coral bückte sich und schenkte ihm ein. Dann stellte sie die Kanne neben ihn auf die Holzplanken und achtete darauf, daß sie nichts vergoß. Sie richtete sich wieder auf und hielt ihren Hut fest.

Jace trank und sagte dann trocken: „Wenn Sie gekommen sind, um mir zu danken, weil ich Boswell gerettet habe, sage ich Ihnen gleich, daß das nicht nötig ist. Es war meine Pflicht."

Pflicht. Wie kühl und pragmatisch er es absichtlich klingen ließ. In seinen Worten steckte noch etwas anderes. Seine Pflichterfüllung auf der *Madras* war von Sir Hugo und Ethan in Frage gestellt worden, als Michael über Bord ging.

„Ich glaube, es war mehr", sagte sie. „Sie hätten das gleiche getan, wenn Sie nicht mehr Major Jace Buckley, sondern Kapitän der *Madras* wären."

„Wenn ich gewußt hätte, daß Krokodile im Wasser lauern, hätte ich den armen Boswell den Weg allen Fleisches gehen lassen. Wie geht es ihm übrigens?"

Coral konnte diese zu glatte Bemerkung nicht gelten lassen. „Ihm geht es gut, dank Ihres mutigen Einsatzes. Seward kümmert sich um ihn. Und Sir Hugo hofft, so bald es möglich ist, an Bord zu kommen. Aber Jace, Sie *wußten*, daß es hier Krokodile gibt."

Er zögerte leicht, trank dann seinen Kaffee leer und stellte die Tasse ab. „Wenn Sie den Kansamah sehen, sagen Sie ihm, daß er den Kaffee stark genug gemacht hat."

„Ich behaupte, daß Sie es wußten, weil Sie heute morgen an Bord kamen, denn Sie wußten, daß dies das Tigergebiet ist."

„Meinen Sie?"

„Und da Sie so viel über diese Gegend wissen, war Ihnen auch klar, daß es hier Krokodile gibt. Ethan hatte keine Ahnung. Marianna sah ihn ins Wasser fallen. Er versuchte, einen Käfer mit einem roten Streifen zu fangen, beugte sich mit seinem Netz zu weit vor, und als er ihn schon fast hatte – ist er ins Wasser gestürzt."

Jace lächelte.

„Warum wollen Sie absichtlich Ihre Tapferkeit unter den Scheffel stellen?" bohrte Coral weiter.

„Sie haben recht. Sollte ich mich nicht galant ins Licht rükken, nachdem ich beschuldigt worden bin, daß ich einen Freund im Stich gelassen hätte?"

„Ich weiß nicht, was in Darjeeling passiert ist. Vielleicht will ich es auch nicht mehr wissen. Aber ich glaube, ich weiß, warum Sie ins Wasser gesprungen sind, um Ethan zu retten. Eine Notlage bringt ans Licht, was im Herzen eines Mannes wirklich vor sich geht."

„Vorsicht ... ich fühle die neugierigen Finger eines forschenden, jungen Geistes. Sie wären gut beraten, nicht zu tief zu bohren."

Ein starker Luftstoß hob ihren Hut hoch und ließ ihn auf

das Deck segeln. Jace streckte sich und fing den vorbeifliegenden Hut auf. Er erhob sich. „Ihr Hut, Miss Kendall." Seine Augen blickten Sie direkt an. „Vielleicht sollten Sie sich am besten wieder in den Schatten des Sonnensegels zurückziehen."

„Sie sind nicht so zynisch und pragmatisch, wie Sie vorgeben."

Er sagte nichts und sah ihr geradewegs in die Augen.

„Nicht wahr?" fragte sie ruhig.

Er trank seinen Kaffee leer.

„Ich glaube langsam, Sie haben sich die Rüstung eines Krokodils angelegt, um andere von sich zu verscheuchen."

„Denken Sie dabei an eine bestimmte Person?"

„Es könnte jeder sein, der Ihnen wichtig werden könnte."

„Darf ich Ihnen einen Rat geben?"

Sie lächelte. „Schon wieder?"

„Sie sollten es sich genau überlegen, bevor sie versuchen, die Rüstung zu lüften. Das Krokodil ist nämlich noch gefährlicher, wenn es sein Mittagessen nicht verscheuchen will."

Sie spürte, wie ihre Wangen warm wurden, und nahm ihren Hut, den er ihr hinhielt. „Danke für die Warnung, Herr Major." Sie setzte sich den Hut auf. „Wenn Sie mich entschuldigen."

Jace sah ihr nach, wie sie davonging und der Wind mit ihrem hellgelben Rock spielte. *Sie haben recht. Ich würde lieber die Madras in den Kampf gegen die Franzosen steuern, als mir von Ihren süßen Fingern an meiner Rüstung rütteln lassen!* Je mehr sie ihn für eine Gefahr hielt, um so mehr würde sie sich von ihm fernhalten.

Er stand da und horchte auf die Geräusche aus dem Dschungel. Dann ging er zu seinem nassen Hemd hinüber und hob es auf. Dabei fühlte er etwas in der Brusttasche und zog es heraus. In seiner Hand lag die Tapferkeitsmedaille, die er verliehen bekommen hatte. Gokul hatte sie ihm in der Nacht, in der er wieder Major Jace Buckley wurde, in die Uniformjacke gesteckt.

„Gokul", sagte Jace laut und leicht deprimiert. „Ich wäre jetzt nicht in dieser heiklen Lage, wenn du die *Madras* nicht verliehen hättest." Dann wäre er auch Sir Kendalls Tochter nicht über den Weg gelaufen. Je früher er diesen Auftrag in Guwahati hinter sich brachte, um so besser. Er würde den Oberst bezahlen, die *Madras* besteigen und auf das Meer hinausfahren. Aber da war noch Gem ...

Seward kam auf ihn zu, und Jace drehte sich stirnrunzelnd um.

Seward warf ihm einen fragenden Blick zu. „Hat dir das Mädchen den Kaffee gebracht?"

„Ja, hat sie. Der Kansamah macht sich ganz gut. Wo ist mein Gewehr?"

„Gleich hier, Junge. Boswell will dich sprechen und sich bei dir bedanken."

„Sage ihm, es war nicht der Rede wert."

23

Für Corals Empfinden krochen die Tage auf dem Fluß – mit der sengenden Hitze und den summenden Insekten – langsam dahin, aber die Nächte mit der fast greifbaren Dunkelheit aufgrund der dichten Bäume und Büsche waren bei weitem das schlimmste. Mit wilder Entschlossenheit klammerte sie sich an ihre Hindibibel. Allein schon die Berührung des Einbands, der inzwischen vertrauten Seiten mit ihren unterstrichenen Versen, gab ihr Sicherheit.

Marianna trug wenig dazu bei, Coral bei ihrem geistigen Kampf zu helfen. Da sie von Kathleen kein Mitgefühl empfing, klammerte sich ihre jüngere Schwester wegen des Glaubens, der ihr fehlte, an sie. Marianna, die sich vor allem fürchtete, das summte, zischte, brüllte oder einfach ein Netz spann, war von dem Dschungel, in dem es von Giftschlangen und beutesuchenden Tigern wimmelte, entsetzt.

Coral und Marianna lasen miteinander Psalm 18 und lernten die Verheißungen darin auswendig.

„Herr mein Fels", begann Coral. „Jetzt bist du an der Reihe."

„Meine Burg, mein Erretter." Marianna betrachtete aus den Augenwinkeln heraus das Flußufer. „Mein Gott, mein Hort, auf den ich traue, mein Schild und Berg meines Heiles –"

„Und mein Schutz", schloß Coral. „Hör auf, dauernd nach Krokodilen Ausschau zu halten!"

Coral wußte, daß ihre Worte nicht nur Marianna trösten

sollten, sondern auch eine Erinnerung für sie selbst waren.

Eines Nachmittags, als es sicher genug war, an Land zu gehen und den Kansamah auf festem Boden das Abendessen kochen zu lassen, weigerte sich Ethan, den Kahn zu verlassen. Coral begann schon, sich Sorgen um ihn zu machen. „Dein Gepäck ist hier sicher, Ethan. Komm schon und setz dich zu uns ans Feuer. Seward sagt, einer der Sowars hält hier Wache."

„Ich esse hier, meine Liebe", beharrte er. „Ein Soldat kann mir mein Essen bringen. Und sorge dafür, daß das Essen gut gekocht wird. Die Wasservögel sind von Ungeziefer verseucht."

War er krank? Coral blickte sich nach Jace um, aber er war vor einer Stunde allein losgegangen. Als sie jetzt vorsichtig auf die Bäume zuging, durch die er verschwunden war, runzelte sie die Stirn. Ethan konnte alles Mögliche zustoßen, wenn er allein auf dem Kahn blieb. Angenommen, er fiel wieder in den Fluß? Das war natürlich nicht besonders wahrscheinlich, aber immerhin betraten sie das Tigergebiet. Hatte Jace nicht gesagt, daß die Tiger so angriffslustig waren, daß sie Fischer in ihren Booten anfielen?

Ein bedrohlicher Sonnenuntergang färbte den Himmel mit roten Streifen, während die Dschungelbüsche die Farben des Feuers widerspiegelten. Coral achtete vorsichtig auf ihre Schritte, um ja auf keine Schlange zu stoßen. Ihre Ohren waren aufmerksam und lauschten nach dem tiefen Knurren eines Tigers, aber außer dem ruhigen Gesang der Dschungelvögel, die sich im Dämmerlicht auf die Nacht vorbereiteten, war nichts zu hören.

Sie ging unter überhängenden Zweigen hindurch und kam mit einem dichten, klebrigen Spinnennetz in Berührung, das gegen ihr Gesicht schlug. Igitt! Mit einer schnellen Handbewegung wischte sie es ab. Sie wollte schon weitergehen, als Jace zwischen einigen Bäumen auftauchte. Er sah schweißgebadet und verschwitzt aus, aber er pfiff gut gelaunt vor sich hin. Eine Seite seines Gesichts war schmutzverschmiert, und er hatte wilden Honig und mehrere Vögel in der Hand, die bereits gerupft waren, so daß der Kansamah sie nur noch braten mußte.

Er blieb stehen, als er sie erblickte. Coral schloß aus seiner Miene, daß er nicht entzückt war.

„Passen Sie auf, wohin Sie treten. Ich bin auf eine Pythonschlange gestoßen. Sie hatte ein Wildschwein erbeutet", sagte er.

Coral stellte sich die riesige Viper vor, die sich eng um den Körper ihres Opfers legte und das Schwein zerdrückte. Sie erschauderte, rieb sich ihre Arme und blickte sich vorsichtig um. „Es geht um Ethan. Er weigert sich, den Kahn zu verlassen."

Jace hielt die toten Vögel an den Füßen fest, und sie sah, wie ihre Köpfe nach unten baumelten.

„Ich dachte, der Doktor sollte sich um Sie kümmern und nicht umgekehrt? Wenn Sie mir die Bemerkung erlauben, Sie sehen erschöpft aus, selbst wenn Ihr Wille und Ihre Entschlossenheit ungebrochen sind."

Seine Bemerkung machte ihr bewußt, daß sich Strähnen ihrer Haare aus ihrem Nackenknoten gelöst hatten. Befangen wischte sie sich die Haare aus dem Gesicht. Eine Safari war nicht gerade die richtige Umgebung für sorgfältiges Frisieren.

„Sagen Sie dem Doktor, er solle seine Käfer und Schmetterlinge vergessen und sich ein bißchen um Sie Sorgen machen."

„Mir ist es am liebsten, wenn man sich so wenig wie möglich Sorgen um mich macht, danke. Was haben Sie mit diesen dürren Vögeln vor?"

„Ihren wählerischen Appetit mit dem unvergeßlichen Genuß meiner Kochkunst zu erfreuen. Was sonst?"

„Sie können kochen?" Sie war nicht wirklich überrascht; es sah Jace ähnlich, so selbständig zu sein.

„Mein liebes Mädchen, aber natürlich! Wie glauben Sie, hätte ich es sonst geschafft, in all diesen Jahren zu überleben? Nur mit Gokuls Curry und Reis? Heute abend gebe ich dem Kansamah frei und bereite uns gebratene Geflügel mit wildem Honig und einer Mangofüllung zu. Wie klingt das?"

Coral warf einen Blick auf die Vögel mit den baumelnden Köpfen und den offenen Augen, die sie anstarrten. „Danke, aber Reis genügt mir vielleicht."

Er lachte und warf dann einen stirnrunzelnden Blick auf die Vögel. „Ich mache Ihnen keinen Vorwurf, daß Sie das Mondscheindinner ablehnen. Ist nicht viel dran an diesen Tieren, nicht wahr?"

Coral folgte seinem Blick auf die dürren, gerupften Vögel mit ihren langen, unförmigen Beinen, die wie Marionetten an einer Schnur aufgehängt waren. Aus keinem ersichtlichen Grund begann sie plötzlich zu kichern.

Er sah sie einen langen Moment an, und als Coral nicht aufhören konnte, fing er auch an zu lachen. Er streckte die Vögel mit einer eleganten Verbeugung aus. „Nach Ihnen, Lady Kendall. Ich übergebe dem Kansamah meine Beute und rette dann Boswell vom Kahn."

Coral machte einen Knicks. „Danke, Herr Major. Sie sind zu freundlich. Was würde ich nur ohne Sie tun?" Sie warf ihm einen schnellen Blick zu und fragte sich, ob er auf ihre Worte reagieren würde.

Mit versteckter Erleichterung, daß er diese Gelegenheit ungenutzt verstreichen ließ, drehte sich Coral um und wollte vorangehen.

„Halt. Bewegen Sie sich nicht", befahl er.

In seiner Stimme steckte eine Autorität, die sie, ohne zu fragen, akzeptierte. Sie hielt den Atem an und lauschte, aber nur das Summen eines Moskitos an ihrem Ohr störte das immer dunkler werdende Dämmerlicht. Ein leises Blätterrascheln verriet einen leichten Windhauch. Was hatte er gehört? Einen Tiger? Eine Kobra, die sich durch das Gras schlängelte? Jace kannte den Dschungel und war mit seinen Gefahren vertraut. Ihre Haut kribbelte, als sie wartete, aber nur Schweigen umgab sie.

Sie hörte seine Schritte hinter sich näherkommen, dann blieb er stehen. Coral konnte seinen Blick fühlen, und eine seltsame Gänsehaut zog über ihren Rücken hoch. Sie wurde nervös. „Würden Sie mir bitte sagen, warum Sie auf meinen Hals starren?"

Sie wartete, aber er gab keine Antwort. Sie wollte sich schon umdrehen, als seine Hand sich fest um ihren Unterarm legte. „Bewegen Sie sich nicht."

In diesem Augenblick fühlte sie etwas hinten an ihrem Hals krabbeln. Plötzlich angeekelt, stockte ihr der Atem. *Dieses Spinnennetz!* Sie unterdrückte mühsam den Wunsch, laut loszuschreien.

„Bleiben Sie ruhig", kam Jaces ruhige Stimme.

Ein Stöhnen entfuhr ihren Lippen, als die langsame, kitzelnde Bewegung der dürren Beine hinten über ihren Hals lief und direkt unter ihrem Ohrläppchen zum Stehen kam.

Eine Spinne! Ihre Phantasie ließ ihr Herz schneller schlagen. Der Schweiß lief an ihr herab. Es mußte eine riesengroße Spinne sein! Sie konnte die haarigen, spindeldürren Beine fühlen! Sie würde in Ohnmacht fallen, sie würde schreien, sie würde hysterisch mit der Hand nach dem Tier schlagen –

„Ruhig."

„Nein, nein, nein –“ kam ihre Stimme, von Angst verzerrt.

Sein Griff um ihren Arm wurde fest wie Eisen, und sie zuckte zusammen. Aber damit wurde sie für einen kurzen Augenblick von der Spinne abgelenkt. „Sie krabbelt gleich an der Seite Ihres Gesichtes zu Ihren Haaren hinauf. Dann kann ich sie wegschlagen.“

Sie biß sich auf die Lippe und wollte weinen. *Herr, bitte, laß sie wegkrabbeln.*

„Jace ... ich halte das nicht aus“, sagte sie zitternd und grub ihre Finger in ihre Röcke. „Ich spüre, wie sie sich *bewegt*!“

Er lachte kurz, und sie versteifte ihren Rücken.

„Das ist also das kleine Mädchen, das prahlt, wütende Hindus abwimmeln und Kinder unter ihren Röcken versammeln zu wollen? Und im nächsten Augenblick schreien Sie und fallen in Ohnmacht.“

Sie atmete so scharf ein, daß sie beinahe husten mußte, aber sein leichter Spott verstärkte ihre Entschlossenheit.

„Haben Sie mir nicht gesagt, daß Sie sich in ganz Indien vor nichts fürchten? Jetzt können Sie es beweisen.“

Coral schloß die Augen und drückte sie so fest zusammen, daß ihr Tränen aus den Augenwinkeln traten. Sie schluckte. Ihr Hals war ganz trocken, als sie flüsterte: „Was tut sie jetzt?“

„Sie hat beschlossen, es sich gemütlich zu machen. Nur Geduld.“

„Tun Sie doch *etwas*!“

„Ich kann nicht. Sie sitzt in Ihrem Nacken.“

„Wenn Sie nichts tun, tue ich etwas!“

„Bewegen Sie sich nicht. Das ist nicht Ihre kleine, niedliche Spinne aus Manali. Sie kann tödlich sein. Wenn sie ein bißchen weiter nach rechts geht, habe ich sie.“

Seine Hand drückte wieder ihren Arm, und seine Stimme war freundlich. „Konzentrieren Sie sich auf den Herrn. Das haben Sie doch Marianna gesagt, nicht wahr? Jetzt schenkt der Herr Ihnen eine Gelegenheit, ihm zu vertrauen. Erinnern Sie sich an Ihre Verse?"

„Ich k-kann nicht denken!"

Jace hauchte leise. „Herr, wenn du das Ding nur dazu bringen könntest, sich ein paar Zentimeter zu bewegen."

Coral fühlte, wie ihr der Schweiß auf der Stirn stand. Die Spinne rührte sich wieder, dieses Mal kam sie unter ihrem Ohr hervor und über die Seite ihres Gesichts, ihre Schläfe und jetzt auf ihre Stirn gelaufen.

Sie wagte es nicht, die Augen zu öffnen, aus Angst, sie würde das Tier sehen. Sie konnte ihr Herz laut pochen hören.

„Nur noch eine Sekunde, Coral. Ruhig –" Seine Hand schlug schnell zu, wischte sie von ihren Haaren und warf sie auf den Dschungelboden. „So. Das ist vorbei."

Mit der Erleichterung überfiel sie gleichzeitig eine große Schwäche. Sie klammerte sich an seinen Arm und ließ ihre Stirn mit einem dicken Kloß im Hals auf seine Brust fallen. Sie fühlte, wie seine Finger die Seite ihres Gesichts berührten, wo die Spinne gewesen war, und sanft ihre feuchten Haarsträhnen beiseitewischten.

„Jetzt ist alles vorbei", sagte er leise.

Sie hätte für immer mit seinem Arm um ihre Hüfte so stehenbleiben und seine hypnotisierende Berührung genießen können, aber ihre Sinne erwachten. Sie riß die Augen auf und wurde sich einer neuen Gefahr bewußt.

Ihr Kopf fuhr hoch und blickte ihm in die Augen, die ganz nah bei ihrem Kopf waren. Ihre Gefühle purzelten durcheinander. Wenn sie jetzt nicht der winkenden Verlockung widerstand, wäre es zu spät. Und was dann?

Sein Arm ließ sie los. „Ich glaube, wir gehen am besten zurück."

Coral fühlte die Verlegenheit in sich aufsteigen, weil er derjenige war, der das vorgeschlagen hatte. Atemlos trat sie mehrere Schritte zurück. Ihre Augen richteten sich auf die Erde zwischen ihnen. Die Spinne marschierte vorsichtig über den Boden und steuerte auf die herabhängenden Zweige zu, die von den Bäumen hingen. Das Tier hatte die Größe einer Mangofrucht. Sie war nicht schwarz, wie Coral vermutet hatte, sondern schokoladenbraun mit gelben Flekken. Sie erschauderte. Wenn es hier eine Spinne gab, gab es bestimmt noch mehrere. Sie warf einen Blick zu den Zweigen hinauf und rieb sich die Arme, als ihre Haut kribbelte.

Jace trat mit seinem Stiefel auf die Spinne, und etwas spritzte. Coral mußte sich beinahe übergeben, bedeckte ihr Gesicht mit der Hand und wandte sich um.

„So, holde Maid! Der Drache ist besiegt! Gehen wir?" Er hob mit einem leichten Lächeln die dürren Vögel hoch, und die Anspannung des vorhergehenden Augenblicks war verschwunden.

Erleichtert, aber doch irgendwie enttäuscht, daß er es so leicht abschutteln konnte, wandte sie sich schnell ab. „Danke für Ihre Hilfe, Herr Major. Ich glaube, ich höre Sir Hugo rufen." Sie nahm ihre Röcke in die Hand und ging, ohne einen weiteren Blick auf die zerdrückte Spinne zu werfen, zum Feuer zurück.

Sir Hugo kam genau in dem Augenblick durch die Bäume, als Coral auftauchte. Seine Miene wurde hart, als seine Augen an ihr vorbei auf Jace Buckley fielen, der ungezwungen hinter ihr hermarschierte.

„Ich habe den Major gebeten, dafür zu sorgen, daß Ethan den Kahn verläßt", erklärte sie.

„Ethan ist kein Kind mehr. Ich schlage vor, daß du ihm

seinen eigenen Willen läßt und nicht mit allen deinen Wehwehchen zu Buckley läufst."

Sie war über seinen Ärger verwirrt. „Ich laufe nicht mit jedem kleinen Wehwehchen zu Major Buckley, Onkel. Aber da er den Oberbefehl über unsere Reise hat, ist es nur richtig, daß er weiß, daß Ethan allein auf dem Kahn ist."

Sir Hugo sagte nichts mehr, als Jace näherkam. Sie fragte sich, ob Jace ihre Worte gehört hatte. Verlegen stürmte Coral an den beiden vorbei und kehrte ins Lager zurück. Als am Lagerfeuer alles ruhig wurde und die Wachen ihren Dienst antraten, versuchte Coral zu schlafen und lauschte auf den ruhigen Atmen ihrer Schwestern, die neben ihr lagen. Sie schämte sich. Es hatte einen kurzen Augenblick gegeben, in dem sie etwas gefühlt hatte, das kein anständiges Mädchen je erleben durfte, dessen war sie sich gewiß. Und dieses Gefühl hatte sie nicht bei Ethan erfahren, sondern ausgerechnet bei dem Mann, vor dem sie sich in acht nehmen mußte, das wußte sie! Und um alles noch schwerer für sie zu machen, war *er* es gewesen, der sich ruhig zurückgezogen und sie erinnert hatte, daß sie zu den anderen zurückgehen mußten.

Wie skandalös! Hatte er ihre Gefühle erraten können? Hatte ihr Onkel sie erraten?

Nein, Jace konnte es nicht gewußt haben, beschloß sie mit tiefer Erleichterung. Alles war viel zu schnell geschehen, und er hatte unbewußt alles vom Tisch gewischt, da er ganz auf die Spinne konzentriert war. Wenn er nicht auf sie getreten wäre und sie getötet hätte – aber das hatte er, und sie konnte nur vermuten, daß er es absichtlich getan hatte. Mit diesem Schritt war schlagartig wieder die Wirklichkeit zwischen ihnen eingekehrt.

24

Jace kannte den Weg, dem sie folgen mußten, und die Schwierigkeiten, die auf sie warteten. Seward war für die Lagerplätze verantwortlich, aber sie waren rar und weit voneinander entfernt. Oft wenn Coral ihre Ohren anstrengte, hörte sie Seward Jace zuflüstern, daß das Risiko, an Land zu groß sei, denn das Lagerfeuer und der Geruch von Menschen würde die Tiger nur anlocken. In vielen dunklen Nächten entzündeten sie Fischerlaternen und blieben an Bord der Boote, statt an Land zu übernachten, und immer kümmerte Jace sich darum, daß Coral und ihre Schwestern mehr Sowars als die anderen hatten, die sie auf dem Kahn beschützten.

Während der Fahrt durch den Dschungel wanderten Corals Gedanken oft zu William Carey. Sein Einsatz für die Arbeit des Herrn forderte sie heraus, ihren eigenen geistigen Eifer richtig einzuschätzen. Durch Gottes Gnade hatten Mister Carey und seine Familie das Leben in Sunderbans im Dschungelgebiet im Herzen des Deltas überlebt. Irgendwie hatte er es geschafft, ein Bambushaus für seine Familie zu bauen, und hatte seinen Garten angelegt – etwas, das Carey überall tat, wohin er kam. Wie lange hatten er und seine Familie wohl im Delta gelebt, fragte sie sich. Es erforderte viel Mut und Opferbereitschaft, auf diesem Weg zu bleiben. Wer konnte es Mrs. Carey verdenken, daß sie krank geworden war? Sie dachte an sich selbst. Hatte sie diese Hingabe an den einen, den sie Herr nannte?

„In Sunderbans ist William Careys kleiner Junge Peter gestorben und Mrs. Carey krank geworden. Sie hat sich immer noch nicht erholt“, erzählte Coral Seward, als sie den Sonnenaufgang über den Dschungelbäumen beobachteten.

„Das wundert mich nicht. Das Leben dort ist grausam und hart. Der Mann hatte mehr Mut, als die meisten aufbringen würden. Mir würde grauen, wenn ich London mit einer Frau und Kindern verlassen und an so einen Ort gehen müßte.“ Er schüttelte traurig den Kopf.

Corals Augen leuchteten, und sie schaute über den Fluß. „Er ist gekommen, weil er Indiens große Not kannte und wußte, daß es nur einen gibt, der die Ketten der Finsternis zerbrechen kann. Kein Opfer für sich oder seine Familie war ihm zu viel, da er wußte, welchen Preis der Herr bezahlt hat.“

„Langsam, kleines Mädchen“, brummte er. „Sie machen mir Angst, wenn Sie so sprechen. Sie wollen Careys Fußtapfen folgen, und mir gefällt es überhaupt nicht, wohin das führt.“

Coral lächelte zu ihm hinauf und hängte sich bei ihm ein. „Machen Sie sich keine Sorgen, Seward. Ich könnte nie so tapfer sein. Meine Wege führen in eine andere Richtung. Und ich verspreche, daß eine Schule auf Kingscote erst die Zustimmung meiner Eltern haben muß, bevor ich Sie bitte, Hand anzulegen, um mir beim Bau zu helfen.“

Seine buschigen Brauen zogen sich zusammen, und er legte den Kopf schief und zog seinen dreieckigen Hut tiefer in die Stirn. Coral lachte über seinen mißtrauischen Blick.

„Sie haben also vor, den armen, alten Seward in Ihre Ränke einzuspannen, nicht wahr? Ich habe den Verdacht, Sie wollen einen Bau aufstellen, bevor der Regen kommt. Aber vergessen Sie Ihren Onkel nicht. Er wird Sir Hampton wegen Ihrer Schule einiges zu sagen haben. Er ist von

Anfang an strikt dagegen. Und er wird seine Meinung nicht so schnell ändern."

„Mutter wird auf meiner Seite sein. Warten Sie nur ab. Sie hat schon immer eine Liebe zu den Unberührbaren."

„Ja, das weiß ich. Und das macht mir Sorgen. Sie weiß, daß Sie um Gem trauern."

Gem. Sein Name bahnte sich einen Weg durch ihr Herz und weckte schöne Erinnerungen. Könnte Jace herausfinden, wo er sich befand? Und wenn ja, würde es ihr dann gelingen, ihn zurückzuholen? Sie wollte es Seward erzählen, aber da Jace sie gebeten hatte, mit niemandem darüber zu sprechen, behielt sie das Geheimnis fest in ihrem Herzen. Wenn Jace es Seward erklären wollte, konnte er es selbst tun. Aber sie sehnte sich danach, ihre Hoffnung mit jemandem zu teilen, und irgendwie bot Seward die größte Schulter, an die sie sich anlehnen konnte.

„Was würden Sie sagen, wenn ich Ihnen verrate, daß Gem vielleicht nach Hause kommen könnte?"

Seward drehte den Kopf zu ihr, und sein Blick war so scharf wie der eines Falken. Corals Augen leuchteten, und ihre Hand drückte seinen Arm.

„Was soll das heißen? Gem soll nach Kingscote zurück kommen? Wer hat Ihnen so etwas erzählt? Mädchen, Sie müssen vorsichtig sein mit Träumen."

Hinter sich hörten sie eine Bewegung, und Coral wirbelte mit der Hand immer noch auf Sewards Arm herum. Es war Sir Hugo. Seine dunklen Züge vermittelten ihr ein ungutes Gefühl, als er mit seinem Safarihut, seinem knielangen Mantel und einem Gewehr in der einen Hand und einer Pistole um die Hüfte geschnallt vor ihr stand.

„Ich glaube, es ist besser, meine Liebe, wenn du nicht allein auf dem Kahn herumwanderst. Bleibe lieber bei deinen Schwestern unter dem Sonnensegel."

„Du verläßt den Kahn?“ fragte sie, da sie bemerkte, daß er auch eine Ledertasche bei sich trug.

„Ich fahre auf einem der vorderen Boote mit. Sei vorsichtig.“

„Ja, Onkel, natürlich“, erwiderte sie und hoffte, er würde ihre Erleichterung, daß er von Bord ging, nicht bemerken. Wenn er im vordersten Boot war, hätte er sie nicht ständig im Blick.

„Und Major Buckley?“ fragte sie.

Sie fühlte, wie der durchdringende Blick ihres Onkels ihren Kopf durchbohrte, als wolle er das Motiv hinter ihrer Frage herausfinden.

„Der Major bleibt auf dem Kahn, nicht daß ich mit dieser Entscheidung einverstanden wäre. Er sollte im vordersten Boot sein, aber da er darauf besteht, muß ich es akzeptieren.“

Aus dem Augenwinkel sah sie, wie Seward sich mißmutig ein wenig aufrichtete.

„Der Major kennt den Fluß so gut, wie Sie die Innereien der Kompanie kennen, Sir Roxbury. Seien Sie versichert, daß er weiß, was er tut.“

Hugo verzog den Mund. „Ihre Loyalität ist unerschütterlich, Seward.“ Er wandte sich zu den Mandschis, die darauf warteten, ihn in das kleine Boot zu bringen, und gab Coral eine letzte Warnung. „Im Fluß wird es bald nur so vor Krokodilen wimmeln. Paß am besten auf Marianna auf.“

Als er fort war, blickte ihm Seward finster nach und zog seinen Hut tief in die Stirn. „Ihr Onkel versteht es gut, sich in anderer Leute Dinge einzumischen und Ihnen seinen Willen aufzwingen zu wollen!“

„Und das zu Recht“, kam Ethans Stimme, aber wenn er über Sewards Bemerkung beleidigt war, dann verriet er das mit keiner Miene. Er schien gut gelaunt zu sein, als er auf sie zutrat. Er achtete nicht auf Seward und sagte fröhlich:

„Guten Morgen, Coral. Hast du zufällig Marco Polo gelesen?“

Seward schwieg und beäugte ihn skeptisch, aber Coral lächelte. „Guten Morgen, Ethan. Nein, das Buch habe ich nicht gelesen. Aber du wahrscheinlich, sonst würdest du nicht fragen.“

„Ich muß sagen, es war eine faszinierende Lektüre.“ Er hielt sich die Hand als Schild über die Augen und betrachtete das Flußufer. „Er erwähnte natürlich auch Indien. Sagte, er habe vielleicht das Einhorn entdeckt. Ich frage mich, ob es hier welche gibt?“

Coral warf einen Blick auf Seward, der unter seinem Bart schmunzelte. „Hier gibt es keine, Doktor. Aber wenn Sie unsere Meinung hören wollen – das heißt die Meinung des Majors und meiner Wenigkeit – das einhörnige Nashorn in der Nähe von Kingscote ist Mister Polos Einhorn.“

„Wirklich? Dann bekommen wir diese Tiere zu Gesicht? Herrlich!“

Seward erwärmte sich bei Doktor Boswells Interesse an den Tieren in der Wildnis und lehnte seinen Arm gegen die Reling, bevor er sich auf ein Gespräch einließ. „Also, wenn Sie sich für mehr als nur für Käfer interessieren, kann ich Sie auf eine Safari um Jorhat führen.“

„Kingscote liegt dort in der Nähe?“

„Ja, die Plantage läuft kilometerlang am Brahmaputra entlang und in den Dschungel hinein. Wenn Sie die Nashörner sehen wollen, dann am besten vom Rücken eines Elefanten aus.“

„Ich komme auf Sie zurück, Seward, mein Freund. Vielleicht können Sie mir auch raten, welcher Ort auf Kingscote am besten für mein Labor geeignet ist. Ich hätte es gern weg vom Haus. Meine Arbeit erfordert ungestörte Ruhe. Sagen wir, eine halbe Wegstunde.“

„Sir Hampton wird Ihnen die freie Auswahl lassen, dessen bin ich mir sicher. Er wird dankbar sein, wenn Sie Lady Elisabeth wieder auf die Beine bekommen."

„Glauben Sie mir, Seward, das werde ich bestimmt versuchen. Ich könnte es nicht ertragen, Coral ohne ein Lächeln durch den Sommer gehen zu sehen."

Coral wandte sich ihm mit ihrem freundlichsten Lächeln zu, als ihr Augen auf Jace fielen. Er verzog leicht den Mund, als er auf die Gruppe zutrat.

Seward sagte: „Guten Morgen, Junge. Hat dir der Kansamah deinen Kaffee gebracht?"

„Ja, Seward, danke. Morgen, Miss Kendall, Doktor", sagte Jace.

„Herr Major", sagte Ethan. „Wie ich höre, nähern wir uns dem schlimmsten Teil des Deltas. Ich finde es faszinierend! Wie kommt es, daß Sie und Seward sich hier so gut auskennen?"

„Der Major lebt seit seinem zwölften Lebensjahr in Indien", erklärte Seward.

„Dann sind Sie ja selbst fast ein Inder", sagte Boswell. „Es gibt bestimmt nicht viel, das Sie über das Land oder seine seltsamen Religionen nicht wissen."

„Ich wurde von einem Guru großgezogen", entgegnete Jace mit funkelnden Augen und verschränkte die Arme. „Was würden Sie gern wissen, Doktor?"

Coral vermutete, daß er Boswell schockieren wollte. Aber sie erinnerte sich an den Tag in Kalkutta zurück, als sie auf eine Witwenverbrennung gestoßen war. Jace hatte damals so gesprochen, als wisse er etwas über die Person und das Leben Jesu. Als sie Ethan einen Blick zuwarf, konnte sie an seiner Miene ablesen, daß ihn der Gedanke, von einem der seltsamen, mystischen Gurus Indiens aufgezogen worden zu sein, wirklich schockierte.

Sie sagte schnell: „Oh, erzählen Sie uns etwas über das Delta, Herr Major. Glauben Sie, wir werden auf einen Tiger stoßen?"

„Nach unserem Abenteuer mit der Spinne können Sie es jetzt wohl nicht erwarten, etwas neues Aufregendes zu erleben, Miss Kendall?"

Sie wollte schon etwas dazu sagen, als Jace sich an Ethan wandte. „Übrigens wüßte ich gern, welche Spinne das war, die Miss Kendall tagelang ans Bett fesselte."

Es folgte eine unbehagliche Pause, und Coral hielt den Atem an.

„Ach, wenn ich das nur wüßte, Herr Major. Ich fürchte, ich kann wenig dazu sagen. Ich kenne die fremden Spezies, die es in Indien gibt, nicht. Ich bin nicht einmal sicher, daß diese aus Indien kam, müssen Sie wissen. Wenigstens hatten Sir Hugo und Mr. Harrington diese spezielle Art in Manali noch nie gesehen."

So, dachte Coral. *Damit dürfte Jaces Argwohn der Wind aus den Segeln genommen sein.*

Sie blickte Jace fast triumphierend an, aber er betrachtete beiläufig Boswell.

„Dann erklärt das, warum es so lang dauerte, bis Miss Kendall wieder auf den Beinen war", sagte er ruhig. „Sie waren nicht ganz sicher, wie Sie das Gift behandeln mußten?"

Ethans Lächeln wurde bedrohlich. „Genau, Major. Mr. Harrington vermutete, daß die Spinne versehentlich mit einer Fracht, die er aus dem Dschungel in der Nähe von Malaysia bestellt hatte, ins Haus gekommen war. Sie waren schon in Malaysia, habe ich gehört?"

„Ja."

„Ach, wie schade, daß ich die Spinne nicht bei mir habe. Sie hätten sie sich anschauen und uns aufklären können. Ich habe sie mehrere Wochen in einer Flasche aufbewahrt, bis sie starb."

„Wie schade."

„Ich habe jedenfalls genug von Spinnen", unterbrach Coral. „Ich trauere ihr nicht nach. Wenn die Herren mich entschuldigen, meine Studien warten auf mich."

„Ah, Hindi natürlich", sagte Ethan. „Deine Intelligenz ist eine besondere Freude, Coral. So viele Frauen heute würden lieber Zeitschriften mit den neuesten Hutmodellen aus Paris lesen."

„Ich kann mir vorstellen, daß Miss Kendall in einem Hut aus Paris entzückend aussehen würde", kam Jaces klangvolle Stimme.

Coral weigerte sich zu erröten, obwohl sie seinem Blick auswich. Sie vermutete, daß er das gesagt hatte, um Ethan anzustacheln, doch ihre Erinnerungen gingen zu ihrer Begegnung auf dem Basar in Kalkutta zurück, als er gefragt hatte, ob sie sich in Paris begegnet seien.

Ethan wandte sich mit kalter und herausfordernder Miene an ihn. „Ich vermute, Sie waren auch schon in Paris?"

Jace lächelte. „Reisen ist eines meiner größten Vergnügen."

Coral wandte sich um und war erleichtert, als der oberste Bootsmann nähertrat und salaamte. Sie zog sich zurück und setzte sich zu ihren Schwestern unter das Sonnensegel. Sie nahm ihren Hut ab und fächerte sich kräftig Luft zu.

Bis zum Nachmittag waren die Befürchtungen, die der Bootsmann Jace gegenüber bereits geäußert hatte, bis zu Coral vorgedrungen. Die Wassertiefe war an einigen Stellen zu seicht. Das erwies sich für die Ruderer aus dem Dorf als Problem. Sie wurde zum Zeugen eines zweiten Gesprächs, als der Bootsmann und Seward versuchten, Ethan die Situation zu erklären.

Jace trat mit den Händen in die Hüften gestemmt zu ihnen. „Was ist jetzt?“ kam seine kurze Frage.

„Der Doktor ist wegen des Kahns und der bevorstehenden Schwemmsandbetten anderer Meinung.“

„Was kann man machen, Major?“ fuhr Ethan ihn an, als würden Seward und der Bootsmann ihre Kompetenzen überschreiten und ihm absichtlich Schwierigkeiten bereiten.

„Wie ich schon früher sagte. Wir können den Kahn höchstens noch einen Tag benutzen, dann müssen wir ohne ihn weiter“, erwiderte Jace.

„Was! Ich denke überhaupt nicht daran, mein Gepäck von dem Kahn herunterzunehmen!“

Jace wandte sich an den Bootsmann und sagte etwas auf Bengali zu ihm. Von Corals Platz unter dem Sonnensegel fing sie Teile der Auseinandersetzung auf. Innerhalb weniger Stunden würden sie aufgrund des jahreszeitlich bedingten niedrigen Wasserstandes in einen gefährlichen Teil des Flusses kommen.

„Der Schwemmsand ist sehr dick, Sahib“, versuchte der Bootsmann dem aufgebrachten Boswell zu erklären. „Das Wasser ist sehr seicht! Nicht gut! Kahn zu groß, Sahib!“

„Unter keinen Umständen wird ein Bootsmann mein Gepäck ausladen. Ich hoffe, das ist klar.“

Noch mehr Schwierigkeiten dachte Coral, als sie hinzutrat. In der Hoffnung, die Wogen zu glätten, lächelte sie Jace freundlich an.

Jace verschränkte die Arme und sagte nur: „Vielleicht können Sie den Doktor überzeugen, Miss Kendall.“

Coral wandte sich an Ethan, der nicht so aussah, als sei er in der Stimmung, sich besänftigen zu lassen. „Ich fürchte, das ist alles unsere Schuld, Ethan. Der Major hat uns schon in Manali davor gewarnt.“

Aber Ethan warf dem Bootsmann immer noch Blicke zu, als sei die ganze Sache eine Verschwörung gegen ihn.

„Der Major hat Seward und mehrere Sowars heute morgen flußaufwärts geschickt, um den Wasserstand zu überprüfen", erklärte Coral. „Wir haben keine andere Wahl."

„Mein Gepäck zurücklassen? Guter Himmel, Coral! Unmöglich!"

„Ich habe schon mit den Mandschis gesprochen", sagte Jace ruhig.

„Sie bringen den Rest Ihrer Ausrüstung auf dem Kahn nach Manali zurück. Mr. Harrington kann dann für einen ordnungsgemäßen Transport nach Kalkutta sorgen."

„Ordnungsgemäß? Was wissen Laien schon von medizinischer Ausrüstung und meinen Proben? Ist Ihnen klar, welche Anstrengungen ich auf mich genommen habe, um Fauna und Insekten zu sammeln?"

„Allerdings", sagte Jace tonlos.

Ethan erinnerte sich offenbar an die Krokodile. Er seufzte laut und fuhr sich mit der Hand über das Gesicht. „Major, Sie müssen mich entschuldigen. Ich bin überarbeitet."

„Sobald Plassey wieder in britischer Hand ist, kann Hauptmann McKay Ihre Ausrüstung nachbringen."

„Der Major hat recht, Ethan", warf Coral ein. „Ich bin froh, daß ich in Manali auf seinen Rat gehört habe. Deine Ausrüstung kann mit meinen Schulmitteln nach Kingscote geschickt werden."

„Doktor, Sie müssen sich entscheiden, was Sie mitnehmen wollen. Sie dürfen nicht mehr mitnehmen, als Sie tragen können", erklärte Jace.

„Das ist ja entsetzlich", erwiderte Ethan. Er wurde steif und ging über den Kahn, um seinen kleinen Berg von Kisten und Fässern zu begutachten. Ganz oben stand gefährlich wackelig das kleine Zeltlabor. Ein schwarzweißer Vogel, der darauf gelandet war, um sich die Sache zu betrachten, flog kreischend wieder in den Dschungel zurück.

* * *

Coral wurde an diesem Nachmittag von der Wasserbewegung unter den harten Planken des Kahns geweckt. Sie blickte zu den Zweigen hinauf, die sich über den Fluß beugten, und erspähte eine Affenfamilie, die mit lautem Kreischen von einem Ast auf den anderen schaukelte. Aus dem Stand der Sonne schloß sie, daß sie nach dem Mittagessen, das aus Mangos und Kokosnüssen bestanden hatte, eingedöst sein mußte.

Sie setzte sich auf. Kathleen und Marianna schlummerten noch. Leise Stimmen erregten ihre Aufmerksamkeit. Jace war wieder auf dem Kahn, und Seward sprach mit ihm. Als sie nach vorne schaute, sah sie die seichten Wasserstellen in ihr Blickfeld kommen. Hier würden sie in die kleinen Boote umsteigen, und mehrere Bootsleute aus dem Dorf würden den Kahn nach Manali zurückbringen. Coral weckte ihre Schwestern und packte dann ihr Gepäck zusammen.

Als Seward gegangen war, trat sie zu Jace am Ende des Kahns. Seine Augen waren auf das Dickicht entlang des Wasserweges gerichtet, das mit Dschungelpflanzen und Bäumen dicht gesäumt war. Sie blieb neben ihm stehen und sagte nichts. Ihre Gedanken waren auf die Gefahr gerichtet, die still hinter ihrem Sichtfeld lauerte.

Wilder Wein rankte sich wie Pythonschlangen um die Zweige, die sich über den Fluß erstreckten und ein gewobenes Netz bildeten, das tiefe Schatten auf das Wasser warf. Coral wußte genug über bengalische Tiger, um zu begreifen, daß sie im Hinterhalt lagen und warteten. In dem schweren Dickicht am Wasser konnten sie die langsam vorwärtskommenden Boote eine weite Strecke begleiten, ohne entdeckt zu werden.

Sie blickte sich nach den anderen Booten um. Die Sowars waren auf der Hut, zwei bewachten jedes Boot mit Gewehren. Die Spannung, die in der Luft lag, war zum Greifen nahe. Der Wein und die Zweige der Bäume verflochten sich zu einem Dach über ihnen, und die Vögel zwitscherten und die Affen kreischten über ihren Köpfen. Das Wasser schlug an die Seite des Kahns. Coral war so darauf konzentriert, nach vorne zu schauen, daß sie nicht einmal die Insekten hörte, die an ihrem Ohr summten. Der Kahn glitt langsam über das Wasser, das Eintauchen der Stangen in das Wasser erzeugte ein rhythmisches Geräusch.

Der oberste Bootsmann blickte mit nervösen Augen am Flußufer entlang. „Sahib Buckley, hier trennen wir uns. Bitte warten Sie nicht."

„Verstehe."

„Sewards Boot kommt schon", sagte Coral, die Sewards große Gestalt zusammen mit zwei Sowars anrudern kommen sah. Sir Hugo und seine Diener warteten an einer offenen Stelle in einem der anderen Boote. Jace bedeutete dem Mandschi, den Kahn ans Ufer zu bringen. Eine Minute später kam Seward an Bord, während die zwei Sowars ein wachsames Auge auf den Dschungel hinter ihnen warfen. Das Gepäck wurde verladen, und Kathleen und Marianna wurden in Sewards Boot gehoben.

„Was ist mit Ethan?" fragte Coral und drehte sich um und schaute zum Krähennest hinauf.

Jace trat zu den Kisten und rief hinauf. „Doktor!"

„Ich komme schon – aber mir muß jemand mit den Kisten helfen."

Jace brummte etwas mit knirschenden Zähnen und blieb mit den Händen in die Hüften gestemmt stehen. Coral eilte um die Kisten herum auf die andere Seite.

„Ethan, beeile dich. Es ist gefährlich hier –"

Sie brach mitten im Satz ab und wollte ihren Augen nicht trauen. Ethan zog mehrere Kisten hinter sich her, die er mit einem Seil zusammengebunden hatte. Coral blieb fast das Herz stehen. Jace würde wütend werden.

„Du kannst das nicht alles mitnehmen", flüsterte sie.

„Unsinn", kam seine Antwort. „Das Boot kann ohne Probleme so viel tragen."

Coral wandte sich um, als Jace nähertrat. Er blieb auch abrupt stehen. Sie sah seine verärgerte Miene.

„Paßt das?" fragte sie leise.

Jaces zynischer Blick sah ihr unverwandt in die Augen, bis sie ihren Strohhut zurechtrückte und auf Ethans Koffer schaute. Jace wandte sich an Ethan. „Sie können eine Kiste und eine Tasche mitnehmen. Das ist schon großzügig genug."

„Wie soll ich mit einer so mageren Ausrüstung ein Labor einrichten?"

„Ihr Labor, Sir, ist im Augenblick meine geringste Sorge."

Ethan schaute ihn mit kalter Wut an. „Nein, ich kann nicht."

Jace trat zurück und deutete mit dem Arm auf das kleine Boot. „Schalten Sie doch einmal Ihren gesunden Menschenverstand ein."

„Major, ich –"

„Wenn Sie nicht nachgeben, nehmen Sie überhaupt nichts mit. Betrachten Sie das als Befehl."

Ethan starrte wütend in Jaces unnachgiebiges Gesicht und drehte sich dann wieder zu seinen Habseligkeiten um. „Seward! Wenn Sie mir helfen, nehme ich diese Kiste. Aber seien Sie ausgesprochen vorsichtig. Und ich trage meine Tasche selbst."

Während Coral wartete, warf sie einen Blick auf Jace. Eine ungute Vorahnung kroch ihr über den Rücken. Sie hielt den Atem an. Jace kniff die Augen zusammen, als verstehe er ihre Angst. Plötzlich ergriff er ihren Arm und zog sie zu sich heran. „Die Affen ..." begann Jace.

„Sie sind ganz still geworden!" flüsterte Coral.

„Was ist?" rief Seward.

Coral blickte nach oben. Ihr Hals war wie zugeschnürt, und ein Schrei erstickte in ihrer Kehle. Auf dem überhängenden Ast hockte ein männlicher bengalischer Tiger. Drei Meter glänzendes goldschwarzes Fell, sein Mund war leicht geöffnet, seine gelben Augen sahen wild und wütend aus. Er überlegte anscheinend seine nächste Bewegung, hob leicht den Kopf, zog die Lippen zurück, und ein tiefes Knurren erklang aus seiner Kehle. Das Brüllen ging wie ein Donnerrollen über sie hinweg und ließ sie am ganzen Leib erzittern. Coral merkte, wie sie auf eine Seite gestoßen wurde, und sie landete benommen auf dem Deck, während gleichzeitig der Tiger lossprang und Gewehrschüsse krachten.

Die Schüsse waren von den Sowars gekommen, aber das Tier war noch lange nicht tot. Ein Schuß ging daneben und zersplitterte den Zweig, der andere traf seine Schulter. Die Wunde machte das Tier aber nur noch wilder.

Der indische Mandschi schrie – „Retten Sie mich, Sahib!" – genau in dem Augenblick, als der Tiger lossprang und der zersplitterte Ast auf den Kahn fiel. Ein gelbschwarzer Blitz brachte den schreienden Bootsmann zu Fall. Jace legte sein Gewehr an und schoß. Die Kugel fuhr dem Tiger ins Herz. Bei diesem Anblick wurde Coral übel, und irgendwo in der Ferne hörte sie Mariannas hysterisches Schreien.

Die Augen des Tigers waren nicht auf sie gerichtet, auch

nicht auf den sich krümmenden Mandschi. Er sprang auf Jace zu und wurde für sie zu einem fliegenden Farbschimmer, der mit einem zweiten Schuß aus seinem Gewehr zusammenprallte. Jace wurde umgeworfen und mit dem Tiger in den Fluß gestoßen. Eine Fontäne übelriechenden Wassers ergoß sich über Corals Rock. Sie war von dem Stöhnen des Mandschi und dem Geruch des Blutes benommen und ihr wurde übel. Eine willkommene Dunkelheit schloß sich um sie, wie wenn ein Vorhang über ihrem Verstand zugezogen würde.

25

Coral kam zu sich und hörte die ängstlichen Stimmen ihrer Schwestern, die sich neben ihr drängten, und ein Gewirr von Männerstimmen in der Ferne. Aber sie bemerkte noch etwas, etwas, das ihr in der Nase brannte, als sie versuchte zu atmen … Sie stöhnte und versuchte, den Kopf wegzudrehen. Sie schlug die Augen auf und sah Jace, der über sie gebeugt war. Ihr Kopf lag auf seinem Arm, während seine andere Hand etwas vor ihrer Nase bewegte.

Sie hob schwach die Hand. „Aufhören –"

„Sie ist wieder bei sich", erklärte Kathleen.

„Ich … w-was riecht hier so …" murmelte Coral.

„Riechsalz", erwiderte Jace. „Sie sind in Ohnmacht gefallen."

Sie wurde steif, als sie sich an ihr Versprechen erinnerte, daß sie *nie* in Ohnmacht fallen würde. Offenbar mußte er auch an ihr Gespräch denken, denn sein Lächeln war so freundlich, daß es sie aus der Fassung brachte. Das machte die Sache nur noch schlimmer. Sie schob das Riechsalz beiseite und setzte sich mühsam auf.

„Mir geht es wieder gut, Herr Major." Plötzlich kam ihr alles wieder in den Sinn. „Der Tiger! Sie sind nicht verletzt?"

„Nein."

„Aber der Bootsmann ist böse zugerichtet", erklärte Kathleen.

Etwas in der Stimme ihrer Schwester verriet Coral, daß es Grund zur Beunruhigung gab, die über die unglückliche

Verletzung hinaus ging. Coral sah Jace nach, der zu Ethan hinüberging. Ethan versorgte den verwundeten Mann. Die übrigen Mandschis aus Manali standen um Sir Hugo zusammen. Jace trat auf ihn zu, und sie unterhielten sich leise.

„Was ist?" fragte Coral Kathleen. „Was geht hier vor?"

„Es ist grauenhaft", flüsterte Kathleen. „Die Bootsleute geben ihrer Gottheit die Schuld für den Unfall. Onkel Hugo besteht darauf, daß sie die Erlaubnis bekommen, Kali zufriedenzustellen."

Kali? dachte Coral immer noch benommen. Sie versuchte, sich in Erinnerung zu rufen, was sie über diese Hindugöttin gelernt hatte. *Die wildeste Gottheit ... sie reitet auf einem Tiger und hält die Waffen der Zerstörung in den Händen ...*

Sie strengte ihre Ohren an, um zu verstehen, was Sir Hugo und Jace sagten. Die Mandschis machten sich mit ihrem Onkel und Seward bereit, den Kahn zu verlassen und in den Dschungel zu gehen.

Jace lud sein Gewehr wieder. *Was hatten sie vor?* fragte sich Coral. Ein entsetzlicher Verdacht griff nach ihr. Sie kämpfte sich auf die Füße.

„Coral, halte dich da heraus", hörte sie Kathleen flüstern, aber das konnte sie nicht. Sie eilte zu Jace und packte ihn am Arm.

„Was haben die Männer vor, Jace? Sagen Sie es mir."

„Sie sind blaß und zittern. Legen Sie sich lieber wieder hin."

„Wohin gehen mein Onkel und Seward?"

„Die Mandschis sind von dem Angriff des Tigers verschreckt. Sie bestehen auf einem religiösen Ritual. Sie wollen an Land gehen."

Sie rieb sich die Arme und blickte in die Richtung des verwundeten Inders. „Kali reitet auf dem Tiger, weil sie seine Kraft beherrscht, nicht wahr?"

„Das ist die Vorstellung, die dahintersteht. Kali ist mit Girlanden geschmückt, aber nicht aus Blumen. Sie schmückt sich mit Schädeln, denn sie ist für die zerstörerische Seite des Hinduismus zuständig und fordert ihre Opfer." Er machte eine Pause. „Ich glaube, Sie verstehen jetzt, was in den Köpfen der Mandschis und Sowars vorgeht. Sie haben schon davon gesprochen, als Boswell ins Wasser fiel und die Krokodile auf uns zukamen. Daß er gerettet wurde, beruhigte die Gemüter. Jetzt haben wir diesen Tigerangriff auf den obersten Mandschi. Kali ist rachsüchtig."

Coral blickte ihn mit wachsender Besorgnis an. „Und sie wollen Opfer darbringen, bevor wir weiterfahren?"

„Ja."

Der Gedanke war entsetzlich. Ein Opfer für Kali!

Jaces Miene war undurchschaubar. Sie spürte jedoch sein verstecktes Interesse an ihrer Reaktion auf das ganze Geschehen.

Aber wird er es erlauben? fragte sie sich und erinnerte sich an die Witwenverbrennung, auf die sie gestoßen war, als sie von William Carey aufgebrochen war. Sie erinnerte sich auch daran, daß er ihr damals geraten hatte, sich aus solchen Dingen herauszuhalten und sich nicht in den Glauben der Hindus einzumischen. Warum erwartete sie, daß er in zwei Monaten seine Meinung geändert haben sollte? Doch er mußte wissen, daß sie nicht mit gutem Gewissen die Dunkelheit sich selbst überlassen konnte, ohne zu versuchen, eine Kerze anzuzünden.

„Sie werden das nicht zulassen?" flüsterte sie.

„Glauben Sie mir, Coral. Ich habe keine Wahl. Wenn ich es nicht erlaube, nehmen sie ihre Boote und kehren nach Manali zurück. Dann sind wir zu Fuß im Delta. Sie sind klug genug, um zu wissen, was das bedeutet."

Ja ... Waren sie darauf vorbereitet, im Deltagebiet, in

dem es vor Tigern wimmelte, zu Fuß zum Brahmaputra zu laufen?

„Aber Sie haben doch die sechs Sowars von der Truppe“, erwiderte sie und versuchte, leise zu bleiben. „Können Sie ihnen nicht befehlen, die Mandschis zu zwingen, uns den Rest des Weges zu bringen?“

„Meinen Sie, daran habe ich nicht schon gedacht? Die Sowars sind auch Hindus. Nach der Meuterei in Plassey bezweifle ich sehr, daß ich ihnen irgendetwas befehlen kann, das im Widerspruch zu ihrer Religion steht. Oh ja, sie würden salutieren, sie würden so tun, als führten sie meinen Befehl aus. Aber ich zweifle sehr daran, daß wir uns heute abend schlafen legen könnten und die Sowars morgen früh, wenn wir erwachen, noch auf ihrem Posten wären. Ich kann nicht Ihr Leben und das der anderen riskieren.“

Deprimiert drehte sich Coral um und beobachtete ihren Onkel und Seward, der das kleine Boot auf den Dschungel zuruderte, gefolgt von den Mandschis und Sowars. Sie würden ein lebendiges Opfer für Kali fangen und es auf einem provisorischen Altar darbringen.

„Sie müssen doch etwas unternehmen können“, flüsterte sie. „Lassen Sie mich mit ihnen sprechen!“

„So wie bei der Suttee in Kalkutta? Ich glaube nicht! Sie machen die Sache nur noch schlimmer. Gehen Sie jetzt in Ihr Zelt.“

Sie starrte ihn hilflos an, auch wenn sie wußte, daß sein Handeln weiser war. Aber doch ärgerte sie seine Weigerung.

Das mußte er bemerkt haben, denn er verzog den Mund zu einem schwachen Lächeln. „Bitte.“

„Aber es ist doch heidnisch, den armen Seward zu zwingen, an dem Ritual teilzunehmen.“

„Madame, ich zwinge den *armen Seward* zu nichts, das er

nicht selbst tun will. Ich brauche ein zusätzliches Gewehr. Ehrlich gesagt, traue ich Roxbury nicht."

Sie schnappte nach Luft. „Was –"

„Sie hat recht, Major. Wir wollen das nicht", unterbrach Ethans kalte Stimme ihr Gespräch.

Oh nein! dachte sie, als sie herumwirbelte und ihren Vetter hinter sich stehen sah. Ethans Einmischung war das letzte, das sie jetzt brauchen konnten!

Offenbar war Jace ihrer Meinung, denn er erwiderte Ethans harten Blick und sagte nur: „Halten Sie sich da heraus, Boswell; kümmern Sie sich lieber um den Verwundeten. Niemand verlangt von Ihnen, daß Sie Ihr Gewissen belasten."

„Es genügt, daß Sie das von den anderen verlangen. Sie beleidigen die christlichen Empfindungen von Miss Kendall."

„Das läßt sich leider nicht vermeiden. Mischen Sie sich jetzt ein, wenn Sie keine Ahnung haben, was damit zusammenhängt, und ich garantiere Ihnen, daß Sie bis zum Morgen viel mehr Patienten haben, und das werden nicht nur Inder sein."

„Ich halte mich hier nicht heraus, *Sir.* Dieser ganze Kali-Unsinn ist für mich sehr beleidigend, ebenso wie für Miss Kendall."

„Ich nehme an, Sie sähen lieber drei Frauen zu Fuß im Tigergebiet? Haben Sie überhaupt eine Ahnung, wie weit es noch bis Guwahati ist?"

„Nein, aber ich bin ziemlich sicher, daß wir im nächsten Dorf Bootsleute finden."

„Es gibt kein nächstes Dorf. Es dauert einen Monat, bis wir nach Sualkaschi kommen. Bleiben Sie auf dem Boot. Beschützen Sie die Frauen, wenn Sie mit einem Gewehr umgehen können. Es gibt immer noch Tiger in diesem Gebiet."

„Ich kann mit einem Gewehr umgehen, Major, und zwar sehr gut."

Coral sah ein kaltes Funkeln in Jaces Augen, das sie inzwischen kannte. Sie wußte, daß man ihn am besten in Ruhe lassen sollte.

Sie sagte schnell: „Ethan, der Major hat recht. Wir können nichts tun."

Ethan starrte Jace mit kaltem Blick an. „Ich fürchte, du hast ganz recht. Es gibt nichts, das jemand mit irgendwelchen moralischen Empfindungen tun kann, um den Major von diesem abscheulichen Akt abzuhalten. Vielleicht ist er selbst schon zu lange in Indien, um diejenigen von uns zu verstehen, die zivilisiert sind und christliche Grundsätze haben."

Sie spürte mit grauenvoller Vorahnung, was jetzt kommen würde, aber noch bevor sie etwas tun konnte, packte Jace Ethan an seinem Halstuch.

Jaces Worte kamen mit einer brutalen Klarheit. „Ich lasse mir vielleicht von einer Frau ins Gesicht schlagen, aber nicht von Ihnen. Ihr Gerede ist nichts anderes als billige Heuchelei, mit der sie nur Coral beeindrucken wollen. Sonst beeindruckt es niemand. Sie sprechen von Ihrer Treue zum christlichen Glauben? Sie würden doch Ihre eigene Seele verkaufen, um eine Seidenerbin zu heiraten!" Er ließ ihn abrupt los und wandte sich zum Gehen.

Ethan sagte etwas mit knirschenden Zähnen, packte Jace an der Schulter und riß ihn herum. Ethan sah so aus, als wolle er sich revanchieren, aber Jace versetzte ihm einen wütenden Schlag, der ihn nach hinten in seine Kisten poltern ließ. Ethan blieb lang ausgestreckt und bewußtlos liegen.

Coral holte langsam Luft, blieb aber ruhig. Ihre Augen schossen zu Jace hinüber, und als sie seine herausfordernde Miene sah, als erwarte er, daß sie gleich an Ethans Seite eilen würde, schob sie angriffslustig das Kinn vor.

„Das war ziemlich unpassend, Herr Major“, sagte sie und war überrascht, daß ihre Stimme so ruhig klang.

Er zeigte keine Reue und schon gar kein Mitgefühl. „Er überlebt es. Was ich über uns andere nicht sagen kann, wenn Sie darauf beharren, den Mandschis Ihre Wertvorstellungen überzustülpen.“

Sie wußte, daß er recht hatte. Jaces Wissen über das Hinduvolk stand im krassen Gegensatz zu Ethans fehlender Erfahrung. Jace hatte sich als der Weisere erwiesen, doch sie war über beide Männer und ihr Verhalten verwirrt. Sie wandte sich abrupt ab und ließ ihn stehen.

Jace blickte ihr einen Augenblick nach, und das Blauschwarze in seinen Augen funkelte, aber dann wandte er sich auch ab und stieg in das kleine Boot.

Coral gesellte sich zu Kathleen, die mit einem nassen Tuch neben Ethan kniete und ihm das Gesicht abwischte. Ihre Schwester war blaß und zitterte, aber sie schwieg.

„Oh, ich will nach Hause!“ jammerte Marianna. „Ich hasse diese Fahrt! Oh, ich hasse sie!“

Coral war von einer Sache überzeugt. Wenn sie je Indien mit dem christlichen Glauben erreichen wollte, müßte sie einen anderen Weg finden. Einen sanften, liebevollen Weg, der nicht zerstörte und Konfrontationen heraufbeschwor. Sie hatte gedacht, sie könnte richtig damit umgehen, aber sie war sich jetzt ihrer eigenen Schwäche, ihres Versagens und ihrer Angst bewußt.

„Vielleicht hat Onkel Hugo recht“, sagte Coral müde. „Ich habe nichts als Schwierigkeiten verursacht, und aus dem, was ich seit Dschemanis Taufe getan habe, ist nichts Gutes entstanden! Sogar Radschiv mußte sterben – und Gem wurde entführt! Vielleicht sollte ich alles vergessen! Es ist die Sache nicht wert. Nichts ist Haß und Gewalt wert!“

Zu ihrer Überraschung übernahm Kathleen ihre Verteidigung. „Dich trifft keine Schuld an der wütenden Reaktion der beiden. Das wäre ohnehin irgendwann passiert. Und wenn du mich fragst, hatte es weniger mit Kali oder dem christlichen Glauben zu tun, als damit, wie Ethan und Jace für dich empfinden. Außerdem, wie kannst du auch nur davon sprechen, daß du aufgeben willst, wenn du doch diese Schule für die Unberührbaren errichten willst? Was macht es dir aus, wenn andere das falsch verstehen? Du kannst jetzt nicht aufgeben; du hast noch nicht einmal angefangen!"

Erstaunt blickte Coral ihrer Schwester ins Gesicht. Sie war überrascht über diese Worte. Kathleens bernsteinfarbene Augen funkelten mit einem Gefühl, das Coral noch nie zuvor bei ihr gesehen hatte.

„Aber du willst doch ins Seidenhaus zurück!" sagte Coral.

Kathleen sah sie entschlossen an. „Das Wichtige jetzt ist, daß auch du deinen Traum nicht verlierst. Ich komme vielleicht nicht nach London zurück – vielleicht nie. Ich werde vielleicht keine Kleider im Seidenhaus entwerfen. Aber ich verliere wirklich den Mut, wenn du das aufgibst, woran du glaubst."

„Aber Kathleen", flüsterte sie. „Das habe ich nicht gewußt. Ich hätte nie gedacht, daß du dich so auf meine Seite stellen würdest. Ich dachte –"

„Ich weiß, was du dachtest. Vielleicht hattest du auch recht. Aber das, was gerade passiert ist, hat meine Meinung geändert. Ich will, daß du den Kampf um die Missionsschule auf Kingscote gewinnst, Coral. Und Marianna und ich werden dir dabei helfen."

„Oh ja, das werden wir, Coral", sagte Marianna. „Wir halten zu dir, wenn du mit Papa und Mutter sprichst, und wir beten auch!"

Coral streckte beide Hände nach ihren Schwestern aus und umarmte sie.

Ethan bewegte sich. „W-was ist passiert?"

„Einige schlechte Dinge haben zum Guten geführt, das ist passiert", sagte Marianna.

„Aus deinem Mund, alte Pessimistin, heißt das viel", lachte Coral.

„Hier, Vetter Ethan, trink einen Schluck Wasser", sagte Marianna. „Und dann solltest du am besten etwas gegen den Schnitt auf deiner Lippe tun. Meine Güte, du blutest ja –"

„Laß mich", sagte Kathleen, hob ihm den Kopf und führte den Krug an seinen Mund.

26

Die Morgendämmerung kündigte mit den ersten rötlichen Strahlen einen neuen abenteuerlichen Tag an. Coral hörte das Kreischen eines Dschungelhahns und dann Seward singen: „Erstaunliche Gnade, wie süß ist der Klang, der einen Elenden wie mich errettete ...“ Sie unterdrückte das Ächzen ihres Körpers und zwang sich, unter der Decke, die sie mit Marianna und Kathleen teilte, hervorzukrabbeln. Die endlose Reise ging weiter.

Das Delta lag hinter ihnen, und sie setzten die Fahrt auf dem Ganges fort. Im Dorf hatten sie Vorräte gekauft und sich einen Tag ausgeruht, bevor sie wieder aufbrachen. Coral glaubte, sie sei noch nie so erschöpft gewesen, war aber fest entschlossen, es niemanden wissen zu lassen. Sie hatte Jace gegenüber steif und fest behauptet, daß sie stark genug sei, und jetzt durfte sie ihn und Seward nicht enttäuschen und ihnen womöglich noch eine zusätzliche Last werden, die sie nicht gebrauchen konnten.

Am Ganges trennten sich die übrigen Mandschis von ihnen und kehrten nach Manali zurück, und Jace und Seward mieteten sich andere kleine Boote, die sie den breiten Fluß hinab zum Brahmaputra bringen sollten.

Die endlosen Tage verstrichen langsam. Coral fühlte sich, als sei sie in der 21. Leichtkavallerie des Majors gelandet. Er legte ein kräftiges Tempo vor, aber sie beklagte sich nicht, auch Kathleen und Marianna schwiegen. Sie kannten den Grund, genauso wie Sir Hugo. Da sie die Jahreszeiten kannten, wußten sie um die Gefahren des Monsuns. Der Monat Verzögerung in Manali hatte ihnen kostbare Zeit geraubt. Coral versuchte, Ethan die Situation klarzumachen, während das Lager erwachte. Das Lagerfeuer brannte immer noch rot gegen die dunklen Schatten.

„Du warst doch schon in Burma", sagte sie. „Dann weißt du, was der Monsun bedeutet. Wenn der Major uns nicht ans Ziel bringt, bevor der Regen beginnt, sind wir gezwungen, monatelang in einem abgeschnittenen Dorf zu bleiben. Das ganze Assamtal ist normalerweise überflutet."

„Ich bin mir der Gefahr bewußt, aber ich bin auch Arzt. Du stehst kurz vor der Erschöpfung. Kann der Major das denn nicht sehen?"

„Doch", erklang die mißmutige Antwort hinter ihnen. Coral, die noch dabei war, sich die Zöpfe zu flechten, drehte sich um und sah Jace.

„Wenn ich mich recht erinnere", wandte er sich an Ethan, „dann habe ich Miss Kendall in Manali dringend geraten, nach Kalkutta zurückzukehren."

Jace sagte nicht, was Coral und Ethan beide ganz genau wußten. Ethan war es gewesen, der ihren Entschluß, die Reise fortzusetzen, unterstützt hatte.

Ethans kalter Blick heftete sich auf Jace. Jace achtete nicht auf ihn, sondern drehte Ethan den Rücken zu und blickte Coral an. Ihre Augen fielen auf die Tasse in seiner Hand.

„Kaffee", sagte er und bot ihr die Tasse an.

Ihre Lippen beugten sich leicht nach oben. „Danke, Herr Major." Sie nahm die Tasse aus seiner Hand, und ein leichtes Lächeln spielte sich um seine Mundwinkel, bevor er sich umdrehte und wieder verschwand.

„Arrogant –"

„Hör auf, Ethan!" Sie drehte sich abrupt ab, nahm ihren Kaffee mit sich und schritt zum Fluß, um sich zu waschen.

Coral hielt sich unter ihrem Hut die Hand an die Stirn und blickte in Richtung der Wolken. „Wie weit ist es noch bis zum Brahmaputra?“ fragte sie Seward, der am Flußrand kniete und sich Wasser in sein staubverschmiertes Gesicht spritzte.

„Ich schätze, wir sind schon gut hundert Kilometer auf dem Ganges gefahren. Jetzt ist es nicht mehr weit.“

Als die sengende Maihitze einsetzte und schon auf die Regenzeit hinsteuerte, erreichten sie ein entlegenes Dorf in der Nähe des Zusammenflusses von Ganges und Brahmaputra.

„Ein Basar“, rief Marianna aufgeregt.

Kathleen, die vor Wochen schon ihre Seife verloren hatte, klatschte entzückt in die Hände.

Während Jace und Seward ihre Lebensmittelvorräte aufstockten, begleitete Coral Sir Hugo, Ethan und ihre Schwestern. Sie kauften dutzenderlei Dinge, die ihre Weiterfahrt angenehmer machen würden, und betraten dann die Läden, in denen heiße Mahlzeiten verkauft wurden. Seward schloß sich ihnen an und lobte das vorzügliche Essen.

„Wo ist der Major?“ fragte Coral ihn, als sie bemerkte, daß Jace sich nicht zu ihnen gesellt hatte.

„Er verhandelt mit dem Tehsildar, dem Dorfältesten, darüber, ob er uns Elefanten für unsere Weiterreise in den Norden leiht. Niemandem von uns gefällt es, wie alles gekommen ist“, erklärte Seward.

Nachdem sie ihre Vorräte aufgefüllt hatten, begannen sie die Fahrt nach Norden, den großen Brahmaputra hinauf nach Guwahati. Coral wurde von Tag zu Tag erschöpfter und begann, die Anflüge ihrer Schwindelgefühle zu verbergen. Sie warf ängstliche Blicke in ihren kleinen Spiegel und war dankbar, daß noch keine dunklen Ringe unter ihren Augen ihre wieder ausbrechende Krankheit verriet.

Ich muß nach Hause kommen. Wir sind schon so nahe.

Bald verlor sie ihren Appetit. Sie glaubte, niemand bemerke es, denn sie warf ihr Abendessen immer in den Fluß.

„Füttern Sie die Krokodile?"

Von Jaces Stimme aufgeschreckt, fuhr sie herum. Sie weigerte sich zu zeigen, daß irgendetwas nicht stimmte. „Ich wünschte, Sie würden nicht hinter mir herschleichen, Herr Major."

„Es sind noch ungefähr vierhundert Kilometer bis Guwahati. Nach Kingscote noch zwei Tagesreisen weiter."

„Mir geht es gut", beharrte sie und ging an ihm vorbei zu ihren Schwestern.

Die Hitze baute sich weiter auf. Eines Morgens erwachte Coral ruckartig und fühlte das helle Sonnenlicht über sich. *Habe ich verschlafen? Aber warum hat man mich nicht geweckt?*

Die Lagerstelle war beinahe leer, ihre Schwestern waren zweifellos weiter flußabwärts gegangen, um sich zu waschen. Sie setzte sich auf und sah Sir Hugo mit dem Major und Seward am Ufer stehen. Jace sprach leise mit ihnen. Hugo blickte auf die fernen Wolkenformationen – Vorboten des Monsuns.

Es war ungewöhnlich, daß der Befehl, aufzubrechen, noch nicht gekommen war, dachte Coral und schaute auf den Sonnenstand. Das Vogelgezwitscher, das manchmal so schrill war, daß es einem fast die Ohren zerriß, hallte in den Bäumen wider. Sie kleidete sich schnell an und ging den Kansamah suchen. Sie wollte eine Tasse heißen Tee und hoffte, dadurch wieder ein bißchen zu Kräften zu kommen.

Als Seward ihr die Neuigkeit verkündete, war Coral angenehm überrascht. Der Major glaubte, er könne Elefanten für eine Landreise am Fluß entlang bis Sualkaschi beschaffen. Das würde für die Frauen eine weniger anstrengende Weiterreise bedeuten, und Coral könnte sich in der Hauda niederlegen und schlafen, wenn sie wollte.

„Elefanten", sagte Coral begeistert. „Aber woher wollt Ihr sie bekommen?"

„Der Major kennt den Besitzer."

„Verstehe." Sie war neugierig und warf einen Blick in Jaces Richtung. „Der Besitzer ist kein Mann, der die Briten besonders mag", sagte Seward leise. „Er verhandelt mit dem Maharadscha in Guwahati und bildet die Elefanten für den Kampf aus. Aber Jace kennt den Mann und bekommt sie sicher, da der Besitzer ein Verwandter von Gokul ist."

Der Elefantenbesitzer dient dem Maharadscha. Bei dem Gedanken an Gems königliches Blut blickte Coral Jace in die Augen und dachte einen Augenblick lang, in seinen tiefblauen Augen die Vorfreude funkeln zu sehen.

Coral hörte die Elefanten trompeten. Sie beschirmte ihre Augen und blickte am Flußufer hinab. Eine kleine Gruppe graubrauner Tiere war zu sehen. Ihre Ohren wackelten, und ihre Füße wirbelten den Staub auf. Sie würden in einer Hauda – einem Gestell mit einem Sitz, auf dem mehrere Menschen Platz hatten und das mit einem rotgoldenen Tuch bedeckt war – auf dem Rücken der Elefanten reiten. Auf dem riesigen Nacken der Elefanten nah bei ihren Köpfen saßen die braungebrannten Elefantentreiber, die Mahuts. Sie waren bis auf ein Tuch, das sie um die Hüften gebunden hatten, und dem bekannten, staubigen Turban, der um ihren Kopf gewunden war, nackt.

Coral lächelte vor sich hin und band schnell ihren Hut fest. Es war Jahre her, seit sie auf einem Elefanten geritten war, und sie freute sich auf den Ritt. Dem ersten Elefanten, auf dem Seward saß, folgten sechs weitere, auf deren starken Rücken die leeren Haudas schaukelten.

Coral lachte über das Stöhnen aus Mariannas Mund.

„Wenigstens keine Krokodile mehr. Kommt, Elefanten sind die herrlichsten Tiere der Welt."

„Ja, wie Rani?" meinte Kathleen mit einer leichten Anspielung in ihrer Stimme.

Coral lächelte bei dem Gedanken an ihren Lieblingselefanten auf Kingscote. Rani war verwöhnt und trompetete laut ihren Mißmut hinaus, wenn Coral es einmal vergessen sollte, einen der Jungen mit ihr zu ihrem Morgenbad zum Fluß zu schicken.

Coral führte ihre Schwestern zu einem jungen weiblichen Elefanten und konnte es nicht erwarten zu zeigen, daß sie wußte, wie sie mit ihren Lieblingstieren umgehen mußte. Sie streichelte zärtlich den Rüssel des Elefanten, und ein kleines, rundes Auge blickte unter mehreren langen Wimpern hervor auf sie herab und schien zustimmend zu zwinkern.

„Wir reiten auf diesem Elefanten. Wie heißt sie, Mahut?"

Der indische Junge lächelte und streichelte ihr mit der Hand über den Rüssel. „Das ist *Jakschi,* denn sie ist eine Jungfrau, die eines Tages Königin über die anderen sein wird." Mit einem Ruf und einem Schlag mit seinem Stock ließ er den Elefanten niederknien. Er warf die Seilleiter hinab, die an der Hauda hing.

Coral hob ihre Röcke und kletterte die Leiter hinauf, während der Sowar die Leiter straff hielt. Es war ein weiter Weg nach oben, und sie umfaßte das rauhe Seil mit ihren Handschuhen und versuchte, ihre Schuhe in die wackeligen Sprossen zu stellen, während der Mahut sich nach unten beugte und ihr hinein half.

Schließlich saßen auch Kathleen und Marianna bei ihr hoch über dem Boden. Coral lachte, als Marianna sich an der Seite der Hauda festklammerte, als würde das ganze Gerüst jeden Augenblick über den Rücken des Elefanten nach unten rutschen.

Bald setzte sich der Elefantenzug in Bewegung. Zwei Sowars saßen auf dem vordersten Elefanten, ihm folgte Jakschi. Da rollte Jakschi ihren Rüssel ein, öffnete weit den Mund und trompetete ihr Mißfallen laut hinaus. „Benimm dich, Jakschi!" brüllte der Mahut auf Hindi. „Du kannst heute nicht Königin sein!" Aber Jakschis Allüren forderten zwei andere Elefanten heraus, ihren Protest lautstark zu unterstützen. Das Trompeten durchschnitt die Morgenluft, und bei dem lauten Gebrüll hielt sich Marianna die Hände auf die Ohren. Coral zuckte bei dem ohrenbetäubenden Lärm zusammen. Aber bald waren die Elefanten in Bewegung, und Coral konzentrierte ihre Aufmerksamkeit auf die vorüberziehende Landschaft. Endlich konnte sie zufrieden von Kingscote zu träumen. *Zuhause!*

Die Tage vergingen. Die Feuchtigkeit wurde immer drükkender und kündigte immer stärker die Regenzeit an, aber ebenso wurde Corals Vorfreude immer größer. Bei Sonnenaufgang spiegelte sich das goldene Licht auf den Wasserbewegungen des Brahmaputra. Coral sah den Fischern in ihren kleinen kanuähnlichen Hausbooten mit Strohdächern zu. Der Elefantenrücken war die beste Möglichkeit, die vielen interessanten wilden Tiere zu beobachten. Coral fragte sich, ob Ethan den Anblick der Schar rosafarbener Flamingos genoß. Assam war das Zuhause der indischen Muga-Raupe, die Coral besser als die kleine, aber ruhmreiche Seidenraupe bekannt war. Es gab auch Geparde, die manchmal als indischer Panther bezeichnet wurden, Löwen, Tiger und goldene Langurenaffen – dabei überlegte sie, ob Jace seinen Partner Goldfisch vermißte.

Am Nordufer des Flusses suchte Corals Blick etwas anderes. „Dort! Seht ihr es?"

Kathleen und Marianna blickten schnell in die Richtung, in die sie deutete.

Das berühmte einhörnige Rhinozeros stach dunkel vom gelbbraunen Elefantengras ab. Coral drehte sich in der Hauda um und winkte Ethan zu, der mit Sir Hugo ritt. Sie deutete auf das herrlich anzusehende Tier und hörte ihn begeistert ausrufen: „Das Einhorn!“ Sie lachte über seine Reaktion, sah aber dann, daß Major Buckley sie beobachtete. Sie drehte sofort den Kopf um und war verwirrt, weil sein Blick ihr Herz ein bißchen schneller schlagen ließ.

Erst eine Gruppe schnellfüßigen, gefleckten Wildes lenkte ihre Aufmerksamkeit von Marco Polos Einhorn ab.

Als sie in Sualkaschi, am Nordufer des Brahmaputra, ankamen, wuchs Corals Aufregung genauso wie die ihrer Schwestern. Sie waren vielleicht nur noch vier Tage von Kingscote entfernt.

Sualkaschi war wegen seiner berühmten Seidenwebereien bekannt, und Kingscoteseide wurde oft mit dem Kahn hierher gebracht.

Sie kamen während des Jahrmarkts, der *Mela*, an, und auf den Basaren herrschte ein reges Treiben. Coral sah in Gedanken die weißen Mauern und das blaue Dach von Kingscote schon vor Augen.

Auf dem Jahrmarkt kaufte sie Geschenke für die weiblichen Bediensteten des Hauses: Seidenschals und perlenbesetzte Schuhe. Für ihre Eltern und Alex hatte sie bereits in London Geschenke gekauft. Sie tat, als interessiere sie sich für eine silberne Kette, als ein Schwindelgefühl sie übermannte. Der niedrige Tisch schien sich zu heben und dann zu senken, und sie merkte, wie sie mit ihm zu Boden fiel. Eine feste Hand schloß sich um ihren Arm und hielt sie auf den Beinen.

„Danke, Seward – mir geht es gut. Die Sonne ist heute ein bißchen heiß.“

„Lügen steht Ihnen aber überhaupt nicht.“

Sie riß den Kopf herum und versuchte, Jace anzusehen. „Nun, Sie erscheinen im seltsamsten Augenblick wie aus dem Nichts –"

„Ich glaube, es wird Zeit, daß ich ein ernstes Wort mit Ihrem *aufmerksamen* Arzt spreche." Er schaute sie unter seinem Hut hervor an.

Wieder wurde ihr bewußt, wie beherrschend er war, und wenn ihr Wille auf seinen prallte, erinnerte er sie an die Mauern von Jericho.

„Sie wissen ganz genau, daß meinem Onkel jede Ausrede willkommen ist, um meine Ankunft auf Kingscote zu verzögern."

„Genau deshalb geben wir ihm keinen Grund dazu. Sie gehen die nächsten achtzehn Stunden ins Bett."

„Und wie wollen Sie das bewerkstelligen, Sir?"

Er blickte sich auf dem Basar um. „Da drüben vor dem Geschäft sind einige Kissen. Sie setzen sich jetzt wie eine anständige, junge Engländerin hin und trinken mit ihren Schwestern Tee, bis ich zurück bin."

„Wohin gehen Sie?"

„Ich kenne hier jemanden", erwiderte er ausweichend. „Eine Familie."

„Den Mann, dem die Elefanten gehören?"

„Ja." Er trat an einen Stand. „Seward!" rief er.

Seward kam herbei.

„Hole deine besten Manieren hervor", sagte Jace. „Du begleitest Miss Kendall und ihre Schwestern zum Tee. Ich bin bald zurück."

* * *

Wie Jace es zustande brachte, wußte sie nicht. Sie und ihre Schwestern fuhren jedenfalls mit einer Rikscha vor einem Privathaus vor, wo Tauben in den Mangobäumen gurrten. Als sie aus der Rikscha stiegen, sah sie Jace mit einem unerschütterlichen Inder Mitte Fünfzig sprechen. Einige Minuten später kam ein junges, indisches Mädchen hinter dem Haus hervor. Ihre langen, dunklen Haare fielen lose über ihren Rücken. Das erste, was Coral auffiel, war, daß sie sehr attraktiv war; das zweite war, daß ihr Lächeln und ihre Augen heller strahlten, als sie auf Jace fielen.

Coral fühlte eine nicht erklärbare Verärgerung über das Mädchen in sich hochsteigen. Es war dumm, so über ihn herzufallen! Und *warum* hatte der Major sie ausgerechnet *hierher* gebracht? Ihr Blick wanderte vom Gesicht des Mädchens zu Jaces. Sie sah sein entwaffnendes Lächeln und beobachtete dann, wie er etwas sagte, das nur für ihre Ohren bestimmt war. Was es auch war, es löste ein helles, melodisches Lachen aus – wie ein kleiner Vogel, dachte Coral. Sie fühlte, wie die Augen des Mädchens zu ihr und ihren Schwestern wanderten und dann wieder zu Jace zurück. Dann lachte sie wieder amüsiert. *Was hat er nur über mich gesagt?*

Coral fühlte, wie ihre Wangen warm wurden, machte sich aber nicht die Mühe, sich über den Grund Gedanken zu machen. Der vertraute Blick zwischen dem Mädchen und Jace brachte einen Anflug von Groll über sie. Mit Schuldgefühlen wandte Coral entschlossen den Kopf ab. Natürlich kannte ein Mann wie Jace andere junge Frauen. Sie dachte an Ethan. Sie mußte sich bei ihm dafür entschuldigen, daß sie einfach so mit dem Major davongelaufen war. Warum hatte sie überhaupt auf Jace gehört?

Ihr Herz schlug unregelmäßig, und plötzlich wurden die Gesichter der Umstehenden verschwommen. *Wenn ich jetzt in Ohnmacht falle, sehe ich aus wie eine dumme Närrin. Eine verwöhnte Engländerin, die in der harten Wirklichkeit der Welt um sie herum dahinschmilzt! Das gibt dem Mädchen nur einen neuen Grund, sich zu amüsieren, und Jace Buckley einen neuen Grund, mich als zerbrechliche Blume anzusehen!*

Doch je mehr sie versuchte, ihr Gleichgewicht zu halten, umso kranker fühlte sie sich. Sie bemerkte eine leichte Aufregung um sich herum und hörte Kathleens Stimme, als sie zu Boden sank.

* * *

Coral bewegte sich und stöhnte ... Sie schlug die Augen auf, als ein warmer Wind das Moskitonetz bewegte. Die gewebte Grasmatte am Fenster war naß und bot eine leichte Linderung der Hitze. Ihr Kopf war klar, und körperlich fühlte sie sich so erholt wie schon seit Wochen nicht mehr.

Sie zwang sich aufzusetzen und warf die Decke beiseite. Sie blickte sich im Raum um. Er war klein, aber schön und sauber geschrubbt. Draußen hörte sie die Vögel zwitschern. Kathleen und Marianna schliefen immer noch auf ihren Matratzen in der Ecke. Neben ihr stand die leere Teetasse – wenigstens hielt sie es für Tee. Sie erinnerte sich schwach daran, daß Kathleen ihr die Flüssigkeit eingeflößt hatte, während Jace daneben gestanden war. Coral erinnerte sich aber an nicht viel mehr. Offenbar hatte sie die ganze Nacht durchgeschlafen.

Sie hob die Tasse hoch und roch daran, erkannte aber den leichten Geruch nicht. Was es auch war, es hatte ihr nicht geschadet, und sie fühlte sich sogar ein gutes Stück besser. Sie hatte keine entsetzlichen Halluzinationen gehabt. Aber was würde Ethan davon halten, daß der Major sie einfach so entführt hatte? Wie war es Jace gelungen, ihren Onkel von seiner Idee zu überzeugen?

Die Tür ging auf, und das hübsche indische Mädchen trat ein. Sie trug ein Frühstückstablett und einen Krug mit dampfendem Wasser in der Hand. Ihre Miene verriet Selbstsicherheit, und ein kleines verschmitztes Lächeln lag auf ihren Lippen.

„Guten Morgen, Sahiba. Haben Sie gut geschlafen?“

„Ja, danke.“

Coral beschloß, dem Mädchen keine Fragen über ihre Freundschaft mit Jace Buckley zu stellen, und dankte ihr auf Hindi. Dann fragte sie: „Wann kommen der Major und Mister Seward und holen meine Schwestern und mich ab?“

Sie verzog den Mund. „Ich weiß nicht, wann der Mann namens Seward kommt, und auch nicht, wann Sie weiterfahren, Sahiba.“

„Und der Major? Hat er gesagt, wann er zurück kommt?“

„Jace schläft noch. Soll ich zurückgehen und ihn wecken und fragen?“

Coral starrte sie an. Sie nannte ihn *Jace.* Und er hatte gestern nicht mit Seward das Haus verlassen. Sie drehte den Kopf zur Seite, nahm ihre Bürste in die Hand und fuhr sich mit den Borsten durch ihre langen Locken. „Nein. Das ist nicht nötig.“

„Sahiba? Sie haben so leise gesprochen, ich habe Sie nicht verstanden.“

Coral blickte ihr direkt in die Augen. „Nein. Wecken Sie ihn nicht. Das ist alles. Sie können jetzt gehen.“

Das Mädchen lächelte und verließ den Raum. Dabei schloß sie die Tür hinter sich.

Coral stand auf. Ihre Augen zogen sich zusammen. Sie bemerkte, daß sie die Bürste umklammerte. Sie wollte sie schon gegen die Tür werfen, hielt aber inne, als Kathleens verschlafene Stimme sie unterbrach: „Was ist, Coral? Stimmt etwas nicht?“

Coral setzte sich schnell. „Nein. Alles ist in bester Ordnung. Alles ist genau so, wie ich es ab dem ersten Augenblick, als ich ihn sah, erwartet habe.“

Kathleen stützte sich auf dem Ellbogen ab und blinzelte sie verschlafen an. „W-was?“

„Steht auf, alle beide. Ich will hier fort. Ich will Ethan finden.“

Kathleen runzelte die Stirn. „Ethan! Warum hast du es so eilig?“

„Ja, Ethan“, wiederholte Coral so leise und so unerbittlich, daß Kathleen nichts mehr sagte und sie nur noch anstarrte. Schließlich warf sie die Decke beiseite und rüttelte Marianna. „Wach auf. Ich weiß nicht, was der Major gestern abend in ihren Tee getan hat, aber es hat Coral von allem geheilt, nur nicht von ihrer Ungeduld.“

27

Am folgenden Morgen erreichten sie mit der Fähre Guwahati, das Tor zum nordöstlichen Grenzgebiet. In ein paar Tagen wären sie zu Hause!

Tempel mit Kuppeldächern und fein gemeißelte, weiße und rote Steingebäude waren überall zu sehen. Am Fluß spazierten gondelähnliche Boote zwischen den armseligeren Fischerkähnen auf und ab. Coral sah die Pfaueninsel in der Mitte des Wassers, die einen der historischsten Hindutempel barg.

Sie erklärte Ethan: „Der Tempel der neun Planeten war in der Antike das Zentrum der Astrologie. Und da drüben, auf dem Nilaschal-Berg steht der bedeutende Hindutempel. Er wurde im siebzehnten Jahrhundert von moslemischen Eindringlingen zerstört, aber von den Hindus wieder aufgebaut. Im August kommen Pilger aus ganz Indien hierher und feiern ihr Fest."

Ethan schien ehrlich neugierig zu sein: „Ja, Hugo hat davon gesprochen. Er ist das Zentrum der Energiefeiern, nicht wahr?"

Sie blickte ihn von der Seite an und war nicht bereit, ihm den Rest zu erklären. Diese Feiern waren außerdem eine Form des Hinduismus mit starken sexuellen und okkulten Begleiterscheinungen.

Hier in Guwahati würde Sir Hugo Roxbury die Ostindienkompanie repräsentieren; und Major Buckley würde zwischen Abstechern zum militärischen Vorposten in Jorhat die Sicherheitswache ihres Onkels in der britischen Residenz befehligen. Sie wurden alle noch am selben Nachmittag zu einer Audienz beim Maharadscha erwartet.

Der weiße Palast mit den künstlerischen Steinbauten und dem eingelegten, mit Blau und Gold durchzogenen Marmor war in der Nähe des halbrunden Ufers errichtet, von wo aus man den breiten Brahmaputra überblicken konnte. Im Norden thronte majestätisch das eindrucksvolle Himalajagebirge.

Bei dem Gedanken, dem Maharadscha gegenüberzutreten, verkrampfte Coral innerlich. Wie sollte sie nur ruhig bleiben können, wenn sie dem Mann begegnete, der für Gems Entführung und Radschivs Tod verantwortlich war? War Gem am Leben und befand er sich irgendwo in dem bewachten Palast? Diese Möglichkeit – daß Jace bald die Tatsachen herausfinden würde – spannte ihre Nerven aufs äußerste an. *Ich muß das alles Gott anvertrauen,* sagte sie sich immer wieder in der Hoffnung, ihre Unruhe zu besänftigen.

Als sie im Palast ankamen, blickte sich Coral nach Jace um, aber er war kurz nach ihrer Ankunft ohne ein Wort verschwunden. Während Seward auf den Stufen der Palastfestung wartete, wurden Sir Hugo Roxbury und seine Familie von Wachen mit Turban und Tulwar in die Diwan-i-Am-Halle, die Halle für öffentliche Audienzen, geführt.

Coral schlug das Herz bis zum Hals, während sie mit Würde zwischen Kathleen und Marianna stehenblieb. Ihre Augen richteten sich auf das erhöhte Podium, auf dem der Maharadscha erscheinen würde. *Ich darf nicht hassen.* Aber nur die Liebe Gottes konnte durch ihren zitternden Körper hindurch Gefühle für diesen Mann bewirken.

In diesem Augenblick konnte Gem Sklave in den Frauenhäusern sein.

Die Angst durchfuhr sie plötzlich wie ein Speer, als ein

neuer Gedanke sich über ihren Glauben lustig machte. *Angenommen, sie haben ihn zum Eunuchen gemacht?*

Ethan warf ihr einen Blick zu, als bemerke er ihren Stimmungsumschwung. Er ergriff mit der Hand ihren Ellbogen, drückte ihn leicht und warf ihr ein aufmunterndes Lächeln zu. Er beugte sich vor und flüsterte ihr ins Ohr: „Bald ist alles vorbei, meine Liebe. Dann kannst du auf dein Zimmer gehen und dich ausruhen."

Er mußte ihr blasses und angespanntes Gesicht als Müdigkeit gedeutet haben. In dem Versuch, sie aufzumuntern, flüsterte er: „Hast du schon jemals so wunderbare Marmorarbeiten gesehen? König Georg würde vor Neid erblassen!"

Sie blickte sich um und versuchte, ihr Gemüt zu beruhigen und nicht daran zu denken, daß Gem ihr so nahe sein könnte. Sie konzentrierte sich auf zwei kunstvoll gemeißelte Säulen aus weißlichblauem Stein, der mit Gold durchzogen war. Ein dicker Purpurteppich in der Nähe des Podiums war mit Blüten bestickt. Die Wände waren mit winzigen Marmormosaiken eingelegt, die einen riesigen Pfau mit zehntausend blauen Augen darstellten. Die Kuppeldecke war mit fein durchzogenem goldenen Marmor bedeckt, und Bilder von hinduistischen Gottheiten waren eingemeißelt; aber Coral erkannte nur den bekannten Sohn Schiwas mit dem Elefantenkopf, den Gott der Weisheit und des Wohlstands.

Eine getragene Stimme sprach von den Stufen des Podiums herab: „Der Maharadscha, Seine Exzellenz Madschid Singh, bittet Sie um Entschuldigung. Mit Bedauern müssen wir Ihnen mitteilen, daß es Seiner Exzellenz nicht gut geht. Der Maharadscha schickt seine Grüße. Er hofft, Sie in drei Tagen beim Staatsdinner empfangen zu können."

Der nüchtern aussehende Beamte in Gelb und Purpur trat von der Stufe und schritt auf Sir Hugo zu. Er berührte kurz mit den Fingerspitzen seine Stirn, trat dann zurück, wandte sich einer perlenbesetzten Tür zu und klatschte dann in die Hände. Mehrere indische Wachen erschienen mit stoischen Gesichtern und schwarzen Bärten. Der Beamte befahl ihnen, die Gesandtschaft des Generalgouverneurs in die neu errichtete britische Residenz zu begleiten.

„Einen Augenblick bitte“, sagte Sir Hugo zu dem Beamten. „Mit großer Sorge hören wir von dem schlechten Gesundheitszustand Seiner Exzellenz. Mein Neffe hier ist ein anerkannter Arzt aus London. Wenn der Maharadscha es wünscht, kann er ihm seine Meinung über die Gesundheit des Königs sagen.“

Coral blickte ihren Onkel an und war über sein Angebot etwas überrascht. Seine dunklen Augen richteten sich triumphierend auf Ethan. Ethan nahm eine ernste Miene an.

„Ich überbringe Ihre Worte, Sahib. Es kann sein, daß Seine Exzellenz Ihr großzügiges Angebot dankbar annimmt.“

Die englische Residenz war ein großer roter Steinbungalow mit zehn Dienern. Sie salaamten von den Stufen aus, als Sir Hugo aus der Ghari stieg.

Coral konnte an nicht viel anderes als an Ruhe und Schlaf denken und war nicht begeistert, als ein auffällig bunt gekleideter, indischer Beamter ihnen mitteilte, daß am nächsten Abend in der Residenz des Dewans, des obersten indischen Beamten am Königshof und im Rat des Maharadschas, ein Staatsdinner zu ihren Ehren stattfinde. Coral erinnerte sich daran, daß Mr. Harringtons sogenannter Sekretär Zameen früher der Dewan gewesen war. *Wer hat wohl seinen Platz am Hof eingenommen?*

Corals Herz schlug unregelmäßig. Genau dann, wenn sie stark und wachsam sein wollte, fühlte sie sich am schwächsten. *Oh, ich darf jetzt nicht krank werden!* Gem! Vielleicht war er irgendwo im Palast! Konnte es sein, daß ihr Kind so nahe war und doch so weit fort von ihrer Umarmung und ihrem Schutz? *Herr, Gott, wenn er hier ist, dann hilf Jace, ihn zu finden! Bitte! Laß mich ihn sehen! Dir ist nichts zu schwer!*

Ihr Zimmer in der britischen Residenz war wie ein Paradies. Darin befand sich ein riesiges Bett, in dem sie alle drei Platz fanden. Weiche Decken lagen auf dem Bett, und dicke Teppiche lagen auf dem Boden. Ein eigenes Bad aus Marmor war in einen abgetrennten Garten mit blühendem Wein eingebaut und –

Ein Schrei kam von Marianna. „Oh, schaut nur!"

Coral und Kathleen wirbelten herum und waren darauf gefaßt, eine zischende Kobra oder eine giftige Spinne zu sehen. Stattdessen sah Coral, daß Marianna voll Triumph auf etwas deutete, das die Franzosen eine *Toilette* nannten.

Kathleen ergriff Corals Ellbogen. „Ein Bad, und dann gehst du zu Bett. Das Staatsdinner morgen abend fällt für dich aus."

„Aber ich muß hingehen, Kathleen."

Vielleicht hat Jace Informationen über Gem, dachte sie. Wohin war Jace nur verschwunden? Trotz ihrer festen Absichten war Coral zu erschöpft, um Kathleen zu widersprechen.

Eine Stunde später schluckte sie, frisch gebadet und mit ihrem weichen Nachthemd bekleidet, widerwillig die Medizin, die Ethan ihr gegeben hatte. Sie konnte kaum die Augen offen halten, als Kathleen ihr die Decke über die Schultern zog.

„Ich muß hingehen", murmelte sie noch einmal. „Ich muß."

* * *

Jace brachte das Pferd zum Stehen und spähte in die hereinbrechende Dunkelheit hinein. In der Stille hörte er einen Schakal heulen, als die ersten Sterne am Himmel erschienen. Seit er an diesem Nachmittag von Guwahati zum britischen Vorposten in Jorhat aufgebrochen war, wollte er schon mehrmals beinahe umkehren. Es war beunruhigend, daß Roxbury so bereitwillig zugestimmt hatte, daß er den burmanesischen Gefangenen, der wegen der Ermordung Major Selwyns gefangen gehalten wurde, befragen wollte. Nach der Befragung sollte Jace Soldaten für seine Sicherheitswache zusammenstellen und zu seinem neuen Posten in Guwahati zurückkehren. Er wollte die mager besetzten Kräfte im Vorposten, die bereits knapp an kämpfenden Männern waren, bis die 13. mit McKay aus Kalkutta eintraf, nicht noch mehr reduzieren.

Als er sein Pferd vorwärts durch das trockene Gras lenkte, schreckte er eine Ente mit einem roten Hals auf. Mit einem schnellen Flügelschlag flog sie auf die andere Seite eines Sumpfes. Jace ritt weiter und kam früh am Morgen am Tor seines alten Kommandopostens an.

Die Mauer war stellenweise eingefallen und wurde gerade wieder aufgerichtet. Die steinerne Kaserne verriet die Spuren von schwarzem Rauch. Quartiere standen leer, eine düstere Erinnerung an Männer, mit denen er gedient hatte, die jetzt aber tot waren. Jace ging mit dem jungen englischen Fähnrich zu den Ställen, wo ein staubverschmierter Sepoy die schwarze Mähre herausführte, die früher einmal Major Selwyn gehört hatte.

„Sie ist ein gutes Pferd, Herr Major“, sagte Fähnrich Niles.

Der Sepoy reicht Jace die Zügel, und dabei fühlte Jace, wie ihm ein Stück Papier in die Hand gedrückt wurde. Er blickte in die unbeweglichen, schwarzen Augen, aber der Sepoy verzog keine Miene und ging davon.

Jace verriet auch nichts von seinen Gedanken, als er den jungen Fähnrich ansprach.

„Ich habe den Befehl von Oberst Warbeck, den Gefangenen zu befragen. Ich will ihn sofort sehen."

Der Fähnrich erblaßte. „Befehle von Oberst Warbeck, Sir?"

„Stimmt etwas nicht, Fähnrich?"

„Nein, Herr Major. Das heißt, ich wußte nicht, daß es Befehle von Oberst Warbeck gibt. Der Oberst ist Ihr Vater, nicht wahr, Herr Major?"

Jace sagte einen Augenblick nichts und streichelte die Mähre. „Ja. Bringen Sie mich zu dem Gefangenen."

Der Fähnrich gab keinen Laut von sich. Da er seine Angst bemerkte, blickte Jace ihn an. Der Fähnrich blieb steif stehen und wurde ganz weiß um den Mund herum.

„Nun, Fähnrich?"

„Es gab anscheinend ein Versehen bei den Befehlen, Herr Major."

„Was meinen Sie mit – Versehen?"

„Der Gefangene wurde vor mehreren Wochen nach Guwahati gebracht", sagte er eilig. „Aber ich wußte nicht, daß der Oberst erwartete, daß Sie ihn befragen."

Jace wurde wütend. „Sie haben *veranlaßt*, daß der Gefangene nach Guwahati gebracht wird?"

„Man sagte mir, das sei der Wunsch des Maharadschas!"

„*Er* hat die Verlegung angeordnet?"

„Nein, der Dewan, Sir!"

„Seit wann, Fähnrich, hat der Dewan Vollmacht über die bengalische Armee?"

„Ja, Sir! Ich meine, ich verstehe Ihre Bedenken."

„Bedenken? Das ist das britische Militär! Weder der Dewan noch der Maharadscha hat Vollmacht über militärische Angelegenheiten. Das wissen Sie! Fähnrich, Sie werden zur Verantwortung gezogen, weil Sie den Gefangenen dem Dewan übergeben haben. Der Gefangene hatte wichtige Informationen über den Angriff. Ist Ihnen klar, daß er inzwischen tot sein kann? Offenbar will jemand verhindern, daß er redet."

Der Fähnrich schluckte und sagte nichts.

„Wer hat hier den Befehl, bis die 13. eintrifft?"

Der junge englische Soldat kratzte unsicher mit den Füßen auf dem Boden. „Ich, Herr Major. Das heißt, ich und der Dewan. Er –"

„Sie und der Dewan! Wo ist der Dewan? Ich will mit ihm sprechen."

„Er ist in Guwahati, Sir!"

Jace sprach nicht weiter. Seine Wut über den Fähnrich wurde kleiner, als er an seine eigene Torheit dachte. Er hatte wenig Zweifel daran, daß Roxbury das alles gewußt hatte.

Jace führte die schwarze Mähre in die Morgensonne hinaus. Als er allein war, las er die Nachricht, die ihm im Stall in die Hand gedrückt worden war.

Namaste. Neuigkeiten, Sahib. Die Basare in Jorhat sind sehr gesprächig. Der Radscha kann plötzlich krank werden und sterben. Der Dewan wurde erst vor wenigen Wochen bei einem Treffen in Darjeeling mit dem Radscha Bundhu gesehen. Und Burra-Sahib Roxbury ist ein Kali-Anbeter. Ich sehe dich in Guwahati.

Gokul

Jace blieb schweigend stehen. Roxbury ein Kali-Anbeter? Zweifellos wollte er nur, daß andere das glaubten. Ghasis vielleicht. Waren diese religiösen Fanatiker im Palast des Maharadschas in Guwahati eingeschleust? Auf Kingscote?

* * *

Am nächsten Morgen wurde Coral unerwartet zu Sir Hugo gerufen. Während Seward vor der Tür wartete, trat Coral ein und traf ihren Onkel hinter dem Schreibtisch an. Ihr wurde unbehaglich zumute, als er seine nachdenklichen, dunklen Augen auf sie richtete, und ihr Blick fiel auf einen Brief, der vor ihm auf dem Tisch lag. *Ist etwas passiert?* fragte sie sich.

„Du hast mich rufen lassen, Onkel?“ fragte sie und achtete darauf, daß ihre Stimme ruhig blieb.

Er seufzte und wirkte besorgt. „Ja, Coral. Ich fürchte, es gibt beunruhigende Nachrichten. Alex wird vermißt.“

„Alex!“

„Er wurde zuletzt im Berggebiet von Darjeeling gesehen. Hampton ist von Kingscote aufgebrochen und reist nach Westen. Er versucht, ihn zu finden und nach Hause zu bringen.“

Alex vermißt! „Aber was wollte er in Darjeeling?“ fragte sie. „Alex hat kein Interesse an diesem Gebiet, oder an Reisen – außer vielleicht an der Rückkehr nach Wien!“

„Du wirst wohl wissen, daß es ihm in letzter Zeit nicht ganz gut ging. Nach dem, was Michael zugestoßen ist, glaubt Hampton anscheinend, daß er nach Darjeeling gefahren ist, weil dieses Gebiet seinem älteren Bruder so viel bedeutet hatte. Wir glauben, er versuchte, Buckleys Landbesitz ausfindig zu machen, und hat sich dabei verirrt.“

„Wie hat mein Vater von Alex erfahren?“ fragte sie.

„Ein Einheimischer aus dem Gebiet von Darjeeling ist nach Kingscote gekommen. Dein Vater ist sofort mit ihm aufgebrochen. Ich nehme an, die Anspannung wegen Michael und der Teeplantage lastete schwer auf seinem Gewissen. Er hatte den Eindruck, er müsse selbst gehen und Alex suchen.“

Sir Hugo stand mit dem Brief in der Hand auf. „Ich will

dich nicht weiter beunruhigen, aber der Weg dürfte sich um diese Jahreszeit als gefährlich für Hampton erweisen. Was Alex betrifft, können wir nur hoffen, daß Einheimische ihn gefunden haben und sich um ihn kümmern."

Corals Gedanken gingen in verschiedene Richtungen und kehrten wieder zu Jace zurück. Jace *kannte* Darjeeling. Wenn jemand wüßte, wo man suchen müßte, waren das er und Seward. Aber Jace war an das Militär in Guwahati gefesselt!

„Stammt der Brief von meinem Vater?"

„Ja, er kam vor Wochen hier an."

Coral dachte an die vielen Verzögerungen ihrer Resie. Ihr Vater war vielleicht schon in Darjeeling und suchte Alex. Hatte ihr Vater in dem Brief an ihren Onkel ihre Mutter erwähnt? „Darf ich den Brief bitte lesen?"

„Natürlich." Er reichte ihn ihr.

Coral erkannte die Handschrift ihres Vaters. Die Nachricht war kurz und erwähnte seine Abwesenheit, mehrere Scharmützel an der Grenze zu Burma und daß einige britische Soldaten auf dem Gebiet patrouillierten.

Die Situation hier an der Grenze wird von Woche zu Woche gefährlicher. Doch mir bleibt keine andere Wahl, als die Angelegenheiten hier der Hand des Allmächtigen zu überlassen und aufzubrechen. Ich halte es für notwendig, daß ich nach Darjeeling reise und Alex suche. Wir haben durch einen Boten erfahren, daß er vermißt wird. Ich kehre nach Kingscote zurück, wie Gott es schenkt und so bald wie möglich.

Coral starrte wie benommen auf den Brief.

„Das ändert einiges", erklärte Sir Hugo. „Ohne deinen Vater oder deinen Bruder auf Kingscote halte ich es für weiser, wenn du mit deinen Schwestern hierbleibst, bis mehr Soldaten aus Kalkutta eintreffen."

Nicht nach Hause zurückkehren? Dieser Gedanke war

schrecklich! Wenn Kingscote nicht sicher war, hatte sie mehr Grund denn je, zu ihrer Mutter nach Hause zu kommen. Ihr Vater konnte mehrere Monate im Gebiet von Darjeeling unterwegs sein. Was das Regiment aus Kalkutta betraf, konnten sie nur raten, wann Plassey wieder eingenommen würde und Truppen in den Nordosten durchkämen!

„Der Dewan hat sich unter den gegebenen Umständen als sehr entgegenkommend erwiesen“, fuhr ihr Onkel fort. „Er hat angeboten, dich und deine Schwestern hier in der Residenz wohnen zu lassen. Ihr werdet von den eigenen Männern des Dewans beschützt.“

Er mußte ihr Unbehagen gesehen haben, denn er ging auf sie zu und legte ihr schützend die Hände auf die Schultern. „Ich würde selbst bei euch bleiben, wenn ich könnte. Aber meine Pflicht zwingt mich, einige Wochen mit dem Major zum Vorposten zu reiten. Ich fürchte, diese schmutzige Sache um den Tod von Major Selwyn muß untersucht werden. Aber mach dir keine Sorgen. Ethan bleibt hier.“

Als sie seinen Blick sah, der nur Sorge verriet, fragte sich Coral, ob sie wirklich Grund hatte, so argwöhnisch zu sein. Ihre Besorgnis hatte jedoch nichts mit dem Aufbruch ihres Onkels zu tun. *Ich muß mich seinen Plänen widersetzen*, sagte sie sich bestimmt. Aber was hatte Onkel Hugo genau vor, außer daß er sie in Guwahati aufhalten wollte? Und aus welchem Grund?

„Es tut mir leid, wenn ich dir Sorgen mache, Onkel, aber ich kann die Einladung des Dewan nicht annehmen. Wenn mein Vater nach Darjeeling aufgebrochen ist, ist Mutter nicht nur krank, sondern auch noch allein. Dann besteht noch mehr Grund, nach Hause zu fahren. Sie macht sich bestimmt Sorgen um Vater und Alex und braucht uns .“ Sie lächelte ihn an. „Außerdem haben wir Seward zu unserem Schutz."

„Ah ja, Seward. Ein unerschütterlicher Kerl. Nun, ich habe diese Antwort erwartet. Ich nehme an, ich kann nicht viel tun, um dich zurückzuhalten. Immerhin bin ich noch nicht dein gesetzlicher Vormund. Aber da die Meuterei in Plassey Hauptmann McKays Truppe aufhält, mache ich mir Sorgen, wohin das alles noch führt."

Corals Gedanken blieben an etwas hängen, das er gesagt hatte, und die Worte erforderten ihre volle Aufmerksamkeit. Doch Onkel Hugo schien seinen Fehler nicht zu bemerken. Sie unterdrückte die Frage, die sich ihr aufdrängte. „... noch nicht ihr gesetzlicher Vormund?" Aber warum sollte er so etwas überhaupt sagen? Sie hatte ihren Vater und ihre Mutter und Alex. Vielleicht hatte er nur sein Wunschdenken ausgesprochen. In diesem Fall war es am besten, wenn sie so tat, als habe sie es nicht bemerkt.

Er runzelte die Stirn, und Coral wußte, daß sie sein Verhalten als echt akzeptieren mußte, solange sie keine Beweise für das Gegenteil hatte. Es wäre verheerend, jetzt die Sache zur Sprache zu bringen und ihn zu beschuldigen, daß er bei den Schwierigkeiten um Major Selwyn und die Meuterei in Plassey die Hände im Spiel gehabt hatte.

„Auf dich warten herausfordernde Zeiten hier in Guwahati", sagte sie. „Du hast eine schwierige Stelle vom Generalgouverneur übernommen. Wenn der Krieg droht, hast du genug Sorgen, auch ohne daß deine Nichten dir hier noch zur Last fallen."

„Major Buckley wird sich als große Hilfe für mich erweisen. Ich könnte keinen besseren als Oberbefehlshaber der Sicherheitskräfte haben. Und auch die Königsfamilie nicht."

Meinte er das wirklich so? Sie erinnerte sich an die düstere Anschuldigung, die Jace in Manali gegen ihn vorgebracht hatte, daß ihr Onkel seinen Tod in der Meuterei bezweckt hatte. Wäre der Major hier in Guwahati sicher? Corals innere Anspannung wuchs.

Er begleitete sie zur Tür. „Leider muß ich heute abend nach dem Staatsdinner mit dem Major zum Vorposten reiten. Wir müssen die Umstände um den Angriff klären."

Coral war vorsichtig. Sie mußte mit Jace sprechen. „Der Major kommt zum Dinner?"

„Ja, ich glaube, der neue Dewan hat ihn eigens eingeladen. Ich nehme Kontakt zu euch auf Kingscote auf."

Coral küßte pflichtbewußt seine bärtige Wange zum Abschied und trat zu Seward vor die Tür.

„Passen Sie gut auf meine Nichten auf, Seward", sagte Hugo zu ihm. „Leider konnte ich Coral nicht überreden, hier in Guwahati zu bleiben. Bringen Sie sie sicher nach Kingscote. Ich breche heute nacht mit Major Buckley nach Jorhat auf."

Sewards Miene verriet Coral nicht, was er darüber dachte, daß ihr Vater und Alex in Darjeeling waren. Da sie seine Treue kannte, wußte sie, daß er alles riskieren würde, um an der Seite ihres Vaters Alex zu suchen.

Seward griff zum Gruß mit der Hand an seinen Hut. „Ja, Sir Hugo. Ich bringe sie bestimmt gut nach Kingscote."

„Sollten Sie es für nötig erachten, mit mir in Kontakt zu treten, dann zögern Sie nicht, mir nach Jorhat eine Nachricht zu schicken", befahl Hugo.

Coral folgte Seward aus der Halle hinaus und die Stufen zu der wartenden Ghari hinab.

„Seward, irgendetwas stimmt hier nicht!"

„Mir gefällt das alles überhaupt nicht. Wenn Alex vermißt wird und Sir Hampton aufbricht, um ihn zu suchen, ist Mrs. Elisabeth allein. Und das kann ich mir alles nicht zusammenreimen."

„Wie lang brauchen wir, bis wir in Kingscote sind?“

Er blinzelte zu der hellen Sonne hinauf. „Wenn wir morgen früh aufbrechen, können wir in zwei Tagen dort sein.“

„Oh, Seward! Glauben Sie, mein Vater hat Alex gefunden?“

Er runzelte die Stirn, als er ihr in die Ghari half. „Wie ich und auch der Major bezeugen können, liegt Darjeeling in der Nähe des östlichen Himalaja. Es ist unwegsam, bergig und anstrengend. Es wird für Ihren Vater nicht leicht sein, auch nicht für Alex. Und das, Mädchen, beunruhigt mich am meisten.“

Corals Herz war schwer. Zuerst hatte sie Gem verloren, dann Michael …

Herr, bitte führe und beschütze meinen Vater. Ich könnte es nicht ertragen, ihn auch noch zu verlieren.

28

Jace verließ den Vorposten in Jorhat und kehrte nach Guwahati und in seine militärische Unterkunft neben der Residenz zurück. Ein Radschput, ein zäher und dürrer Mann, wartete mit einer Nachricht vom Dewan auf ihn. Jace war nicht überrascht, den Radschput hier, so weit von Zentralindien entfernt, anzutreffen. Da sie angeblich aus der Kriegerkaste stammten, dienten die Radschputs oft Maharadschas.

„Der oberste Minister Seiner Exzellenz bittet Sie, vor dem offiziellen Dinner heute abend zu ihm zu kommen, Sirdar-Buckley."

Der Radschput trat zur Seite und ließ einen kleiner gewachsenen Diener vortreten, der seine Finger an die Stirn führte. Er ging wieder vor die Tür und kam schnell mit mehreren Geschenken zurück.

„Der Dewan bittet Sie, diese Geschenke aus seiner Hand anzunehmen."

Jace war bei dem harten Blick in den dunklen Augen des Radschputs skeptisch. Der Dewan wollte ihm also Geschenke überreichen ...

Die Geschenke bestanden aus einem schönen langen, schwarzen, indischen Hemd, das mit Gold bestickt war, einem Turban und einem *Tulwar*!

Der Anblick der gebogenen Klinge erhöhte sein Mißtrauen. Jace drehte sich zu dem Radschput um, aber dieser war bereits verschwunden. Er nahm das Schwert in die Hand und probierte es aus.

In dieser vornehmen indischen Kleidung traf Jace eine Stunde vor dem offiziellen Dinner im Palast des Maharadschas ein. Zwei Radschputwachen begleiteten ihn über Marmorböden und zwischen goldüberzogenen Säulen die Stufen hinauf in das Diwan-i-Khas, die Halle für Privataudienzen.

Jace blieb stehen. Der Dewan lag gemütlich auf Seidenkissen und wartete. Er war alles andere, als Jace erwartet hatte. Im Gegensatz zu Zameen war *dieser* Mann jung und dunkel und gut aussehend, mit einer unübersehbaren Arroganz in seinen schwarzen Augen. Er war schlank und zäh, und eine tödliche Grausamkeit lag in seinem Lächeln, bei dem er seine gleichmäßigen, weißen Zähne zeigte. Seine Kleidung verriet seinen Reichtum, an seinen Fingern funkelten Edelsteine, als er mit dem Griff seines Tulwars, der in einer juwelenbesetzten Scheide steckte, spielte.

Vorsicht. Jaces Hand bewegte sich leicht zu seiner Klinge hin. Der Mann, dem er gegenüberstand, war ihm nur allzu bekannt.

Der Dewan verzog das Gesicht zu einem, wie er wohl meinte, freundlichen Lächeln. „Sei gegrüßt, Freund Jace. Ich bin überrascht, daß du so kühn bist und in die königliche Residenz meines Vaters kommst. Noch dazu als Roxburys Sicherheitswache!“ Er stieß ein Lachen aus. „Was ich an dir schon immer geschätzt habe, ist dein erstaunlicher Humor.“

Warum sollte der Neffe des Maharadschas das Amt des Dewans anstreben?

„Wir sehen uns also wieder, Sunil“, sagte Jace.

„Wir mußten uns wiedersehen. Es ist schon zu lange her, seit der Tempelschatz der Kali verschwunden ist.“

„Ah. Die Kalifigur. Seine Exzellenz ist überzeugt, ich sei ein Tempelräuber. Ich habe mich schon oft gefragt, wer ihm das wohl eingeredet hat.“

Sunil hob lässig die Hände. „Und du bist natürlich unschuldig."

„Ich bin vielleicht kühn, Freund, aber ich bin nicht verrückt. Würde ich meinen Kopf riskieren und dem Residenten des Generalgouverneurs beim Maharadscha dienen, wenn ich das nicht wäre?"

„Ich gebe zu, das wäre sehr unweise."

„Ich will mit Seiner Exzellenz in einer Privataudienz sprechen", erklärte Jace. „Vielleicht kommt der Tempelschatz bald zurück."

Sunil deutete auf die Kissen. „Setz dich."

Als Jace sich setzte, erschien ein Diener mit einem Glas Wein. Jace bemerkte, daß sich Sunils Blick auf seinen Schwertgriff richtete.

„Das brauchst du nicht – nicht jetzt", sagte Sunil. „Wie du schon sagtest, du würdest es nicht riskieren, hierherzukommen, wenn du nicht unschuldig wärst – und weißt, wo der Schatz ist."

Jace war klug genug, ihn nicht wissen zu lassen, daß er die Statue hatte. Er hatte Sunil noch nie getraut. Der junge Mann war zu ehrgeizig, viel mehr als sein älterer Bruder Radschiv. Sunil hatte wahrscheinlich eine Reihe Wachen im Palast, die ihm treuer ergeben waren als andere Mitglieder der Königsfamilie.

Hatte er eine einflußreichere Position im Auge?

Jace betrachtete ihn genau. „Du bist also jetzt der Dewan Seiner Exzellenz. Was ist mit Zameen?"

Er hoffte, Sunil würde ihm neue Informationen verraten, aber der hochnäsige, junge Neffe des Maharadschas war dazu zu vorsichtig.

Sunil lächelte und sagte leichthin: „Du hast doch in Manali schon gesehen, daß Zameen sich zur Ruhe gesetzt hat, zusammen mit Harrington."

„Wer hat dir von Manali erzählt?“

Sunil lächelte. „Roxbury. Wer sonst?“

Jace lächelte auch. „Irgendwie dachte ich, es könnte Sandschai gewesen sein.“ Er beobachtete Sunil über sein Glas hinweg, aber dieser Mann war zu klug, um sich zu verraten.

„Sandschai, Sandschai“, wiederholte er nachdenklich. „Nein, ich habe noch nicht von ihm gehört. Ein Freund von dir?“

„Ich beabsichtige, ihn nach Kalkutta zurückzubringen und wegen Verrats erschießen zu lassen.“

Sunil füllte Jaces Glas wieder und verzog keine Miene.

„Sandschai steckt hinter der Meuterei der 17. bei Plassey.“

„Ah ja. Ich habe davon gehört. Bedauerlich, eine Tragödie.“

Ist Sunil die Macht hinter Roxbury? Oder arbeiten sie zusammen auf irgend ein für beide vorteilhaftes Ziel hin?

„Seine Exzellenz weiß noch nichts von der Meuterei in Plassey“, erklärte Sunil.

„Ich will mit dir nicht über Plassey sprechen, sondern über den Angriff auf den Vorposten in Jorhat. Du hast einen Gefangenen, der der britischen Regierung gehört. Ich will, daß er mir sofort übergeben wird.“

Sunil lächelte. „Ich fürchte, das steht außer Frage. Was den Angriff auf den britischen Vorposten betrifft, wirst du feststellen, daß Angreifer aus Burma für den Tod von Major Selwyn verantwortlich sind. Meine Familie begrüßt die englische Präsenz, nicht wahr? Seine Exzellenz hat schließlich einen Vertrag mit der Ostindienkompanie unterzeichnet.“

Jace fragte sich, ob Sunils eigene Gefühle mit denen seines Onkels übereinstimmten. Radschiv hatte einmal erwähnt, daß sein Bruder Sunil die Ostindienkompanie verabscheute.

„Was mein Amt als Dewan betrifft, so war es der Wille Seiner Exzellenz.“

„Der Radscha brauchte einen Mann mit Weisheit. Einen Mann, dem er trauen konnte“, sagte Jace ruhig.

„Seine Exzellenz traut in diesen Tagen nur wenigen.“

„War es auch der Wille des Radschas, daß du den Befehl über den britischen Vorposten übernimmst?“ fragte Jace trocken.

Sunil lächelte. „Nein. Das war meine Idee.“ Er winkte mit der Hand ab. „Euer englischer Fähnrich ist jung und unerfahren in solchen Angelegenheiten, deshalb helfe ich ihm.“

„Der Vertrag zwischen dem Radscha und England überläßt der Kompanie die Kontrolle über Streitigkeiten, die sich mit Nachbarstaaten ergeben. Dazu gehören Sikkim, Bhutan und Burma. Bis Truppen eintreffen, um ihre Positionen einzunehmen, hat der Fähnrich das Kommando, ob unerfahren oder nicht.“

„Ah, aber da jetzt du und der Resident Roxbury eingetroffen seid, überlasse ich militärische Angelegenheiten gern deinen Händen. Den Gefangenen kann ich dir aber trotzdem nicht übergeben.“

„Er ist natürlich tot“, sagte Jace unverblümt.

„Eine Tragödie. Er hat sich im Kerker erhängt. Er hat einem Militärherrscher namens Zin in Burma gedient. Wie ich höre, ist Zin auch dein Freund.“

Jace sagte nichts. Zin konnte nicht wirklich als Freund bezeichnet werden. Das wäre genauso, als wollte man sich eine Pythonschlange als Haustier halten.

„Natürlich steht es dir frei, deine eigenen Nachforschungen anzustellen“, erklärte Sunil. „Aber eine Privataudienz beim Maharadscha?“ Er verwarf den Gedanken mit einer Handbewegung. „Was du meinem Onkel sagen willst, kannst du auch mir sagen. Er ist ein viel beschäftigter Mann.“

Während er Sunil beobachtete, wuchs Jaces Überzeugung, daß es sehr wichtig war, mit dem Radscha allein zu sprechen. Er wechselte absichtlich das Thema, um Sunils Reaktion abzumessen. „Ich sehe, du trägst den Tulwar deines Bruders."

Sunil berührte das gebogene Schwert. „Ja. Es gehörte Radschiv." Seine Miene wurde nüchtern, und er trank sein Glas Wein mit einem Schluck leer. „Mein Bruder war ein Narr, daß er diese Frau geheiratet hat." Er stellte das Glas energisch ab. „Dschemani war die falsche für ihn."

„Dann kanntest du das Bauernmädchen?" Jace fühlte seinen Blick auf sich ruhen und griff nach einer Feige im Obstkorb.

„Ich kannte sie nicht. Sie war aus einer niedrigeren Kaste. Ich wußte, daß Seine Exzellenz diese Heirat nicht akzeptieren konnte. Die Kaste darf nicht gebrochen werden."

„Dann muß Radschiv dir von Dschemani erzählt haben?"

Wieder fühlte er seinen granitharten Blick auf sich. „Ja. Er hat mir von ihr erzählt. Sie arbeitete in der Seidenzucht auf Kingscote."

Jace wußte, daß Dschemani nicht in der Seidenzucht gearbeitet hatte. Warum hielt es Sunil dann für nötig zu lügen?

„Schade, daß dein Bruder dafür sterben mußte, daß er die Kaste gebrochen hat."

„Du vermutest, sein Tod war die Strafe unseres Onkels?"

„Wer sollte es sonst gewesen sein?" sagte Jace ruhig.

Sunil erhob sich. „Wahrscheinlich hast du recht. Die Königsfamilie konnte Radschivs Heirat nicht hinnehmen. Auch nicht den Sohn, den er von der Unberührbaren hatte."

Jace stellte sich gleichgültig. Es wäre unweise, Gems Entführung oder irgendetwas über den Jungen zu erwähnen. Zuerst mußte er mit dem Maharadscha sprechen.

„Jetzt, da Radschiv tot ist, wirst du nach dem Maharadscha regieren, nicht wahr?"

Sunil lächelte herablassend. „Nein. Es gibt noch einen

Erben, der näher mit ihm verwandt ist als ich. Momentan bin ich damit zufrieden, sein Dewan zu sein."

Die Frage hatte ihren Zweck erfüllt. Bei der Erwähnung von Macht waren die dunklen Augen lebendig geworden. Würde Radschiv noch leben, dann wäre er der Erbe. Jetzt ging dieses Recht auf Sunil über. Aber wer war der Erbe, der noch vor Sunil kam?

Ein Mann wie Sunil würde sogar Gem als Bedrohung ansehen.

„Es ist Zeit", sagte Sunil. „Die offiziellen Gäste für das Staatsdinner des Maharadschas kommen. Wir sprechen uns wieder."

Jace glaubte jetzt fest, daß der Maharadscha an der Meuterei unbeteiligt war und auch nichts vom Machtstreben seines Neffen wußte. Die Frage war, was versprach sich Sir Hugo davon, daß er Sunil unterstützte? Was auch geplant war, es sollte geschehen, bevor die britische Verstärkung unter McKay einträfe.

Jace war es gelungen, fünfzehn Mann vom Vorposten mitzubringen und doch ein gewisses Maß an kämpfenden Streitkräften intakt zu lassen. Fünfzehn Soldaten waren nicht genug, um den Maharadscha zu beschützen, wenn es dazu kommen sollte. Aber genau das war vielleicht schon die ganze Zeit irgend jemandes Absicht.

* * *

Der Maharadscha saß auf einem Podium und war ein einziges Glitzern von Juwelen und Seide, wie auch seine mächtigen indischen Gäste und der Dewan selbst. Unter den Gästen, die dem Residenten des Generalgouverneurs ihre

Aufwartung machten, waren mehrere portugiesische Vertreter und einige Engländer aus anderen Gebieten im Norden Indiens; Männer, deren scharfe Augen und harte Gesichter den Grund ihrer Anwesenheit in Indien verrieten – den Handelsreichtum, der sich bis nach Kalkutta im Süden und China und Burma im Osten erstreckte.

Coral bot einen hübschen Anblick in ihrem vornehmen Kleid, das Jacques in London entworfen hatte. Ihr Blick streifte durch den großen Saal, in der Hoffnung, den Major zu sehen. Sie mußte mit ihm über ihren Vater und Alex sprechen, bevor sie am nächsten Morgen nach Kingscote aufbrachen. Stattdessen blieb ihr Blick am Dewan hängen, und ein kalter Schauder lief ihr über den Rücken. Sie glaubte, Radschiv stehe, in königlichen indischen Gewändern gekleidet, am anderen Ende des Saales vor ihr, aber das war unmöglich. Dschemanis Ehemann und Gems Vater war tot. Aber der Dewan hatte dasselbe gute kupferfarbene Aussehen wie Radschiv und konnte leicht für Radschivs Zwillingsbruder gehalten werden. Die kühlen, schwarzen Augen blickten sie ohne die übliche Zurückhaltung gegenüber einer weißen Engländerin an. Coral wandte den Kopf ab. War das der neue Dewan, der Zameens Platz eingenommen hatte?

Coral blickte sich suchend nach Ethan um und sah, daß er auch noch nicht da war. Eine Minute später drehte sie sich um, als Onkel Hugo mit dem Dewan auf sie zutrat. Coral benahm sich, als bemerke sie seinen unverhohlenen, prüfenden Blick nicht.

„Der Maharadscha, Madschid Singh, überbringt seine Grüße, Miss Kendall", sagte der Dewan. „Auch ich möchte Ihnen und Ihrer Familie versichern, daß jeder Übergriff auf die Kingscoteplantage durch Burma mein äußerstes Mißfallen erregen würde."

Sein äußerstes Mißfallen?

„Meine Familie übersendet Seiner Exzellenz, dem Maharadscha, auch alle guten Wünsche“, erwiderte sie.

Sie fand das militärische Angebot des Dewans beunruhigend, bemerkte aber, daß ihr Onkel über diese überraschende Eröffnung nicht erstaunt wirkte.

Seit einem Jahrhundert wurde Kingscote vom Herrscherhaus in Assam als Privatbesitz betrachtet, das von den allzu häufigen Kämpfen der hinduistischen Maharadschas, der moslemischen Nawabs und der buddhistischen Militärherrscher von Sikkim und Burma unangetastet blieb. Alle territorialen Übergriffe auf Kingscote durch kriegsführende Parteien waren von ihrem Vater mit der Unterstützung von Söldnern geklärt worden. Sir Hampton hatte wie sein Vater vor ihm darum gekämpft, seinen Besitz zu beschützen und den Respekt der regierenden Provinz erworben. Aber jetzt, da der Maharadscha einen Vertrag mit der Ostindienkompanie unterzeichnet hatte, vermutete Coral, daß ihr Onkel darauf bestehen würde, daß Kingscotes Sicherheit unter die Rechtsprechung der Kompanie fallen würde.

Als Jace nicht kam, wuchs Corals Unbehagen. Wo war er nur? Wer wußte, wann sie sich wiedersehen würden? Sie war sicher, daß Seward ihm inzwischen von ihrem Vater und Alex erzählt hatte, aber sie mußte Gewißheit haben. Und was war mit Jaces Versprechen, sich beim Maharadscha nach Gem zu erkundigen?

Obwohl sie ihre Gefühle unterdrückte, fiel es ihr schwer, den Maharadscha anzusehen, der noch nicht von seinem Podium herabgekommen war, um seinen Gäste die Ehre seiner Anwesenheit zu erweisen. Schmerz und Bitterkeit stiegen in ihrem Herzen auf. Konnte dieser distanzierte und erhabene Mann, an dem so viele Juwelen funkelten, befohlen haben, daß sein Neffe getötet würde, weil er die Kastenregeln gebrochen hatte?

Der Gedanke, daß sie im selben Raum mit den Männern stand, die Radschiv getötet und Gem entführt hatten, raubte ihr den Appetit. *Ich kann es nicht ertragen, ihn anzusehen,* dachte sie. Und Gem, wo war er? Irgendwo im Palast? War er tot? War er vielleicht zu irgendeinem anderen Maharadscha oder Nawab als Sklave geschickt worden? Angenommen ... angenommen, sie hatten ihn gefoltert oder den Tigern vorgeworfen?

Wußte der Dewan oder der Maharadscha, daß sie die Frau war, die Gem adoptiert und Dschemani getauft hatte? Sie beschloß, daß Seine Exzellenz es einfach wissen *mußte.* Doch sein abwesender Blick ging nie in ihre Richtung. Nur der Dewan starrte sie an, und Coral wurde von Sekunde zu Sekunde beunruhigter.

Wenn Jace nicht bald kommt, muß ich mich mit irgendeiner Ausrede entschuldigen und von hier verschwinden.

Vielleicht würde er überhaupt nicht kommen. Sie blickte sich wieder in dem großen Saal um und hielt plötzlich inne. Ihre Augen fielen auf einen gut aussehenden indischen Krieger, der in der offenen Arkade stand, die in den Garten hinausführte.

Verwirrt dachte sie: *Javed Kasam! Was macht er hier?* Jace Buckley trug nicht sein Hemd und seine Lederhose, auch nicht seine Uniform, sondern war mit einem eleganten, schwarzgoldenem indischen Gewand bekleidet. Sein wachsamer Blick war nicht auf sie gerichtet, sondern auf Dewan Sunil.

Mit Erleichterung hob Coral ihre Röcke und wollte schon durch den Saal in seine Richtung eilen, als Ethan auf sie zutrat und sie am Ellbogen ergriff.

„Meine Liebe, entschuldige meine Verspätung. Aber mich hat etwas Wichtiges aufgehalten."

Bei dem besorgten Klang in seiner Stimme blickte sie

ihn an und sah, daß seine grauen Augen beunruhigt waren.

„Onkel hat es dir nicht erklärt?“ fragte er.

„Erklärt?“

„Ich muß mit dir allein sprechen.“ Er blickte sich um, als suche er nach dem geeigneten Ort, und bevor Coral reagieren konnte, führte er sie durch den Saal zu einer Nische, die von wild wucherndem Wein überzogen war, und in der Steinkrüge mit schwimmenden Orchideen gefüllt waren.

Ethans besorgte Miene verstärkte ihr eigenes Unbehagen. „Was ist, Ethan?“

„Eine enttäuschende Nachricht. Ich kann morgen früh nicht mit dir nach Kingscote abreisen. Hugo braucht mich eine Weile hier in Guwahati.“

„Das verstehe ich nicht. Du dienst doch nicht der Kompanie.“

„Nein, aber der Maharadscha ist krank. Er hat um meine Hilfe gebeten.“

„Der Maharadscha?“

„Hugo meint, meine Mitarbeit könne von Nutzen sein, nicht nur für Seine Exzellenz, sondern auch für die Ostindienkompanie. Der König ist offenbar über seine eigenen Ärzte verärgert.“ Ethan runzelte die Stirn. „Ich kann einem Mann in seiner Stellung meine Hilfe nicht verweigern. Hugo hat mich gebeten, ein paar Monate zu bleiben –“

„Ein paar Monate, aber Ethan! Was ist mit meiner Mutter? Sie ist sehr krank!“

Er legte ihr die Hand auf die Schulter und sah so unglücklich aus, daß Coral ihre Enttäuschung hinunterschluckte.

„Glaube mir, Coral, das ist nicht mein Wunsch. Ich habe bereits die Medizin vorbereitet, die deine Mutter braucht, und habe sie durch Seward auf dein Zimmer bringen lassen.

Wenn du mehr benötigst, mußt du nur jemanden zu mir schicken."

Coral war nicht aufgefallen, daß der Maharadscha krank aussah, aber öffentliche Auftritte besagten nicht viel.

„Es kann sein, daß ich mich entscheide, bis zum Eintreffen der Truppen aus Kalkutta hierzubleiben", erklärte er. „Ich ziehe es vor, mein Gepäck unter meiner eigenen Aufsicht nach Kingscote bringen zu lassen."

„Solange ich die Medikamente für meine Mutter habe, kommen meine Schwestern und ich schon zurecht. Es ist gut, daß du Seine Exzellenz behandelst. Hast du eine Ahnung, was ihm fehlt?"

„Nein, aber ich werde ihn morgen früh als erstes untersuchen. Er wird heute abend nichts essen, hat er mir gesagt."

Coral blickte durch den Wein zum Podium hinüber. Der Maharadscha hatte unerwartet den Saal verlassen.

„Er ist fort", rief sie überrascht.

Als Coral in die Richtung des Dewans blickte, sah sie, daß er, ohne zu lächeln, bei Sir Hugo stand.

„Ich muß sagen, die Nachrichten über Alex sind schrecklich", sagte Ethan. „Onkel hat mir jedoch versichert, daß dein Vater das Gebiet von Darjeeling kennt."

Coral wunderte sich. Niemand kannte die Gebirgsgegend so gut wie Jace. Wenn er nur nicht dem Militär verpflichtet wäre, könnten er und Seward die beiden suchen! Angenommen, der Monsun kam, bevor ihr Vater Alex fand? Die übertretenden Flüsse und die Berghänge könnten beiden das Leben kosten.

„Armer Alex", murmelte Ethan.

Armer Alex? Etwas in Ethans Stimme veranlaßte sie, sein Gesicht genauer zu betrachten. Er wirkte nachdenklich und zeigte einen leichten Anflug von Mitleid, das ihr ein bißchen seltsam erschien.

„Alex ist nicht der erste, der sich in den Bergen verirrt", erwiderte sie. „Aber er hätte nicht ohne einen Führer losgehen sollen. Daß man sich verirrt, ist bei solchen Wanderungen ein häufiges Problem. Das könnte fast jedem passieren, auch meinem Vater."

Coral blickte zum Garten, wo sie Jace zuletzt gesehen hatte, aber er war verschwunden und nirgends im Saal zu sehen.

Der Dewan war neben sie getreten. „Wollen Sie es sich nicht doch noch einmal überlegen und in Guwahati bleiben, Miss Kendall? Warum bleiben Sie nicht mit Doktor Boswell hier, bis die britischen Truppen eintreffen?"

„Ihre Einladung ist zu großzügig. Aber die Umstände erfordern keinen Aufschub unserer Heimkehr. Meine Mutter ist ziemlich stark an Fieber erkrankt, und ich kann es nicht erwarten, nach Hause zu kommen."

„Ich verstehe", sagte er, und sein dunkles Gesicht war zu ernst. „Es ist fast unverschämt, daß wir den Arzt gebeten haben zu bleiben, aber sehr großzügig von Ihnen, Miss Kendall, und von Ihnen, Doktor Boswell."

„Haben Sie eine Ahnung, woran Seine Exzellenz leidet?" fragte Ethan.

Der Dewan verzog keine Miene. „Das Alter vielleicht. Wir vertrauen darauf, daß Sie Ihr Möglichstes tun, Doktor Boswell."

„Ich versichere Ihnen, daß ich tue, was ich meiner Macht steht, Herr Dewan."

Während Ethan mit dem Dewan über Medizin sprach, entfernte sich Coral von den beiden, bis sie neben Kathleen stand und hinter ihrem Pfauenfächer flüsterte: „Lenke den Dewan und Ethan ab. Ich muß mit dem Major allein sprechen."

„Ich habe ihn vor einer Minute verschwinden sehen."

„In welche Richtung?“

„In den Garten.“

Coral zog sich unauffällig über den glänzenden Fußboden zurück zu den weit geöffneten Türen, die in den parkähnlichen Garten hinausführten. Sie blickte zurück und stellte fest, daß jeder beschäftigt war. Sie nahm die Röcke ihres bernsteinfarbenen Kleides in die Hand. Sobald sie außer Sichtweite der anderen Gäste war, stürmte sie in den duftenden Garten mit seinen bunten Glaslaternen hinaus. Er konnte doch nicht gegangen sein, ohne sich wenigstens von ihr zu verabschieden.

Sie war noch nicht weit in den Pavillon gegangen, als sie ihn erblickte. Er stand nicht weit von ihr an den Stufen, die in einen tiefer liegenden Gartenteil hinabführten, von dem aus man zum Brahmaputra gelangte. Er mußte ihre Schritte gehört haben, denn er drehte sich um. Coral blieb stehen und blickte über ihre Schultern zurück. Niemand war ihr gefolgt. Sie ging schnell auf ihn zu. Dabei vernahm sie, daß die Musiker auf der oberen Galerie auf ihren *Sitars* spielten. Die Saiteninstrumente spielten ein schwermütiges *Ghasal* – Musik, die aus der indischen Dichtung stammte, immer ein Thema für eine hoffnungslose Liebe. Mit raschelnden Seidenröcken eilte sie auf Jace zu.

29

Das könnte unangenehm werden, dachte Jace.

Die Musik von den Sitars wirkte auf ihn nicht beruhigend, sondern war lästig. Was war nur über ihn gekommen? Warum ließ er sich von einem Verantwortungsgefühl ihr gegenüber aus der Ruhe bringen? Jetzt war nicht die Zeit, sich durch Gefühle von der Aufgabe, zu der der Oberst ihn hierher geschickt hatte, ablenken zu lassen. Er würde ihr kurz seine Bedenken wegen Gem sagen und sich von ihr verabschieden.

Coral blieb einen Augenblick schweigend vor ihm stehen und blickte ihn an. Er fragte sich, welche Gedanken ihr wohl durch den Kopf gingen. Was ihm selbst wie wild im Kopf umging, verbannte er gewaltsam aus seinem Denken.

Jace glaubte zu wissen, was sie über ihn dachte. Er war der manchmal arrogante Mann, der sich wenig aus anderen Menschen oder anderen Dingen machte und nur seinen Auftrag für den Oberst zu Ende bringen, nach Kalkutta auf die *Madras* zurückkehren und sich aus allen emotionalen Bindungen heraushalten wollte. So unrecht hatte sie damit nicht.

„Haben Sie von Alex gehört?“ fragte sie.

Seward hatte ihm alles erklärt, aber Jace wollte ihr seine Bedenken nicht verraten, obwohl er sie Seward mitgeteilt hatte.

„Ja, Seward hat es mir gesagt“, erwiderte er kurz.

Sie trat näher. Das schwache Mondlicht fiel auf sie und

glänzte wie winzige Edelsteine auf ihren goldenen Locken. Es verlieh den Formen ihres Kleides eine unübersehbare Weichheit und Sanftheit.

Jace legte eine eiserne Schraubzwinge auf seine Gefühle. *Nur das nicht* ... Er wollte das nicht.

„Sir Hugo hat mir vorgeschlagen hierzubleiben, bis Hauptmann McKay eintrifft, aber ich habe seinen Vorschlag abgelehnt. Ich breche morgen mit Seward auf", erklärte sie.

„Ja, ich weiß."

Er sah, daß sie bei seiner Kurzangebundenheit zögerte, und er verstärkte sein Handeln noch, indem er sich abwandte und auf den Fluß hinaus sah, als sei er mit wichtigeren Gedanken beschäftigt.

„Wie lange bleiben Sie in Jorhat?" fragte sie.

„Das weiß ich nicht. Länger, als ich zuerst dachte."

Sehr lange, wollte er am liebsten sagen. *Vielleicht ist es am besten, wenn wir uns überhaupt nie wiedersehen.*

„Ich will Ihnen noch etwas sagen, bevor ich aufbreche", sagte Jace.

Er sah sie zögern, als ziehe sie sich innerlich zurück. Täuschte sie sich so sehr in ihm, daß sie glaubte, er würde zu einem romantischen Narren? Er verschränkte die Arme. Es war am besten, wenn sie wußte, wer der Dewan war. Er hatte gesehen, wie Sunil sie angeblickt hatte. Ein Mann erkannte die Gedanken eines anderen Mannes, wenn es um eine so hübsche Frau wie Coral ging.

„Halten Sie sich vom Dewan fern. Er ist Radschivs jüngerer Bruder. Ihm ist nicht zu trauen."

„Dann hatte ich recht, als ich Ihnen sagte, daß ich vor Jahren zwei junge Männer auf dem königlichen Elefanten mit dem Maharadscha gesehen habe!"

„Er geht über Leichen. Vielleicht ist er derjenige, der hinter den Schwierigkeiten in Plassey und dem Überfall auf Major

Selwyn steckt. Ihr Vater wäre gut beraten, ihm in bezug auf Kingscote nicht zu trauen."

„Der Dewan hat mir gegenüber heute abend Kingscote erwähnt. Er sagte, er würde alles tun, um die Seidenplantage vor burmanesischen Soldaten zu schützen."

„Er will aus ganz eigennützigen Gründen freundlich erscheinen. Ich bin überzeugt, daß er mit Ihrem Onkel zusammenarbeitet." Er sah den versteckten Schmerz auf ihrem Gesicht. „Es tut mir leid ... aber ich glaube, die zwei haben irgendeinen Plan, der beiden nützt. Ich habe es Seward gesagt. Wenn Ihr Vater zurückkehrt, wird Seward es ihm erklären."

Wieder zögerte sie, als wolle sie eine Entscheidung vermeiden.

„Doch es gibt keine Beweise für ihre Verdächtigungen, daß mein Onkel in die Sache verwickelt ist", stellte sie fest.

„Nein, aber ich bin sicher, daß der Dewan ein Mann ist, vor dem man sich in acht nehmen muß."

„Meinem Vater käme das Angebot des Dewans, Kingscote zu beschützen, verdächtig vor", erwiderte sie. „Er hatte zu den meisten Herrschern hier im Nordosten ein gutes Verhältnis und hält einen Überfall auf uns für nicht wahrscheinlich. Sie nennen ihn den Burra-sahib, den ‚großen Mann.'"

Jace hoffte, sie bemerke seine Reaktion auf die Beschreibung ihres Vaters nicht. Der Garten in Barrackpore ... was hatte Marianna gehört? *„Ein Unfall läßt sich bei einem so großen Mann nicht leicht arrangieren. Er ist ein angesehener Mann."*

Könnte Sir Hampton Kendall dieser Mann sein? War die Nachricht, daß Alex vermißt werde, nur als Falle gedacht?

Da er sie nicht beunruhigen wollte, schwieg er. Was auch

passierte, er konnte es jetzt nicht mehr aufhalten. Sir Hampton Kendall war schon seit drei Wochen nach Darjeeling unterwegs. Er mußte Seward warnen –

„Herr Major, stimmt etwas nicht?"

Er riß sich von seinen Gedanken los. „Was sagten Sie über den Dewan?"

„Mein Vater hat die Plantage immer mit Söldnern beschützt. Er würde vom Dewan keine Hilfe annehmen."

„Ja, natürlich. Eine weise Entscheidung. Sir Hampton wäre gut beraten, Verdacht zu schöpfen. Das würde ich auch. Hören Sie, ich kann es noch nicht beweisen, aber ich glaube, Sunil und andere auf Kingscote stecken hinter Gems Entführung."

Er sah, daß sie innerlich zusammenfuhr, aber sie gab keinen Laut von sich. Dafür achtete er sie. Ihr unschuldiges Aussehen war ein Vorteil im Umgang mit Männern wie Roxbury und Prinz Sunil. Sie unterschätzten sie. Jace nicht. Nicht mehr.

„Aber welches Motiv hätte er, Gem entführen zu lassen?"

Er schwieg, da er sie nicht verletzen wollte. „Sie kennen die Antwort darauf."

Sie erzitterte anscheinend, denn sie hielt sich die Arme und blickte zu dem beleuchteten Saal zurück.

„Der rituelle Mord an Radschiv – Sie glauben, Sunil hat seinen eigenen Bruder umbringen lassen?" flüsterte sie.

„Ja, Radschiv stand seinem Ehrgeiz im Wege. Die Heirat mit Dschemani bot ihm vielleicht den nötigen Vorwand, ihn aus dem Weg zu räumen. Sunil will nach seinem Onkel selbst Radscha werden. Gem war vielleicht auch eine Bedrohung für Sunils Ehrgeiz, König zu werden."

„Das Kastensystem würde Gem ausschließen", beharrte sie.

„Sie haben recht. Außer –" und er blickte sie an. „Sie

haben mir einmal gesagt, daß Sie sehr wenig über Dschemani wußten. Stimmt das?"

Sie zögerte. „Ja, ich war erst fünfzehn, als sie und Radschiv zu uns kamen. Sie sagten nur, sie kämen aus Radschastan und seien dort vor einer Hungersnot geflohen."

„Radschastan", wiederholte er langsam. Er ließ seine Gedanken einen Weg einschlagen, den weder er noch Coral je in Betracht gezogen hatten. Was war, wenn Dschemani nicht als Unberührbare geboren war? Es konnte wahr sein, daß sie aus Radschastan stammte, aber war es möglich, daß sie außerdem auch aus einem Königshaus kam? Vielleicht aus einem Haus, das gegen den Maharadscha hier in Guwahati gerade im Kriegszustand lebte? Das würde ihre Verkleidung erklären.

Damit wäre Gem von königlichem Blut, ein Erbe von zwei Thronen ... Und wenn zwischen den zwei sich bekriegenden Häusern je Frieden einkehren sollte, könnte er eines davon regieren oder beide. *Hatte Sunil das irgendwie gewußt?*

Jace rief sich Sunils Miene in Erinnerung, als er ihn gefragt hatte, ob er Dschemani kenne.

Aufgrund von Dschemanis christlicher Taufe und des Mißfallens, das sie bei den Hindus auf Kingscote ausgelöst hatte, wäre es für Sunil ein leichtes gewesen, jemandes Unterstützung auf der Plantage zu finden.

Vielleicht hatte Sunil eine falsche versöhnliche Nachricht von ihrem Onkel geschrieben. Wenn das stimmte, würde das Radschivs Bereitwilligkeit zu einem heimlichen Treffen erklären.

„Dann weiß Sunil vielleicht, wo Gem ist", sagte Coral.

Jace kam langsam zu dem Schluß, daß Sunil es nicht wußte, noch nicht, aber sehr intensiv nach dem Jungen suchte. Hatte ihn die Spur nach Burma geführt? Doch er wollte in Coral noch keine unnötigen Hoffnungen wecken.

Gem stand immer noch in großer Gefahr. Sunil hätte keinen Grund, das Kind am Leben zu lassen, wenn er ihn fände. Jace wußte, daß er ihn vor ihm finden mußte.

Vielleicht sagte er ihr das besser jetzt nicht, nicht solange Sunil so nahe war. Wenn sie auf Kingscote zurück und ihr Vater wieder zu Hause ist – ja, dann würde er durch Gokul eine Nachricht schicken.

„Sie dürfen nichts zum Dewan sagen", verlangte er. „Seien Sie höflich, aber distanziert. Erwähnen Sie Gem auf keinen Fall. Ich will noch mit dem Maharadscha sprechen, bevor ich von Guwahati aufbreche, und so viel wie möglich in Erfahrung bringen. Außerdem muß er unbedingt von den ehrgeizigen Plänen seines Neffen auf den Thron erfahren."

„Der Radscha ist krank. Ethan wurde gebeten, hierzubleiben und ihn zu behandeln", sagte sie schnell. „Glauben Sie –?"

„Gift?" fragte Jace offen heraus. „Das ist meine Vermutung. Dann muß ich den Radscha unbedingt noch heute nacht sprechen."

„Aber wie?"

„Ich weiß es noch nicht ... Wer hat Boswell gebeten zu bleiben?"

Er sah sie zögern.

„Mein Onkel hat dem Maharadscha gegenüber erwähnt, daß Ethan Arzt ist."

Das überraschte ihn nicht. Glaubte Roxbury, er könne Boswells Medizin soweit manipulieren, daß der Radscha dadurch starb? Jace zweifelte nicht daran, daß Roxbury Boswell benutzt hatte, um in London seine Ziele mit Coral zu erreichen, aber Mord? Wie weit würde Boswell gehen?

„Etwas anderes noch", sagte er. „Ich will, daß Sie Ihre Missionsschule aufschieben, bis Ihr Vater mit Alex zurück ist. Tun Sie das?"

„Ich ... ich werde über alles nachdenken, was Sie sagen, und ich werde um Führung und Weisheit beten. Das ist das beste, was ich tun kann, das weiseste."

Als er auf sie herabblickte, hatte er das beunruhigende Gefühl, daß Coral über alles betete. Betete sie jemals auch für den Spitzbuben Jace Buckley? Bei dem Gedanken, daß sie das vielleicht tat, wurde ihm unbehaglich zumute.

„Warten Sie, bis Sir Hampton zurückkehrt", wiederholt er. Sie antwortete nicht, und ein Schweigen lag in der Luft, bis er verzweifelt nach Luft rang. „Daß Sie mich zur Verzweiflung bringen und ich trotzdem Ihren Geist bewundere, ist völlig unlogisch. Trotzdem ist es so."

„Ich verstehe Ihre Bewunderung als Kompliment, Herr Major."

Er kniff die Augen zusammen. „Werden Sie tun, was ich sage?"

Sie hob leicht das Kinn, und ihre Augen sahen ihn unverwandt an. Er verstand diese Miene und lächelte zum ersten Mal. „Einverstanden. Werden Sie meinen Rat ‚bedenken'?"

Er sah, daß ihre Miene wieder weicher wurde, und ein kleines Lächeln huschte über ihre Lippen, aber es war genauso schnell wieder verschwunden, wie es gekommen war.

„Ich nehme Ihren Rat immer ernst, Herr Major. Wie sollte ich das nicht, nachdem Sie mich vor Tiger und Spinne gerettet haben?"

Er kniff ein Auge zusammen. „Und doch werden Sie sich nicht aufhalten lassen. Ich sage es trotzdem. Seien Sie mit allem, was den religiösen Zorn auf Kingscote auslösen könnte, besonders vorsichtig. Nehmen Sie sich vor Ihrem Diener Natine in acht. Ich glaube, er ist ein Ghasi." Sie versuchte, ihm zu widersprechen. „Nein, widersprechen Sie mir nicht. Trauen Sie ihm nicht und verlassen Sie sich auf Seward."

„Sie brechen heute nacht mit meinem Onkel zum Vorposten auf? Wie lange werden Sie dort bleiben?"

„So lange, bis ich den Tod von Major Selwyn aufgeklärt habe. Der burmanesische Gefangene ist tot. Irgendwie muß ich einen Abstecher nach Burma unternehmen. Wie ich das bewerkstelligen soll, ohne Roxburys Verdacht zu erregen, weiß ich noch nicht. Das dürfte schwierig werden."

Sie blickte ihn überrascht an. „Burma?"

Jace dachte an den burmanesischen Militärherrscher, Zin. Wußte er etwas über Gems Entführung? Wenn er etwas wußte, hätte Jace das Motiv für Sunils Besuch. Die Frage war, was hatte Zin Sunil verraten?

Zin war ein schlauer Mann, der um politischen Einfluß und Macht feilschen würde. Jace hatte wenig, mit dem er feilschen konnte, außer der gestohlenen Kali-Figur, und um diese einsetzen zu können, müßte er zuerst mit dem Maharadscha sprechen können und seine Unterstützung bekommen. Das würde bedeuten, ihn wegen Gem einzuweihen.

„Ich erwarte, in Burma Informationen zu bekommen, die sich als nützlich erweisen könnten", sagte er einfach.

„Und nach Burma, wenn Ihre Pflicht dem Oberst und meinem Onkel gegenüber erfüllt ist? Was dann?"

Nach seiner militärischen Pflicht ...! Er verschränkte die Arme über der Brust und neigte den Kopf, um sie anzusehen. Ihre Frage war nicht kokett gemeint, dazu kannte er sie zu gut. Aber er konnte fast etwas in die Frage hineinlesen. Er verstand eine Einladung, wenn er eine hörte, auch wenn sie versteckt war. Hieß das, daß sie ihn vermissen würde, wenn er ein für allemal aus ihrem Leben verschwände? Er fühlte einen gewissen Trost für seine eigene Resignation. Er hoffte, sie würde an ihn genauso viel denken, wie er sich an sie erinnern würde. Er lächelte zu sich selbst. Die Erinnerung an Miss Coral Kendall auf dem Basar in Kalkutta, die sich wegen ein paar halbnackter Kinder mit einem Guru und seinen abgerichteten Krähen anlegte, würde er sein Leben lang nicht vergessen.

Sie wußten beide, daß keine Beziehung zwischen ihnen möglich sein konnte. Sie war eine *Seidenerbin.* Er besaß nichts. Er würde nicht Reichtum und Ansehen aus ihrer Hand entgegennehmen. Er mußte auf der Teeplantage in Darjeeling selbst zu Erfolg kommen. Selbst wenn sie sich ihre Zuneigung gegenseitig eingestehen würden, konnten Jahre vergehen, bis er Erfolg hätte. Wenn Ethan klug war, würde er nicht so lange warten. Noch konnte er sich vorstellen, daß die Kendalls oder Roxburys so lange warten würden.

„Nach meinem Dienst hier", wiederholte er, als sei er tief in Gedanken versunken, „werde ich dort weitermachen, wo ich aufgehört habe, bevor Gokul und der Oberst mich wieder in diese Uniform zwangen." Er hätte hinzufügen können: *Und bevor ich eine gewisse junge Dame traf, die loszog, es mit der ganzen Welt aufzunehmen ...* „Ich werde nie plötzlich als Heiliger auftauchen, Miss Kendall, wenn das Ihre Hoffnung ist."

„Sie mißverstehen mich", sagte sie ruhig. „Welche Erwartungen ich an Ihre Zukunft habe, ist nicht wirklich wichtig. Es ist nicht meine Sache, das zu entscheiden, sondern es geht darum, was Gott von Ihnen will und was er aus Ihnen machen will. Er macht keine Fehler. Wie steht es mit Ihnen, Jace? Vertrauen Sie ihm? Vertrauen Sie ihm die *Madras* an, die Teeplantage, Ihre Träume? Oder glauben Sie, er wolle sie zerstören und in Schutt und Asche legen?"

„Eine Missionarin bis zu Schluß. Ich werde Ihre Worte im Gedächtnis behalten", sagte er lächelnd. „Was Ihre Zukunft betrifft, Sie wären eine ausgezeichnete Partnerin für den Gentleman Charles Peddington. Er ist zwei Boswells wert."

Sie flüsterte. „Ich glaube, Sie kennen den Herrn besser, als Sie zugeben wollen. Warum verstecken Sie es?"

„Ihre Fragen haben eine Art, mich in die Ecke zu drängen. Ich kann mich nicht gut gegen schöne Frauen wehren. Es ist sonst immer umgekehrt."

Das war unfair, beschloß er – eine schöne, junge Frau, deren Religion ein ständiger Stachel in seinem Gewissen war.

„Ich glaube, ich habe Ihnen ehrlich gesagt, was ich glaube", sprach er ruhig weiter. „Ich habe nie versucht, Ihnen etwas vorzumachen. Es ist Boswells neues Interesse an der Bibel, das Sie in Frage stellen sollten."

Ihre Verwirrung war unübersehbar, und ihr Blick suchte seine Augen. „Ethan? Er hat damit nichts zu tun –"

„Ich glaube, er hat sehr viel damit zu tun. Im Gegensatz zu seinem aalglatten Verhalten habe ich nie vorgegeben, etwas zu sein, das ich nicht bin."

„Sie sind ungerecht, Herr Major. Ihm sind die Dinge Gottes wirklich ein Anliegen."

„Vielleicht. Aber nicht so, wie er Sie glauben machen will. Für Männer wie Newton und Carey bedeutet der christliche Glaube ihr ganzes Leben. Sie gehen mit Gottes Namen auf den Lippen schlafen, und sie erwachen mit Beten. Boswells Wandlung ist ein Witz. Ich überlasse Ihnen die Entscheidung, warum er sich so benimmt."

„Seward sagte, Sie hätten John Newton kennengelernt?"

„In London. Seward hat das Treffen eingefädelt. Und auf die Gefahr hin, alle neuen Ideen, die Sie vielleicht über Jace Buckley hegen, zu zerschmettern, sage ich Ihnen gleich, daß ich kein geistliches Erlebnis hatte wie er oder Wesley. Newton spricht von Gott, als kenne er ihn. Wenn ich Sie wäre", sagte er ruhig, „würde ich sorgfältig untersuchen, was hinter diesem frommen Mäntelchen steckt, in das sich Boswell kleidet."

Sie blickte besorgt zu ihm auf, und aus ihren Augen schloß er, daß es nicht Ethan war, um den sie sich Sorgen machte.

„Sie meinen damit natürlich, daß mein Vetter mich täuschen will? Herr Major! Ich finde, es ist sehr unangemessen zu sagen, er sei ein Heuchler."

Er nahm seine Meinung nicht zurück und blickte ihr geradewegs in die Augen. „Trotzdem, Miss Kendall, tue ich das. Der Dewan ist nicht der einzige Mann, vor dem Sie sich in acht nehmen müssen."

Sie zögerte, und ihr Atem kam schnell. „Sie – Sie würden es wagen, Ethan mit dem Dewan auf eine Stufe zu stellen –"

„Nein", sagte Jace rundweg und war gereizt, weil sie darauf beharrte, ihn zu verteidigen. „Ethan ist nicht so kalt und klug in seinem Ehrgeiz wie Sunil oder Roxbury. Ich vermute, er folgt nur den Anweisungen seines Onkels. Meiner Meinung nach ist das auch eine Gefahr. Er geht zu leicht Kompromisse ein."

Sie sagte schnell: „Ich weiß, daß Sie ihn nicht mögen. Ich begreife nicht warum. Aber ich kann Ihnen versichern, daß man Ethan vertrauen kann. Und ich werde seine Motive nicht in Frage stellen, nur weil er das Gegenteil von Ihnen ist und –"

„Ich kann fast alle Ihre Schlußfolgerungen akzeptieren, aber ich gehe nicht so weit, Sie glauben zu lassen, daß ich seinen edlen Charakter, der so im Gegensatz zu meinem steht, beneide. Das ist nicht der Grund, warum ich seine Motive in Frage stelle und Sie bitte, vorsichtig zu sein –" Er beherrschte sich, in seinem Mißmut weiterzugehen und legte eine weitere Kette um seine Gefühle.

Ihre Miene verriet, daß seine Worte sie verletzt hatten,

obwohl sie sich anscheinend bemühte, das zu verbergen. Offenbar hegte sie starke Gefühle für Boswell.

„Es tut mir leid", sagte er ruhig und bereute es, weil er sie traurig gemacht hatte. „Wie Sie wünschen, lassen wir das Thema am besten fallen. Ich habe noch viel zu tun, bevor ich heute nacht mit Sir Hugo aufbreche. Ich muß den Radscha sprechen. Ich wollte mit Ihnen nur wegen meiner Bedenken über den Dewan sprechen. Das habe ich getan. Ich muß jetzt gehen."

„Ja", sagte Coral. „Sie haben natürlich recht. Ich werde Sie nicht aufhalten. Wie Sie schon sagten, Sie müssen alles für Ihre Abreise vorbereiten."

Er wollte bei dem Schweigen, das zwischen ihnen einkehrte, die Stirn runzeln. Es war schlimmer als das lärmende, aber unverfängliche Geschwätz der Dinnergäste des Dewans, und viel schmerzlicher.

Die Musik der Sitars erfüllte den Garten.

Sie sagte etwas gedrängt. „Ich gehe lieber zurück, bevor man mich vermißt. Leben Sie wohl, Herr Major."

Er erwiderte nichts. In diesem Augenblick hätte das Wort *Lebewohl* genauso schwer gewogen wie das Wort *Madras.*

Sie drehte sich um, um zu dem hell erleuchteten Palastsaal zurückzugehen, blieb aber nach ein paar Schritten stehen. Ihre Augen kamen schnell zu seinen zurück und suchten noch einen letzten Augenblick.

„Und Gem? Sie werden ... Werden Sie mit dem Maharadscha sprechen?"

Er sagte ausweichend: „Ich werde mit ihm sprechen."

„Kommen Sie nach Kingscote und lassen Sie mich wissen, was Sie erfahren haben?"

Er fühlte die Anspannung in ihrer Beharrlichkeit. Wollte er sie wirklich wiedersehen? Selbst wenn ihre Träume wahr würden und er Gem befreien könnte – wollte er der Mann sein, der ihn ihr zurückbrächte, oder war es für seine eigenen Gefühle sicherer, das Kind durch Gokul nach Kingscote zurückzuschicken?

„Das weiß ich nicht", entgegnete er steif. „Wie ich schon sagte, ist es erforderlich, daß ich einen Bekannten in Burma aufsuche. Er ist der Freund eines ‚gewissen indischen Söldners', den Sie in Kalkutta kennengelernt haben, ein Mann, der in Intrigen verwickelt ist. Ich glaube, er kann mir wichtige Informationen über die Meuterei hier und in Plassey verschaffen. Es kann sein, daß ich sechs Monate fort bleibe, oder ein Jahr oder noch länger."

„Ich verstehe."

„Aber ich schicke Gokul. Er kann Ihnen mitteilen, was ich über Gem in Erfahrung bringe."

Sie starrte ihn an, und ihr Gesicht war in dem fahlen Mondlicht angespannt. In der Hoffnung, weitere Fragen abzublocken, sagte er: „Die Gäste werden Sie schon vermissen."

Sie blieb stehen und sah ihn an. Plötzlich flüsterte sie mit erstickter Stimme: „Sie glauben, Gem ist nicht mehr am Leben."

Er sagte nichts. Er drehte sich um, lehnte sich an das Gartengeländer und betrachtete das tanzende Funkeln des Mondlichts auf dem Fluß. Er hatte gehofft, diesen Augenblick zu vermeiden, aber sie gab nicht nach. Er hörte ihre zögernden Schritte hinter sich und fühlte ihre Nähe.

„Ich finde es schmerzlich, Ihnen zur Vorsicht raten zu müssen. Ich wünsche, Ihre Hoffnungen und Wünsche werden wahr. Wir wissen aber beide, daß das Leben nicht immer so spielt, wie wir es gern hätten."

Sie schwieg einen kurzen Augenblick, und er vermutete, sie unterdrücke ihre Gefühle. „Sie sind der einzige, der das mit Gem verstanden hat, der weiß, wie verzweifelt ich –"

Ihr versagte die Stimme, und Jace wußte, wenn er seine eigenen Gefühle nicht verbarrikadierte und unnahbar bliebe, wäre er versucht, sie in seine Arme zu ziehen und zu trösten. „Ich halte mein Versprechen, daß ich herausfinden will, wo er ist. Aber wie ich Ihnen schon sagte, kann ich keinen freudigen Ausgang versprechen. Ich würde alles dafür geben, wenn ich es könnte."

Sie antwortete ihm nicht, und er sah, wie sie ihre Enttäuschung hinunterschluckte. Für ihn war das schwer auszuhalten, und er blickte über das Geländer hinaus auf die langen Schatten im Garten. Er spürte einen verwirrenden Schmerz, den er nicht wollte, und er versuchte, ihn zu unterdrücken, ihn abzuschütteln. Seine Finger verkrampften sich um das Geländer.

„Die ganze Zeit habe ich geglaubt, er müsse einfach am Leben sein", sagte sie, und ihre Stimme versagte erneut. „Ich war so sicher. Jace –"

Er fühlte, wie ihre Hand sich in einer verzweifelten Bewegung an seinem Hemd festklammerte, als müsse er nur ein Wort sagen, und ihre Hoffnung würde mit goldenen Flügeln aus der Asche aufsteigen und hoch in die Lüfte schweben. Er drehte sich um und sah sie an. Ihre Augen waren mit Tränen gefüllt, die im Mondlicht so weich wie flüssige Edelsteine funkelten, und er wurde sich ihrer Nähe, ihrer Berührung zu sehr bewußt. Trotz seiner Vorsicht wußte er, daß er die entfachte Flamme, die in seinem Herzen brannte, nicht länger leugnen konnte ...

* * *

Coral war zu überrascht, um zu reagieren. In einem Augenblick fühlte sie Schmerz und Traurigkeit wegen Gem; im nächsten waren ihre Gedanken erfüllt von dem Mann, der sie in seinen Armen hielt. Derselbe Mann, dem sie so lange den Zugang zu ihren Gefühlen verweigert hatte.

Seine Stimme war so sanft und leise, daß sie sich fragte, ob sie sich die Worte nur einbildete, die er in ihr Ohr flüsterte: „Das Spiel ist ungerecht, Coral. Ich könnte mich so leicht in dich verlieben."

Ihr ganzes Denken verwandelte sich in etwas Wildes, Süßes und Gefährliches – die Wärme seiner Lippen auf ihrem Mund, das Gefühl seines Hemdes unter ihren Handflächen, der Duft nach Gewürzen, während er sie fest umschlungen hielt.

„Coral? Bist du da draußen?" Ethans Stimme erschütterte die Stille wie ein Peitschenhieb.

Jace holte verzweifelt Luft.

Auf Coral brach die Wirklichkeit mit einer Welle von Schuldgefühlen herein. Sie riß sich los. Ihr Herz pochte ihr in den Ohren. Sie trat zurück und drückte ihre Hände fest gegen ihren Rock. Sie stand da und zitterte.

Jace wirkte durch Ethans näherkommende Schritte weder eingeschüchtert noch sah er im geringsten aus, als schäme er sich für sein Handeln.

„Coral?" rief Ethan wieder.

Sie dachte kurz an die obligatorische Ohrfeige, die die Gesellschaft bei solchen Gelegenheiten von einer Dame erwartete, konnte sich aber nicht dazu überwinden.

„Ich warte auf meine gerechte Strafe", kam Jaces trockene Stimme.

Sie brachte ein ruhiges Flüstern zustande. „Ich glaube, das ist unser beider nicht würdig."

„Aber das kann ich nicht über diesen Abschiedskuß sagen. Er ist meiner angenehmsten Erinnerung würdig."

Nur eine Erinnerung? Nachdem er es *gewagt* hatte, sie in den Armen zu halten und zu küssen?

Ihre Gefühle erlebten einen neuen Ruck und trafen mit harter Grausamkeit auf dem Boden auf. Es bestand kein Zweifel, daß er schon andere Frauen in den Armen gehalten und zum Abschied geküßt hatte. Wie viele Frauen? Was für sie der Regenbogen nach einem Gewitter, der Kronjuwel ihrer inneren Hingabe war, bedeutete einem Mann wie Jace Buckley wenig. Aber natürlich hatte sie das schon die ganze Zeit gewußt und deshalb genau diesen Augenblick vermieden. Und er hatte es gewagt, ihre Grenzen zu mißachten!

Wie in einem spöttischen Nebel tauchte plötzlich das selbstzufriedene Gesicht des schönen indischen Mädchens in Sualkaschi vor ihr auf und weckte lebhafte Szenen, die einen wütenden Funken entzündeten. Ihre Hand fuhr über sein Gesicht, bevor sie sich eigentlich bewußt wurde, daß sie ihm eine Ohrfeige verpaßte.

Er war überrascht, denn er trat einen kleinen Schritt zurück.

Mit mehr Würde, als sie sich zugetraut hätte, nahm Coral ihre Röcke in die Hand, wirbelte herum und ging schnell auf den beleuchteten Bankettsaal zu.

Als sie aus seiner Sichtweite war, lief sie in den beleuchteten Hof und wäre beinahe mit Ethan zusammengeprallt.

Er fing sie an beiden Armen auf, und als seine Augen auf ihr Gesicht fielen, wurden sie hart. Er blickte über ihre Schulter in die Richtung, aus der sie gekommen war.

„Ist Buckley da draußen? Was hat er zu dir gesagt, was hat er getan? Ich werde –“

„Nein, bitte, Ethan, ich will hineingehen. Ich fühle mich nicht gut.“

Als Coral einen unsicheren Schritt machte, führte er sie vorsichtig in den hell erleuchteten Salon.

* * *

Der weitere Abend verlief schrecklich. Coral saß an einem großen Tisch zwischen Sir Hugo und Ethan, aber sie konnte sich auf keinen von ihnen konzentrieren. Kathleen und Marianna saßen neben aufmerksamen Kavalieren. Die Gespräche und die Musik von den Sitars gingen unbemerkt an ihr vorüber, während sie damit kämpfte, ihre erregten Gefühle hinter einem höflichen Verhalten zu verbergen. Die reiche Auswahl der Speisen vom Kansamah des Maharadschas schmeckten in ihrem Mund trocken und schal, und sie konnte sie kaum hinunterschlucken. Sie wagte es nicht, den Dewan anzusehen, da sie fürchtete, sie müsse dann an Gem denken. Mit jeder Sekunde, die verstrich, überlegte sie, wie spät es wohl wäre, und wie lange sie noch bleiben müßte.

Ein Gedanke entfachte wieder das glimmende Feuer in ihrem Herzen: Morgen würde sie nach Hause fahren, heim nach Kingscote und zu ihrer Mutter.

In ihrer Erinnerung hörte sie das kleine Lied, das sie Gem immer vorgesungen hatte, und ihre Gefühle wurden über das Festessen hinaus emporgehoben:

Hirte, Hirte, wo sind deine kleinen Lämmer?
Weißt du nicht, daß der Tiger das Land durchstreift?
Ruhig, mein kleines Lamm, ruhig, ich bin immer hier.
Mein Stecken ist dein Schutz, mein Arm hält dich fest.

Oh Herr, betete Coral. *Ich kann es nicht ertragen. Ich werde gleich weinen. Bitte, nicht hier, nicht jetzt, nicht vor ihren Augen! Und Jace –*

Das Glas rutschte ihr aus den Fingern, fiel auf ihren Schoß und ergoß sich über ihre weiten Seidenröcke. „Oh!“

Ethan bot ihr schnell seine Serviette an, und sogar der Dewan erhob sich und rief nach einem Diener. Entsetzt entschuldigte sich Coral für die Störung und murmelte, daß sie sich zurückziehe.

Irgendwie erreichte sie die Treppe, die zu ihrem Schlafzimmer hinaufführte. Sie stieg hinauf. Dabei blinzelte sie die Tränen zurück und biß sich auf die Lippen. Sie weigerte sich, ihre Gedanken zu Jace zurückkehren zu lassen.

Kalte Finger des Schmerzes legten sich um ihr Herz. Sie fühlte ein seltsames Gefühl der Verlassenheit, eine Leere, die kalt und starr war. Unbefriedigt, unerfüllt. Jace war für immer verschwunden. Und jetzt?

Einer Sache war sie sich sicher: Er hatte sie nur geküßt, weil er geglaubt hatte, er werde sie nie wiedersehen. Er war wirklich ein Spitzbube! Sie hatte begriffen, daß er nicht zu den Männern gehörte, die sich mit den Träumen von Miss Coral Kendall zufrieden gaben. Weder ihr Reichtum noch ihre Schönheit würden ihn auf Kingscote locken. Nein. Er hatte sie absichtlich geküßt, weil er wußte, daß es zum Abschied war.

Coral fühlte sich innerlich ausgelaugt, blieb auf der Treppe stehen und blickte wieder in Richtung der offenen Türen, die zum Garten hinausführten.

Fort. Zuerst Gem, und jetzt auch dieser unfaßbare Mann, der in der Verkleidung von drei Männern, von denen sie keinen wirklich verstand, kam und ging. Er würde seinen Schutzwall für niemanden einreißen, besonders nicht für sie.

Nein, sie würde nicht mehr an ihn denken. Sie zwang sich, laut zu flüstern: „Der Herr ist mein starker Fels.“

Ihr Rücken wurde steif, als ihre Gedanken sich weiterhin nur um Jace drehten. Sie versuchte vergeblich, die Erinnerung an die Berührung seiner Lippen aus ihrem Gedächtnis zu streichen.

Vielleicht, ja, nur vielleicht – sollte ich Ethan wissen lassen, daß ich bereit bin, seine Braut zu werden, dachte sie ärgerlich. Wie konnte Jace so einfach *Lebewohl* sagen?

Von wem hatte sie sich eigentlich verabschiedet? Von Major Buckley? Javed Kasam? Oder vom Kapitän der *Madras*?

Coral seufzte hörbar und müde, als sie auf dem zweiten Stockwerk ankam und zu ihrer Schlafzimmertür ging.

Auf mich wartet Arbeit auf Kingscote, dachte sie. *Ich muß eine Schule eröffnen, die Kinder unterrichten, und Ethan …*

Coral warf die Schultern zurück, drehte sich um, betrat ihr Zimmer und schloß die Welt hinter sich aus.

30

Noch bevor die weißen Mauern und das blaue Steindach des Hauses in Sicht kamen, spürte Coral, wie die Vorfreude ihre Seele erfüllte. Endlich zu Hause!

Als Seward mit Coral und ihren Schwestern aus dem Boot stieg und die Ghatstufen betrat, wartete schon eine Kingscote-Ghari am Fluß. Zwei weiß gekleidete Träger begrüßten sie mit den Händen an der Stirn. „Willkommen zu Hause, Miss Coral! Miss Kathleen! Miss Marianna!"

Von der Hauptanlegestelle am Brahmaputra, wohin die Elefanten die wertvolle Ladung zu den Booten hinabschleppten, führte die Kings Road in nordöstlicher Richtung durch den Tropenwald zu den riesigen Besitztümern der Kendall-Seidenplantage. Die Straße war nach Urgroßvater Kingston Kendall benannt. Sie war so breit, daß vier Elefanten nebeneinander gehen konnten. Obwohl es die Plantagenstraße schon seit siebzig Jahren gab und sie von Elefantenfüßen und den Wagenrädern gut ausgetreten war, mußten die Kriechpflanzen und Dschungelfarne ständig daran gehindert werden, mit ihrem schnellen Wuchs alles wieder zu überwuchern. Große Bäume bildeten mit ihren Ästen ein Dach über dem Weg, und die exotischen Blätter hielten das Sonnenlicht ab, während auf beiden Seiten der Kings Road der dichte Tropenwald im Nordosten Assams sie umgab.

Der Nachmittag war heiß, und Coral und ihre Schwestern bewegten aufgeregt ihre Fächer. Die Pferdehufe klapperten die drei Kilometer lange Straße hinauf zum Kendallhaus.

„Orchideen", hauchte Marianna entzückt. „Ich hatte sie ganz vergessen. Oh, halten Sie die Ghari an, Mister Seward." Sie wandte sich an Coral und Kathleen. „Kommt, pflücken wir Mutter ein paar Blumen!"

Coral konnte sich Ethans Entzücken vorstellen, wenn er entdecken würde, daß die Orchideen hier wild wuchsen. Die kleinen weißen und lavendelfarbenen Juwelen, die sich um die Baumstämme rankten, erinnerten Coral an die bunten Girlanden an Weihnachtsbäumen. Sie stellte ihren breitrandigen Hut zur Verfügung, und alle drei füllten ihn, während riesige scharlachrote Schmetterlinge von Blüte zu Blüte flatterten. Sogar Kathleen war bewegt und blickte sich verträumt um. „Das hatte ich alles vergessen", gestand sie leise.

Coral verstand ihre Gefühle, und eine leichte Melancholie legte sich auf alle drei Schwestern.

Bald fuhr die Ghari aus dem dunstigen Schatten hervor und auf eine große freie Fläche vor dem Herrenhaus, das auf einem Hügel aus smaragdgrünem Rasen stand, und auf dessen weißem Marmor aus Radschastan das Sonnenlicht funkelte. Die Kuppeldächer aus kleinen, blauen Mosaiksteinen glitzerten vor dem Hintergrund aus riesigen Maulbeerbäumen.

Corals Herz wollte vor Sehnsucht platzen. Erinnerungen an ihre Mutter eilten die breiten Stufen herab. Ihr Vater, Michael, Alex und eine Reihe vertrauter Bediensteter schienen alle, in einer von Erinnerungen überwältigten Heimkehr auf sie zuzukommen. Und Gem ... Gem wartete immer im Rosengarten ihrer Erinnerung.

Marianna lief schon auf die Stufen zu. Kathleen folgte ihr, aber Coral blieb stehen und war von einem dankbaren Lob an den Herrn erfüllt, der sie wieder nach Hause gebracht hatte.

Voll Vorfreude begann Coral zur Veranda zu gehen und dann zu laufen.

Die Hausbediensteten waren alle versammelt, um sie willkommen zu heißen. Coral lächelte und rief ihnen zur Begrüßung zu. Aber als erstes wollte sie ihre Mutter sehen!

Ein Mann trat aus der Gruppe hervor und kam die Stufen herab, um sie zu begrüßen. Er war tadellos in eine dreiviertellange, blaue Seidenjacke gekleidet. Er trug eine weiße Hose und kleine, gewebte Schuhe, und sein Turban war aus weißer Baumwolle mit einem blau bestickten Rand. Sein Gesicht war ausdruckslos, aber seine dunklen Augen funkelten wie ein tiefes Wasser, auf dem sich Wellen bewegen, als sie sich auf Coral richteten.

„Natine“, sagte sie freundlich.

Dann lächelte er. Seine Augen warfen in den Winkeln leichte Falten, und in ihn kam Leben. „Miss Coral, herzlich willkommen!“

Als sie in Natines Augen blickte und den Mann begrüßte, den sie schon seit ihrer Kindheit kannte, dachte Coral, sie sehe ihr eigenes Spiegelbild darin. „Dschairam, Freund Natine! Wie gut, wieder zu Hause zu sein.“

„Sie sehen wieder gut aus nach Ihrer Krankheit. Sie sind wieder bei Kräften?“

„Viel kräftiger und begeistert, wieder zu Hause in Indien zu sein.“

Natine beendete das Gespräch. Er führte seine Finger an die Stirn und wandte sich dann den Bediensteten zu. Er klatschte in die Hände, und einer nach dem anderen trat vor und begrüßte sie.

Sie mußte Natine sagen, daß er die anderen nicht so herumkommandieren sollte. Er war eingebildet, aber sie sagte sich, daß das nun einmal seine herrische Art sei und daß er schon immer so sei, seit sie zurückdenken konnte. Sie erkannte die meisten Bediensteten wieder und lächelte zur Begrüßung jeden an und nannte ihre Namen. Sie versuchte, ihnen Achtung und Wärme zu zeigen, da sie wußte, daß sie genau diese Menschen für ihre Sache zu gewinnen hoffte. Die Kendallfamilie hatte zu den Arbeitern immer einen zwanglosen Umgang gepflegt, aber zu ihrer leichten Überraschung blieben sie ernst und murmelten die korrekte Antwort. *Als wäre ich eine Fremde,* dachte sie. *Noch mehr von Natines Regeln,* überlegte sie. Sie mußte das alles ändern.

Sie bemerkte eine junge Frau, die hinter den anderen stand. Irgendwie kam sie ihr bekannt vor. Dann erinnerte sie sich und lächelte: „Preetah?"

Natines Nichte trat vor. Das Mädchen hatte nicht auf Kingscote gearbeitet, als Coral nach London gefahren war, sondern hatte bei Verwandten im Dorf weiter im Norden gelebt. Sie freute sich, sie unter den Hausbediensteten zu sehen. Als Coral in die Augen der jungen Frau schaute, sah sie keine Freude darin.

Preetah verneigte sich ordentlich und murmelte Corals Namen.

„Und die Memsahib?" fragte Coral Natine und blickte die breite Treppe hinauf. „Geht es ihr so gut, daß sie uns jetzt sehen kann?"

„Oh, wir müssen Mutter sehen!" rief Marianna.

Natine bewahrte seine Würde. „Der Memsahib geht es schon besser, aber sie schläft jetzt", kam seine tonlose Stimme. „Sie denkt viel an ihre Töchter."

„Sie schläft? Ist das alles", rief Kathleen erleichtert. „Dann wecken wir sie auf, nicht wahr, Marianna? Komm, Coral, wir überraschen sie!"

Marianna und Kathleen rasten die Treppe hinauf. Coral erinnerte sich daran, daß sie und ihre Schwestern jetzt, da ihre Mutter krank und ihr Vater und Alex fort waren, das Sagen auf Kingscote hätten. Sie widerstand dem Wunsch, in die Arme ihrer Mutter zu laufen. Stattdessen drehte sie sich um und sagte ruhig zu Natine: „Ich will, daß Sie Seward vollen Bericht erstatten, was seit der Abwesenheit meines Vaters auf Kingscote passiert ist. Seward wird heute abend an Sir Hamptons Platz am Kopf des Tisches sitzen."

„Wie Sie wünschen, Miss Coral."

Coral ging zur Veranda zurück, wo Seward immer noch wartete, und hängte sich bei ihm ein. Sie lächelte zu ihm hinauf, bemerkte aber sein Stirnrunzeln. „Wir sind zu Hause, Seward, Dank Ihnen und Major Buckley. Bringen Sie so viel wie möglich über Vater und Alex in Erfahrung. Ich spreche Sie heute abend nach dem Essen allein in Sir Hamptons Büro."

„Ja, Mädchen, und richten Sie Mrs. Elisabeth meine Grüße aus. Hier ist die Medizin von Doktor Boswell."

Mit einem Lächeln eilte Coral so schnell die Treppe hinauf, daß sie oben stehenbleiben und nach Luft ringen mußte. Sie lief den Korridor hinab an ihrem eigenen Zimmer und dem angrenzenden Zimmer vorbei, das früher Gem gehört hatte, blieb nur kurz stehen und berührte die Tür. Vor der Tür zum Schlafzimmer ihrer Eltern hielt sie an.

Die Tür stand weit offen, und draußen auf dem Korridor saß Dschan-Lee auf einem Stuhl. Als sie Coral sah, erhob sie sich, und ihre Augen leuchteten in dem ewig jungen Gesicht unter den dichten, schwarzen Haaren, die leicht weiß durchzogen waren.

„Dschan-Lee."

Die burmanesische Frau blickte sie an, dann legte sich ein Lächeln auf ihre Lippen. „Willkommen zu Hause, Miss Coral." Schnell lag Coral in ihren Armen, und einen Augenblick lang verband eine Seidenerbin und eine Dienerin nichts anderes als Liebe.

Coral riß sich los. Sie wischte sich die Tränen aus den

Augen und blickte zum Schlafzimmer ihrer Mutter. Sie zögerte und brachte ihre Gefühle unter Kontrolle; dann drückte sie die Flasche mit der Medizin an ihr Herz und trat mit einem leisen Rascheln ihrer Röcke ein.

Der vertraute Raum war reich mit Mahagonimöbeln, dikken afghanischen Teppichen und schweren, mit Gold durchzogenen Vorhängen ausgestattet. Die Vorhänge waren jetzt vor den Verandatüren zugezogen, um die Hitze abzuhalten. Ein indisches Kind bediente die Fächer. Seine großen, neugierigen Augen waren auf die Szene vor ihr gerichtet, wo Kathleen und Marianna sich an dem großen Bett über ihre Mutter beugten.

Coral trat auf Zehenspitzen ans Bett, Kathleen wandte sich ab und wischte sich die Augen. Beim Anblick ihrer Mutter blieb Coral wie festgenagelt stehen und umklammerte immer noch die Flasche. Zwei schwarze Zöpfe lagen neben dem dünnen Gesicht auf dem Spitzenkissen. Dunkle Ringe umgaben ihre Augen, und als sie Coral anblickten, traten ihr Tränen aus den Augenwinkeln und liefen ihr über die Wangen. Ihre vom Fieber aufgeplatzten Lippen zitterten, als sie versuchte, den Namen ihrer Tochter auszusprechen. Eine schwache Hand streckte sich nach ihr aus. Einen Moment später lag Coral in ihren Armen.

„Meine Coral ..."

Coral brachte kein Wort über die Lippen. Ihr Hals war wie zugeschnürt, und sie klammerte sich einfach an sie.

Das lange Leiden ihrer Mutter trieb Coral zum Handeln. Sie fand ihre Beherrschung wieder und bereitete im Glauben, daß Gott das Ergebnis segnen werde, Ethans Rezept vor.

„Mutter", flüsterte sie. „Ich habe dir eine Medizin mitgebracht. Sie wird dir helfen, wieder zu Kräften zu kommen, genauso wie sie mir in London geholfen hat."

Sie und ihre Schwestern blieben im Zimmer, bis ihre Mutter in einen ruhigen Schlaf fiel, dann sprach Dschan-Lee. „Ich bleibe jetzt bei Mrs. Elisabeth. Sie würde sicher wollen, daß ihre Töchter sich auch ausruhen."

Ihre Schwestern gaben ihre Müdigkeit zu und gingen auf Zehenspitzen über den polierten Holzfußboden zur Tür. Marianna warf einen wehmütigen Blick zurück, bevor sie widerwillig das Zimmer verließ.

Coral blieb an der Bettkante sitzen, und als die Schritte verebbt waren, erhob sie sich leise und schaute ihre Mutter an. Trotz des langen Kampfes gegen die glühende Hitze und die Halluzinationen spiegelte das Gesicht ihrer Mutter die innere Verfassung und ihren tiefen Glauben an die Worte der Bibel wider. Sie wurde an den Schläfen schon grau, ihre Bakkenknochen traten aufgrund des Gewichtsverlustes hervor, aber ihre Mutter sah immer noch so aus, wie Coral sie in Erinnerung gehabt hatte.

Dschan-Lee stand an den offenen Türen, die zur Veranda hinausführten, und ließ Coral nicht aus den Augen. Ihr Gesicht war ruhig, verriet aber, daß sie sich Sorgen machte. Coral trat müde neben sie. Miteinander blickten sie in die Dämmerung hinaus, die sich in der Ferne über den Dschungel legte. Der Rasen und die Bäume, die die Auffahrt säumten, wurden dunkler. Wie schnell der Abend hereinbrach! Sogar das übliche Vogelgezwitscher flüsterte in Corals Ohren. Hier vor dieser friedlichen Szene stand sie neben Dschan-Lee, der Dienerin, die ihrer Mutter am engsten vertraut war, und auch ihr selbst. Coral legte den Kopf auf ihren Arm, und Dschan-Lee hielt sie schweigend fest.

Der schrille Schrei eines Pfaus durchschnitt die immer länger werdenden Schatten. Coral bewegte sich. „Wie geht es der kleinen Emerald?"

Dschan-Lees Mund verzog sich zu einem erfreuten

Lächeln. „Sie ist ein gutes Kind. Sie erinnert sich an Sie und die Lieder, die Sie ihr früher beigebracht haben."

Früher ... als Emerald mit Gem gespielt hatte ... Unausweichlich ging ihr Herz in warmen Erinnerungen auf, und sie mußte an die Nacht denken, in der sie Gem aus Dschemanis Hütte bei der Seidenzucht mit nach Hause gebracht hatte. Coral hatte Dschan-Lee das kleine Kind gegeben, damit diese es zusammen mit ihrer eigenen, neugeborenen Tochter, Emerald, versorgte. Wie lang das jetzt alles zurücklag!

Die violette Dämmerung wurde über den dunkler werdenden Dschungelbäumen blasser. „Erzählen Sie mir von Mutter. Weiß sie, daß mein Vater fort ist, um Alex zu suchen? Daß sie sich in Gefahr befinden?"

„Sie weiß es. Jedes Mal, wenn sie erwacht, fragt sie, ob eine Nachricht von den beiden eingetroffen ist."

„Die Nachricht, wie ist sie gebracht worden?"

Die Augen der Frau wurden hart. „Es war ein Mann aus meinem Volk, der den Ring Ihres Bruders brachte. Den Ring, den Ihr Vater ihm geschenkt hatte, bevor Mister Alex fortfuhr, um Musik zu studieren. Er sagte, Alex sei sehr krank. Ihr Vater schaute den Ring an, und sein Gesicht wurde sehr traurig. Dann stellte er plötzlich eine Gruppe von Männern zusammen und bereitete alles für die Reise nach Darjeeling vor. Sie brachen am nächsten Morgen auf, als es noch dunkel war."

„Er hat Männer mitgenommen? Aus dem Dorf?"

„Nein, Natine konnte keine Männer finden, die so schnell mitkommen konnten. Deshalb nahm Mister Hampton Freiwillige von den Seidenarbeitern mit. Zwölf sind mit ihm mit dem Boot losgefahren. Sie hatten Gewehre bei sich."

„Gewehre?" fragte Coral atemlos, und ihr müder Kopf wurde sofort hellwach.

Dschan-Lee nickte. „Zum Schutz. Man spricht von Plünderern von der Grenze."

Wenn an Sir Hugos Gerüchten etwas Wahres war, wüßte Seward die neuesten Nachrichten über irgendwelche Übergriffe durch den burmanesischen Militärherrscher. Sie würde heute abend noch mit ihm sprechen.

„Hat es in letzter Zeit irgendwelche Schwierigkeiten gegeben?" fragte sie.

Dschan-Lee schüttelte den Kopf. „Nein, außer der Krankheitsepidemie nicht."

„Sind viele auf Kingscote krank?"

„Ja, Frauen, Kinder, die alten Männer. Yanna und ich kümmern uns um sie, so gut wir können, seit Ihre Mutter krank wurde."

Yanna. Inzwischen war das Mädchen wahrscheinlich schon in einem heiratsfähigen Alter, überlegte Coral. Sie fragte sich, wie Yanna einen christlichen Ehemann finden sollte. Denn Corals Mutter hatte ihr geschrieben, daß Yanna sich hatte taufen lassen.

„Natine gefällt es nicht, daß seine Nichte Preetah Yanna und mir bei den Kranken geholfen hat. Er drohte Preetah. Mrs. Elisabeth mußte von ihrem Krankenbett aufstehen und mit ihm sprechen. Und das, als sie sehr krank war. Sie erlitt danach einen Zusammenbruch und war mehrere Stunden bewußtlos."

Coral war im stillen entrüstet, daß Natine ihrer Mutter solche Probleme verursacht hatte, als sie völlige Ruhe gebraucht hätte.

„Ich kümmere mich um Natine und um die Kranken", erklärte sie. „Wegen seiner Nichte kann man nicht viel machen, aber er kann sich bei Ihnen und Yanna nicht einmischen. Ich möchte selbst die Kranken sehen. Nehmen Sie mich morgen mit, Dschan-Lee? Ich will alle sehen."

Dschan-Lee warf einen Blick auf Elisabeth, die leise stöhnte. Dann bückte sie sich und hob eine Schüssel mit kühlem, wohlriechendem Wasser hoch. Sie trug sie ans Bett, und Coral half ihr. Sie wrang die Tücher aus und reichte sie Dschan-Lee, die ihre Mutter abwischte. Ihr vom Fieber ausgemergelter Körper war schwach, und Corals Herz wurde vor Angst ganz verzagt. Würde die Medizin ihrer Mutter helfen? Was war mit ihr selbst? Hatte sie in London auch so schlecht ausgesehen? Sir Hugo behauptete, sie wäre beinahe gestorben. Vielleicht waren seine Worte nicht so weit von der Wahrheit entfernt.

„Miss Coral, Sie dürfen nicht alle Lasten auf Kingscote an Stelle Ihrer Mutter auf sich laden. Wenn Sie das tun, übernehmen Sie sich und werden selbst wieder krank. Was dann?"

„Hat meine Mutter sich übernommen, Dschan-Lee?"

„Sie tut zu viel für die Unberührbaren. Mister Hampton war aufgebracht, aber sie wollte nicht auf ihn hören. Wir haben drei Kinder begraben und die Mütter, und alte Männer, alte Frauen, sie sind alle zu schwach, um weiterzukämpfen. Danach wurde sie auch sehr krank. Jetzt tut Yanna, was sie kann, und Emerald hilft ihr, aber ich kann Mrs. Elisabeth nicht lange allein lassen."

„Ich fühle mich kräftig. Und Kathleen und Marianna können mir helfen."

Dschan-Lee warf ihr einen schweigenden Blick zu und sah aus, als stelle sie die Bereitwilligkeit ihrer Schwestern in Frage. Coral beschloß, morgen früh als erstes Yanna kommen zu lassen. Sie mußte auch mit Natine über seine kommandierende Art gegenüber den anderen Arbeitern sprechen, aber vielleicht war es klüger, damit zu warten, bis sie ein paar Tage zu Hause wären. Irgendwie wußte sie, daß dieser Mann ihre Worte nur als ungebetene Einmischung in seine Angelegenheiten verstehen würde. Er würde sie und ihre Schwestern immer noch nur als Mädchen sehen, die ihre Zeit mit sorglosen Spielen verbringen sollten.

Coral atmete kurz ein. Es würde sich nicht als einfach herausstellen, ihn in der Abwesenheit ihres Vaters in seine Schranken zu verweisen. Sie würde auch mit Kathleen sprechen. Sie war immerhin die Älteste. Sie mußten zusammenhalten und die Kendallautorität vertreten, bis ihr Vater mit Alex zurückkehrte.

„Dem Himmel sei Dank, daß wir Seward haben!“ murmelte sie.

* * *

Coral trank nach dem Abendessen mit Seward Tee in dem gemütlichen, aber vollgestellten Büro ihres Vaters. Bücherregale bedeckten die Wände, türmten sich kniehoch auf beiden Seiten des Mahagonitisches, und Papiere und Pergamente über Kingscotes Geschäfte stapelten sich auf dem Tisch. Der Raum mit seinen vielen Schmuckstücken, die er von seinen vielen weiten Reisen mitgebracht hatte, verriet viel über Sir Hampton Kendalls unzähmbare Persönlichkeit und farbenfrohe Vergangenheit. Ihr Blick fiel auf einen geschnitzten Elefanten, den sie schon aus ihrer Kindheit kannte. Er war besonders schön, und sie hatte ihn nach ihrem Lieblingselefanten, Rani, genannt. Irgendwie erinnerte die Figur sie an Jace.

Wo ist er jetzt? Was tut er? Coral bewegte sich ungemütlich und versuchte, ihn aus ihren Gedanken zu verbannen.

„Wie ich schon sagte, Mädchen, es ist ein inneres Gefühl, das mich beunruhigt. Und Jace hat auch seine Vermutungen.“

„Er hat mir nichts davon verraten!"

„Er wollte Ihnen nichts sagen. Und er fände es auch nicht richtig, daß ich sie jetzt erwähne. Aber da ich Sie bitten will, mich nach Darjeeling gehen zu lassen, ist es nur richtig, daß Sie auch erfahren warum. Aber ich lasse Sie und Ihre Schwestern und Mrs. Elisabeth nicht gern allein hier zurück."

„Wir sind nicht allein", sagte sie schnell. „Ich bin sicher, Sie brauchen sich um uns keine Sorgen machen. Ich will, daß Sie zu meinem Vater gehen. Inzwischen brauchen er und Alex vielleicht schon Ihre Hilfe."

Sie beugte sich zu ihm vor und sagte ruhig: „Aber warum glaubt Jace, die Nachricht, die mein Vater bekommen hat, könnte eine Täuschung gewesen sein?"

Seward rieb sich sein bärtiges Kinn und betrachtete sie nachdenklich, als überlege er, wieviel er ihr verraten könne. Er blickte zur geschlossenen Tür. „Jace glaubt, daß Alex kein Fieber haben kann."

Sie wurde hellhörig. „Warum nicht?"

„Das ist sehr unüblich für das Klima in Darjeeling. In der Gebirgsgegend ist es kühl."

Sie fühlte ein unangenehmes Kribbeln auf ihrer Haut. „Was kann dann hinter der Nachricht stecken? Und wer hat sie geschickt? Dschan-Lee sagt, daß der Bote meinem Vater Alexs Ring als Beweis gegeben hat."

„Ja, das ist es, was mir Sorgen bereitet."

„Hat – hat Jace noch etwas gesagt?"

Seward sah sie mit gerunzelter Stirn an, dann richteten sich seine Augen auf den Elefanten in ihrer Hand. Aus seiner Miene schloß sie, daß Jace noch mehr gesagt hatte, aber Seward zum Schweigen verpflichtet hatte.

„Wir haben keine Beweise", sagte er vorsichtig. „Überlassen Sie mir die Sorge um Ihren Vater und Alex. Kümmern

Sie sich um Mrs. Elisabeth. Wenn Sie es mir also erlauben, würde ich gern aufbrechen."

„Gehen Sie sofort", sagte sie schnell und stellte den Elefanten auf den Tisch und erhob sich. „Ich wünschte, Jace hätte mir das in Guwahati gesagt."

„Er wollte, daß ich Sie sicher hierher bringe. Er erwartet außerdem, daß ich hier bleibe, und ihm wird das überhaupt nicht gefallen. Aber ich mache mir mehr Sorgen um Sir Hampton als um einen Überfall auf Kingscote. Außerdem habe ich einige gute Männer auf Kingscote, denen ich voll und ganz vertraue, und ich weiß, daß sie ihr Leben dafür riskieren würden, Sie, Ihre Schwestern und Mrs. Elisabeth zu beschützen. Sie sind treu, aber das kann man nicht von allen sagen", brummte er düster.

Coral wußte, daß er Natine meinte. Irgendwie konnte sie ihm nicht zustimmen. „Wir haben Madan und Thilak und ihre Söhne."

„Alles gute Männer. Sollten Sie irgendwie Hilfe brauchen, sind sie zur Stelle. Und ich komme, sobald ich kann, mit Sir Hampton und Ihrem Bruder zurück."

Coral nickte und war plötzlich nervös.

Seward erhob sich. Wie im Widerspruch zu allen seinen Worten hatte er Bedenken, sie allein zu lassen. Er spielte nervös mit seinem Hut. „Jace gefällt das bestimmt nicht", wiederholte er.

„Wir sind zu Hause, bei Menschen, die wir seit unserer Kindheit kennen."

Sie lächelte, obwohl sie innerlich vor wachsender Beunruhigung ganz angespannt war. Sie kannte Seward zu gut. Wenn er nicht überzeugt wäre, daß ihr Vater irgendwie in Schwierigkeiten stecken könnte, ließe er sich durch kaum etwas von ihrer Seite vertreiben. Sie hing schon lange an Seward, nicht nur wegen seines körperlichen Schutzes, sondern auch weil er der Onkel war, der Sir Hugo nicht war.

Wenn Seward auch überzeugt war, verschwand sein Stirnrunzeln trotzdem nicht. Sie sah, daß seine Gefühle gleichzeitig in zwei Richtungen gezogen wurden. „Gehen Sie in Frieden“, sagte sie leise. „Sie und Jace wollen es mir zwar nicht sagen, aber mein Vater ist in Gefahr. Sie müssen ihn finden, Seward. Wenn ihm etwas zustoßen sollte –“ Ihre Stimme versagte ihr.

„Ja“, sagte er mit belegter Stimme.

„– dann würde Onkel Hugo mein Vormund und Herr über Kingscote.“

„Dieser Gedanke nagt schon länger an mir ... und auch an Jace. Sie wissen es also.“

„Aber Sir Hugo würde doch nicht so weit gehen und ... und –“ Sie brachte die Worte nicht über die Lippen.

Sewards Augen wurden hart wie Eis. „Und Sir Hampton Schaden zufügen? Wer weiß, was wie eine Dschungelpflanze im Herzen eines Mannes wächst. Ich glaube, ein Mann ist zu allem fähig, wenn seiner Gier nicht Einhalt geboten wird. Verstehen Sie mich richtig, ich sage nicht, daß es so ist“, fügte er schnell hinzu. „Sie behalten am besten das alles für sich.“

„Ja, Seward. Sie passen auf sich auf?“

„Machen Sie sich um mich keine Sorgen. Jace und ich waren schon ein Dutzend Mal da oben.“ Er setzte seinen Hut auf und wandte sich zum Gehen. Er lächelte freundlich, und eine tiefe Zuneigung erwärmte seine Augen. „Der Herr ist Ihr Fels, Mädchen.“

Er ging hinaus und schloß die Tür hinter sich. Sie war allein.

Einige Minuten später hörte sie ihn draußen ein Pferd besteigen, und der Klang der davonreitenden Pferdehufe verlor sich in der Dunkelheit der Nacht.

Coral blieb regungslos stehen und kämpfte mit dem Abschied. *„Bringe sie alle sicher nach Hause, Herr. Alle.“*

Coral weigerte sich, ihrem nagenden Zweifel und ihrer aufkeimenden Angst Raum zu geben, und trat stattdessen hinter den mächtigen Schreibtisch ihres Vaters. Sie sank auf den Lederstuhl und kam sich im Vergleich zu seiner Größe ganz klein vor. Sie öffnete die obere Schublade, in der er, wie sie wußte, die kleine Lederbibel aufbewahrte, die Elisabeth ihm zu Weihnachten geschenkt hatte, als Coral noch ein Kind war. Sie war verschwunden. Ihr Vater hatte sie vor seinem eiligen Aufbruch nach Darjeeling mitgenommen. Diese Entdeckung brachte ein Lächeln auf ihre Lippen. Vielleicht würden die Schwierigkeiten, vor denen sie standen, gut enden.

Kathleen und Marianna waren bereits zu Bett gegangen, als sie die dunklen Stufen in dem stillen Haus hinaufstieg. Oben blieb sie stehen. Sie hatte das Gefühl, beobachtet zu werden.

Sie drehte sich um und blickte in die große Halle hinab, aber unten war niemand.

In ihrem Zimmer blieb sie nachdenklich und schweigend stehen und versuchte, alles aus ihren Gedanken zu verbannen, was ihre Freude, endlich wieder zu Hause zu sein, wohin sie gehörte, trübte. Sie sog einen Augenblick die vertraute Umgebung ein. Nur die Spannung durch ihre Probleme trübte diesen Augenblick einer freudigen Heimkehr.

Alles sah so aus, wie sie es vor einigen Jahren verlassen hatte. Das große Bett mit seinem Moskitonetz, die bunt gemusterten Teppiche auf dem polierten Holzfußboden, die breite Veranda, von der aus man den Brahmaputra überblikken konnte. Sie schritt im Laternenlicht durch das Zimmer und trat auf die Veranda hinaus in die warme Nacht.

Dort blieb sie eine ruhige Minute lang im Schatten stehen und versuchte, ihr angsterfülltes Gemüt zu beruhigen. Der Herr schläft und schlummert nicht, sagte sie sich immer wieder vor. Er wußte alles. Was die Zukunft auch enthielt, die Verheißung seiner Kraft und seiner guten Absichten würde auch in Zukunft ihre Schritte leiten.

„Eines Tages werden wir begreifen, daß es ohne Sturm nicht die Schönheit eines Regenbogens gäbe", murmelte Coral.

Über dem Fluß hatte der Himmel einen leichten rosafarbenen Schimmer angenommen. Unter seinem Glanz sah das Wasser aus, als sitze es wie Glas im Flußbett. Die bizarren Wipfel der Palmen in der Ferne standen regungslos da. *Zuhause.*

„Was ich jetzt brauche, ist der Luxus, mich in ein kühles, duftendes Bad zu legen", sagte sie sich mit bewußter Freude. „Keine Krokodile ... keine Schlangen ... keine Spinnen ... Und danach? Das Gefühl von Seide!"

31

Auch in den folgenden Tagen kam Elisabeth immer noch nicht zu Kräften. Sie verbrachte die meiste Zeit in einem Zwischenstadium zwischen Wachsein und Schlafen. Ihr Körper wurde immer schwächer. Das Fieber zehrte an ihr. Die Medikamente, die Coral in London geholfen hatten, schienen nicht mehr Wirkung zu haben als Zuckerwasser. Die Übelkeit und Halluzinationen hörten nicht auf.

Coral beschloß, wenn aus dieser schweren Zeit – in der ihr Vater und Alex vermißt wurden und ihre Mutter zusehends immer schwächer wurde – etwas Gutes erwachsen war, war es die Wirkung, die diese Unsicherheit und dieses Leid auf Kathleen hatten. Ihre Schwester war nüchtern geworden, nachdenklicher und geduldiger mit Marianna.

Alle drei wachten nachts abwechselnd am Bett ihrer Mutter und entweder Dschan-Lee oder Mera gesellte sich zu ihnen. Da Coral angeboten hatte, die letzte Wache in der Nacht nach Kathleen zu übernehmen, betrat sie oft das Zimmer ihrer Mutter und traf ihre Schwester an, wenn diese auf dem Stuhl saß und in der abgegriffenen Bibel las, die auf dem Nachttisch lag. Kathleen verlor nie ein Wort über ihr neu erwachtes Interesse an der Bibel. Coral hielt es auch nicht für richtig, sie zu fragen, da sie das Gefühl hatte, es sei weiser, nichts zu sagen. Kathleens langsam aufkeimender Glaube brachte in dieser Zeit die einzige Freude in Corals Herz. Gott hatte wirklich alles in der Hand und brachte seinen Frieden in Kathleens turbulentes Leben.

Kathleen überraschte sie eines Morgens nach dem Frühstück, als sie ankündigte: „Ich glaube, wir drei sollten eine Gebetswache für Mama halten. Das ist das einzige, was wir noch nicht getan haben. Zwar betet jede für sich, aber wir beten nicht miteinander."

Marianna verschüttete beinahe ihren Tee, aber Coral sagte ruhig: „Du hast recht. Warum haben wir nicht schon früher daran gedacht? Wann fangen wir an?"

Kathleen zögerte, da sie es gewohnt war, solche Entscheidungen Coral zu überlassen.

„Nun ..." Sie blickte von Coral zu Marianna und räusperte sich. „Morgen ist Sonntag. Wir könnten den ganzen Tag mit Gebet verbringen. Vielleicht – vielleicht sogar fasten. Wir haben so viel, für das wir beten müssen. Nicht nur für Mutter, sondern auch für Vater, Alex und die Missionsschule."

„Aber Kathleen –" begann Marianna bewundernd, sprach aber nicht weiter, als Coral sie unter dem Tisch mit der Schuhspitze anstieß.

Die Sonntage waren dem Gebet und Bibellesen gewidmet, und so vergingen die nächsten Wochen ohne Zwischenfall. Die Erhörung ihrer Gebete kam so allmählich und unaufhaltsam, wie sich die Knospen langsam in Blüten verwandeln. Die Halluzinationen ihrer Mutter kamen in größeren Abständen, das Fieber ebbte ab, und sie war immer längere Zeiträume geistig wach. Sie konnte warme Suppe im Magen behalten, ohne sich zu übergeben, und innerhalb einer weiteren Woche aß sie Rühreier und trank mit Freude heißen Tee.

Nach mehreren Tagen konnte Elisabeth sich, auf Kissen gestützt, aufsetzen und lächelte schwach ihre strahlenden Töchter an. Während dieser kostbaren Zeiten der engen Beziehung zwischen Mutter und Tochter gewann Coral die

Gewißheit, daß ihre Mutter wieder genesen würde. Sie hatte schon wieder Farbe auf den Wangen, und obwohl sie schrecklich dünn war, verfolgte Elisabeth Kendall alles aufmerksam, was vor sich ging, und konnte wieder ihre Anweisungen als Herrin von Kingscote erteilen.

Bis jetzt hatte Coral mit ihr noch nicht über die Missionsschule gesprochen, denn es hatte sich noch keine günstige Gelegenheit ergeben. Sie wartete auf den Augenblick, wenn sie allein mit ihr sprechen könnte.

Es war zehn Uhr am Sonnabendmorgen, als Marianna mit glühenden rosa Wangen unten an der Treppe auf Kathleen wartete. „Ich sage dir, es stimmt. Ich habe den Brief gesehen und Mutter gefragt."

„Wann? Wo ist er?"

Als Coral ihre aufgeregten Stimmen hörte, kam sie aus dem Eßzimmer, wo sie in ihrer Hindibibel gelesen hatte. Vom Türrahmen aus sah sie ihre Schwestern. Marianna sah erfreut darüber aus, daß sie ein erstaunliches Geheimnis enthüllt hatte.

„Bist du sicher? Warum hat Mutter es mir nicht gesagt?"

„Wie denn, wenn sie so krank war? Ich habe den Brief gesehen, sage ich dir. Er lag in Mutters Nähkorb."

Kathleen stöhnte auf und raste die Treppe in das Zimmer ihrer Mutter hinauf. „Wenn ich daran denke, daß ich einen ganzen Monat lang jeden Tag an diesem Korb vorbeigegangen bin!"

„Welcher Brief?" rief Coral.

Marianna wirbelte herum und eilte Kathleen nach. Über die Schulter rief sie zurück: „Ein Brief von Großmutter Victoria! Sie hat Mutter geschrieben, sobald wir London verlassen hatten! Sie bittet, daß Kathleen und Mutter ins Roxburyhaus kommen und Kathleens Zukunft regeln!"

„Ein Brief! Aber wie ist er so schnell hier angekommen?"

„Mit dem Schiff über Rangun und auf dem Fluß nach Assam", rief Marianna, wie wenn Coral sich das nicht selbst denken könnte, und verschwand auf dem Korridor.

Als Coral im Zimmer ihrer Mutter ankam, stand die Tür offen und Kathleen redete aufgeregt auf sie ein. „Mutter, du läßt mich ins Roxburyhaus zurück, nicht wahr? Du fährst mit mir nach London, wie Großmutter Victoria vorgeschlagen hat?"

Elisabeth nahm das Kinn ihrer Tochter in die Hand und blickte sie traurig an, als täte ihr bei den bettelnden bernsteinfarbenen Augen das Herz weh.

„Kathleen, ich kann es dir jetzt nicht versprechen. Das hängt von deinem Vater und Alex ab."

„Aber Mutter! Ich sterbe, wenn wir nicht fahren!"

Elisabeth lächelte. „Das glaube ich nicht. Du siehst mir ziemlich gesund aus. Und du bist doch erst nach Kingscote zurückgekommen. Was soll Gavin denken, wenn du so bald wieder nach London davonläufst? Hast du mir nicht erzählt, daß er im Vorposten in Jorhat stationiert wird, sobald er Plassey passieren kann? Schatz, du darfst nicht ungerecht zu deinem Vetter sein und ihn so von dir wegschieben."

Kathleen kniete neben ihrem Bett und umklammerte die Hand ihrer Mutter. „Was hat Großmutter dir geschrieben? Darf ich den Brief sehen? Marianna sagt, er ist schon vor Monaten hier eingetroffen!"

„Marianna, du hättest mich um Erlaubnis fragen sollen, bevor du es deiner Schwester erzähltest. Ich hatte die Absicht, zum richtigen Augenblick mit ihr darüber zu sprechen."

Marianna blickte schuldbewußt drein. „Ja, Mutter."

Coral beobachtete alle drei und sagte nichts.

Elisabeth schaute wieder Kathleen an und blickte forschend in das Gesicht ihrer ältesten Tochter. Offenbar sah sie darin etwas, das ihr nicht ganz gefiel, denn sie sagte ruhig: „Ich glaube, die Zeiten haben sich geändert. Ein Mädchen kann warten, bis sie Ende Zwanzig ist, bevor sie heiratet, aber sie erntet kritische Blicke."

„Das ist mir gleichgültig. Mein Leben gehört mir!"

„Nein", berichtigte Elisabeth sie leise. „Es gehört Gott."

Kathleen beugte den Kopf. „Ja, ich verstehe, und ich will seinen Willen tun. Aber – das Seidenhaus."

„Er kennt dein Herz."

Es folgte ein Augenblick des Schweigens. Coral hielt den Atem an. „Ich gebe zu, daß es nicht weise ist, die Sache mit Gavin zu überstürzen, wenn du dir nicht sicher bist. Aber ihr beide müßt mit Vater bei seiner Rückkehr zu einer gemeinsamen Einigung kommen."

„Das tue ich, ich verspreche es dir. Dann verstehst du mich? Es ist nicht so, daß ich mir nichts aus ihm mache, es ist nur ..." Sie schwieg, als mache ihre Verwirrung es ihr unmöglich, mehr zu sagen. „Sag, daß du mit mir kommst. Du weißt, wie sehr Großmutter sich wünscht, dich zu sehen. Es sind Jahre vergangen, seit du deine Mutter das letzte Mal gesehen hast."

Coral schaute ihre Mutter an und sah die Sehnsucht auf ihrem Gesicht.

„Ja, zu lang ... ich würde sie gern wiedersehen und auch London."

„Dann fahren wir?" rief Kathleen erregt.

„Wir werden sehen, was die nächsten Monate bringen. Zuerst muß dein Vater zustimmen, und wir müssen sicher sein, daß der Reiseweg sicher ist. Und natürlich muß ich erst wieder zu Kräften kommen, um die Reise nach Kalkutta und eine lange Seereise zu überstehen. Wenn alles gut weitergeht, und es sieht so aus, als führe uns Gott auf diesem Weg, dann ja, dann fahren wir ins Roxburyhaus, aber ich kann nicht sagen, wann."

Kathleen schlang ihrer Mutter die Arme um den Hals. „Danke, daß du mich verstehst!"

„Oh, wir müssen Tante Margaret und Belinda schreiben", rief Marianna. „Sie sind ja auch im Roxburyhaus!"

„Ja, das wäre schön", sagte Elisabeth. „Ich schreibe Margaret und gratuliere ihr zu Belindas Verlobung mit Sir Arlen George. Ich bin sicher, eure Großmutter ist mit dieser Wahl von Herzen einverstanden. Er kommt aus einer guten Familie. Das erinnert mich daran, Coral, daß wir über Ethan sprechen müssen."

Coral senkte den Blick, und sie merkte, wie ihre Schwestern diskret das Zimmer verließen. Mit pochendem Herzen beschloß sie, daß dies der Augenblick war, das Gespräch von Ethan weg und auf die Missionsschule zu lenken.

„Mutter, zuvor will ich dir etwas zeigen", sagte Coral mit einem Lächeln und hielt die Hände auf dem Rücken.

Elisabeths Augen wurden warm, als sie sich auf Coral richteten. „Eine Überraschung?"

„Eine, die dir gefallen wird." Sie reichte ihrer Mutter feierlich das Neue Testament auf Hindi und sah, wie das Gesicht ihrer Mutter ehrfurchtsvoll wurde.

„Aber es ist ja auf Hindi geschrieben. Woher hast du es?"

„Von William Carey. Er übersetzt die Bibel auch in Assami, und Charles Peddington schickt mir ein Exemplar, wenn er mit der Übersetzung fertig ist."

Coral erzählte ihrer Mutter von William Carey und seiner Arbeit in Serampore. „Er will die Bibel in sechs Sprachen übersetzen, stell dir das nur vor! Und Teile davon in noch viel mehr Sprachen. Ich habe alle Missionare kennengelernt, die mit ihm auf der Station arbeiten – Mr. Ward und die

Marshmans. Hanna Marshman hat mir den Rat gegeben, eine Missionsschule zu eröffnen. Und Mister Carey ist ein Mann, der Indien liebt. Ich wünschte, du könntest ihn kennenlernen, Mutter! Er gibt den Menschen hier mit seiner Bibelübersetzung in ihre eigene Sprache mehr, als alles, was die Ostindienkompanie je für sie tun kann! Onkel Hugo ist gegen ihn. Er behauptet, ich solle Kingscote nicht in Gefahr bringen und auf keinen Fall Mister Careys Vision folgen und eine Schule eröffen, aber Onkel Hugo hat unrecht!"

Elisabeth wirkte über den Eifer ihrer Tochter nicht überrascht. „Das habe ich erwartet", murmelte sie und hielt das Neue Testament fest.

Coral kniete neben ihrem Bett. „Ich habe dir aus London von der Schule geschrieben. Tante Margaret sagte, du hast ihr in einem Brief davon erzählt, bevor du krank wurdest. Mutter, die Not der Kinder ist so groß."

Als Elisabeth nichts sagte und das Schweigen sich im Raum ausbreitete, nahm sich Coral ein Herz. „Wir haben über hundert Kinder, die in der Seidenzucht arbeiten. Mutter, wir könnten ihnen Lesen und Schreiben beibringen und ihnen Geschichten über unseren Herrn aus der Bibel erzählen." Ihre Augen leuchteten. „Wir könnten sie in ihrer eigenen Sprache unterrichten. Stell dir nur vor, was es für sie bedeuten würde, in ihrer eigenen Sprache von Gott zu hören."

Elisabeth blickte die Worte auf Hindi an. Die Sekunden verstrichen, und Coral biß sich auf die Lippen, um nicht mehr zu sagen.

„Dein Onkel hat recht. Es gäbe viel Widerstand gegen eine Missionsschule. Und viel Arbeit."

„Aber ich bin bereit, viel zu arbeiten. Das ist meine Berufung, Mutter. Das ist der Hauptgrund, warum ich nach Hause kommen wollte. Um eine Schule als Erinnerung an

Gem zu eröffnen, um hundert Jungen und Mädchen wie ihn mit der Wahrheit des guten Hirten zu erreichen!"

Ihre Mutter berührte Corals Wange.

Coral schwieg einen Augenblick, dann erzählte sie ihr eilig von Jace Buckley und der Möglichkeit, daß Gem am Leben sein könnte. „Der Major hat versprochen, mir zu helfen, die Wahrheit herauszufinden. Und ich bin sicher, daß der Herr von uns will, daß wir die Schule bauen. Aber ohne deine Unterstützung geschieht das nie. Nur du kannst Vater davon überzeugen, und wir müssen gegen Sir Hugos Widerstand zusammenhalten."

„Ich weiß nicht, Coral ... Hugo hat mit einem recht. Den Kindern so offen das Evangelium zu verkünden, würde viele verärgern. Ich habe getan, was ich konnte, aber was du auf Kingscote planst, geht viel weiter."

„Hast du Vater davon erzählt?"

Elisabeth seufzte. „Ja. Er hat ziemlich starke Bedenken wegen dieser Idee, aber er hat versprochen, darüber zu beten."

Corals Herz pochte laut. Wenn ihr Vater versprochen hatte, über der Sache zu beten, dann war er für die Idee offen, gleichgültig, wie riskant sie auch war.

Coral wollte zu einer Entscheidung drängen, aber sie wußte, daß ihre Mutter ihre Leidenschaft bereits verstanden hatte und sich der persönlichen Kosten bewußt war.

„Behalte die Hindibibel, Mutter. Lies sie und bete über das, worum ich dich gebeten habe."

Elisabeth blickte ihr fragend ins Gesicht und legte eine schwache Hand auf ihren Arm. „Du bist bereit, meine Entscheidung zu akzeptieren?"

Corals Augen suchten den Blick ihrer Mutter. Es war an der Zeit, ihre Pläne loszulassen und ganz auf Gott zu vertrauen. „Ja."

„Ich denke dabei auch an dich, Coral. Wenn dein Vater dir erlauben sollte, diese Schule zu bauen und die Kinder zu unterrichten, könnte dich das deine besten Jahre kosten."

„Das habe ich mir schon überlegt. Genau das will ich mit meinem Leben tun."

Elisabeths Blick verriet ihren Schmerz. „Was ist mit einer Heirat mit Ethan? Kindern?"

„Ethan weiß, wie ich fühle. Er hat seine eigene Arbeit und will sein medizinisches Labor auf Kingscote errichten."

Elisabeth sah sie forschend an, und plötzlich verspürte Coral den Wunsch, den Blick zu senken.

„Ich habe gehört, daß der Sohn von Oberst Warbeck nicht mehr in der Kompanie dient."

„Er ... er ist im Militär, aber nur widerwillig. Der Oberst hat ihn wegen seines Schiffes wieder dazu überredet, die Uniform anzuziehen."

„Seward sagt, Jace Buckley sei immer noch entschlossen, die Teeplantage in Darjeeling anzulegen. Ich glaube, er begleitet Major Buckley, zusammen mit einem indischen Freund namens Gokul und einem alten Chinesen", sprach Elisabeth weiter.

Coral antwortete nicht. Das unerwartete Gespräch über Jace bereitete ihr Unbehagen.

„Wie gut hast du den Sohn von Oberst Warbeck kennengelernt?"

Die Frage war einfach gestellt und hätte Coral nicht so tief beunruhigen dürfen und auch nicht ihre Wangen zum Glühen bringen sollen, aber sie stammelte: „Gut genug, glaube ich."

„Glaubst du? Du mußt ihn wirklich gut kennen, wenn er bereit ist, so viel zu riskieren, um Gem ausfindig zu machen."

„Er hat sich als Freund erwiesen."

„Als Freund", wiederholte Elisabeth. „Ist er auch Christ?"

„Er ist auf der Suche, aber ich denke, sein Glaube an Gott ist stark." Coral schwieg eine Weile. „Aber er hat seine eigenen Zukunftspläne. Und er ist und bleibt ein Abenteurer."

„Verstehe."

Coral erhob sich. „Du läßt mich deine Entscheidung wegen der Missionsschule wissen?"

„Ja, aber zuerst einmal nehme ich mir dich zu Herzen. Bist du in den Sohn von Oberst Warbeck verliebt?"

Diese unverblümte Frage raubte Coral die Fassung. Sie errötete unter dem Blick ihrer Mutter. „Nein."

Coral konnte nicht sagen, ob ihre Mutter von dieser Antwort überzeugt war oder nicht. Sie hörte sie seufzen und sah sie wieder die Bibel betrachten. „Wie anders du doch bist als Kathleen. Ich bin stolz auf dich, Coral. Und ich bin froh, daß der Herr dir so viel bedeutet. Aber vielleicht unterscheidest du dich doch nicht so sehr von deiner Schwester." Sie blickte Coral an.

Coral fragte sich, was ihre Mutter wohl damit meinte. Inwiefern war sie wie Kathleen?

„Für Kathleen bedeutet es eine weitere Reise ins Seidenhaus nach London, um herauszufinden, was sie wirklich will. Gavin heiraten oder eine Karriere mit Seide. Und für dich bedeutet es eine Missionsschule und Gefahr."

Coral lächelte. „Aber ich kenne mein Herz."

Elisabeth sagte nichts mehr. Sie lächelte plötzlich. „Ich lasse dich meine Entscheidung wissen."

* * *

Die Entscheidung kam unerwartet und früher, als Coral erhofft hatte. Eines Sonntag morgens saß Coral mit ihren Schwestern am Frühstückstisch, als zu ihrer aller Überraschung Elisabeth angekleidet das Speisezimmer betrat. Sie war zwar blaß und dünn, aber sie sah stärker aus.

Sie sprangen auf die Beine, als Natine ihr auf ihren Stuhl half. Die Mädchen blickten sich gegenseitig an und lächelten.

„Sie können den Tee einschenken, Preetah", sagte sie strahlend. „Natine, Sie können servieren."

„Ja, Memsahib."

Sie aßen fröhlich, und nach dem Frühstück blickte Elisabeth über den Tisch auf Coral und lächelte. „Sobald dein Vater aus Darjeeling zurück ist, sprechen wir über den Bau der Schule. Wenn er einverstanden ist, geht dein Wunsch in Erfüllung."

Aus Mariannas Mund kam ein entzücktes Stöhnen, und Kathleen blickte sie überrascht an. Coral saß regungslos auf ihrem Stuhl und starrte ihre Mutter an.

„Ich kann dir nichts versprechen, Coral. Aber ich glaube, ich kann deinen Vater von der Notwendigkeit überzeugen und von dem Geist, der dich drängt, so etwas Schwieriges in Angriff zu nehmen. Es ist eine edle Sache, eine, die des Namens Kendall würdig ist."

Coral erinnerte sich nur noch daran, daß sie auf die Beine sprang. Einen Augenblick später lag sie ihrer Mutter in den Armen, als Elisabeth flüsterte: „Als Erinnerung an Gem bauen wir. Und möge Gott unseren Weg segnen."

Das Klopfen von Pferdehufen erklang auf der Auffahrt vor dem Eßzimmerfenster, und Kathleen war die erste, die den Vorhang zur Seite zog.

„Ein Sepoy!"

„Natine, bringen Sie ihn ins Wohnzimmer und servieren Sie ihm eine Erfrischung", rief Elisabeth.

„Ja, Memsahib."

Marianna stand auf. „Vielleicht ist Hauptmann McKay mit den Truppen für den Vorposten in Guwahati eingetroffen."

„Ich schaue gleich", rief Kathleen und raste an Natine vorbei zu dem indischen Soldaten.

Coral trat ans Fenster und blickte hinaus. Kathleen stand auf der Veranda, und der Sepoy reichte ihr etwas, aber Coral konnte nur an die Worte ihrer Mutter denken.

Eine Missionsschule für die Kinder! Der Herr hatte ihr Gebet erhört. Sie zweifelte kaum daran, daß ihre Mutter Sir Hampton dazu überreden könnte.

Eine Minute später kam Kathleen ins Zimmer gestürmt und winkte mit einem weißen Umschlag. „Es ist für dich, Coral. Von Major Buckley."

Jace!

Coral fühlte, wie ihr Herz einen Sprung tat. Sie riß den Umschlag auf, und ihre Hand zitterte, als sie die deutliche schwarze Handschrift las:

> *Ich würde Ihnen diese kurze Nachricht nicht schreiben, wenn ich keine sicheren Beweise hätte. Gem ist am Leben. Gokul hat herausgefunden, wo er sich befindet. Es ist zu unsicher, schriftlich mehr zu sagen. Wenn alles gut geht, bringe ich ihn Ihnen bis Weihnachten nach Hause.*
>
> *J. Buckley.*

Coral stand wie festgenagelt. Gem war am Leben!

„Schatz, was ist?" fragte Elisabeth, erhob sich schwach und hielt sich am Tisch fest.

„Ist es V-Vater?" stammelte Marianna. „Ihm ist etwas zugestoßen!"

„Nein, nein“, sagte Coral, und ihre Stimme zitterte vor Glück. Sie wandte sich mit einem strahlenden Lächeln an ihre Mutter. „Gem lebt!“

Elisabeth wurde blaß.

„Jace bringt ihn rechtzeitig zu Weihnachten nach Hause!“ sagte Coral und umarmte ihre Mutter. „Gem und die Missionsschule. Welche größeren Geschenke könnte der Herr mir bereiten?“

Sie blickte wieder auf die Nachricht, und ihre Augen blieben an etwas hängen, das sie in der Aufregung übersehen hatte. Jace Buckley hatte geschrieben, daß *er* Gem nach Kingscote bringen würde.

Ihr Herz tat einen aufgeregten Sprung. *Jace kommt.*

„Das ist ein Tag zum Feiern“, verkündete Elisabeth, und ein Lächeln zog über ihr Gesicht.

„Aber das beste kommt erst noch“, flüsterte Coral.

Glossar

ASSAM: Region im Nordosten Indiens, in der Kingscote liegt.
AYAH: Eine Amme.
BRAHMANE: Ein Angehöriger der höchsten Hindu-Kaste.
BURRA-SAHIB: Ein bedeutender Mann.
DAFFADAR: Ein indischer Feldwebel der Kavallerie.
DAK-BUNGALOW: Eine Herberge für Reisende.
DEWAN: Der oberste Minister eines indischen Herrschers.
DSCHEMANDER: Ein junger indischer Offizier, der alle Ränge durchlaufen hat.
FERINGHI: Ein Fremder, Ausländer.
GHARI: Ein Fahrzeug, das von Pferden gezogen wird; eine Kutsche.
GHARI-WALLAH: Ein Kutscher.
GHASI: Ein Fanatiker; normalerweise mit religiösem Hintergrund; aber auch ein politischer Fanatiker.
GHAT: Stufen oder eine Plattform am Fluß.
HAUDA: Ein Gestell mit einem Sitz, um Reisende auf dem Rücken von Elefanten zu transportieren.
HUZOOR: Seid geehrt.
JOHNKOMPANIE: Ein anderer Name für die Ostindienkompanie, der normalerweise auf ihre heimlichen Aktivitäten (den Opiumhandel) anspielt.
JOHNNY SEPOY: Ein Spitzname für einen einfachen indischen Soldaten.
KANSAMAH: Ein Koch.
KOI HAI: Eine Aufforderung zum Dienst.
MAHARADSCHA: Ein hinduistischer König oder Fürst.
MAHARATTA: Ein kriegerisches Königreich in Zentralindien.
MAHUT: Ein Elefantentreiber.
MAIDAN: Eine große Rasenfläche; ein Paradeplatz.
MANDSCH: Ein Bootarbeiter.
MUNSCHI: Ein Lehrer und Schreiber.
NAMASTE: Eine ehrerbietige Geste, bei der die Finger mit den Handflächen zueinander an die Stirn geführt werden.
NAWAB: Ein moslemischer herrschender Prinz oder mächtiger Landbesitzer.
RADSCHA: Ein König.
RADSCHPUTS: Die Soldatenkaste der Hindus, eine Stufe unter den Brahmanen.
RANI: Eine Königin.
SCHAMJANA: Ein großes Zelt.
SEPOY: Ein indischer Infanteriesoldat.
SOWAR: Ein indischer Kavallerist.
SUTTEE: Der religiöse Akt, bei dem eine Witwe auf dem Scheiterhaufen ihres verstorbenen Mannes bei lebendigem Leib mit ihm verbrannt wird; auf dem Glauben gegründet, daß sie dadurch ewiges Glück erreicht und ihrer Familie Segen bringt.
THESILDAR: Ein Dorfältester.
TSCHUNNI: Eine leichte Kopfbedeckung; ein Schal.
TULWAR: Ein gekrümmtes Schwert.
UNBERÜHRBARER: Jemand, der unterhalb des hinduistischen Kastensystems steht und sein Leben lang als Unreiner gebrandmarkt ist.